W0413768

polar
VERLAG

Cloé Mehdi

Nichts ist verloren

Aus dem Französischen von Cornelia Wend

Herausgegeben von Wolfgang Franßen

Polar Verlag

Originaltitel: Rien ne se perd
Copyright by Clóe Mehdi 2017
Published by arrangement with Agence litteraire Astier-Pécher
ALL RIGHTS RESERVED

Deutsche Erstausgabe, 1. Auflage 2018
Aus dem Französischen von Cornelia Wend

© 2018 Polar Verlag eK Stuttgart

www.polar-verlag .de

Alle Rechte vorbehalten. Kein Teil des Werkes darf in irgendeiner Form (durch Fotografie, Mikrofilm oder andere Verfahren) oder unter Verwendung elektronischer Systeme ohne schriftliche Genehmigung des Verlags verarbeitet, vervielfältigt oder verbreitet werden.

Redaktion: Christine Laudahn, Claudia Denker
Umschlaggestaltung: Robert Neth, Britta Kuhlmann
Umschlagfoto: Coverfoto @ Green/shutterstock.com
Autorenfoto: © Editions Jigal
Satz/Layout: Martina Stolzmann
Gesetzt aus Adobe Garamond PostScript, InDesign
Druck und Bindung: CPI books GmbH, Leck, Deutschland

ISBN: 978-3-945133-53-8

Prolog

So, es ist so weit, ihr habt ihn gefunden. Da ist er.

Er läuft vor sich hin, hat die Hände in den Taschen vergraben, den Blick gesenkt, als spürte er instinktiv die Bedrohung. Er ist hier nicht in Sicherheit, das weiß er. Er hätte nicht erneut seine Füße in diese Stadt setzen sollen. Er hat hier nichts verloren. Weil das feindliches Gebiet ist, weil man nicht vergessen hat, was passiert ist, und Rache will.

Ihr lauft hinter ihm her, Seite an Seite, den Blick auf seinen Nacken geheftet. Ihr habt beide den gleichen Gedanken, aber wollt ihn nicht aussprechen: »Und was tun wir jetzt?« Ihr wisst es nicht. Ihr habt nicht darüber nachgedacht. Ihr habt ihn gefunden, das war's auch schon.

Er nähert sich dem Portal, durch das man auf die Straße gelangt, und lässt das Krankenhausgelände hinter sich. Ihr wartet ein paar Sekunden und schließt euch dann einer Besuchergruppe an, um ihm zu folgen. Ihr habt eure Kapuzen über den Kopf gezogen, damit man euch später nicht auf den Bildern der Überwachungskamera, die über dem Eingangsbereich angebracht ist, identifizieren kann.

Da ist er, am anderen Ende der Straße. Ihr beschleunigt eure Schritte, um ihn einzuholen. Und jetzt? Irgendwann wird er merken, dass ihr ihm folgt. Ihr seid keine Profis, ihr seid keine Bullen. Er kennt eure Gesichter. Und ihr fragt euch erneut, ob er wohl schlaflose Nächte hat beim Gedanken an euch, beim Gedanken an ihn, an das, was er ihm angetan hat, und was keiner wiedergutgemacht hat.

Macht euch nichts vor: Ihr seid keine Racheengel. Gebt es auf. Ihr habt keine Waffe, niemand nimmt euch in Schutz, ihr habt nichts, ihr seid nichts, und eben darum ist es so weit gekommen. Ich flehe euch an, gebt auf. Das Feuer ist erloschen, so ist es nun einmal. Die Leute haben es vergessen. Niemand wird euch helfen. Niemand wird euch verzeihen.

Fünfzehn Jahre ist es nun schon her. Es ist zu spät. Man hätte sofort etwas tun müssen. Aber ihr wart noch zu jung. Zu wütend. Und die, die etwas hätten tun können, haben es vorgezogen, sich an die Spielregeln zu halten. Wie kann man es ihnen verübeln?

Ihr wisst, dass ihn das nicht wieder lebendig macht. Also, was wollt ihr damit bezwecken? Das Gleichgewicht wieder herstellen?

Dreht um. Wenn ihr euch weigert, das Spiel mitzuspielen, werden sie es euch hundertfach heimzahlen. Sie haben das Recht zu tricksen, aber ihr nicht, keiner hat behauptet, dass das gerecht wäre.

Er verschwindet im Bus, ihr auch.

Die Nacht verschluckt euch.

Erstes Kapitel

Einige Monate früher

Gestern Nachmittag beim Einparken in der Nähe des Krankenhauses fiel es mir ins Auge, ein Graffito in roter Farbe an einer Fabrikmauer, auf der schon zig andere waren. Es zeigte das Gesicht eines Jugendlichen, und darunter stand: »Gerechtigkeit für Saïd.«

Das kam mir komisch vor, klar. Schließlich kannte ich dieses Graffito gut. Als ich klein war, prangte es an sämtlichen Mauern meines Viertels, aber mit der Zeit waren die Umrisse verblasst, und die Erinnerungen auch.

Am nächsten Morgen war die Wand weiß überstrichen. Die anderen Graffiti waren unwichtig, aber dieses hier durfte nicht wieder auftauchen, das konnte man nicht zulassen.

Fast hätte ich Zé darauf angesprochen, als wir daran vorbeigingen. Ich fing seinen finsteren Blick auf. Da schwieg ich lieber.

Wir waren auf dem Weg zu Gabrielle, nichts anderes zählte für ihn, schon gar nicht das Gesicht eines Jungen, der seit fünfzehn Jahren tot war.

Ein Krankenhausbett.

Gabrielles Gesicht ist blass, in ihrer Armbeuge steckt eine Nadel, ihre Handgelenke sind bandagiert. Sie atmet langsam und tief. Die Fensterläden sind halb geschlossen, ein düsterer Mittwoch im Oktober. Draußen ist es kalt. Das Krankenhaus ist gut geheizt.

Sie hat die Augen weit geöffnet, starrt seit Tagen an die Decke.

Zé sitzt am Bettende, hat ein Buch in der Hand, die *Médita-*

tions poétiques von Lamartine. Sie sagen beide nichts. Sie sehen sich nicht an. Ihre Gesichter sind ausdruckslos, eine einzige große Leere. Daher auch die Bandagen, die Infusion und das Krankenhaus.

Eine Krankenschwester betritt das Zimmer, um die vierzig, Falten um die Augen, eine kleine Narbe am Hals. Sie beachtet Zé nicht weiter, sie ist es schon gewohnt, dass er hier über ein Buch gebeugt sitzt. Sie geht direkt auf das Bett zu, begrüßt Gabrielle mit einem »Hallo«, das etwas schroff klingt. Sie ist müde. Das merkt man. Weder der Mann noch die Frau sehen sie an. Sie entfernt die Nadel, hat eine sterile Kompresse in der Hand, die drückt sie auf die winzige Einstichstelle in der Armbeuge, befestigt sie mit einem Heftpflaster. Sie schickt sich an, das Zimmer zu verlassen, ohne ein weiteres Wort zu verlieren. Sie macht ihre Arbeit nicht schlecht, das nicht. Das tiefe Schweigen, das im Raum herrscht, ist nun mal ansteckend.

Aber in dem Moment sieht sie mich und zuckt zusammen.

»Was ist …«

Diese Worte reißen Zé aus seiner Lektüre heraus. Er wendet sich zu ihr um, dann zu mir, als hätte er vergessen, dass ich da bin.

»Was ist das für ein Kind?«

»Unwichtig«, antwortet er *(vielen Dank auch)*. »Das ist nur mein Mündel.«

»Ihr Mündel?«

Sie blickt von einem zum anderen und fragt sich, wie wir altersmäßig zusammenpassen.

»Auf dieser Station sind Kinder unter fünfzehn Jahren nicht zugelassen, Monsieur.«

»Okay, bezahlen Sie mir einen Babysitter? Ich kann mir das nämlich nicht leisten. Seien Sie so nett und lassen uns in Ruhe. Das ist hier eine rein familiäre Angelegenheit.«

Sie mustert ihn. Ich sehe, wie sie wütend wird. Im Laufe der Jahre haben sich viele solcher Momente der Wut angehäuft, Jahre, in denen sie immer darum bemüht war, ihrem Berufsethos und ihrem Bestreben nach Menschlichkeit treu zu bleiben, trotz ihrer Verbitterung und ihrer schwierigen Arbeitsbedingungen. Jede neue Demütigung ruft ihr vermutlich all die anderen Demütigungen in Erinnerung. Zé hat sich bereits wieder abgewandt und ist erneut in die Lektüre der *Méditations* vertieft. Zé kann ein richtiges Arschloch sein, wenn er will. Er liest noch nicht mal. Lamartine kennt er auswendig.

Die Krankenschwester lässt die Schultern sinken. Sie rastet an einem anderen Tag aus. Das wird nicht mehr lange dauern, denke ich. Vielleicht beleidigt sie dann einfach nur einen Patienten. Oder sie erhöht die tägliche Kalisalz-Dosis, die sie einem anderen Patienten injiziert. Schon ein paar Gramm mehr können tödlich sein, und anschließend kann man es als bloßen Dosierfehler hinstellen. Oder sie kommt eines Morgens mit einer Pumpgun ins Krankenhaus. Zé sagt, ich hätte zu viel Fantasie.

»Sie können ruhig etwas freundlicher sein, Monsieur. Ich verstehe, dass Sie nervös sind, aber das müssen Sie nicht am Personal auslassen.«

Sie verlässt den Raum, ohne eine Antwort abzuwarten. Sie hätte sowieso keine bekommen. Ich bin mir nicht mal sicher, ob Zé sie überhaupt gehört hat. Und wenn doch, ist es ihm scheißegal. Es ist ihm so ungefähr alles scheißegal, außer ein paar Dichtern, aber nur ganz bestimmten. Und natürlich Gabrielle.

Ihre Handgelenke sind verbunden. Man kann die mit Betadine getränkten Stiche nicht sehen, und auch nicht, wie groß die Wunden waren, bevor sie sie zusammengenäht haben. Das Krankenhaus ist sauber, hygienisch. Die Verbände auch. Nicht so wie die Rückbank vom Auto, auf der Zé und ich sie gefunden haben, mit leerem Blick, wie ein Fisch, den man aus dem Wasser gezogen hat.

Sie starrt an die Decke. Das tut sie schon die ganze Zeit, seit wir da sind.

Ich beobachte sie beide, sie beachten mich nicht, dann wende ich mich wieder meinem Englischbuch zu. Das Pflegepersonal läuft hin und her, ist immerzu am Laufen. Auch die Patienten laufen hin und her, aber sie haben es weniger eilig. Sie treten vor die Tür, um frische Luft zu schnappen, oder stellen sich vor die Kaffeemaschine. Es ist wie eine Fabrik mit ihren Arbeitern, ihren Maschinen, ihren Vorarbeitern, ihren eigenen Gesetzen.

Gabrielle ist seit einer Woche hier. Ihre Genesung schreitet nur langsam voran. Zé sagt, sie ruhe sich aus.

Die Stille in ihrem Zimmer wird von Tag zu Tag größer.

Zé hat mich auf dem Pausenhof abgeholt. Meine Klassenkameraden sind zur Seite gewichen, als diese große, in sich zusammengesunkene, seltsame Gestalt im übergroßen Regenmantel auftauchte – er sah echt aus wie ein Pädophiler – und die Lehrer stellten sich ihm in den Weg, aber ich sagte: »Das ist mein Vormund.« Keiner wollte mir glauben. Er hatte damit gerechnet und zog das Papier des Familiengerichts hervor, als handele es sich um ein Gottesurteil.

Er sagte:

»Ich brauche dich, du musst bei ihr Wache halten.«

Und ich verstand:

»Ich brauche dich, du musst bei mir Wache halten.«

Das bedeutet, ich gehe seit zwei Tagen nicht zur Schule. Nicht, dass ich da groß etwas versäume …

Am Abend nach dem Einsammeln der Tabletts fordert die Schwesternhelferin Zé auf, das Krankenzimmer zu verlassen. Er sperrt sich der Form halber noch etwas, aber das ist ein bloßes

Ablenkungsmanöver. Als es klopft, schlüpfe ich schnell unters Bett. Die Schritte der Schwesternhelferin entfernen sich und ich bleibe allein mit Gabrielle zurück. Das ist besser, als allein mit Zé.

Ich strecke mich unter dem Bett aus. Ich bin müde. Ich soll eigentlich nicht einschlafen, aber das ist vielleicht ein bisschen viel verlangt. Ich bin doch nur ein Kind und brauche Schlaf, und außerdem geht mich das alles nichts an.

Ich falle in einen Halbschlaf trotz des Personals, das auf dem Gang zu laut redet. Gabrielles Stimme löst mich aus meiner Erstarrung.

»Mattia?«

Mattia, das bin ich. Nicht Matt. Auch nicht für enge Freunde, für niemanden.

»Pst!«, sage ich. »Ich darf eigentlich nicht hier sein.«

Sie lacht kurz auf.

»Hat Zé dir gesagt, du sollst dich hier verstecken?«

»Zé ist ein Arschloch.«

»Kommt ganz drauf an.«

Ich schiebe mich auf den Ellbogen aus meinem Versteck heraus. Gabrielle hat sich in ihrem Bett umgedreht. Jetzt starrt sie an die Wand. Ich vermute, sie kann die Decke nicht mehr sehen. Ihre zu Zöpfen geflochtenen Haare liegen neben ihr auf dem Kissen. Sie verdecken zum Teil ihre glänzenden Augen. Ich weiß nicht, ob sie wegen des Fiebers so funkeln oder weil sie Tränen in den Augen hat oder ob es am Mondlicht liegt.

Die Stille, die sich jetzt deplatziert fühlt, zieht sich ins Badezimmer zurück. Ich spüre förmlich, wie sie sich da verkriecht, bereit, beim ersten Anzeichen von Schwäche hervorzuspringen, wie ein Tier, das seiner Beute nachstellt. Ich richte mich auf. Ich suche ihren Blick, aber finde nur einen Halbschatten, der sich hinterlistigerweise in ihre Pupillen schleicht, sodass ich ihr nicht richtig in die Augen sehen kann.

Sie lächelt ins Leere hinein. Schon wagt die Stille einen Schritt aus ihrem Versteck heraus. Ich versuche, sie zu verscheuchen (ein kläglicher Versuch).

»Alles okay?«

»Na klar.«

Die Stille springt hervor und erdrückt uns mit ihrer ganzen, ungeahnten Wucht. Meine Schultern geben unter ihrem Gewicht nach. Ich schiebe mich wieder unters Bett, aber kann erst im Morgengrauen einschlafen.

Ich denke an Saïd. Er ist gestorben, bevor ich auf die Welt kam. Ich frage mich, wer sich noch die Mühe macht, Gerechtigkeit einzufordern, nachdem die Justiz ihr Urteil bereits vor langer Zeit gefällt hat.

Aber ich höre Gabrielle leise atmen und versuche, mich auf den Augenblick zu konzentrieren.

Am nächsten Morgen mache ich es so, wie Zé es mir gesagt hat, ich verlasse das Zimmer erst beim Schichtwechsel. Das Team wird in dieser Zeit nur ungern gestört. Die Tür zum Besprechungsraum ist geschlossen und ich bin so klein, dass man mich durch die Scheibe nicht sehen kann. Ich kann in aller Seelenruhe über den Flur laufen. Zwar begegne ich einigen Patienten, die mir neugierige Blicke zuwerfen und überrascht sind, in der Psychiatrie auf ein unbegleitetes Kind zu stoßen, aber die Leute sind zu sehr mit ihren eigenen Leiden beschäftigt, als dass sie in der Stimmung wären, sich weitere Fragen zu stellen. Es gibt keinen besseren Ort als ein Krankenhaus, um unbemerkt zu bleiben.

Ich hole mir am Automaten eine heiße Schokolade und gehe in die Cafeteria, dort warte ich auf Zé. Wenn die Krankenschwestern Schichtwechsel haben, kommt er von der Arbeit. Er ist Nachtwächter in einem großen Supermarkt. Er sagt, die Arbeit sei stinklangweilig, aber nun einmal nötig. Er erscheint um Punkt sieben Uhr dreißig. Seine Augen wandern suchend durch den Raum, streifen mich nur flüchtig. Er setzt sich mir gegenüber.

»Wie geht es ihr?«

Er hat eine Thermoskanne Kaffee dabei und bietet mir, ohne nachzudenken, etwas davon an. Ich schüttele den Kopf.

»Ich weiß es nicht. Sie hat kaum mit mir gesprochen.«

»Was hat sie gesagt?«

»Ich habe Hunger.«

Der Geizkragen hat mir nur Geld für ein Getränk gegeben. Manchmal vergisst er, dass ich auch etwas essen muss. Er kauft mir zwei Croissants und eine Rosinenschnecke. Ungewohnt großzügig für ihn. Vermutlich ist ihm bewusst, dass ich wegen ihm eine ziemlich üble Nacht verbracht habe.

»Was hat sie denn nun gesagt?«, wiederholt er, nachdem ich aufgegessen habe.

»Nichts. Sie wollte nur wissen, ob du gesagt hast, ich solle mich hier verstecken. Daraufhin habe ich gesagt, du seist ein Arschloch. Da hat sie gesagt, ›kommt drauf an‹.«

Er lächelt. Man könnte meinen, das ist das schönste Kompliment, das er je bekommen hat. Er klopft meinen Jackenkragen ab, der voller Croissant-Krümel ist. Ich habe sie extra dagelassen, um zu prüfen, ob ihm das auffällt. Seitdem ich ihm nützlich sein kann, ist sein Interesse an mir deutlich gestiegen. Gabrielle müsste sich öfter mal das Leben nehmen.

»Ich gehe zu ihr«, sagt er. »Willst du zurück in die Schule?«

»Ach …«

Ich möchte zurück in die Wohnung, aber er bietet mir nicht an, mich hinzubringen. Er braucht meine Anwesenheit noch, um die Stille zu übertünchen. Das nervt mich. Ich sage nichts und folge ihm in den dritten Stock. Da liegt sie, ihre Haut ist durchscheinend, sie schläft. Sie ist kaum von der Bettwäsche zu unterscheiden, nur dass die eine kleine braune Borte hat. Zé betrachtet sie mit diesem zärtlichen Blick, mit dem er mich nie ansieht.

Ich wende mich ab, schlucke meine Bitterkeit herunter.

Ich schlage mein Englischbuch auf, das hellt meine Stimmung auch nicht gerade auf. Und Zé kann sich noch so sehr in seinen Lamartine vertiefen, er kann trotzdem nicht eine Minute vergessen, dass die einzige Person auf dieser Welt, die er liebt, sich letzte Woche die Pulsadern aufgeschnitten hat. Er hat abgenommen. Er isst nichts mehr, seit sie weg ist. Liebe gehört verboten.

Und Schule auch.

Nach einer Woche fasst Zé sich auf einmal wieder und besinnt sich auf seine Rolle als gesetzlich bestellter Vormund. Ebenso plötzlich, wie er mich von der Schule genommen hat, verdonnert er mich dazu, wieder zur Schule zu gehen. Ich sitze auf dem Beifahrersitz, im Spiegel sehe ich die Rückbank. Ich muss daran denken, wie sie aussah, als sie voller Blut war. Ich war die halbe Nacht damit beschäftigt, sie sauberzumachen. Zé stand unter Schock, er starrte die ganze Zeit nur auf die gegenüberliegende Mauer, so wie Gabrielle im Krankenhaus an die Wand. Ihr Selbstmordversuch hat keine Spuren hinterlassen. Zumindest nicht im Auto.

Auf dem Weg zur Schule schweigen wir. Ich habe keine Lust, da wieder hinzugehen.

»Ich will da nicht hin.«

Ich berühre Zé an der Schulter.

»Ich will da nicht hin!«

»Nun spiel nicht das kleine Kind.«

»Bestimmt fragen mich alle, warum ich geschwänzt habe.«

»Denk dir was aus.«

»Die Wahrheit darf ich nicht sagen?«

»Wenn du möchtest, aber dann denken deine Schulkameraden noch, dass du Unglück bringst.«

Wieder Stille. Diese Stille ist ein echtes Ungetüm, hat einen Pferdefuß, keine Zunge, keine Zähne, keinen Rachen, aber einen Mund und damit lacht sie uns aus.

Zé wird jetzt erst klar, was er da gerade gesagt hat. Mir auch.

»Hurensohn«, murmele ich.

Er parkt vor der Schule. Seine Finger, zwischen denen eine Zigarette steckt, zittern.

»Tut mir leid, du kannst heute bei mir bleiben, wenn du möch…«

»Ich gehe lieber zur Schule«, sage ich und schlage die Autotür zu.

Und er weiß, wie sehr ich die Schule hasse.

Alle Schüler sind in die Lehrerin verliebt, außer mir. Sie finden sie schön. Sie ist achtundzwanzig, trägt eine Menge brasilianischer Armreifen (und keine Verbände) an den Armen, hat kurze Haare und Sommersprossen und heißt Madame Sivrieux. Zu Beginn des Schuljahres mochte sie mich gern. Sie nannte mich ihr »kleines Wunderkind«. Nicht weil ich gute Noten hatte, sondern weil ich nie etwas sagte, woraus sie seltsamerweise schloss, dass ich ihrem Unterricht lauschte, und weil ich eine schnelle Auffassungsgabe habe und den anderen wenn nötig auf die Sprünge half. Ich wollte einfach nur, dass sie mich sympathisch findet und in Ruhe lässt.

Dann kamen die ersten Klassenarbeiten. Madame Sivrieux wurde klar, dass ich doch nicht das kleine Genie war, für das sie mich gehalten hatte. Da verlor sie schnell das Interesse an mir und wandte sich den echten Intelligenten zu, den Fleißigen. Umso besser. Es gefiel mir eh nicht, als Primus zu gelten. Ich hatte meinen Platz traditionell immer am Fenster.

Wir gehen in Zweierreihen auf den überdachten Pausenhof. Es regnet. Da merke ich, dass ich meine Schultasche vergessen habe, im selben Moment fällt es den anderen auch auf. Sie zeigen mit dem Finger auf mich. Madame Sivrieux kommt auf mich zu, sie wirkt eher beunruhigt als streng.

»Wo warst du denn, Mattia? Du hast eine ganze Woche unentschuldigt gefehlt, wir haben uns Sorgen gemacht.«

Das war ja klar, dass er vergessen hat, mich abzumelden. Konnte ich es ihm verübeln? Ich zucke mit den Schultern, gebe mich zerknirscht.

»Ich war im Krankenhaus.«

»Warst du krank?«

»Ich nicht, die Freundin meines Vormunds.«

Ich kann ihrem Blick entnehmen, dass eine so entfernte Verwandtschaft kein so langes Fernbleiben rechtfertigt. Okay. Ich hätte gerne darauf verzichtet, aber da sie es nun einmal nicht anders wollte:

»Sie hat sich die Pulsadern aufgeschnitten. Mein Vormund brauchte mich.«

Ihr Lächeln gefriert. Ich ordne mich schnell wieder in die Reihe ein, ohne ihre Reaktion abzuwarten. Soll Zé doch zusehen, wie er das erklärt. Es ist schließlich nicht meine Schuld, wenn ich lauter Sozialfälle zu Hause habe.

Sechzehn Uhr dreißig. Zé soll mich eigentlich abholen, aber er kommt nie ganz pünktlich. Ich bin nicht sauer, ausnahmsweise hat er eine gute Entschuldigung. Vermutlich hat er den ganzen Tag an Gabrielles Bett gesessen und sie haben sich angeschwiegen.

Ich stelle mich an die Ecke und sehe mir die Matheaufgaben an, damit ich abends Zeit für meine Zeichentrickfilme habe.

Wegen dieser Krankenhaussache habe ich eine Woche lang nicht ferngesehen.

Und da sehe ich sie auf einmal.

Zwei Männer, der eine um die vierzig, der andere etwas älter. Sie tragen Turnschuhe mit ordentlich gebundenen Schnürsenkeln, der eine hat einen Wildlederblouson an, der andere eine khakifarbene Jacke, sie stehen unter dem Vordach der Post, auf der anderen Straßenseite.

Sie reden miteinander und werfen mir verstohlene Blicke zu.

Ich habe keine Angst. Pädophile treten selten als Paar auf, und Kidnapper haben es nur auf Kinder reicher Eltern abgesehen (und auf Kinder, deren Abwesenheit auch bemerkt wird, davon kann man bei mir nicht unbedingt ausgehen, denn Zé hat offenbar vergessen, dass ich überhaupt existiere, dieser Bastard!).

Ich langweile mich, bald beginnt meine Lieblingsserie. Ich schaue auf die Uhr und bin kurz davor, zu Fuß nach Hause zu gehen. Da beschließt der Typ im Wildlederblouson, die Straße zu überqueren. Er kommt lächelnd auf mich zu.

»Hallo«, sagt er.

»Hallo.«

»Heißt du Mattia Lorozzi?«

»Warum?«

Er lächelt ohne erkennbaren Grund und streckt mir seine Hand entgegen, die ich nicht ergreife, da lässt er sie wieder in der Tasche verschwinden. Sein Lächeln behält er jedoch bei.

»Ich bin ein Freund von Zé. Du lebst doch bei ihm, oder?«

Ich antworte nicht.

»Ich habe ihn seit Jahren nicht gesehen, ich würde den Kontakt gerne erneuern. Ich hatte gehofft, er holt dich von der Schule ab. Ich wollte ihn überraschen.«

»Woher wissen Sie, dass er mein Vormund ist?«

»Ich habe die Geschichte verfolgt …«

Der andere Typ tut so, als würde er interessiert den Verkehr beobachten, dabei mustert er uns mehr oder weniger unverhohlen.

Ich glaube, das ist eine Lüge. Es passt nicht zu Zé, Freunde zu haben.

»Und der Typ dahinten ist Ihr Bodyguard?«

Sein Lächeln erstirbt. Ist mir auch lieber so. Er beugt sich zu mir herunter, ich blicke misstrauisch zu ihm hoch.

»Ganz schön forsch für einen Sechsjährigen.«

»Ich bin elf.«

»Ich möchte nur mit einem alten Freund in Kontakt treten. Warum bist du so misstrauisch? Hat man dir verboten, mit Fremden zu reden?«

»Genau so ist es«, sage ich und gehe los.

Aber er holt mich ein und läuft neben mir her.

»Weißt du denn auch, dass dein Vormund ein Mörder ist?«

Ich bleibe stehen. Er auch. Ich lächele. Er nicht. Sein Kumpel ist uns nicht gefolgt. Er steht immer noch vor der Post, die Hände in den Taschen, und blickt in eine andere Richtung, als hätte er mittlerweile kapiert, wie misstrauisch ich bin.

»Ja«, antworte ich.

»Mit so einem lebst du zusammen, aber hast Angst vor den Leuten auf der Straße?«

»Ich habe keine Angst, Sie gehen mir einfach nur auf die Nerven, das ist alles.«

Ich mache kehrt und gehe in Richtung Krankenhaus. Dieses Mal versucht er nicht, mich einzuholen. Ich sehe sein Spiegelbild im Schaufenster eines Ladens. Er rührt sich nicht von der Stelle, steht mitten auf der Straße und blickt mir nach, wie ich mich mit finsterer Miene entferne. Er dreht sich erst um, als ich aus seinem Gesichtsfeld verschwunden bin.

Kurzum: entweder ein Bulle oder ein Gangster.

Zé ist nicht im Krankenhaus. Eine Krankenschwester sagt mir, er sei gerade gegangen. Dann ist ihm wohl endlich wieder eingefallen, dass es mich auch noch gibt. Er hat kein Handy, also warte ich brav in einer Ecke am Fenster. Gabrielle reagiert nicht auf meine Versuche, ein Gespräch anzufangen. Zé lässt auf sich warten, gegen achtzehn Uhr kommt er ins Zimmer gefegt. Man sieht ihm an, wie erleichtert er ist, mich zu sehen.

»Bist du alleine gegangen?«

»Was blieb mir anderes übrig, du kamst ja nicht.«

»Ich komme *immer* zu spät.«

»So ein paar Typen suchen dich.«

Ich weiß nicht, ob ich vor Gabrielle darüber reden soll, aber schließlich bin ich das Kind, nicht sie. Und nur weil sie sich weigert zu sprechen, heißt das ja nicht, dass wir sie aus unserer Unterhaltung ausschließen müssen.

»Wer denn?«, fragt er ziemlich ruhig, während er seine Jacke auszieht.

»Bullen oder Gangster. Sie haben mich vor der Schule abgepasst. Sie wollten wissen, ob ich bei dir lebe.«

Er schüttelt den Kopf und deutet auf Gabrielle, die nicht reagiert.

»Bitte nur ein Problem auf einmal.«

Ich kann mir nur schwer ein hämisches Grinsen verkneifen. Wenn das eine allgemeingültige Regel wäre, dann würde ich jetzt noch bei meiner echten Familie leben.

Zweites Kapitel

Im Alter von fünf Jahren fragte ich mich, warum das Leben so dermaßen ungerecht war.

Im Alter von sieben Jahren sagte ich mir, dass es, wenn es gerecht wäre, seinen Sinn verloren hätte, denn dann könnte man ja nicht mehr darauf hoffen, dass es eines Tages besser würde.

Im Alter von acht Jahren suchte ich verzweifelt nach einem Mittel, das Unrecht zu beheben, aber ich fand keins, weil die meisten Ungerechtigkeiten nicht mehr rückgängig zu machen sind, und eben darum sind sie so schwer zu ertragen.

Im Alter von neun Jahren beschloss ich, mir keine Fragen mehr zu stellen.

Das mit Zé und Gabrielle ist eine komische Geschichte. Eine Liebesgeschichte, meint er. Sie ist sich da nicht so sicher. Sie spricht nie darüber. Sie hat nicht das Bedürfnis, die Dinge beim Namen zu nennen. Sie schaut sie sich an und denkt sich ihren Teil. Sie hat nie viele Worte gemacht, im Gegensatz zu Zé. Er redet manchmal auch nur um zu reden, oder er rezitiert Baudelaire, was aufs Gleiche hinausläuft. Insofern ergänzen sie sich.

Ich beobachte sie gern. Das lenkt mich ab. Es hindert mich daran, an Sachen zu denken, die mir Angst machen. Besser man konzentriert sich auf die schönen Dinge, selbst wenn sie so sparsam verteilt werden, dass es an Geiz grenzt.

Ich habe nun seit vier Jahren mit ihnen zu tun. Zumindest mit Zé. Mit Gabrielle so um die zwei Jahre. Ich sehe sie selten allein. Meine Therapeutin sagt, das nenne man eine symbiotische Beziehung. Und sie sagt auch, das berge Gefahren. Sicher. Aber es ist zu spät. Es ist nun mal passiert, man kann es nicht mehr ändern. Sie sind sich begegnet und haben sich ineinander verliebt, wie in einem dieser Chansons. Ich möchte denjenigen sehen, der sie jetzt noch auseinanderbringt.

Ich habe es versucht, ohne Erfolg.

Man sollte es mir nicht verübeln. Ich bin besitzergreifend, das stimmt. Ich wollte Zé für mich allein haben, als großen Bruder, meine ich, oder als Vater oder als Freund. Macht das einen großen Unterschied? Nach all der Scheiße, die in meiner Familie passiert ist, hoffte ich, bei ihm würde alles Unrecht *von allein wiedergutgemacht werden*, dumm, wie ich war. Damals glaubte ich noch, es gäbe so etwas wie ausgleichende Gerechtigkeit, aber ich schweife ab.

Zé und Gabrielle. Und ein schwarzer Schatten, der zwischen ihnen steht, sonst gäbe es ja keine Geschichte. Sie lieben sich wie verrückt und sind doch beide unglücklich.

Ich habe keine Ahnung, wer da versucht, wen zu retten, und wie lange sie hoffen, das gemeinsam überleben zu können, noch bin ich mir sicher, ob sie es wirklich wollen.

Meine Therapeutin meint, ich sollte mich etwas weniger für die anderen interessieren, und etwas mehr für mich selbst.

Einen Tag nachdem ich das erste Mal wieder in der Schule war, empfängt uns spät nachmittags Dr. Kadouri (der Name steht auf seinem Kittel) in seinem Büro. Er deutet mit dem Kinn auf mich.

»Mir wäre lieber, wir würden dieses Gespräch ohne Ihren Sohn führen.«

»Das ist nicht mein Sohn«, sagt Zé, als wäre das Problem damit behoben.

Der Arzt verzieht missbilligend das Gesicht, aber sagt nichts weiter. Er ist noch jung, maximal dreißig. Er sieht aus, als hätte er gerade erst seinen Facharzt gemacht, aber das spielt auch keine Rolle, selbst wenn er Professor in Oxford wäre, würde Zé ihm nicht mehr Vertrauen entgegenbringen. Er hat einen Tintenfleck auf der linken Brusttasche, ein kleines Notizbuch und ein Stethoskop um den Hals, damit man ihn bloß nicht mit dem Pöbel verwechselt, dem Pflegepersonal.

Tag zehn nach Gabrielles gescheitertem Selbstmordversuch. Ein anonymer Büroraum in einem Krankenhaus, nur wenige Türen von ihrem Zimmer entfernt, der Arzt, Zé und ich. Ich bin bei solchen Gesprächen grundsätzlich unsichtbar, es sei denn, man spricht über wirklich ernste Dinge. Ich habe keine Ahnung, wie ich es anstelle, dass man mich so leicht vergisst. Es wäre toll, wenn ich das absichtlich tun und mal eben zum Geist werden könnte. Manchmal frage ich mich schon, ob ich überhaupt lebe.

Draußen regnet es Bindfäden. Gabrielle wird nicht wieder gesund, aber ihre Wunden vernarben, in ihrem Tempo, also langsam.

Ein Wort reißt mich aus meinen Gedanken heraus.

»Charcot?«, sagt Zé tonlos.

Das kenne ich, das ist die psychiatrische Klinik vor den Toren der Stadt. Zé wirft mir einen angespannten Blick zu. Schön, dass er sich an mich erinnert und an die Geschichte, die ich erlebt habe, bevor er mich zu sich genommen hat. Er kennt es auch, er war als Jugendlicher für eine Weile dort untergebracht, in seiner »irren Phase«. Dort hat er meinen Vater kennengelernt, sie haben sich ein Zimmer geteilt, bis mein Vater sich erhängt hat.

Ja, was Sozialfälle angeht, ist unsere Familie ganz schön vorbelastet. Das ist nicht auf meinem Mist gewachsen, meine Therapeutin sagt das (sie sagt nicht »Sozialfälle«, aber ich habe diesen Ausdruck schon mal gehört). »Verstehen Sie«, fährt der Arzt fort, dem unser kurzer Blickwechsel entgangen ist, »Ihre Lebensgefährtin hat einen Selbstmordversuch gemacht.«

»Ach nein!«

»Sie ist außer Lebensgefahr, hat das körperlich unversehrt überstanden, aber sie spricht nicht, mit niemandem, noch nicht mal mit Ihnen, wie ich höre. Ich habe Sorge, sie könnte es erneut versuchen, wenn wir sie ohne weitere Behandlung entlassen.«

»Ich bin da, ich kümmere mich um sie.«

»Die Frage ist nur, reicht das? Sie waren schließlich auch da, bevor sie … Ich meine, das hat sie nicht daran gehindert, zur Tat zu schreiten.«

Stille. Der Arzt schweigt, Zé schweigt. Ich schweige auch. Ich sehe aus dem Fenster. Über dem Gebäude schweben drei Kräne. Auf den Metallstreben hat sich ein Vogelschwarm niedergelassen. Sie fliegen alle gleichzeitig los. Eine Milliarde Federn bedecken den Himmel, das sieht schön aus, aber ich bin der Einzige, der es bemerkt. »Sie hat immer mal solche Phasen«, sagt Zé schließlich, um irgendwas zu sagen. »Sie kennen das doch sicher, jeder kennt das, einen Tag ist man guter Dinge, am nächsten möchte man sterben.«

»Das war nicht ihr erster Selbstmordversuch.«

»Wenn man alle Leute einsperren wollte, die sterben wollen …«

»Wir wollen niemanden einsperren, es geht darum, jemandem neuen Lebensmut zu geben.«

»Sie war schon mal in dieser Klinik. Das hat ihr nicht wirklich geholfen. Und was tun Sie, wenn sie sich nicht davon überzeugen lässt, dass es sich lohnt zu leben?«

Der Arzt schweigt und gesteht damit indirekt seine Ohnmacht ein (seine Ohnmacht und die seiner gesamten Zunft, und ja, auch wir sind ohnmächtig).

»Sie geht da nicht hin«, sagt Zé.

»Tut mir leid, aber Sie können sich dem nicht widersetzen.«

Man kann nicht behaupten, dass der Arzt sich besonders ins Zeug legen würde. Er kennt die Leute eben. Dieser Nachtwächter wirkt extrem unnachgiebig. Jeder Versuch, diesen Typ zum Einlenken zu bewegen, ist eh zum Scheitern verurteilt.

»Was soll das heißen?«, schreit Zé. »Wollen Sie das etwa gegen ihren Willen tun? Mit welcher Begründung?«

»Wegen der Schnitte an ihren Handgelenken, Monsieur. Zehn Minuten später wäre sie verblutet. Sind Sie bereit, dieses Risiko zu tragen?«

»Keine Psychiatrie, das kommt überhaupt nicht infrage.«

»Um ihr zu helfen.«

»Sie kennen sie nicht. Sie hat doch kein Wort mit Ihnen gesprochen. Aber ich lebe mit ihr zusammen. Ich liebe sie«, fügt er hilflos hinzu, als wäre es nötig, das extra zu betonen. »Sie geht nicht nach Charcot. Das ist ein verdammtes Sterbeheim.«

Der Arzt beschließt die Verlegung aufzuschieben.

»... damit Sie noch ein paar Tage Zeit haben, darüber nachzudenken.«

Zé braucht keine paar Tage Zeit, bereits am nächsten Tag handelt er. Er ist schließlich nicht mehr grün hinter den Ohren. Er weiß, dass es dem Arzt völlig egal ist, was er denkt. Am Nachmittag also, als Schichtwechsel ist, die Krankenschwestern und Schwesterhelferinnen sich in den Besprechungsraum zurückziehen und ich den Flur überwache, obwohl ich das eigentlich gar nicht will, spricht Zé mit Gabrielle.

Ich stehe im Türrahmen, höre mit einem Ohr aufmerksam zu und lausche mit dem anderen auf die Geräusche außerhalb des Zimmers. Ich höre zu, aber verstehe nichts. Er murmelt etwas, sie richtet ihre braunen Augen auf ihn, ihre Gesichtszüge sind angespannt, so sehr muss sie sich konzentrieren. Zés Nase ist in ihren Haaren verschwunden.

Sie sagt kein einziges Wort. Aber am Ende nickt sie dann. Sie stützt sich auf Zés Schulter und versucht, dabei nicht gegen ihre Bandagen zu kommen. Ich gehe zu ihnen, um ihr meinen Arm anzubieten, aber er hält mich zurück.

»Sag uns, ob wir freie Bahn haben.«

Ja, Chef. Ich gehorche. Das Pflegepersonal ist noch immer mit der Übergabe beschäftigt, aber Zé und Gabrielle sind zu groß, um ungesehen vorbeizugehen, so wie ich. Also improvisiere ich. Ich gehe mit kräftigen Schritten durch den Flur und klopfe an die Tür. Ich klopfe so lange, bis ich ein deutliches »Ja« von innen höre, das ziemlich entnervt klingt. Ich trete ein. Die beiden Krankenschwestern und drei Schwesternhelferinnen sehen so aus, als wollten sie demjenigen, der die Unverfrorenheit besitzt, sie während ihrer Pause zu stören, gleich ins Gesicht springen.

Doch im nächsten Moment schmelzen sie dahin.

»Hallo, Mattia.«

Natürlich kennen sie mich inzwischen. Ich bin so eine Art Maskottchen der Station. Es hat schon manchmal was für sich, nur ein Kind zu sein, selbst ein unsichtbares Kind. Ich setze meinen schönsten Dackelblick auf. »Wann kann meine Mama das Krankenhaus verlassen?«

Ich meine Gabrielle. Sie ist nicht meine Mama und ich habe sie noch nie so genannt, aber das wirkt immer. Und schon schießen mir die Tränen in die Augen unter den peinlich berührten Blicken der Schwestern, die in sich nach einem lange verdrängten und dabei doch so übermächtigen Gefühl suchen: Mitleid. Sie umringen mich, wollen mich trösten, und achten nicht mehr auf das Geschehen im Flur. Aus dem Augenwinkel sehe ich, wie zwei eingehakte Gestalten an der Scheibe vorbeischleichen.

An den Tag der Beerdigung kann ich mich noch sehr gut erinnern.

Es war der zweite Januar, ein Donnerstag, ich war fünf Jahre alt. Mama wandte sich zu mir um und sagte:

»Schließ bloß nie jemanden in dein Herz, früher oder später lassen dich alle im Stich.«

Sie hatte recht. Gemeinhin sagt man so etwas nicht zu Kindern, aber ich rechne es Mama hoch an, dass sie mir nicht, wie die anderen Erwachsenen, lauter Blödsinn erzählt hat, unter der fadenscheinigen Begründung, man sei zu klein, um gewisse Dinge zu verstehen.

Mit unsicheren Schritten ging sie zum Grab, sie drückte meine Hand, ich ihre. Sie drückte etwas zu kräftig, ihre Fingernägel gruben sich schmerzhaft in meine Handflächen. »Da passt du mal eine Sekunde nicht auf, du vertraust jemandem, du liebst ihn und dann passiert so etwas.«

Sie deutete auf das Grab.

Mein Bruder und meine Schwester standen beim Trauerzug ein Stück hinter uns. Ich blickte mit gerunzelter Stirn auf das Grab, für Januar war es ungewöhnlich warm, überall auf dem Friedhof zwitscherten die Vögel. »Da liebst du jemanden und das hast du dann davon!«

Sie stieß diese Worte wie eine üble Beleidigung hervor, so als wollte sie ausspucken. Papa kratzte das vermutlich alles nicht in seinem Grab. Keine Ahnung, ich kannte ihn nicht wirklich. Keiner kannte ihn wirklich.

Sie drückte meine Hand so stark, dass es mir wehtat. Aber ich sagte nichts. An einem schönen Januartag begann ich zu schweigen. Mir fehlten die Worte, ich begriff, wie wenig man mit Sprache ausrichten kann angesichts der Tiefe und Komplexität der Dinge. Wir halten uns für intelligent, weil wir die Fähigkeit besitzen zu sprechen, aber letztendlich wissen wir nie, was wir sagen sollen, wenn etwas richtig Schlimmes passiert.

Sie hat ihm seine Tat im Nachhinein nie zum Vorwurf gemacht. Stattdessen warf sie sich vor, zu sehr geliebt zu haben, und noch dazu jemanden, der sich selbst nicht liebte und nicht mehr in der Lage war, diese Liebe zu erwidern, oder zumindest nicht genug, um daraus den Wunsch abzuleiten, am Leben zu bleiben. »Schließ nie jemanden in dein Herz«, wiederholte sie, »oder behalt zumindest im Kopf, dass du immer allein sein wirst, egal wie viele Leute dich gern haben.«

Mein Bruder stellte sich neben uns.

»Du solltest ihm nicht solche Sachen sagen.«

»Du willst ja wohl nicht behaupten, dass ich falschliege.«

Meine Schwester stand da mit herabhängenden Armen, die Hände zu Fäusten geballt. Ihre Lippe war aufgeplatzt, weil sie ständig darauf herumkaute. Auch sie kam zu uns ans Grab. Zum ersten Mal in meinem Leben hatte ich eine Vorstellung davon, wie es sich anfühlte, wenn man als Familie »zusammenstand«. »Das ist ungerecht«, sagte sie.

Keiner reagierte darauf.

»Ungerecht«, wiederholte sie. »Kann ja sein, dass sie ihn nicht aufgehängt haben, aber getötet haben sie ihn doch.«

Meine Mutter ließ meine Hand los:

»Sei still. Nicht vor dem Kleinen.«

Ein paar Mädchen aus meiner Klasse starren mich in der Kantine unentwegt an, ich tue so, als wäre nichts, dabei macht es mich echt verlegen. Ich bin nicht gerade der typische Mädchenschwarm. Normalerweise schenken sie mir keinerlei Beachtung. Julien, rechts neben mir, stößt mich in die Seite:

»Sag mal, du hast ja Erfolg!«

Ich denke eher, dass sie sich über mich lustig machen, aber ich sage nichts. Schon im ersten Schuljahr habe ich gelernt zu kaschieren, dass noch nicht mal ich mich für mich selbst interessiere. Blöderweise bekommen die anderen das immer ziemlich schnell spitz, und setzen es früher oder später gegen mich ein. Nach dem Essen laufe ich ziellos über den Pausenhof und warte auf das Ende der Pause. Die Mädchen beobachten mich immer noch, aber wenn sie sich für jemanden interessieren oder ihnen jemand gefällt, dann schauen sie anders. Sie tuscheln miteinander und wirken sehr ernst.

Endlich läutet die Glocke. Ich will zum Klassenraum gehen. Da löst sich zu meiner Überraschung eine der Schülerinnen aus der Gruppe und kommt auf mich zu, Camille, die Älteste. Sie tritt von einem Bein aufs andere. Langsam glaube ich ernsthaft, ich habe Erfolg, und frage mich, wie man sich in dieser für mich völlig ungewohnten Situation verhält, aber da ergreift sie das Wort:

»Neulich hat uns in der Pause jemand angesprochen und über dich ausgefragt.«

Da habe ich sogleich wieder das Bild der beiden zwielichtigen Typen vor Augen, die vor der Post standen. Nach Gabrielles Flucht aus dem Krankenhaus hatte ich sie total vergessen, ich habe sie seither nicht wieder gesehen und Zé hat das Thema auch vermieden.

»Was für Typen?«

»Eher älter, so im Alter unserer Eltern. Das war, als du nicht da warst, letzte Woche. Sie wollten wissen, ob wir in deiner Klasse wären. Zuerst wussten wir gar nicht, wen sie meinten, sie nannten dich nämlich »Mattia Younès«.

Younès ... das war der Nachname meines Vaters. Ich trage den Namen meiner Mutter. Darauf hatten meine Eltern sich geeinigt, damit meine Schwester und ich später bei der Arbeitssuche nicht benachteiligt würden. »Na ja, Mattia ist ein häufiger Name«, fuhr Camille fort. »Und, was wollten sie wissen?«

»Seit wann du nicht mehr da wärst und ob du wiederkommen würdest. Wir haben gesagt, das wüssten wir nicht.«

»Das war alles? Ihre Namen haben sie nicht gesagt, und was sie von mir wollten?«

»Nein, komisch, oder? Das war wie im Krimi, wenn die Bullen ihre Ermittlungen machen.«

Während wir die Treppe hochgingen, lachte sie komisch.

»Hast du was ausgefressen?«

»Quatsch!«

»Das hätte mich auch gewundert. Du bist immer so dermaßen unauffällig, ich kann mir nicht vorstellen, dass dich die Bullen wegen irgendwas suchen.«

Ich frage sie, wie die beiden ausgesehen haben, um sicherzugehen. Sie erwähnt den Wildlederblouson des einen und die bullige Statur des anderen in der khakifarbenen Jacke. Kein Zweifel, das sind die beiden. Umso besser. Die Vorstellung, eine ganze Horde von Leuten wäre hinter mir oder vielmehr hinter Zé her, würde mir nicht besonders gefallen.

Ich bedanke mich bei ihr und wir setzen uns beide an unseren Tisch.

Das ist so ungefähr das erste Mal seit Beginn des neuen Schuljahres, dass jemand aus meiner Klasse das Wort an mich gerichtet hat.

Nacht.

Wir sind im Supermarkt, weil wir bald den einunddreißigsten Oktober haben, ist alles für Halloween dekoriert, grinsende Masken, Monster, die man aus dem Kino kennt, Kürbisse, Hexen. Ich laufe gern allein durch die leeren Gänge. Ich mag es, Zé zu seiner Arbeit zu begleiten, aber das sage ich nicht, ich tue so, als würde ich ungern mitkommen, dabei bin ich gern mit ihm allein.

Gabrielle ist allein zu Hause geblieben, er kann sie schlecht nötigen, mitzukommen.

Er patrouilliert durch die Gänge. Irgendwo in der Mitte des Ladens steht auf dem Boden ein Radio und dudelt vor sich hin, aber ich kann den Song beim besten Willen nicht erkennen.

Er rezitiert:
Ihr wolltet keinen Ruhm und keine Tränen,
Keinen Orgelklang und keine Totenweihen,
Ihr nahmt eure Waffen zur Hand, mehr nicht,
Kein falscher Glanz lag in euren Augen, Partisanen.
Aragon, *Das rote Plakat*

Dank ihm bin ich in klassischer, französischer Poesie unschlagbar. Zé flucht grundsätzlich nur in Alexandrinern.

Nachtwächter also. Ein Brotjob. »Wie alle Jobs«, sagt er.

Man sah eure Porträts an allen Mauern,
Mit struppigem Bart, nachtschwarz und bedrohlich,
Ein Plakat, das einem Blutfleck glich,
Eure Namen klangen exotisch und fremd,
Sie sollten Angst und Schrecken wecken,
Doch während der Sperrstunde, wie von Geisterhand,
Wurde darunter geschrieben: »Gestorben für Frankreich.«
Und schon waren die Morgen nicht mehr ganz so grau.

Ich übe derweil Englisch. Eine echte Qual, ich kenne keine andere Sprache, die so hässlich ist. Verstehe, wer mag, wieso ausgerechnet die hässlichste Sprache der Welt wie selbstverständlich alle anderen Sprachen verdrängt hat. Vermutlich kann man daraus irgendeine Lehre fürs Leben ziehen, aber das lasse ich lieber.

Zé hat mir bei den Comics eine extra Ecke eingerichtet, falls ich zwischendurch mal was lesen möchte, statt immer nur über meinen Hausaufgaben zu brüten. Manchmal fordert er mich auf, mich in der Schule anzustrengen, aber da endet seine Bemutterung dann auch schon. Er gehört nicht zu denen, die abends den Schulplaner überprüfen. Wir haben das Zelt mitgebracht, das wir sonst nie benutzen. So kann ich unbehelligt von den Überwachungskameras schlafen.

Ich höre, wie er sich nähert, er rezitiert immer noch. Er kniet sich hin, um in meinen Unterschlupf hineinzuspähen. »Es ist Mitternacht, Mattia.«

»Ja und?«

»Geh schlafen.«

»Ich lerne noch.«

Er lacht.

»Du und lernen? Ich kenne dich. Du hängst deinen Gedanken nach. Dein kleines Gehirn muss sich auch mal ausruhen. Schlaf, Kinder brauchen Schlaf.«

Er redet darüber, als hätte er gerade eine Doku zu dem Thema gesehen. Ich verkneife mir die Bemerkung, dass er kürzlich noch weniger besorgt um meinen Schlaf war, als ich nachts bei Gabrielle Wache halten sollte. »Zé …«

»Ja?«

»Ein Mädchen aus meiner Klasse hat mir erzählt, dass diese seltsamen Typen in der Schule aufgekreuzt sind, die mich neulich nach dir ausfragen wollten. Das war, als ich nicht da war. Sie wollten wissen, ob ich bald wieder in die Schule käme.«

Ich blicke meinem Vormund forschend ins Gesicht, um zu sehen, ob er mich anlügt, aber er verzieht keine Miene. Nur eine nervös zuckende Ader an der Schläfe zeigt seine Beunruhigung.

»Die wollen nichts von dir, keine Angst. Wer sucht denn schon Ärger mit einem Kind?«

Keine Ahnung. Ich weiß nur, dass der Ärger einen immer findet, unabhängig davon, wie alt man ist.

»Schlaf jetzt«, sagt er erneut. »Das ist sicher ein Irrtum, das wird ihnen früher oder später auffallen.«

»Gute Nacht«, murmele ich.

»Schlaf gut.«

Seine Stimme klingt warm. Was gäbe ich darum, dass er immer so mit mir redet.

Bei meinem echten Vater ist lange vor meiner Geburt die Sicherung durchgebrannt, das hatte mit seiner Arbeit zu tun (meine Therapeutin nennt das »Rekompensieren«). Er war Sozialarbeiter im Stadtteilzentrum unseres Viertels, Verrières. Da kommt er also mit zwanzig von der Berufsfachschule, freut sich über seinen Abschluss und bewirbt sich ausgerechnet dort, wo niemand hin möchte. Zu dem Zeitpunkt ist er noch voller Optimismus und dämlicherweise davon überzeugt, die Macht zu haben, etwas zu verändern. Er geht auf die Kids zu, es ist viel Enthusiasmus im Spiel, zumindest auf seiner Seite, er verbringt zwölf Stunden am Tag vor Ort, macht sich noch um Mitternacht auf den Weg, um einen Jungen abzuholen, der ihn aus dem Polizeigewahrsam anruft, er kann die ganze Woche nicht schlafen, wenn einer von seinen Jungs in den Knast wandert, kurzum, er macht seinen Job mit Leidenschaft.

Mein Vater hat immer wieder mit dem gleichen Teufelskreis zu tun: Schule, Schulabbruch, Autodiebstahl oder etwas Vergleichbares, Gefängnis, Entlassung aus dem Gefängnis, null Geld, null Kohle, Ärger ohne Ende, erneuter Autodiebstahl oder etwas Vergleichbares, erneut Gefängnis und im Laufe der Jahre immer höhere Strafen.

Und die Sorgenfalten auf der Stirn, mit achtzehn, neunzehn, zwanzig, und die Wut und die Müdigkeit.

Und dann eines Tages der polizeiliche Übergriff.

Er hieß Saïd. Er war fünfzehn Jahre alt, er starb in unmittelbarer Nähe vom Stadtteilzentrum. Nur eine Ausweiskontrolle, die aus dem Ruder läuft, wie so oft. Ein paar Kids kreuzen auf. Eine erste Flasche wird geworfen, zahlreiche andere folgen. Nächtelange Ausschreitungen im grellen Licht der Polizei-Scheinwerfer, im Blitzlichtgewitter der Kameras und im Schein der in Flammen stehenden Barrikaden. Mein Vater mahnt, Ruhe zu bewahren, wie alle Sozialarbeiter. Niemand hört auf sie. Warum auch? Die Flugbahnen verlaufen parallel. Sie kreuzen sich nie. Niemals. Das hat er nicht verstanden. Weder er noch seine Kollegen.

Er handelt im guten Glauben, mein Vater. Er ist überzeugt, wie jeder andere auch, nur das Beste zu wollen. Das ist ja so erbärmlich daran.

Es kommt zu zahlreichen Festnahmen, im Handumdrehen gibt es dreißig Urteile wegen Widerstands gegen die Staatsgewalt und entsprechend viele Jahre Gefängnis.

Die Leute aus dem Viertel fordern Gerechtigkeit. Sie glauben an die Republik. Sie scharen sich um die Familie von Saïd. Sie berufen sich auf die schöne Marianne, die Demokratie und alles, was dazugehört. Sie verlangen, dass der für den Einsatz Verantwortliche verurteilt wird.

Die Krawalle hören schließlich von allein auf, man kann nicht permanent auf hundertachtzig sein, und sei es noch so legitim. Die internen Ermittler der Polizei ermitteln. Der Bulle wird suspendiert. Ein paar Monate vergehen. Dann darf der Bulle wieder arbeiten. Mein Vater lässt sich krankschreiben. Er kann nicht mehr, kann sich nicht länger den anklagenden Blicken dieser Kids stellen, in denen sich seine ganze Ohnmacht widerspiegelt. Er wartet auf die Antwort der Justiz.

Sie erfolgt nach drei Jahren: Freispruch. Der Bulle verlässt unter dem Jubel seiner Kollegen den Gerichtssaal, die übliche Geschichte, aber alle vergessen sie, bis zum nächsten Mal, zum nächsten Brand, zur nächsten Ermittlung, da beißt sich die Schlange in den Schwanz.

Und mein Vater landet in Charcot und kehrt nie mehr von dort zurück.

Da war ich gerade sechs Monate auf der Welt. Es hieß, er habe eine Disposition dafür gehabt. Diese Geschichte sei nur der Auslöser gewesen, der Funken, der das Pulverfass zum Explodieren brachte, ein Pulverfass, das es in gewisser Weise schon immer gegeben habe, und das in ihm drin rumorte. Sie sagten, keine Psychose käme von heute auf morgen. Keine Ahnung. Ich kannte meinen Vater nur mit psychischer Erkrankung, wie sie das nannten.

Ich weiß nur, dass es ihn fünf Jahre lang innerlich aufgefressen hat, bis er sich schließlich in seinem Krankenhauszimmer erhängt hat, und dass der fünfzehnjährige Junge tot bleibt und dass sein Mörder weiter seinen ehrenwerten Beruf ausübt.

Und dass ich mir von all dem nichts kaufen kann.

Ich stand am Fenster, ich zählte die Wolken, ich wartete auf den Regen. Da legte Mama ihr Kinn auf meine Schulter und ich spürte etwas Feuchtes an meinem Hals hinabrinnen, da verstand ich, dass sie weinte. Ich war auf das Schlimmste gefasst, und das Schlimmste konnte nicht bis in mein Inneres vordringen, da ich schon eine undurchdringliche Trennwand aufgebaut hatte, die uns voneinander trennte, die mich und die anderen voneinander trennte, die mich und die Welt voneinander trennte.

Der Abwehrmechanismus hatte zu gut funktioniert.

Drittes Kapitel

Ich warf Steine in den Tümpel und zählte, wie oft sie sprangen.

Ich war Realist. Ich setzte die Messlatte ziemlich hoch an.

Bei fünf würde Papa wieder gesund werden.

Bei sechs würde er an meinem Geburtstag wieder zu Hause sein.

Bei acht würde er nie wieder krank werden.

Etwas später machte ich daraus: Bei fünf ist er zumindest nicht tot.

Ich kam nie über drei hinaus. Vielleicht wollte ich in meinem tiefsten Inneren gar nicht, dass er zurückkam. Vielleicht war es meine Schuld, dass er nicht zurückgekommen ist, meine Schuld, dass er sich aufgehängt hat.

Sie, mit durchscheinender Haut wie immer, mit ihren langen geflochtenen Zöpfen, die beim Gehen im Takt auf ihren Nacken treffen.

Er, mit seinem dunkleren Teint, der an ihrem Arm hängt und an ihrem Leben.

Drei Wochen waren seit ihrem Selbstmordversuch vergangen, und Gabrielle war immer noch am Leben. Sie hat sich heute herausgeputzt, und zum ersten Mal, seitdem sie das Krankenhaus verlassen hat, geduscht. Zé hat sich sogar parfümiert. Er stinkt hundert Meter gegen den Wind nach Eau de Cologne, aber keiner sagt es ihm. Er hat ein frisches Hemd und eine frische Hose aus dem Schrank geholt. Sie trägt Sachen, die farblich aufeinander abgestimmt sind.

Ich laufe hinter ihnen, trödele absichtlich. Ich bin sauer. Das ist ihnen egal und das nervt mich. Zé hat mich genötigt, zum Frisör zu gehen. Meine Haare reichten bis über die Ohren, nun sind sie fast abrasiert. An den Schläfen kürzer. Das ist gerade Mode bei den Jungs. Es steht mir überhaupt nicht. Das bedeutet, dass ich die anderen nicht mehr durch meinen Haarvorhang beobachten kann, wie ich es gewohnt war.

Sie laufen vor mir auf dem Bürgersteig, nebeneinander. Sie halten sich nicht an der Hand, aber ihre Schultern berühren sich im

Takt ihrer Schritte und sie gehen nicht zur Seite, wenn ein Passant Anstalten macht zwischen ihnen hindurchgehen zu wollen.

Es regnet. Scheiß November, er scheint einfach kein Ende zu nehmen. Ich wünschte, wir hätten Weihnachten. Nicht wegen der Geschenke oder des guten Essens, sondern weil es dann vielleicht zumindest ein wenig Schnee gäbe. Und Ferien.

»Mattia, geh bitte etwas schneller!«

Der Lyrik-Liebhaber ruft mich. Ich gehorche notgedrungen. Heute ist ein großer Tag. Wir treffen meine Mutter im Park. Wir sehen sie nicht oft. Maximal sechsmal im Jahr. Es geht ihr nicht gerade besonders. Jedenfalls nicht gut genug, um sich dafür zu interessieren, wie es mit meinem Vormund läuft. Zé könnte ja auch ein übler Pädophiler sein, das würde sie noch nicht einmal mitbekommen.

Das Jugendamt macht es nicht zur Bedingung, dass Zé und Gabrielle bei den Treffen dabei sind. Mama könnte mich jederzeit sehen oder sich bei mir melden. Aber sie hat nun einmal nicht besonders große Lust dazu (ich stelle das einfach nur fest, mehr nicht). Manchmal drängt Gabrielle mich dazu, sie anzurufen. Sie meint, sie würde sich möglicherweise dafür schämen, dass ich nicht bei ihr leben kann (aber was heißt hier schon nicht können?). Ich tue es nicht. Ich habe schließlich auch meinen Stolz.

»Mattia! Kommst du jetzt endlich?«

Ich renne, um sie einzuholen.

Im Park ist niemand. Das heißt, meine Mutter ist nicht da. Ein paar Alte sitzen auf den Bänken und kommentieren das Geschehen um sich herum, Tauben sind da, ein paar Jugendliche, die da rumlungern, weil sie nicht wissen, wo sie sonst hingehen sollen, Leute, die ihren Hund ausführen, kurzum, Passanten. Niemand, der auf irgendjemanden oder irgendetwas warten würde. Niemand, der uns erwartungsvoll entgegenblickt.

Düster betrachte ich diesen sehr blassen Abklatsch dessen, was sich Leben nennt, was sich Grün nennt. Der Gestank aus den Autoauspuffen kratzt mir im Hals. Ich spüre, wie mir die Tränen in die Augen steigen. Ich habe immer empfindlich auf Gestank reagiert.

Da schließt sich eine Hand um meine. Ich blicke zu Zé hoch.

»Wir sind zu früh«, lügt er.

Er weiß genauso gut wie ich, dass sie nicht kommen wird. Egal. Dann warten wir eben. Wir stehen mitten im Park rum und warten. Kinder in meinem Alter spielen Fußball mit einem Basketball. Die Alten schimpfen, wenn der Ball sie zufällig am Knöchel trifft. Ein typischer Sonntag eben, nichts Halbes und nichts Ganzes, und es dauert nicht mehr lange, dann wird er zum Montag.

Nach einer Stunde gibt Zé zu, dass er sich Illusionen gemacht hat. Gabrielle versucht, mir zum Trost über die Wange zu streicheln, aber ich weiche ihr aus.

Wir gehen in die Wohnung zurück. Also ist sie mal wieder nicht gekommen.

Sie nennen das ein »pädagogisches Gespräch«. Ein anderer Ausdruck dafür, dass deine Eltern Ärger bekommen, weil du in der Schule alles schleifen lässt.

Zé wurde von der Direktorin einbestellt. Meine Lehrerin, Madame Sivrieux, ist auch da, und ich. Gabrielle ist nicht mitgekommen.

Eine erste Vorladung im November, das ist alles andere als Rekord. Letztes Schuljahr hat es gerade mal zehn Tage gedauert, bis die erste Einbestellung kam.

Die Direktorin trägt eine winzige Brille, die kaum über ihre blauen Augen reicht. Um die fünfzig, beiges Kostüm, ein fröhliches Gesicht, auch wenn sie jetzt versucht, sich streng zu geben. Sie mag Kinder viel zu gerne, um diesen Beruf ausüben zu können. Man sollte nie etwas, das man liebt, zu seinem Beruf machen. Zé sagt, die Arbeit würde jede Leidenschaft abtöten, egal welche, und eben darum arbeitet er in einem großen Supermarkt und nicht in einer Bibliothek.

Sie warten, sitzen uns beide in einem kleinen, gut beheizten Büroraum gegenüber. Der Wind rüttelt an den Fenstern, schert sich nicht um die pädagogischen Fragen, die hier verhandelt werden. Ich hasse die Schule, weil sie mir Zeit raubt, und zwar in einem ganz erheblichen Ausmaß. Man kann sich tausend Dinge vorstellen, die interessanter wären, als auf einem Stuhl herumzusitzen und darauf zu warten, dass man dir deinen Kopf mit unnützem Wissen vollstopft. Um genug Platz dafür zu schaffen, muss alles Wichtige verdrängt werden.

Sie sehen uns erwartungsvoll an. Ihnen gegenüber sitzt das geballte Schweigen. Zé. Ich. Und die Geister, die uns überall hin folgen, sie wirbeln in sämtliche Richtungen, außer in ihre. Er denkt an Gabrielle. Ich an alles, was ich in diesem Gefängnis verpasse. »Verstehen Sie mich richtig, Monsieur, ich sage nicht, dass dieses Kind nicht lernen kann«, fährt die Lehrerin fort, »ich sage, dass es nicht lernen will. Es ist vollkommen unzugänglich, entzieht sich jeder Form von Unterricht.«

Zé klopft mir auf die Schulter, als wollte er sagen: »Gut so, mach weiter so.«

»Immerhin stört er nicht. Er sitzt in seiner Ecke am Fenster, ist in seiner eigenen Welt … Das ist das Problem, nie verlässt er seine eigene Welt.«

Sie wirft mir einen betrübten Blick zu. Ein kurzes, mitleidiges Lächeln.

»Da geht wohl einiges vor sich, in deinem Kopf, was Mattia?«

Die Direktorin verliert langsam die Geduld. Sie wendet sich an Zé. »Wenn er so weitermacht, muss er möglicherweise die Klasse wiederholen. Sie wollen doch, dass er in die Sechste versetzt wird, oder?«

»Natürlich.«

»Wir können ihn nicht dazu zwingen, sich an die Arbeit zu machen.«

Titel dieses Argumentationsmusters: Der Vater, der diesen Namen nicht verdient. Zé rutscht auf seinem Stuhl herum. Ich vermute, er bemüht sich gerade, ein Verlaine-Gedicht aus dem Kopf zu bekommen, um sich auf das Hier und Jetzt konzentrieren zu können. Er hat den versteckten Vorwurf sicher nicht überhört, kennt das schon. Jedes Jahr der gleiche Sermon, das gleiche Gefühl von Überdruss, wenn man aus dem Gespräch kommt, die gleiche Leere, der gleiche innere Abscheu. Sie maßen sich ein Urteil an und verstehen nichts, werden es nie verstehen, aber sie bilden sich ein, wir lebten in ein und derselben Wirklichkeit, auf einer Ebene, dabei verlaufen auch unsere Flugbahnen parallel, sie kreuzen sich nicht, nie.

Zé räuspert sich. »Mattia lebt seit vier Jahren bei mir, Frau Direktorin, und in den vier Jahren ist es mir noch nie gelungen, ihn zu irgendetwas zu zwingen.«

Doppeltes Hochziehen der Augenbrauen. Und wieder Stille. Ich sehe die Stille förmlich auf Zés Schulter sitzen, mit ihrem gruseligen Lächeln, ihrer Haut aus Stahl, ihrer hinterhältigen Mechanik, immer gut geölt, ihre Angeln quietschen nie. »Wie alt sind Sie, Monsieur?«

»Vierundzwanzig.«

»Ein bisschen jung, um sich um ein elfjähriges Kind zu kümmern, zumal ein so schwieriges Kind wie Mattia.«

Zé lächelt.

»Ich finde, er kommt ganz gut zurecht.«

»Aber seine Noten …«

»Das Leben besteht nicht nur aus Schule.«

Sie sehen sich an. Sie denken, sie haben verstanden. Meine Lehrerin zieht es vor, sich nicht auf dieses abschüssige Gelände zu begeben, das da plötzlich vor ihr auftaucht, denn sie wechselt abrupt das Thema, wagt sich auf ein deutlich raueres Terrain.

»Und wie kam es, dass Sie mit nur zwanzig Jahren die Vormundschaft für ihn bekamen?«

»Der Richter hat damit nur eine Situation auf eine rechtliche Grundlage gestellt, die sowieso schon bestand.«

»Ein schwieriger familiärer Hintergrund, richtig?«

Zé verschränkt die Arme und lehnt sich in seinem Stuhl zurück. »Wie ich bereits sagte, das Leben besteht nicht nur aus Schule, sonst wäre es ja einfach.«

Die Direktorin lächelt mich entwaffnend an.

»Wartest du bitte im Flur auf uns, Mattia?«

Zé richtet sich wieder auf; er, der sonst keine Miene verzieht, wirkt auf einmal besorgt.

Ich schüttele den Kopf.

»Ich möchte lieber hierbleiben, Madame.«

Die Direktorin fährt zusammen. Es ist das erste Mal, dass ich überhaupt das Wort ergreife. Sie blickt hilfesuchend zu Zé. Er weicht ihrem Blick aus, er will nicht sagen müssen, dass er mich dabei haben möchte. »Monsieur Palaisot!«, beharrt sie.

Die Lehrerin blickt von einem zum anderen, ohne etwas zu sagen. Ich kenne diese Stille, das ist die, die analysiert.

»Ich möchte mit Ihnen über ein Thema sprechen, das, sagen wir mal, nicht gerade für Kinderohren geeignet ist.«

Zé zögert. Ich hoffe ihm allein durch mein Schweigen die nötige Kraft zu geben, um die beiden zum Teufel zu jagen. Ich wünsche mir nichts sehnlicher, als dass er seinen ganzen Mut zusammennimmt, aufsteht, sich höflich verbeugt und ihnen sagt, wie es ist: Nämlich, dass er es hasst, über Themen zu reden, die Kinder nicht hören sollen (Kann man Zé überhaupt zu den Erwachsenen zählen?). Von mir aus kann er sich auch einen plötzlichen Termin aus den Fingern saugen, das ist mir egal. Hauptsache, er lehnt das ab, verdammt nochmal!

Er deutet mit dem Kopf auf die Tür.

»Warte draußen auf mich.«

Ich gehorche, zutiefst gedemütigt, unter dem triumphierenden Blick der Direktorin. Gibt es auch nur einen Erwachsenen auf dieser Welt, der es schafft, das zu tun, was er möchte, und nicht das, was er tun muss?

Ich verstecke mich hinter der Tür. Hinterlistig, zugegeben. Aber die Erwachsenen haben nun mal leider die bedauernswerte Angewohnheit hinter verschlossenen Türen zu reden. Ich verstecke mich und höre zu. Ohne diese Angewohnheit hätte ich vermutlich nicht besonders viel von dem verstanden, was um mich herum vorgeht. Ich meine, noch weniger, als ich so schon verstehe. »... geht mich nichts an, aber das ist dann immerhin der zweite Selbstmord eines Angehörigen. Er scheint diese Schicksalsschläge ja ganz gut wegzustecken, aber früher oder später ...«

Der Wind rüttelt am Fenster des dunklen Gangs, ich kauere etwa in der Mitte am Boden. Die Schule liegt im Halbdunkel, Lehrer und Schüler sind nach Hause gegangen, in ihre mehr oder minder schwierigen familiären Verhältnisse zurückgekehrt, wer weiß das schon. Manchmal, wenn ich die anderen Kinder so sehe, dann frage ich mich, ob sie auch schon mal Blut von einer Autorückbank wischen mussten oder nachts versteckt unter einem Krankenhausbett Wache halten. Ob sie wohl schon mal Steinchen in einen Tümpel geworfen haben, gezählt haben, wie oft sie springen, und dabei das Oberarschloch da oben im Himmel, oder wer auch immer da ist, angefleht haben, allen, die krank sind, oder bald sterben werden, einen winzigen Aufschub zu gewähren, nur ein klitzekleines bisschen mehr Zeit zu geben?

Ich gebe es auf, ihr Gespräch zu belauschen. Wozu auch? Sie käuen sowieso nur den immer gleichen Blödsinn wieder in ihren immer gleichen Büros, vor denen es die immer gleichen Flure gibt, die kein Fenster haben, das diesen Namen verdient hätte, um die immer gleiche Uhrzeit, mit den immer gleichen Personen.

Eine gute Viertelstunde später verlässt Zé mit versteinerter Miene den Raum. Auf dem Rückweg schweigt er. Sein altes Auto ist total klapprig und sieht so aus, als hätte es mindestens einen Weltkrieg hinter sich, und im Licht des Mondscheins bilde ich mir ein, noch immer das Blut auf der Rückbank schimmern zu sehen.

Er steckt sich eine Zigarette zwischen die Lippen, der Rauch verteilt sich im Wageninneren. Eigentlich war vereinbart, dass er das Rauchen aufgibt, wenn er mich zu sich nimmt. Er meinte damals, das sei eine gute Gelegenheit, er wolle schließlich nicht, dass ich Krebs bekäme, auch wenn er so seine Zweifel habe, ob das mit dem Passivrauchen wirklich so schlimm sei. Ganze zwei Wochen hielt er durch und fand das schon eine Glanzleistung.

»Man müsste mal irgendetwas tun«, gibt er schließlich von sich.

»Was?«

»Keine Ahnung, irgendwas.«

Ich warte, ob noch was kommt, aber das ist offenbar alles. Mir fällt auf, dass er sehr langsam fährt, viel langsamer, als erlaubt. Er hat keine Lust in die leere und doch bewohnte Wohnung zurückzukehren, an diesen Ort, an dem wir seit vier Jahren leben, ohne jemals wirklich Besitz von ihm ergriffen zu haben.

Er hat keine Lust, dort Gabrielle vorzufinden, die immer nur an die Wand starrt und sich während unserer Abwesenheit nicht vom Fleck bewegt hat. »Inwiefern?«, frage ich.

»Hä?«

»Inwiefern was tun?«

»In jeder Beziehung.«

Er deutet auf die Straße, die Häuser, die Stadt, die Welt. Da hat er sich ja ganz schön was vorgenommen. Ich grinse still vor mich hin. Schon komisch, ich bin elf und habe längst kapiert, was er mit seinen vierundzwanzig Jahren immer noch nicht kapiert hat: Es ändert sich nie etwas, alles wiederholt sich. Nichts geht verloren, nichts entsteht neu, alles wandelt sich, aber immer auf die gleiche Weise und immer nur für kurze Zeit.

Viertes Kapitel

Gabrielle

Eines Tages – es war ein stinknormaler Tag, der nicht anstrengender war als andere Tage – brach sie auf dem Heimweg von der Schule ganz plötzlich an einem Bretterzaun zusammen, da war sie sechzehn oder siebzehn. Es war so, als hätte ihr jemand die Beine weggeschlagen, sie brach zusammen, ihre Muskeln waren wie von einer plötzlichen Lähmung befallen, sie ließ ihre Schultasche fallen, alle Sachen fielen heraus, und sie fing an zu schreien.

Passanten stürzten herbei, aber sie wollte nicht, dass man sie berührte, vom Boden aufhob, ihr zu nahe kam oder sie ansprach. Sie biss in die Hände, die sich ihr entgegenstreckten, sie konnte, wollte nicht aufhören zu schreien.

Also rief man einen Krankenwagen und brachte sie in die psychiatrische Notaufnahme – da schrie sie immer noch. Man gab ihr ein starkes Schlafmittel, damit sie einschlief, und als sie aufwachte, fing sie wieder an zu schreien.

Nachdem man sie in einem Isolationszimmer drei Tage an ihr Bett fixiert hatte, hörte sie schließlich auf zu schreien.

Als man sie entließ, wusste man immer noch nicht, was mit ihr los gewesen war. Sie hatte ihnen keinerlei Erklärung geliefert, das Schweigen war ihr bereits zur Gewohnheit geworden. Dann lebte sie weiter, als wäre nichts gewesen, aber seitdem war nichts mehr, wie es vorher war.

»Warum?«

Sie antwortet nicht. Das hat man sie schon gefragt, als sie noch ein Teenager war. Immer und immer wieder dieses »warum«, und nie kann sie darauf eine Antwort geben. Mit der Zeit hat sie beschlossen, lieber zu schweigen. Nein, sie hat keine Antwort parat. Aber alle um sie herum tun sich unheimlich schwer damit, das zu verstehen.

Sie sitzt barfuß am Fenster, trägt ein riesiges Sweatshirt und Shorts und blickt durch das halb geöffnete Fenster den Passanten nach. Es geht ein frischer Wind. Sie stammt aus Paris. Als sie alt genug war, verließ sie die Hauptstadt, um anderswo eine Ausbildung zu machen. Offiziell ging sie weg, weil sie die Luftverschmutzung, die ständigen Staus und den täglichen Stress der Großstadt leid war, inoffiziell um Distanz zu ihrer Familie zu bekommen, aber vor allem um dieses beklemmende Gefühl hinter sich zu lassen, das sie daran hindert, den Augenblick zu genießen, ohne weiter darüber nachzudenken. Aber das Gefühl ist mitgekommen, das war ja vorauszusehen.

»Warum, Gabrielle?«

Zé sitzt hinter ihr. Er ist so groß, dass er sich immer ein wenig kleiner macht, wenn er mit ihr spricht und er ist jung, vielleicht zu jung, sie ist älter als er, Anfang dreißig, und sie hat genug Gründe, dieses Leben hinter sich lassen zu wollen.

»Liebst du mich nicht mehr?«

»Darum geht es nicht«, sagt Gabrielle.

»Liebst du mich nun oder nicht?«

»Darum geht es nicht.«

Das stimmt. Es gibt kein Geheimnis, kein verborgenes Kindheitstrauma oder jedenfalls kein ausgeprägtes, keine dramatische Familiengeschichte, nichts, das rechtfertigen würde, aus dem Leben scheiden zu wollen. *Sich rechtfertigen müssen*, immer und immer wieder: ihrer Familie gegenüber, den unzähligen Psychiatern und Psychologen gegenüber und Zé gegenüber.

Nur Mattia respektiert ihr Schweigen. Gabrielle mag ihn gern. Er ist mit seinen gerade mal elf Jahren der Einzige, der sie versteht, der weiß, dass man sich manche Fragen einfach sparen sollte.

Man ist niemandem Rechenschaft schuldig. Das hat sie früher, bevor sie die Rasierklinge über ihren Venen ansetzte, zu ihrer eigenen Beruhigung immer und immer wieder vor sich hingesagt: Man ist niemandem Rechenschaft schuldig. Aber das stimmte nicht. Manchmal wäre es ihr lieber, sie hätte niemanden, bei dem sie sich entschuldigen müsste. Aber da ist Zé, da ist Mattia. *Du willst uns ja wohl nicht allein lassen*, sagte Zé eines Tages zu ihr, als er spürte, dass sie kurz davor war, es zu tun. Da sitzt er, hinter ihr auf der Sofalehne, eine Zigarette im Mund, Sorgenfalten auf der Stirn. Sie sieht ihn zwar nicht, aber sie kann ihn sich gut vorstellen. Zwei Jahre sind sie zusammen, zwei Jahre, in denen sie das Nichts miteinander geteilt haben. So wie das vielleicht alle tun oder auch nicht. Sie hat sich aus dem Leben zurückgezogen, weiß nicht mehr, wie die anderen leben. Sie beobachtet die anderen durchs Fenster mit einer Art höflicher Verblüffung. »Gabrielle …«

Stille.

»Ich liebe dich. Das sollte zählen.«

Sie lächelt der Fensterscheibe zu. Ein etwas gequältes Lächeln.

»Hör auf, mir Schuldgefühle zu machen.«

»Du kannst nicht von mir erwarten, dass ich so tue, als wenn nichts gewesen wäre.«

Sie erwartet ja gar nichts von ihm. Aber das zu sagen, wäre noch verletzender. Er setzt sich nur selbst unter Druck, indem er darauf beharrt, jemanden zurückhalten zu wollen, der nicht mehr leben will. Genau wie ihre Familie. Wie diese Psychiater. Wie diese Psychologen.

Sie möchte doch nur in Ruhe gelassen werden. Zé wusste genau, worauf er sich einließ, als sie beschlossen, Zeit miteinander zu verbringen. Das ist für sie das Wesentliche einer Beziehung: Zeit miteinander verbringen. Nicht mehr und nicht weniger. Sie macht keine Versprechungen, gibt keine Treueschwüre ab, redet nicht über ewige Liebe und gemeinsame Konten. Sie hatte ihn gewarnt. Er hatte sich in voller Kenntnis der Sachlage dafür entschieden, und nun hatte er nicht die Kraft, diese Entscheidung auszuhalten. Wie sollte man ihm das verübeln?

Draußen gehen Leute vorbei. Sie haben ein Ziel, fern der hohen Mauern von Charcot, fern der Krankenhäuser, fern von dieser Beklemmung, die sie nicht abzuhängen vermag, sie ist ein Teil von ihr. Sie hat Jahre gebraucht, um das zu verstehen. Es ist diese Angst, die furchtbare Angst, nicht zu wissen, ob sie am Leben ist oder nicht.

Eine Ewigkeit vergeht. Bald hat Mattia Schulschluss. Zé gibt auf. Sie merkt es an dem tiefen Seufzer, den er ausstößt. »Ich muss den Jungen abholen.«

Sie nickt, um zu signalisieren, dass sie ihn gehört hat.

»Sie wollten heute irgendwelche Tests mit ihm machen«, fügt er hinzu.

»Was für Tests?«

»IQ-Tests. Sie vermuten, dass er hochbegabt ist. Sie haben mich um Erlaubnis gebeten.«

»Und? Hast du dein Einverständnis gegeben?«

»Nein, ich muss erst mit ihm reden. Was denkst du darüber?«

Sie zuckt mit den Schultern. Sie hat keine große Meinung dazu.

»Ich denke nicht, dass das irgendetwas an unserem Leben ändern würde. Er braucht keinen IQ-Test, um zu wissen, wer er ist und was er tun muss.«

Die unnatürlich lange Stille, die darauffolgt, sagt ihr, dass Zé das nicht mehr gehört hat. Man hört, wie die Tür zugeschlagen wird. Mit geschlossenen Augen kostet Gabrielle aus, dass sie allein ist.

Fünftes Kapitel

Meine Psychologin heißt Nouria.

Sie hat ihr Sprechzimmer in einem winzigen Büroraum, er hat ungefähr die Größe einer Besenkammer. Ihr ist es aber gelungen – wie sie das geschafft hat, ist mir ein Rätsel –, ihn so einzurichten, dass er großzügig und luftig wirkt. Das Mobiliar beschränkt sich auf zwei Stühle. Kein Schreibtisch. Sie notiert sich auch nichts, hat keinen Computer. Ansonsten gibt es nur noch ein Telefon, es steht direkt auf dem Boden und ist ausschließlich in den Pausen zwischen den Gesprächen eingestöpselt.

Ich sehe sie seit vier Jahren alle zwei Wochen fünfundvierzig Minuten lang. Ob man will oder nicht, das verbindet.

Sie hat ein ganz besonderes Lächeln. Wenn sie lächelt, sind sämtliche Gesichtsmuskeln daran beteiligt und ihre Augen verengen sich zu zwei schwarzen Schlitzen. Sie ist speziell. Als Person, aber vor allen Dingen als Psychologin. Ich mag sie gern.

»Wie geht es Gabrielle?«, fragt sie.

»Schweigt immer noch.«

»Und Zé?«

»Er auch. Er sagt, dass man unbedingt etwas ändern müsse, aber er weiß nicht was. Wie immer eben.«

»Und du?«

»Und *du?*«

Sie lächelt. Diesen Dialog führen wir jedes Mal.

Es ist dunkel. Es wird von Tag zu Tag früher dunkel. Wir haben heute den ersten Dezember. Gabrielles Selbstmordversuch liegt gut einen Monat zurück.

Es ist kalt. Sicher passieren in der Welt gerade eine Menge Dinge, aber hier passiert nichts, absolut gar nichts.

Ich langweile mich. Ich habe mich in meinem Schweigen eingerichtet oder schweige, weil die anderen es auch tun. »Hast du was von deiner Mutter gehört?«

Am Anfang machte sie es wie die anderen Therapeuten, sie wartete darauf, dass ich anfange zu reden. Aber ich redete nicht, da begann sie, mir Fragen zu stellen. Die beantworte ich, nur habe ich nicht viel zu sagen, es ist immer das gleiche Problem. Sie lässt sich dadurch jedoch nicht entmutigen. Sie ist bewundernswert. Wirklich.

»Nein.«

»Hast du sie angerufen?«

»Nein.«

»Warum nicht?«

»Ich brauche sie nicht.«

»Du brauchst niemanden.«

Ich weiß nicht, ob das eine Frage ist oder eine Feststellung. Und während ich darüber nachdenke, wende ich mich ab und sehe aus dem Fenster. Die Stadt gleicht einer riesigen Waschküche. Zé wartet vermutlich irgendwo da draußen in der nächstgelegenen Bar. Er ist vollauf mit seiner Arbeit als Nachtwächter und seinem Lamartine beschäftigt, nur alle zwei Wochen, wenn ich meinen Termin bei Nouria habe, geht er unter Leute.

Ich sage:

»Ich denke im Moment oft an Saïd, ich weiß auch nicht warum.«

»Wer ist Saïd?«

»Der Junge, der getötet wurde, weißt du, danach haben sie meinen Vater dann in die Psychiatrie geschickt.«

Ich sehe aus dem Augenwinkel, wie sie nickt. Sie ist mit ihrer Aufmerksamkeit ganz bei mir. Ich lächele still vor mich hin. Es tut gut zu wissen, dass es – egal was passiert – eine Person gibt, die mir zuhört, wenn ich etwas zu sagen habe. Schade nur, dass diese Person dafür bezahlt wird.

»Saïd Zahidi, ja, ich erinnere mich gut daran.«

»Er war fünfzehn«, sage ich, auch wenn ich nicht weiß, inwiefern dieses Detail von Bedeutung ist.

»Ja.«

Stille. Scheinwerfer im Nebel. Ein Auto gerät ins Schleudern, der Fahrer reißt im letzten Moment, bevor es zum Crash kommt, das Steuer herum. Fußgänger schimpfen.

Ihre braunen Augen sind auf mich gerichtet. Ihr entgeht nichts. Bei allen anderen wäre mir das unangenehm, nicht bei ihr.

»Und du denkst an ihn.«

»Ja.«

»Daran, dass dein Vater deshalb gestorben ist?«

»Nein. Nur an ihn. Ich frage mich …«

»Ja?«

»… warum niemand über diese Geschichte redet.«

»Ich vermute mal, so etwas passiert einfach zu oft, Mattia.«

Ich habe keine Ahnung, warum sie immer extra meinen Namen sagt, aber es ist schön. Sie legt eine unglaubliche Wärme in dieses Wort. Weder meine Mutter noch mein Bruder noch meine Schwester noch Zé sagen meinen Namen auf diese Art. Gabrielle manchmal, wenn sie gewillt ist, sich auf die Stufe der Lebenden herab zu begeben. »Das sagt Zé auch.«

»Die Empathiefähigkeit der Menschen reicht nicht aus, um all die zu beweinen, die unschuldig gestorben sind.«

»Ich meine nicht beweinen. Aber sich zumindest erinnern.«

»Erinnerung ist manchmal eine stille Angelegenheit.«

Still … plötzlich habe ich einen Flashback. Meine Mutter, meine Schwester und ich sind zu Besuch in Charcot, einige Monate vor dem Ende. Mein Vater, abgemagert, in einem blauen Pyjama, der ihm zu weit ist und den er überhaupt nicht mehr ablegt, obwohl er andere Kleidung tragen darf. Mein Vater, nur noch ein Schatten seiner selbst, der dennoch lächelt und dann auf einmal seine Hand auf meine legt, die unabsichtlich direkt neben seinem Arm lag.

Und ich ziehe meine Hand in einem mir unerklärlichen Reflex zurück, es hat etwas von einem Hilferuf.

Mamas alarmierter Blick.

Das Lächeln meines Vaters, das erstirbt, und meine Schwester, die sich auf die Lippen beißt, und ich, der ich meinen Fehler erkenne, aber zu spät.

Die Augen meines Vaters, die mich nach Ende des Besuchs

noch lange verfolgen, wie zwei Angelhaken, die in meinem Kopf festhängen. Und dann seine Worte, die so traurig klingen: »Wiedersehen, Mattia«, ein unendlich tiefes Bedauern liegt in seiner Stimme, die durch die Psychopharmaka etwas Schleppendes bekommen hat.

Meine Schwester: *»Er braucht uns, verurteile ihn nicht.«* Meine Mutter, schweigend wie immer. Ich auch.

Ich kehre in die Gegenwart zurück, löse mich vom Fenster und schaue Nouria an. Manchmal kann ich dem Blick aus ihren dunklen Augen nicht mehr standhalten.

»Woran denkst du?«, murmelt sie.

Ich schüttele den Kopf.

»An Saïd.«

Das ist gelogen, das weiß sie. Sie sagt nichts, merkt es sich nur. Ich wechsele das Thema.

»Ich soll in der Schule einen IQ-Test machen.«

»Ach ja?«

»Sie denken, ich wäre entweder schwachsinnig oder hochbegabt.«

»Was hältst du davon?«

Ich zucke mit den Schultern.

»Ich habe Angst, dass ich die Schule wechseln soll, ich möchte das eigentlich nicht machen. Denkst du, ich kann das ablehnen?«

»Natürlich.«

Ich sehe ihrem Lächeln an, dass sie stolz auf mich ist, dadurch fühle ich mich schon besser.

Mama lebt am anderen Ende der Stadt, in Verrières, dem Viertel, in dem ich aufgewachsen bin. Es wird gerade mehr oder minder stillgelegt und von Grund auf saniert. Bald werden die dreißigstöckigen Hochhäuser, die fernab von allem liegen, alle abgerissen sein, und man wird dort neue Gebäude hochziehen, nach europäischen und ökologischen Standards und mit entsprechend hohen Mieten. So wie im ganzen Viertel haben auch hier die Arbeiten schon begonnen. Bulldozer, Bagger, Brachland und überlebensgroße Plakate, auf denen man Paare sieht, die aussehen wie aus dem Katalog. Sie sind jung, schön, glücklich, schieben einen Buggy vor sich her und strahlen übers ganze Gesicht bei der Vorstellung, endlich ihre Traumwohnung gefunden zu haben und das geruhsame Leben führen zu können, das automatisch daraus folgt.

Zé parkt neben einem Bretterzaun, der einen tiefen Krater umschließt. Das perfekte Familien-Mieter-Glück soll nächstes Jahr Wirklichkeit werden. Nur das Gebäude, in dem ich aufgewachsen bin, das Letzte verbliebene seiner Art, hat dieser Propagandaflut bisher noch widerstanden.

Das Treppenhaus ist voller Graffiti. Sie handeln von der Polizei, von nächtlichen Rendezvous, die nie zustande kommen oder zieren Telefonnummern, die sich wie Votivgaben aneinanderreihen. Wir steigen bis in den fünften Stock hoch. Zé klingelt, wartet einen Moment, klopft an die Tür, ich lehne mich derweil in meiner dicken Jacke übers Geländer. Für nächste Woche ist Schnee angesagt. Bald beginnen die Weihnachtsferien.

»Madame Lorozzi!«, schreit Zé.

Eine Nachbarin um die sechzig erscheint auf dem gegenüberliegenden Treppenabsatz.

»Die ist seit drei Wochen nicht mehr nach Hause gekommen. Sind Sie Ihre Söhne?«

»Er ja, ich nicht«, sagt Zé, während er in seiner Tasche nach den Zigaretten sucht. »Ich habe schon eine ganze Weile nichts mehr von Amélia gehört«, fügt die Nachbarin hinzu. »Als ich sie das letzte Mal gesehen habe, sagte sie, sie hätte Probleme die Miete zu bezahlen.«

»Wurde sie etwa vor die Tür gesetzt?«

»Nein, das hätten wir mitbekommen. Alle tun sich im Moment schwer. Das Viertel wird saniert, das Gebäude wechselt bald den Besitzer. In ein paar Monaten bekommen wir alle eine neue Wohnung zugewiesen.«

Zé nickt verständnisvoll. Ihm ist das egal. Nicht total egal, aber ziemlich. Er will sich eine Zigarette anstecken, aber als er das empörte Gesicht der Nachbarin sieht, überlegt er es sich doch noch anders. »Kann ich Ihnen vielleicht meine Telefonnummer dalassen, und Sie rufen mich an, wenn Sie sie sehen?«

Sie mustert uns neugierig, während Zé eine Nummer auf einen Zettel kritzelt und ihn ihr reicht. Sie versucht, die kleine, krakelige Schrift zu entziffern.

»Sie sind doch kein Bulle?«

»Finden Sie etwa, ich habe eine Bullenvisage?«

Sie steckt den Zettel weg.

»Ich sage ihr, dass Sie mit ihr sprechen wollen.«

Als wir kurz darauf wieder im Auto sitzen, und ich einen prüfenden Blick in die Wolken werfe, in der Hoffnung, jetzt schon irgendwelche Anzeichen für den angekündigten Schnee zu entdecken, stelle ich fest, dass wir nicht zurück zur Wohnung fahren.

»Wo fahren wir hin?«

Zé antwortet nicht.

Da ich das mittlerweile gewohnt bin, verzichte ich darauf, ihm weitere Fragen zu stellen, und widme mich wieder der Betrachtung des Himmels. Der Typ wäre ein idealer Drogendealer. Dem kann man einfach nichts aus der Nase ziehen, und er macht das nicht mal absichtlich. Der würde die Drogenfahnder in den Wahnsinn treiben. Noch nach drei Tagen in Polizeigewahrsam würde der ihnen nur weiter Baudelaire rauf und runter rezitieren.

Wir fahren erneut durch die halbe Stadt. Zé fährt in Richtung des Viertels, in dem die Wohlhabenden wohnen, von Eingeweihten auch nur La Solaire genannt, weil man hier oben auf dem Hügel mehr Licht hat und das Leben, so heißt es, einem dort schöner vorkommt.

Ich habe da so meine Zweifel. Zé ist hier aufgewachsen. Man sieht ja, was dabei rauskommt. Es wäre mir neu, dass Reiche keine Antidepressiva nehmen.

»Fahren wir zu deinen Eltern?«, frage ich.

Er lacht auf, schleudert seine Kippe durchs Fenster. Ein kristallklares Lachen, das so gar nicht zu seiner Visage des großen Schweigers passen will. Ich mag sein Lachen, aber seit Gabrielles Selbstmordversuch hört man es nur noch selten.

Das Auto quält sich langsam den Hügel hoch, dort oberhalb der Stadt liegen die schönen Villen, aber auch ein paar hässliche, graue Dieselöltanks. Hier lässt es sich freier atmen als anderswo. Zé hält in einer kleinen Straße, sie hat etwas Mittelalterliches mit ihrem Kopfsteinpflaster, das aussieht wie von früher.

In dem Moment erkenne ich das Haus auf der linken Seite wieder.

»Nein, den will ich nicht sehen!«

Er schert sich nicht darum. Wie ein Taxifahrer windet er sich aus dem Auto heraus, geht einmal um den Wagen herum und öffnet mir die Tür, dabei macht er alberne Bücklinge. »Komm schon, beweg deinen Hintern.«

Er packt mich am Arm, als würde er damit rechnen, dass ich jeden Moment weglaufe, und zieht mich in Richtung der Milchglastür, die über eine Sprechanlage mit Kamera verfügt. Auf einem goldfarbenen Schild steht: »Stefano Lorozzi, Chirurg.«

»Na, ganz schön protzig«, murmelt Zé, »wenn man bedenkt, wo er herkommt«, dann spricht er in die Sprechanlage: »Stefano, hier ist Zé, Mattia ist bei mir, können wir mal kurz reinkommen?«

Entgegen all unseren Erwartungen öffnet der Hausherr selbst die Tür und kein Majordomus. Er führt uns in den Wintergarten und bietet uns eine Erfrischung an: einen Traubensaft für mich und ein Sodawasser für Zé, der nie Alkohol trinkt. Ich nestele an meinem Jackenärmel herum und mustere unseren Gastgeber. Er ist klein, an die dreißig, hat eine Brille, ein Zahnpastalächeln und trägt einen gestreiften Strickpulli, unter dem der Kragen eines blütenweißen Hemdes hervorguckt.

Das ist mein Bruder. *Halb*-Bruder. Der Sohn von Mama und einem Typen, mit dem sie vor Papa zusammen war. Er nahm so ungefähr mit fünfzehn sein Medizinstudium auf und machte etwa in Zés Alter seinen Doktor, ein echter Hochbegabter.

Er hat weder mit mir noch mit meinem Vormund besonders viel gemein. Die Unterhaltung kommt nur schwer in Gang, Stille droht sich über die große Villa herabzusenken, aber da er gut erzogen ist, bemüht er sich um so etwas Ähnliches wie einen Dialog.

»Und deine Arbeit? Alles okay?«

»Ja«, sagt Zé.

Stille. Mein Bruder rührt in seinem Cappuccino und blickt mit leicht gerunzelter Stirn in den Himmel.

»Immer noch Wachmann?«

»Immer noch.«»Und du, Mattia? Die Schule?«

»Ist okay.«

Ich drücke insgeheim die Daumen, dass Zé nichts über das pädagogische Gespräch ausplaudert. Er schweigt, mein alter Komplize. Mein Scheitern ist auch sein Scheitern. »In welcher Klasse bist du jetzt?«

»In der Fünften.«

»Bald der Sechsten.«

»Ja.«

Stille. Während die Sonne hinter dem Hügel verschwindet, fällt sein aufgesetztes Lächeln langsam in sich zusammen. Ich fühle mit ihm. Es ist nicht einfach, uns als Gäste zu haben. Wer hat da auf wen abgefärbt, Zé auf mich oder umgekehrt? Wer von uns beiden hat die Kunst des systematischen Schweigens eingeführt und sie bis heute gepflegt? Sah ganz so aus, als wären wir dafür gemacht, zusammenzuleben. »Und du?«, fragt Zé schließlich, in Erinnerung an die Regeln, die in der guten Gesellschaft gelten. Es wirkt wie der mühsame Versuch, sich die verschiedenen Paragrafen eines Handbuchs zu diesem Thema ins Gedächtnis zu rufen.

»Was, ich?«

»Na, die Arbeit und all das.«

»Ist okay.«

Ich war fünf, Mama litt unter Papas Abwesenheit, seiner Erkrankung. Sie hatte keine Tränen mehr, um zu weinen, aber in ihren Augen war eine einzige Leere, das konnte jeder sehen, der es sehen wollte, du sahst es nicht.

Du nahmst jeden Tag deine Tasche und gingst zur Uni, an Mama vorbei, die auf dem Sofa lag, vor dem ausgestellten Fernseher. Sie blickte dich flehentlich an mit diesen leeren Augen, du gingst einfach weiter.

Abends kamst du zurück, ohne sie eines Blickes zu würdigen, ohne uns eines Blickes zu würdigen, und hast dich in deinem Zimmer eingeschlossen. Stefano, du wolltest nichts mit dieser Welt zu tun haben, die bereits scheintot war, unserer Welt, du hast dich komplett aus ihr zurückgezogen und dich lieber in deine geliebten Anatomie-

bücher versenkt. Manchmal klopfte Mama um Mitternacht an deine Tür unter dem Vorwand, sich nach deinen Lernfortschritten erkundigen zu wollen. Schroff sagtest du, du bräuchtest sie nicht, da zog sie sich zurück, schlich davon, und du hast die Augen geschlossen, um sie nicht umherirren zu sehen.

Da war ich fünf, Stefano, ich habe all das gesehen, ich konnte nicht schlafen, weil ich wusste, wie allein sie mit dieser Situation war, obwohl du da warst. Im Grunde hast du für uns noch weniger existiert als Papa.

Du sagtest, er sei nicht dein Vater, das gehe dich nichts an, sie solle ihn vergessen, du seist ihr Sohn und sie deine Mutter, und es sei

nicht an dir
für sie
da zu sein.

»Ich suche deine Mutter«, sagte Zé.

»Meine Mutter?«

Das Wort klang seltsam aus seinem Mund, so wie »Papa« seltsam aus meinem Mund klang.

»Warst du bei ihr?«

»Ihre Nachbarin sagt, sie wäre seit drei Wochen nicht mehr nach Hause gekommen. Du hast nichts von ihr gehört?«

Die Stille wechselt das Lager. Ob es nun daran liegt oder auch am blendenden Licht des Sonnenuntergangs, mit einem Mal treten die Falten in Stefanos Mundwinkeln stärker hervor, seine Augen wandern unruhig hin und her. Draußen setzt sich eine Elster nur wenige Meter entfernt ins Gras. Dann lässt sie sich auf dem Ast einer Kiefer nieder. »Nein«, sagt mein Bruder. »Ehrlich gesagt habe ich sie seit Monaten nicht gesehen.«

Zé seufzt. Er leert sein Glas Sodawasser in einem Zug. »Danke für deine Hilfe.«

Mein Bruder begleitet uns zum Auto, nachdem er mehrmals betont hat, wir könnten gerne zum Essen bleiben.

»Macht euch keine Sorgen«, sagt er. »Das ist nicht das erste Mal, dass sie für einige Zeit verschwindet. Sie brauchte wahrscheinlich nur mal einen Tapetenwechsel.«

»Wir hatten Besuchstage für Mattia festgelegt«, erwidert Zé. »Wenn sie nicht kann, sagt sie normalerweise ab.«

»Sie hat es vermutlich einfach nur vergessen. Ich sage euch Bescheid, wenn ich was höre. Tschüss, Mattia.«

»Tschüss.«

Zé zündet sich eine Zigarette an, stellt das Radio an, das immer auf France Culture eingestellt ist, und lauscht andächtig einer Lesung der *Odyssee* von Homer.

Sechstes Kapitel

Ich war sieben Jahre alt und es passierte rein gar nichts. Manchmal fragte ich mich, ob das Weltende vielleicht schon gewesen war, und ich es nur nicht mitbekommen hatte. Mir war nie kalt, ich hatte nie Hunger, ich vermisste nichts und litt unter nichts. Dabei hätte es genug Anlass gegeben, sich ein paar Fragen zu stellen, aber ich zog es vor, sie nicht auszusprechen, sie hallten in meiner Seele zu laut wider, ich hörte ihr Echo aus der Ferne, es klang so, als würde jemand etwas in eine leere, tiefe Grube brüllen.

Aber es stimmt, ich litt nicht, und in dieser Beziehung erging es mir besser als dem Rest der Welt. Dennoch fiel es mir schwer, mich deshalb glücklich zu schätzen.

Am fünfzehnten Dezember fällt endlich der erste Schnee.

Ich sehe durchs Fenster, wie es schneit, und stopfe dabei trockene Frühstückflocken in mich hinein. Zé hat vergessen einzukaufen. Er und Gabrielle sind seit Stunden im Schlafzimmer verschwunden. Ich glaube nicht, dass sie miteinander schlafen. Nicht jetzt, die Narben an ihren Handgelenken sind noch zu frisch.

Ich habe keine Ahnung, was sie tun, und das nervt mich. Sie haben die Tür zugemacht. Das Schlüsselloch haben sie schon vor langer Zeit mit einem Stück Klebeband zugeklebt, sie sind eben paranoid oder haben ihre Gründe. Sie kennen meine Manie, andere zu beobachten, (mir soll es recht sein, ich habe immer das Gefühl, dass sie über mich reden, und wenn ich dann an der Tür lausche, stelle ich fest, dass es nicht stimmt). Im Übrigen reden sie nicht, eigentlich murmeln sie nur.

Also muss ich alleine zurechtkommen. Das trifft sich gut, ich bin es gewohnt und versuche dem Schweigen, das mich umgibt, etwas Leben einzuhauchen, durch die Beschäftigung mit den schönen, kleinen Dingen des Alltags, wie zum Beispiel dieser Schneedecke hier auf dem Asphalt.

Die Straße ist leer. Es ist nach Mitternacht. Ich bin müde, aber habe keine Lust zu schlafen. Keiner bittet mich, ins Bett zu gehen. Keiner bittet mich um irgendetwas. Ich zwinkere, um die Müdigkeit zu vertreiben. Während ich auf die Fußspuren eines einsamen Passanten im Schnee blicke, denke ich an meine Mutter. Das könnten auch ihre Fußspuren sein, warum nicht. Ich versuche, mir ihre Gesichtszüge in Erinnerung zu rufen. Ich habe ein sehr gutes akustisches Gedächtnis, aber mein visuelles Gedächtnis ist eine Katastrophe. Das geht so weit, dass ich manchmal nicht mehr weiß, wie ihr Gesicht aussieht. Oft erkenne ich Leute erst wieder, wenn ich den Klang ihrer Stimme höre.

Und als ich dann glaube, ihr Gesicht wieder vor mir zu sehen, stelle ich mir vor, sie steht vor dem Fenster – dass wir im vierten

Stock sind, spielt dabei keine Rolle – ein Lächeln umspielt ihre Lippen, sie drückt ihre flache Hand gegen die Scheibe, und ich lege meine von innen an die gleiche Stelle. Nur eine kleine Berührung zum Beweis, dass sie noch da ist, lebt, atmet, ein Wesen aus Fleisch und Blut ist, meine Mutter eben.

Ich schließe die Augen, um auszublenden, dass sie alle weg sind und ich allein bin. Ich versuche mit ganzer Kraft, an sie zu denken und an meinen Vater, an lauter traurige Dinge: an den Tag, als wir von seinem Tod erfuhren, an den Tag der Beerdigung, an all diese sinnlosen Besuche im Krankenhaus, die ich zeitlich nicht mehr einordnen kann, an das eine Mal, als ich meine Hand wegzog, als er sie berühren wollte, an Saïd Zahidi, an all meine Fehler, an all ihre Fehler.

Ich höre, wie mein Herz pocht, wie mein Atem geht, versuche herauszufinden, wo sich mein Zwerchfell befindet, das sich bei jeder Einatmung senkt. Ich stelle mir vor, wie es klingt, wenn meine Zellen aufeinandertreffen, wie die von meinem Gehirn permanent abgegebenen Signale durch meine Nervenbahnen wandern, wie die Frühstückflocken in meinem Magen von den Magensäften attackiert und zersetzt werden.

Die Tatsache, dass all das arbeitet und funktioniert, beweist mir, dass ich wirklich existiere, hier und jetzt.

Das ist ein beruhigender Gedanke. Ich öffne die Augen.

»Mattia?«

Gabrielle blickt über meine Schulter hinweg in den Schnee, ihre Augen sind verquollen, sie trägt ein Riesensweatshirt als Minikleid, ist barfuß, wirkt zugleich erwachsen und wie ein Kind, irgendwie verloren.

»Was tust du da?«, fragt sie.

»Ich sehe aus dem Fenster.«

Sie lächelt.

»Das ist schön, was? Wir schauen auch schon seit Stunden dem Schnee zu.«

Das tun sie also heimlich in ihrem Zimmer … Da kann ich inzwischen ja ruhig vor Hunger krepieren.

»Bald ist Weihnachten«, sagt sie, es klingt seltsam, wie ihre Stimme auf einmal die Stille durchbricht. »Hast du einen besonderen Wunsch?«

Ich zucke mit den Schultern. Sie setzt sich neben mich und legt mir einen Arm um den Rücken.

»Schläft Zé?«, frage ich.

»Ja, er hat morgen frei. Solltest du nicht mal ins Bett gehen?«

»Ich habe keine Lust.«

»Wie du meinst.«

Eine Weile sagen wir nichts. Sie drückt mich an sich. Die Wärme eines anderen Körpers, ein Gefühl, das ich schon lange nicht mehr hatte.

Sie spricht ganz nah an meinem Ohr. »Was fehlt dir noch zu deinem Glück?«

»Und dir?«, erwidere ich mit belegter Stimme.

Sie sagt nichts, umarmt mich nur noch etwas fester. Ich verberge meinen Kopf in den Falten ihres Sweatshirts, zwei Einsame, die aneinandergekettet sind.

»Ich möchte morgen nicht zur Schule gehen«, sage ich.

»Na, dann gehst du halt nicht«, sagt Gabrielle.

»Die anderen Tage auch nicht.«

»Irgendwann musst du wieder gehen.«

»Warum?«

Meine Stimme ist durch den dicken Stoff kaum zu hören. Sie überlegt, während sie mir über den Kopf streicht. »Es ist besser, du lernst, mit den anderen zu leben, auch wenn das nicht immer lustig ist.«

›Die anderen‹, sie redet über sie, als ginge es um eine andere Galaxie, irgendwelche Außerirdische, mit denen sie nichts gemein zu haben glaubt.

»Muss man denn mit ihnen zusammenleben?«

»Ja, sonst fällt man durch die Maschen ihres gigantisch großen Netzes. Hör auf zu fragen, Mattia.«

Sie lacht: »Du machst mich fertig.«

Ich betrachte die Narben auf ihren nackten Armen, sie hat die Ärmel bis zu den Ellbogen hochgekrempelt. Ich würde sie gerne fragen, ob das, was ihr passiert ist und Zé und meinem Vater, ob die Tatsache, dass man durchs Netz fällt, zwangsläufig in ein Krankenhauszimmer führt, ob es eine Krankheit ist, gegen die es kein Gegenmittel gibt, sodass man nur die Wahl hat, zu sterben oder eingesperrt zwischen weißen oder grauen Mauern zu leben.

Aber ich kenne ihre Antwort bereits.

Ich stehe mal wieder an der Ecke und warte auf Zé. Es sind minus zwei Grad und dieses Arschloch ist dafür verantwortlich, dass ich seit einer Stunde kurz vorm Erfrieren bin. Er liegt vermutlich gerade im Bett mit Gabrielle, schön im Warmen, während meine Finger und meine Lippen sich langsam blau verfärben.

Ich blicke immer wieder zur Post herüber. Die zwielichtigen Typen von neulich sind nicht da. Seit einiger Zeit achte ich darauf, ob mir jemand folgt, aber sie sind nicht wieder aufgetaucht. Vielleicht hat Zé ja doch recht, und es war alles nur eine Verwechslung. Es stimmt schon, es gibt wirklich keinen Grund sich für uns zu interessieren. Wir sind genauso langweilig wie alle anderen, wir versuchen einfach nur zu überleben

Nach über einer Stunde habe ich das Warten satt. Ich gehe los, laufe vorsichtig durch den bräunlichen Matsch, der die Wege bedeckt. Das ist alles, was vom Schnee übrig geblieben ist, nachdem sie gestreut haben und zig Fußgänger drübergetrampelt sind.

Ich gehe die zwei Kilometer zu unserer Wohnung zu Fuß. Zé und Gabrielle liegen unter mehreren Decken aneinander gekuschelt auf dem Sofa und schlafen friedlich. Soweit ich erkennen kann, sind sie nackt. Langsam verstehe ich, warum sie mich an der Schule vergessen haben.

Normalerweise wäre ich jetzt in mein Zimmer gegangen und hätte geschmollt. Aber diese Strategie verfolge ich nun seit zwei Jahren, und ich kann nicht behaupten, dass sie besonders viel gebracht hätte. Also greife ich nach den Decken und ziehe sie mit einem Ruck weg. Da liegen sie nun, wie Adam und Eva. Zé wird zuerst wach. Er sieht mich, blickt an seinem Körper herunter, (er trägt noch nicht einmal einen Slip), stürzt sich auf seine Klamotten und reißt mir dann die Decken aus der Hand, um Gabrielle zuzudecken. »Was soll der Quatsch?«, zischt er.

»Ich habe eine Stunde vor der Schule auf dich gewartet!«

Ich schreie. Das tue ich selten. Er bleibt wie festgenagelt stehen. Gabrielle wälzt sich hin und her und wacht auf.

»Draußen sind minus zwei Grad, aber das ist dir ja scheißegal, solange du hier bei ihr bist, und es kuschelig hast! Du hättest dir mal vorher überlegen sollen, was es heißt, eine Vormundschaft zu beantragen. Du bist wie ein kleines Kind, total blöd, schlimmer als ich, und außerdem bist du ein Arschloch. Aber wenn du es dir anders überlegt hast, geh doch zum Familienrichter und sag ihm, dass du keine Lust mehr hast, dich um mich zu kümmern. Keine Sorge, ich werde deshalb sicher nicht in Tränen ausbrechen, ich bin es gewohnt, dass man mich im Stich lässt.«

Er will etwas erwidern. Ich lasse ihn nicht zu Wort kommen. Gabrielle richtet sich auf, indem sie nach der Sofalehne greift, und tastet mit trübem Blick auf dem Couchtisch nach ihren Zigaretten. »Du schaffst es ja noch nicht mal, deine Liebste davon abzubringen, sich das Leben zu nehmen. Wie kommst du dann darauf, du könntest dich um ein Gör wie mich kümmern, du Spasti?«

Die Ohrfeige katapultiert mich zwei Meter durchs Zimmer. Ich gerate auf dem Teppich ins Stolpern und greife auf der Suche nach Halt nach den Vorhängen, sie reißen über ihre ganze Länge ein. Zés Finger haben einen roten Abdruck auf meiner Wange hinterlassen, man könnte direkt seinen Fingerabdruck nehmen. »Zé«, schreit Gabrielle und springt vom Sofa auf, ohne sich darum zu scheren, dass sie nackt ist.

Er senkt den Kopf, seine Hände zittern. Ich sehe ihm an, wie sehr er schon jetzt bereut, was er getan hat, aber das ist mir scheißegal. Zé, wenn du nur wüsstest, wie scheißegal mir das ist, ich will einfach nur, dass sich das ändert, man muss etwas tun, irgendetwas …

Ich lasse die beiden einfach stehen und flüchte mich in mein Zimmer, so habe ich zumindest einen guten Abgang. Ich werfe mich am ganzen Körper zitternd aufs Bett und ziehe mir die Decke übers Gesicht. Ich warte ein paar Minuten, aber niemand kommt.

Und dann schlafe ich einfach ein.

Eines Tages, ich war sieben, holte ich mir ein Messer aus der Küche und versuchte, mir damit die Arme aufzuritzen. Das tat weh, es blutete auch, aber das Messer drang nicht ein, es war nicht spitz genug, und je mehr ich auf der Suche nach den Venen in meiner Haut herumstocherte – ohne zu ahnen, dass man auf die Arterien zielen muss –, desto mehr Wunden hinterließ ich.

Es tat weh, aber ich machte unbeirrt weiter. Ich wollte nur, dass diese Stille ein Ende nahm oder von mir aus eben ewig dauern möge, ich hielt es einfach nicht mehr aus.

Während ich so mit der Klinge kämpfte, merkte ich gar nicht, wie das Blut heraustropfte, auf meine Schuhe, die Fliesen, bald war alles total eingesaut.

Als wäre das alles nicht schlimm genug, hörte ich in dem Moment den Schlüssel im Schloss. Alles begann sich zu drehen, vor meinen Augen erschienen weiße Flecken, und als ich nach unten blickte, sah ich das Blut und hatte Angst. Ich wollte das Messer fallen lassen, aber es war zu spät. Ein gellender Schrei erklang, jemand riss mir das Messer aus der Hand. Mama zog mich vom Boden hoch, drückte mich an sich und schrie immer nur: »Mattia, Mattia, Mattia.« Meine Arme taten weh und ich wollte nicht mehr sterben, aber irgendwo tief in mir drin triumphierte ich auch, endlich die Stille durchbrochen zu haben.

Dann kam der Krankenwagen und ein wenig später kam dann Nouria.

Und Mama
hat mir
nie verziehen.
Vielleicht wollte ich ja genau das erreichen.

Ich zittere vor Fieber.

Mein Schlaf ist von Alpträumen bevölkert, durch das hohe Fieber, halb Traum, halb Delirium. Die Welt meines Unbewussten überlagert die reale Welt meines Zimmers, das ich glaube durch meine geschlossenen Lider hindurchsehen zu können. Grimassierende Wesen geben sich an meinem Bett ein Stelldichein. Immer wenn ich zwinkere, erscheint eine andere Person am Fuße meines Bettes, eine Karawane, die jeder Logik entbehrt. Mal sieht mir mein Vater traurig dabei zu, wie ich mit dem Fieber kämpfe, mal meine Mutter, mal meine Schwester, Nouria, Gabrielle und sogar Saïd Zahidi, der mit nur fünfzehn Jahren starb, man hat ihm am Fuße der Hochhäuser den Schädel eingeschlagen. *Ich kenne sein Gesicht, ich habe es so oft als Graffiti auf den Mauern meiner Stadt gesehen, vom Verrières-Viertel bis zu den schönen Straßen von La*

Solaire, begleitet von Worten, die all die Wut und all den Hass über den Tod dieses Unschuldigen nicht in Worte fassen konnten und können, Worte, die dazu aufriefen, Rache zu nehmen und nicht zu vergessen und nicht zu vergeben.

Ich möchte aufstehen, aber ich schaffe es nicht, also versuche ich die Geister, die sich mir andauernd entziehen wollen, allein durch meine Blicke festzuhalten. Mama legt eine Hand auf meine Stirn und murmelt etwas, ich spitze die Ohren, aber kann nichts verstehen, spüre nur ihr stummes Mitleid.

Mitten in der Nacht höre ich auf einmal lauter Stimmen um mich herum. Sie sagen meinen Namen, Arme heben mich aus meinem Bett, tragen mich weg. Ich lasse es geschehen, bin kurz vor der Ohnmacht. Man zieht mich aus und stellt mich auf eine eiskalte, gefrorene Fläche voller Wasser. Ich weiß nicht mehr, ob ich vor Hitze oder vor Kälte zittere. Über mir sehe ich schattenhafte Gestalten, einen Mann und eine Frau, das Licht tut mir in den Augen weh, etwas Eisiges dringt in mein Ohr, mitten in meinem Gedankenwirrwarr erklingt ein Schrei, eine Zahl: einundvierzig. Ich höre, »man muss den Notarzt rufen«, dann bin ich wieder halb weggetreten.

Papa im blauen Pyjama, der viel zu weit ist für seinen unterernährten Körper. Da sitzt er abgemagert auf seinem Krankenhausbett, hat das Gesicht in den Händen vergraben. Ich möchte ihn rufen, ihn berühren, aber ich habe keinen Körper, schwebe nur durch den Raum, wie ein Luftzug, der vorbeiweht, das passt zu mir.

Papa, der sich mit den Fingernägeln die Wangen aufkratzt, während ihm die Tränen den Hals herabrinnen.

Papa, der nichts mehr ertragen kann.

Das Laken, das in seinen Hals schneidet, das krachende Geräusch.

Ich möchte schreien.

Meine Stimmbänder erzeugen nur Schweigen, und es tut höllisch weh, wenn sie nachgeben, ich höre wie sie brechen, es klingt so, als würde man Gitarrensaiten mit einer Schere durchschneiden.

Aber nun schreit eine andere Person statt meiner.

Zé stürzt zu ihm hin und hebt seine Beine an, damit er wieder Luft bekommen kann, aber es ist zu spät, sein Genick hält dem Druck nicht mehr stand. Zé ruft um Hilfe, auf einmal ist das Zimmer voller Menschen in weißen Kitteln.

Ich öffne die Augen und blicke in ein unbekanntes Gesicht. Es ist eine Frau um die fünfzig, sie trägt ein Stethoskop um den Hals. Eine unerträgliche Hitze lähmt meinen gesamten Körper. Große Schweißtropfen laufen an meiner Stirn herunter. Mein Hals ist so trocken, als wenn man ihn mit Schmirgelpapier bearbeitet hätte. »Mattia?«, höre ich Zés Stimme. »Mattia, hörst du mich?«

Ich kann nicht sprechen, ich habe keine Stimmbänder mehr. Ich zwinkere mit den Augen, um zu signalisieren, dass ich bei Bewusstsein bin. Nach und nach tritt meine Umgebung deutlicher hervor. Ich liege auf dem Sofa im Wohnzimmer. Zé hält sich an der Rückenlehne fest, sein Gesicht ist angstverzerrt, und Gabrielle sitzt auf der Armlehne, eine Hand in meinen Haaren.

Die andere Frau ist offenbar eine Ärztin. Sie spricht mit Zé und Gabrielle. »Das Fieber geht runter.«

Auf dem Couchtisch liegen lauter medizinische Utensilien, darunter eine Spritze.

»Die Antibiotika werden in den nächsten achtundvierzig Stunden wirken. Sie hätten früher anrufen sollen.«

Der Vorwurf ist deutlich rauszuhören. Zé protestiert:

»Das kam ganz plötzlich. Gestern Abend ging es ihm noch gut …«

Na klar, du Arsch, so ist es, gestern ging es mir noch gut …

»Und was ist *das da?*«

Das da ist meine rechte Wange, sie deutet anklagend mit dem Zeigefinger darauf. »Haben Sie ihn geschlagen?«

Stille. Später im Spiegel werde ich das große Hämatom sehen, das Zés Finger hinterlassen haben. Zé senkt die Augen und gesteht damit indirekt erneut ein, dass er ein schlechter Vater ist.

»Gut«, sagt die Ärztin schroff, während sie ihre Geräte desinfiziert. »Tut mir leid, aber ich sehe mich leider gezwungen, das dem Jugendamt zu melden.«

»Was?«, schnaubt Zé.

Seine Stimme zittert vor Wut. In gewisser Weise gönne ich ihm das. Es kommt ja nicht oft vor, dass ihn etwas anderes als ein Verlaine-Gedicht dermaßen berührt, und dann geht es auch noch um mich. Das grenzt an ein Wunder.

»Denken Sie etwa, ich misshandle ihn?«

»Ich denke überhaupt nichts, ich tue, was ich bei Verdachtsfällen zu tun habe.«

»Was für ein Verdacht, verflucht nochmal?«

»Sei still«, sagt Gabrielle.

»Nein! Ich kann sie nicht einfach … Sehen Sie doch selber nach«, empört er sich. »Überprüfen Sie, ob er irgendwelche Misshandlungsspuren hat, Sie werden sehen, er hat nichts!«

»Diese Dinge lassen sich nicht immer mit bloßem Auge erkennen, Monsieur.«

Sie klappt ihre schwarze Tasche zu und geht zur Tür, Zé läuft hinter ihr her, während Gabrielle sich an mein Kopfende setzt.

»Was soll das heißen, soll er vielleicht zu einem Therapeuten? Er geht schon zu einer, die wüsste es, wenn ich ihn schlagen würde!«

»Sie haben indirekt zugegeben, dass Sie ihn geschlagen haben.«

»Das passiert jedem mal! Erzählen Sie mir bloß nicht, Sie hätten noch nie jemanden geschlagen …«

»Hier geht es um ein elfjähriges Kind, Monsieur«, erinnert die Ärztin ihn, als sie die Tür öffnet. »Messen Sie stündlich seine Temperatur und rufen Sie uns, wenn das Fieber wieder steigt. Schönen Abend noch.«

Sie schlägt die Tür zu. Ich habe das Gefühl, die Erschütterung entlang meiner gesamten Wirbelsäule zu spüren. Ein kalter Schauer überläuft mich. Gabrielle drückt meine Hand, ihre Hand ist feucht. »Mattia, alles okay?«

Unter großer Anstrengung zeige ich ihr meinen Hals, um ihr zu bedeuten, dass mein Kehlkopf im Moment nicht in der Lage ist, irgendetwas von sich zu geben, ich weiß nicht, ob sie es versteht, aber sie insistiert nicht. Zés Gesicht erscheint erneut über mir, eine Zigarette im Mund. Er zieht wütend daran und stößt riesige Rauchwolken aus. »Diese alte Zicke.«

»Hör auf, es geht ihr nur um Mattias Wohlergehen. Sie werden schnell feststellen, dass er keinerlei Misshandlungsspuren am Körper hat.«

»Okay, aber das macht keinen guten Eindruck beim Familienrichter.«

»Denkst du, die geben das weiter?«

»Natürlich, die gehören doch zusammen.«

Und ich lächele, bin trotz allem gerührt, dass er Angst hat, das Sorgerecht zu verlieren. Zuletzt hat er mir dieses Gefühl nicht wirklich gegeben, auch wenn er dafür gekämpft hat, es zu bekommen.

In der Nacht halten sie abwechselnd an meinem Bett Wache. Ich döse vor mich hin und wache immer wieder auf. Ich sehe, wie der Morgen dämmert. Da wird mir bewusst, dass Zé letzte Nacht nicht zur Arbeit gegangen ist. Ein oder zweimal werde ich wach, als er Arnika-Tinktur auf meine Wange streicht. Ich habe keine Ahnung, ob er das für mich tut, oder weil die Ärztin ihm mit ihrem Verdacht Angst eingejagt hat. Er hält sich an ihre Anweisung und misst regelmäßig meine Temperatur, aber ich fühle mich schon etwas besser. Das Messergebnis ist auch nicht mehr alarmierend. Ich bin direkt enttäuscht. Immerhin habe ich trotzdem noch 39,8 … Das ist fast schon lebensbedrohlich.

Sie lassen mich im Wohnzimmer schlafen, um mich im Auge zu behalten. In meinen Schläfen pocht es, ich habe Schüttelfrost, alles tut mir weh. Vermutlich habe ich mich erkältet, als ich vor der Schule gewartet habe. Umso besser. Das wird Zé eine Lehre sein in Bezug auf das Übernehmen von Verantwortung, (schließlich gehen die Erwachsenen mir damit andauernd auf den Wecker, da sollten sie doch mit gutem Beispiel vorangehen, das wäre das Mindeste).

Ich sehe im Traum mehrmals meine Mutter vor mir und versuche, sie zu fragen, wo sie gerade ist, ob sie mir noch böse ist, aber ich kann immer noch nicht sprechen.

Aus lauter Frust balle ich die Fäuste.

Wenn Gabrielle mir die Hand hält, betrachte ich die Narben auf ihrem Handgelenk und vergleiche sie mit meinen, die schon ganz verblasst sind. Ich bezweifele, dass ihre Schnittwunden irgendwann mal so aussehen werden. Das ist vermutlich der Unterschied zwischen jemandem, der sterben will, und jemandem, der verzweifelt versucht, wieder zum Leben zu erwachen. Aber im Grunde weiß ich selber nicht mehr, was ich damit erreichen wollte, als ich dieses Messer nahm.

Ich bin mehrere Tage krank und muss nicht zur Schule. Es ist wohl überflüssig zu betonen, dass sie mir nicht direkt fehlt, und ich vermute, ich werde auch nicht groß vermisst. Sie sagen, ich hätte eine schwere Grippe. Zé schwänzt seine Arbeit, obwohl Gabrielle sich bereit erklärt hat, auf mich aufzupassen. Manchmal höre ich sie in der Nähe des Sofas flüstern. Ich habe keine Ahnung, ob sie über mich reden.

Draußen schneit es immer noch und sieht einfach zu einladend aus. Es macht mich echt verrückt, im Bett liegen zu müssen, während es draußen so schön ist. Ich war seit Jahren nicht mehr krank. Aber schon als ich klein war, hatte ich oft hohes Fieber ohne irgendwelche anderen Symptome. Das machte meine Mutter schier wahnsinnig. Nach dem Tod meines Vaters hörte das auf. Es muss da wohl irgendeinen Zusammenhang geben.

Siebtes Kapitel

Zé

An stillen Orten, wohin mein Herz dich wünschte, kostete ich einen endlosen Sommer aus …

Er wacht neben dem Kind, ein Buch in der Hand, wie immer. Dieses Mal hat er sich für *Die Gerechten* von Camus entschieden. So ist er, Zé. Er findet seine Revolte in Seiten, in Tinte, in Worten. Anders kann er nicht überleben. Sein einziger Versuch, sich aus dem Panzer zu befreien, in den er sich als Jugendlicher zurückgezogen hatte, endete mit einem mehrmonatigen Aufenthalt in der Psychiatrie. Aber das war noch seine geringste Sorge.

Er war immer ein ruhiger Typ gewesen, ein braves Kind, ein mustergültiger Schüler, ein Klassenkamerad ohne Fehl und Tadel, bis zur Sache mit der Tafel. Er schließt die Augen, wenn er daran denkt, dann sieht er wieder, wie das Blut die Kreide rot färbt. Da schlägt er ein Buch auf und berauscht sich an den Worten, bis es vorbeigeht, bis er genug gebüßt hat, bis er seine Vergebung bekommen hat.

So lange liest er.

Gabrielle sieht im Wohnzimmer fern. Ab und zu geht er zu ihr rüber, um sich zu vergewissern, dass sie noch am Leben ist. Sie vegetiert vor dem bläulichen Bildschirm dahin. Am liebsten würde er diesen Scheißfernseher aus dem Fenster werfen. Andauernd laufen diese Reportagen, die so niederschmetternd und zynisch sind und mit dazu beitragen, dass Gabrielle in dieser Art Schockstarre verharrt. Aber wenn er das täte, dann wäre der Teufel los. Man denkt es nicht, aber Mattia legt allergrößten Wert darauf, am Sonntagmorgen seine Zeichentrickfilme zu sehen.

Er ist ja auch noch ein Kind. Das muss Zé sich hin und wieder mit Erstaunen ins Gedächtnis rufen, weil er es manchmal einfach vergisst.

An stillen Orten, wohin mein Herz dich wünschte …

Es gelingt ihm nicht, sich auf seine Lektüre zu konzentrieren. Die Revolutionäre der russischen kommunistischen Partei debattieren über Gut und Böse, über Leben und Tod und über Gerechtigkeit, bevor sie ein Attentat begehen. Ihm scheint, solche Überlegungen spielen heute keine Rolle mehr. Jedem sein Leben. Jedem seine Scheiße. Und jedem sein Tod, würde Gabrielle hinzufügen. Und jedem seine Ungerechtigkeit. Zé tut sich schwer damit, angesichts all dieser Fragen, die sich einem täglich stellen, Position zu beziehen. Er ist an diesem Spiel nicht wirklich beteiligt. Er versucht einfach nur, sein Bestes zu geben. Für sich. Für alle, die er liebt. Um zu überleben eben, ohne eines Tages mit dem schlichten Wunsch zu erwachen, sich eine Kugel in den Kopf zu jagen.

Er hört, wie im Fernsehen die Geschichte um Nixon, Pinochet und den Staatsstreich vom elften September neunzehnhundertdreiundsiebzig wiedergekäut wird. Er schließt die Augen, genervt. *Zapp weiter, Gabrielle, bitte.* Er sagt es ihr immer wieder: *Kümmere dich nicht um die Alpträume dieser Welt.* Den anderen gelingt es, all die Gemeinheiten um sie herum zu vergessen, indem sie sich hier und da in ihrem eigenen Leben einen Glücksmoment herauspicken. Sie schaffen es, sich aus dem ganzen Dreck, der sie umgibt, herauszuschälen. Gabrielle schafft das nicht. Und das bringt sie um. Sie ist erst dann glücklich, wenn es auf Erden niemanden mehr gibt, der unglücklich ist. Da nützt es auch nichts, dass die Psychiater, die Ärzte oder auch Zé ihr die ganze Zeit zu erzählen versuchen, dass es doch gar nicht so schlecht läuft. Warum sollte sie eine solche Lüge akzeptieren?

Es gibt solche Menschen, die dazu verurteilt sind, nicht alt zu werden.

Also bereitet er sich Tag für Tag auf die Vorstellung vor, dass er eines Tages neben einem kalten Körper aufwachen wird. Dann hätte er nur noch Mattia, also im Grunde niemanden, denn auch Mattia wird weggehen, nicht auf die gleiche Art, das hofft er zumindest, nein, aber Kinder gehen immer irgendwann weg, und er an seiner Stelle wäre vielleicht schon längst gegangen.

Jetzt verstummt sogar der Fernseher, Stille kehrt ein, und Zé hat auf einmal das Bedürfnis, seine eigene Stimme zu hören. Er beugt sich über den schlafenden Mattia und klappt sein Buch zu.

»Schläfst du?«

Im Gesicht des Kindes regt sich nichts. Es lächelt noch nicht mal im Schlaf. Zé fühlt sich ziemlich allein.

»Ich denke an sie, weißt du, dieses Mädchen, das ich getötet habe …«

Er schluckt schwer. Er denkt die ganze Zeit daran und spricht nie darüber.

»Émilie. Sie hieß Émilie.«

Keine Antwort.

»Ich wünsche mir, dass du mich eines Tages zu ihrem Grab begleitest. Nicht, um dir meine Fehler aufzubürden. Sondern damit du siehst, was passiert, wenn du zulässt, dass die Welt dich einverleibt. Diese Welt ist zum Kotzen, das weißt du. Es ist so dermaßen schwierig, ihr zu widerstehen, es ist alles so eingerichtet, dass du ins Rutschen geraten musst, und wenn du einmal loslässt, wenn du dich einmal vom Rand dieser Eisfläche entfernst, und sei es nur eine Sekunde lang, dann rutschst du aus …«

Er weiß nicht, wie er diesen Gedanken zu Ende bringen soll. Normalerweise führt er solche Gespräche nur mit sich selbst, aber dabei kommt er selten zu einem Schluss. Er findet einfach keinen Sinn in alledem. Und er hat es mit der Zeit fast aufgegeben, danach zu suchen.Er seufzt, legt seine Hand auf die Hand des Kindes, sie ist warm, aber nicht heiß.

»Halt dich lieber am Rand auf. Das mag feige sein, aber das ist die einzige Möglichkeit, kein Unheil anzurichten. Zumindest … kenne ich keine andere, ich hoffe, ich irre mich.«

Er legt das Buch neben den Nachttisch, steht auf, reckt sich und lässt den Blick durchs Zimmer schweifen. Mattia hat nur sehr wenige Sachen. Einen Schreibtisch. Einen Stuhl, ein Bett, eine Kommode mit etwas Kleidung. Keine Bücher. Fast keine Spielsachen. Nichts, dass auf irgendein Hobby oder irgendeinen Zeitvertreib hinweisen würde. Noch so einer, der nicht so richtig weiß, wie er überleben soll. »Werde schnell wieder gesund«, fügt Zé hinzu, während er zur Tür geht. »Ohne dich herrscht hier nur noch Stille.«

Gabrielle ist auf dem Sofa eingeschlafen. Zé macht den Fernseher aus und unterdrückt eine plötzliche Lust zu weinen.

Achtes Kapitel

Nach einigen Tagen ist das Fieber endlich weg. Ich habe eine Woche Schule verpasst und Zé eine Woche Arbeit. Mein Kopf wiegt zwei oder drei Tonnen, aber ich bin in der Lage aufzustehen und zu essen, zur großen Erleichterung der beiden, die sich nun darum kümmern müssen, mich mit Nahrung zu versorgen.

Eines Morgens wacht Zé mit verklebten Augen auf und will etwas sagen, als er sieht, wie ich den Kühlschrank durchforste. Nebenbei deute ich auf die Kaffeekanne.

»Ich habe Kaffee gemacht.«

»Danke … warum so aufmerksam?«

»So aufmerksam?«

»Das letzte Mal, als wir miteinander geredet haben, warst du weniger erpicht darauf, mir eine Freude zu machen.«

»Du auch nicht«, gebe ich zurück und deute auf die gelbe Stelle auf meiner Wange, die inzwischen verblasst ist.

Da sagt er nichts mehr, setzt sich an den Küchentisch und schenkt sich einen großen Becher Kaffee ein. Er trinkt ihn hell mit einem Schluck Milch. Währenddessen bereite ich mir mein Frühstück vor, eine Schale Frühstücksflocken, und will damit wie immer in Richtung Wohnzimmer verschwinden, um mir dabei meine Zeichentrickfilme anzusehen. Als ich an Zé vorbei will, hält er mich an einem Zipfel meines Pyjamas fest.

»Wo gehst du hin?«

»Fernsehen, wieso?«

»Kommt nicht infrage. Du gehst in die Schule. Wir haben das Jugendamt jetzt schon am Hals …«

Dieses Arschloch zwingt mich dazu, mich anzuziehen und verfrachtet mich anschließend ins Auto. Nachdem es ihm gelungen ist, mich dort hineinzubekommen, verriegelt er die Türen. Aus Rache stoße ich ihn in die Seite.

»Hätte ich das gewusst, dann hätte ich dir deinen Kaffee kochend heiß ins Gesicht gekippt.«

Erst als wir an der Schule sind und ich schon eine Hand auf dem Türgriff habe, sagt er etwas.

»Möchtest du wieder ins Heim, Mattia?«

»Bitte?«

»Das Heim mit Schlafsaal und Aufpassern, hast du darauf Lust? Genau das wird passieren, wenn der Familienrichter der Meinung ist, dass ich meine Arbeit als Vormund schlecht mache. Wir sollten also ab jetzt keine Fehler mehr machen.«

Er sieht mich richtig streng an.

»Mach keinen Quatsch in der Schule, okay? Ab heute arbeitest du ordentlich mit.«

Ich drehe ihm den Rücken zu, überlasse es ihm, die Autotür hinter mir zu schließen, und zeige ihm nicht, wie mir die Angst den Magen zusammenschnürt.

Madame Sivrieux scheint wirklich erleichtert zu sein, mich zu sehen. So wie letztes Mal, nimmt sie mich beiseite, bevor wir ins Klassenzimmer gehen. Ich erkläre ihr, dass ich mit mordsmäßigem Fieber ans Bett gefesselt war. Vermutlich ist sie hocherfreut, dass sich nicht wieder jemand aus meiner Verwandtschaft das Leben genommen hat. Sie ist nett zu mir. Sie ist weniger streng zu mir, seit sie meine »schwierige familiäre Situation« kennt.Es gelingt mir nicht, mich auf den Unterricht zu konzentrieren. Eigentlich würde ich gerne ein bisschen vor mich hin husten, damit man mich nach Hause schickt, aber Zé würde mich vermutlich in Stücke reißen. Was er gesagt hat, lässt mir keine Ruhe. Er redet ja nicht viel, aber er versteht es, die richtigen Worte zu finden, wenn es drauf ankommt.

Und ich habe wirklich keine Lust, zurück ins Heim zu kommen.

Das ist außerdem ungerecht. Ich habe ja noch Familie. Warum schwebt dieses Damoklesschwert über mir, obwohl ich doch noch meine Mutter, meinen Bruder und meine Schwester habe?

Weil sich niemand um mich kümmern will.

Ich versinke in Selbstmitleid. Das hasse ich. Und bevor ich noch auf schlechte Gedanken komme, beschäftige ich mich lieber damit, die französischen Könige rauf und runter zu beten.

Immerhin schaffe ich es, nicht einzuschlafen. Aber dafür bekommt man keine Auszeichnung. Noch so eine Ungerechtigkeit, aber eine, die man aushalten kann.

Papa war tot und die Leere in Mamas Augen wurde immer größer. Da war ich sieben. Ich war im Krankenhaus. Eine Schwesternschülerin hatte meine Wunden versorgt. Es musste nicht genäht werden. Die Verletzungen waren nur oberflächlich. Zumindest die auf meiner Haut. Aber das Messer hatte sich zugleich auch in Mamas Herz gebohrt, und es hatte die Leere in ihr noch ein Stück größer gemacht.

Sie wartete, bis die Schwesternschülerin weg war, dann sagte sie: »Ich kann nicht mehr mit dir zusammenleben, Mattia.«

Ich spürte, wie sich irgendwo in mir ein Abgrund auftat, unter meinen Füßen, ich machte den Mund auf, aber es kam kein einziger Ton heraus. »Ich kann nicht mehr mit dir zusammenleben.«

Ein Vogel setzte sich auf die Fensterbank.

»Es tut mir leid. Ich kann nicht mehr. Es ist zu schwierig.«

Und dann ging sie.

Kurze Zeit später kam die Schwesternschülerin wieder. Ich blickte immer noch den Vogel an. Sie lächelte mir zu, ich sah, wie sich ihr Gesicht in der Scheibe spiegelte. Dieses Lächeln wirkte unglaublich deplatziert. Ich hatte die Arme um meine Knöchel geschlungen und wippte vor und zurück, war mit den Gedanken woanders.

Ich hatte ihr noch nicht einmal sagen können »Lass mich nicht allein.«

Die Stille war zugleich
draußen
und drinnen.

Am Abend kündige ich an, früh ins Bett zu wollen. Ich gebe vor, mich noch etwas krank zu fühlen. Gegen Mitternacht sieht Gabrielle nach, ob ich schlafe. Ich stelle mich schlafend. Sie fällt darauf herein. Zé wäre sicher nicht darauf hereingefallen. Selber schuld, wenn er jemand anderen schickt.

Einige Minuten später stehe ich auf und schleiche durch den engen Flur. Durch die Wohnzimmertür dringt gedämpftes Licht. Ich hocke mich hin und lege ein Ohr ans Schloss. Erst höre ich nur Flüstern, aber meinem Gehör, das durch jahrelange Stille geschult ist, gelingt es schließlich, etwas zu verstehen.

Sie: »… seine Mutter. Meinst du nicht, man sollte zu den Bullen gehen?«

Er: »Glaubst du vielleicht, das will sie?«

Sie: »Es geht hier nicht um uns oder um sie, es geht um Mattia.«

Er: »Wenn sie keine Adresse hinterlässt, möchte sie nicht gefunden werden. Das respektiere ich.«

Sie: »Wie gesagt, es geht um ihn, nicht um dich.«

Er (nach einem Moment der Stille): »Findest du mich egoistisch?«

Sie: »Das habe ich nicht gesagt.«

Schritte. Ich rappele mich schnell auf, aber niemand geht auf die Tür zu. Da verstehe ich, dass Zé im Kreis läuft, das macht er immer, wenn er besorgt ist. Gabrielle sitzt vermutlich mit ernstem Gesicht auf dem Sofa. Ich kenne sie einfach zu gut. Ich stelle mir vor, was sie jeweils für einen Gesichtsausdruck haben. Ich weiß sogar, dafür bin ich Experte, wie es aussieht, wenn sie schweigen.

Sie: »Zé.«

Er: »Ja.«

Sie: »Was meinst du, was diese Typen wollten, von denen Mattia erzählt hat, als ich im Krankenhaus war?«

Er: »Was für Typen?«

Sie: »Na die, die nach dir gefragt haben. Vielleicht gibt es da einen Zusammenhang mit seiner Mutter.«

Er: »Das war sicher eine Verwechslung.«

Ich warte noch ein paar Minuten ab, aber sie schweigen, das können sie sehr ausdauernd. Schließlich gehe ich ins Bett.

Der nächste Freitag ist ein echter Feiertag, denn es ist der letzte Schultag vor den Ferien. Ich vergehe schon den ganzen Tag vor Ungeduld. In der Pause tauschen sich die anderen darüber aus, wie sie ihre Eltern dazu kriegen, ihnen die neueste Spielkonsole zu kaufen oder den kleinen Hund, den sie sich seit Jahren wünschen. Ich habe nur einen einzigen Wunsch: dass es endlich sechzehn Uhr dreißig sein möge.

Endlich erhört der Weihnachtsmann mich. Ich gehe als Erster durchs Schultor und sehe Zé, der in zweiter Reihe parkt. Seit der Geschichte mit der gemeingefährlichen Grippe ist er immer pünktlich. Ich schmeiße mich atemlos auf den Beifahrersitz, wie ein Taucher, der nach Luft schnappt. Er lächelt, als er sieht wie aufgedreht ich bin. Ich bin so gut gelaunt, dass ich mich sogar unaufgefordert anschnalle.

Da ich während der Fahrt aus dem Fenster schaue, fällt mir das graue Auto gleich auf, das uns seit der Schule folgt. Ich hätte ihm vielleicht keine weitere Beachtung geschenkt, wenn es nicht ein gefährliches Überholmanöver gestartet hätte, um noch bei Orange hinter uns über die Ampel zu kommen.

Zé, typisch für ihn, sieht nichts. Ich klopfe gegen sein Knie. »Da folgt uns jemand.«

Er blickt in den Rückspiegel.

»Wer?«

»Das graue Auto.«

Er schüttelt den Kopf, als wollte er sagen, ich sei reif für die Klapse. Ich rege mich auf:

»Teste es, wenn du mir nicht glaubst!«

Er stößt einen tiefen Seufzer aus und hält in zweiter Reihe. Alle Autos fahren an ihm vorbei, nur dieses nicht, es bleibt brav vor einer Ampel stehen. Zés Gesicht verfinstert sich. Er zündet sich eine Zigarette an und fährt wieder los. Unsere Verfolger tun es ihm nach. »Auch das noch«, murmelt mein Vormund.

»Das sind bestimmt die seltsamen Typen, die vor der Schule auf mich gewartet haben!«

»Wie sehen die aus?«

Bisher schien ihre Existenz ihn ja nicht besonders zu beunruhigen. Vielleicht dachte er, ich hätte mir das nur ausgedacht, um mich wichtig zu machen. Dazu muss man ehrlicherweise sagen, dass ich ihn schon ab und zu mal angelogen habe, damit er sich um mich kümmert.

Ich beschreibe ihm die beiden Männer und beobachte dabei im Rückspiegel das Auto. Er unterbricht mich.

»Eher Bullen oder eher zwielichtige Typen?«

»Keine Ahnung.«

Er schüttelt den Kopf, als wäre das nicht mehr wichtig, und beschleunigt nach der nächsten Ampel so plötzlich, dass mein Kopf gegen den Sitz knallt. Er macht eine Kehrtwendung und verursacht fast die Karambolage des Jahrhunderts.

Ein paar Flüche und gestreckte Mittelfinger später haben wir sie abgehängt. Ich bin totenbleich geworden. Zé ist so aufs Fahren konzentriert, dass er es nicht mitbekommt. Eine Hand auf mein Herz gepresst versuche ich, die aufkommende Übelkeit zu unterdrücken. Ich hasse es, wenn er rast.

Er hält vor unserem Haus. »Steig aus, ich parke ein Stück weiter weg.«

Also gehe ich schon mal in die Wohnung. Gabrielle döst vor dem ausgeschalteten Fernseher vor sich hin. Ich lasse meine Schultasche einfach fallen. Meine Euphorie über den ersten Ferientag hat sich innerhalb weniger Minuten verflüchtigt.

In der Küche warte ich auf Zé. Nach gut fünfzehn Minuten kommt er endlich. Ich sehe durch den Türspalt, wie er sich neben Gabrielle hockt und ihr etwas ins Ohr murmelt, während er ihr über die Haare streicht. Sie schläft. Er geht mit seinem Ohr an ihren Mund, dann richtet er sich auf und zieht seine Jacke aus. Er ignoriert mich, als er in die Küche kommt und öffnet den Kühlschrank. Mit leerem Blick studiert er den Inhalt.Ich räuspere mich. »Was sind das für Typen?«

Zé zuckt mit den Schultern, ohne sich zu mir umzudrehen. »Was wollen die?«, insistiere ich.

»Keine Ahnung.«

Er schließt den Kühlschrank wieder.

»Willst du Müsli?«

Ich mustere ihn. Schließlich dreht er sich um. Er zündet sich eine neue Zigarette an.

»Du verheimlichst mir was«, behaupte ich.

»Überhaupt nicht.«

»Doch.«

Er seufzt und setzt sich mir gegenüber.

»Als ich dir vorgeschlagen habe, bei mir zu leben, war ich vollkommen ehrlich dir gegenüber, weißt du noch? Ich habe dir nichts verheimlicht. Wenn ich dich hätte anlügen wollen, dann hätte ich dir damals nicht erzählt, warum ich mit deinem Vater in der Psychiatrie war. Keiner hat mich dazu gezwungen, dir die Wahrheit zu sagen. Also warum sollte ich dir jetzt etwas verheimlichen? Du kennst ja schon … meine schlimmsten Seiten.«

Das stimmt. Ich senke die Augen. Er klopft mir aufmunternd auf die Schulter.

Der Wecker zeigt vier Uhr an, aber ich schlafe noch immer nicht. Ich wälze mich im Bett herum, bin völlig durchgeschwitzt. Andauernd stehe ich auf, um zu pinkeln. Ich nutze die Gelegenheit und werfe im Vorbeigehen einen Blick auf die Straße, auf der Suche nach einem grauen Auto, aber ich kann das Auto, das uns gefolgt ist, nirgendwo entdecken.

In einer Woche ist Weihnachten. Ein paar komische Typen wollen wissen, wo wir wohnen, und das ist allen komplett egal, allen außer mir. Mama ist seit über einem Monat verschwunden. Meine Schwester hat seit fast einem Jahr kein Lebenszeichen mehr von sich gegeben. Und niemand ist darüber beunruhigt, niemand. Wie sehr ich mich auch bemühe, ich kapiere einfach nicht, wie die ticken: Zé, die Erwachsenen, die Welt. Ich weiß nicht, ob ich zu wenig Lebenserfahrung habe, oder ob es im Grunde allen so geht, nur dass keiner was sagt. Als ich klein war, dachte ich, die Großen weinen nie. Später habe ich dann verstanden, dass sie sich verstecken und es heimlich tun. Jetzt bin ich nicht mehr so leichtgläubig. Ich habe gelernt hinter die Fassade zu blicken, weil ich weiß, dass die Erwachsenen immer das Wichtigste für sich behalten.

Es schneit. Das interessiert mich nicht mehr. Mein Interesse an diesem Universum nimmt von Jahr zu Jahr ab, scheint mir. Wenn das in diesem Tempo weitergeht, dann bin ich in zwei Jahren nur noch eine leere Hülle.

Aber ich muss an diesen Krankenpfleger denken.

Ich war allein in Papas Zimmer, meine Mutter und meine Schwester holten sich ein Getränk am Automaten. Zé war auch da, er saß an seinem Schreibtisch mit Kopfhörern auf den Ohren, aber ich wusste damals noch nicht mal seinen Namen. Zé, der durch die Psychopharmaka zehn Kilo zugenommen hatte, Zé, der damals sechzehn war und zehn Jahre älter wirkte. Seine Hände zitterten, auch eine Nebenwirkung. Er strich die ganze Zeit in einem Brief herum und ab und zu wurde die Stille im Raum von einem seiner Flüche durchbrochen.

Eigentlich waren auf der Orchideen-Station keine Kinder unter fünfzehn zugelassen, wie in vielen psychiatrischen Abteilungen. Aber Mama musste nicht lange bitten, um die Genehmigung zu erhalten, dass ich zu Papa durfte. Schließlich war klar, dass er bald sterben würde.

Papa saß auf der Bettkante, ein gezwungenes Lächeln umspielte seine Mundwinkel, er wirkte auf den ersten Blick unauffällig. In den fünf Jahren, die er in der Psychiatrie war, hatte er sich daran gewöhnt, täglich Medikamente verabreicht zu bekommen. Mama hatte ihr Einverständnis dazu gegeben, da sie keine bessere Idee hatte.

Papa sah uns nie direkt an, er blickte immer auf einen Punkt, der ein paar Zentimeter neben uns lag.

Papas Stimme, die aus dem Reich der Toten zu kommen schien.

Ich ging nicht gerne dorthin, war nicht gerne mit ihm allein, wollte weg. Ich hasste diesen Ort. Papa starrte ins Nichts, ohne etwas zu sagen. Ich hielt es einfach nicht mehr aus, verließ den Raum und suchte auf dem Flur nach Mama, aber sie war nirgendwo zu finden. Schließlich stieß ich auf die fast leere Raucherecke. Dort standen nur zwei rauchende Pfleger und drehten mir den Rücken zu. Sie hatten mich nicht kommen hören.

Einer von den beiden war der Krankenpfleger, der immer nach unserem Besuch allein hinter verschlossener Tür mit Mama sprach. Ich wollte ihn gerade nach ihr fragen, da hörte ich, wie er Papas Namen sagte.

»… die Familie Younès gesehen«, sagte er zu seinem Kollegen. »Sie kommen oft.«

»Wie alt sind seine Kinder?«

»Die beiden Jüngeren sind fünf und achtzehn. Beim Dritten weiß ich es nicht, das ist sein Stiefsohn.«

»Das Mädchen ist ein bisschen seltsam, oder?«

»Der Junge auch. Er ist sehr zurückgezogen, er redet mit niemandem.«

»Oh je, oh je, oh je.«

»Ja, das sieht echt nicht gut aus.«

Kurz herrschte Stille, dann fügte der Pfleger diesen Satz hinzu, der mich nächtelang verfolgen sollte.

»Bei den Schizophrenen ist es immer das Gleiche. Wenn Du einen davon in der Familie findest, dann ist das meist nur die Spitze des Eisbergs.«

Ich brauchte Jahre, um zu verstehen, was das genau bedeutete. Aber schon damals habe ich das Wesentliche wohl verstanden, denn ich weiß noch, wie sich mein Herz dabei zusammenkrampfte. Ich starrte an den Mauern hoch, stumm vor Angst, und dachte: »Hier werde ich also enden.« Ab dem Moment begann ich, mir meine eigenen Mauern zu bauen.

Wenn man sein Leben schon in einem Gefängnis beschließen muss, dann möchte man wenigstens selber die Farbe der Ziegel aussuchen und den Zement wählen.

Neuntes Kapitel

Zé wollte uns eine Freude machen mit dem Weihnachtsbaum, aber dieser Ladenhüter, den er aus dem Supermarkt mitgebracht hat, ist eine echte Krücke: Die Spitze hängt traurig herunter, er ist krumm und schief gewachsen und hat wenig gemein mit einer stolzen Tanne, eher schon mit dem schiefen Turm von Pisa.

Aber ich spare mir jeden Kommentar und lästere nur heimlich. Am Abend des Vierundzwanzigsten dekorieren wir ihn ohne rechte Begeisterung. Dann setzen wir uns zu einem echten Festmahl an den Tisch. Es gibt Rinderbraten, Ofenkartoffeln und eine gefrorene Biskuitrolle für die, die das mögen. Zé hat Urlaub. Die Geschenke warten schon unterm Weihnachtsbaum. Wir essen schweigend, wer hätte das gedacht, während in der Wohnung über uns anscheinend die gesamte Familie plus Freunde zusammengekommen ist. Es ist ein einziges Getrampel und Gesinge, da platzt einem der Schädel, irgendwie verachte ich sie insgeheim dafür.

Das graue Auto habe ich nicht mehr gesehen, aber wer weiß, vielleicht ist es Zé erneut gefolgt, und er hat es nicht bemerkt, oder er hat es mir schlicht verschwiegen. Wir haben seit dem letzten Schultag nicht mehr darüber gesprochen.

Kurz vorm Dessert entkorkt Zé eine Flasche Wein, obwohl er doch sonst nie Alkohol trinkt. Gabrielle und ich runzeln die Stirn. Er schenkt uns allen ein, mir nur ein halbes Glas, aber als wir trinken wollen, bedeutet er uns zu warten. Wir schauen ihn beide fragend an. Er sieht aus wie ein Dirigent, wie er da so steht, mit dem Glas in der Hand und erhobenem Zeigefinger, als wollte er den Moment noch etwas hinauszögern.

»Was ist denn?«, frage ich genervt.

»Dreißig Sekunden.«

Er schaut auf seine Uhr. Gabrielle ist genauso perplex wie ich. Ich stelle mein Glas wieder ab. Nach einer halben Minute klopft es. Zé kann sich ein triumphierendes Lächeln nicht verkneifen. »Wer ist das?«, frage ich schnell.

»Na, mach auf, wenn du so neugierig bist.«

Ich stürze zur Tür. Einen Moment lang denke ich, es könnte meine Mutter sein, aber die Person auf dem Treppenabsatz ist nicht Amélia, trotzdem bin ich ziemlich baff. Denn dort steht eine junge Frau mit einem Rucksack, der größer ist als sie selbst, sie trägt eine graue Jogginghose, einen weißen Kapuzenpulli und eine schwarze Schapka mit Ohrenklappen. Sie hat dunkle Augen, eine dunkle Haut, ihre braunen Haare kringeln sich in alle Richtungen und sie sieht mir ähnlich. Es ist meine Schwester, Gina.

»Gina?«

Ich muss ihren Namen laut aussprechen, wie um sicherzugehen, dass sie es auch wirklich ist. Statt einer Antwort lässt sie ihren Rucksack fallen – man hört den Aufprall im ganzen Treppenhaus – umarmt mich und hebt mich hoch, dabei drückt sie mich so fest an sich, dass ich kurz fürchte zu ersticken. Wann hat mich das letzte Mal jemand so fest umarmt? Es verschlägt mir den Atem. Dann lässt sie mich wieder herunter, lächelt mich an und streicht eine Haarsträhne an meiner Schläfe glatt. »Du hast dich nicht verändert, Mattia. Es ist so schön, dich zu sehen!«

Sie späht in die Wohnung. »Darf ich reinkommen?«

Und schon ist sie mit uns im Wohnzimmer und nippt an dem Wein, den Zé ihr aufdrängt. Sie begrüßt Gabrielle, die beiden sehen sich zum ersten Mal. Ob wohl nur mir auffällt, wie ihr Blick, als sie sich auf die Wangen küssen, an Gabrielles Armen herunterwandert bis zu den Narben an ihren Handgelenken? Sie sagt nichts. Da ist Gina wie ich. Ihr entgeht nichts, aber von meiner Mutter hat sie die Kunst geerbt, sich über alles auszuschweigen, was von Bedeutung ist, und von meinem Vater die Kunst, im Notfall die Flucht zu ergreifen.

In den letzten Monaten ist sie an der Mittelmeerküste entlang von Marseille nach Izmir gewandert, ohne Handy, ohne jemandem Bescheid zu sagen. Sie erzählt uns nicht viel von ihrer Reise, weder von den Menschen, denen sie begegnet ist, noch von der Landschaft, sie nennt nur ein paar Städtenamen. Vielleicht hat sie ja nichts Spannendes erlebt oder sie hat einfach keine Lust, ihre Geheimnisse auszuplaudern. Da ich diese Stadt noch kein einziges Mal verlassen habe, giere ich förmlich nach Berichten darüber, wie es anderswo ist, aber vergebens.

»Und hier?«, fragt sie, nachdem sie einen Moment vor sich hin gegrübelt hat.

»Mama? Stefano?«

Ich schüttele den Kopf. Zé berichtet ihr von Mamas Verschwinden. Über meinen Bruder gibt es nicht viel zu sagen, wie immer. Er lebt sein eigenes Leben, kümmert sich nicht weiter um uns. Insofern ist doch alles beim Besten in dieser besten aller Welten. Gina spart sich jeden Kommentar dazu, ihr Blick geht ins Leere, sie dreht sich eine Zigarette und steckt sie sich in den Mundwinkel, ohne weiter zu fragen. Gabrielle streicht sich über die Innenseiten ihrer Handgelenke und sieht dabei Zé an, der sieht meine Schwester an, und ich beobachte sie alle drei, sie spiegeln sich im Fenster.

Es schneit. Es ist Weihnachten.

Morgen ist der Todestag meines Vaters.

Um fünf Uhr stehe ich auf, weil ich nicht mehr schlafen kann. Ich schleiche mich ins Wohnzimmer. Gina schläft auch nicht, das hatte ich mir schon gedacht. Sie blickt mit weit geöffneten Augen zum Weihnachtsbaum, zwischen Daumen und Zeigefinger verglimmt eine Zigarette, ihr Rucksack ist noch nicht mal ausgepackt. Sie weiß, dass ich da bin, ohne den Kopf wenden zu müssen. Genau wie ich ist sie darin geschult, noch das kleinste Geräusch wahrzunehmen.

»Na, Mattia, du kannst es wohl nicht mehr abwarten, deine Geschenke aufzumachen?«, sagt sie leise.

Ich nicke, das sieht sie nicht, aber das ist auch nicht nötig. Sie kennt mich so gut, wie ich sie kenne, und ich sehe ihr leicht gequältes Lächeln vor mir, das so typisch für sie ist, halb schalkhaft, halb traurig. »Ich betrachte den Schnee«, sagt sie.

Stille.

»Wie wär's, wollen wir rausgehen?«

Wortlos ziehe ich meine Turnschuhe an, die noch unterm Weihnachtsbaum liegen. Sie zieht sich ihre Pelzmütze über die Ohren und wir gehen. Ich trage meine Jacke direkt über dem Pyjama. Zé hätte mich niemals so vor die Tür gehen lassen. Gina ist das egal. Das nehme ich ihr nicht krumm, diese Art von Gleichgültigkeit macht mir nichts aus.

Die Straßen sind menschenleer, wie am Weihnachtsabend. Plötzlich greift sie nach meiner Hand, ihre Hand ist warm, meine eiskalt. Wir laufen langsam nebeneinander her, der noch unberührte Schnee knirscht unter unseren Schritten. Die Flocken sehen im Licht der Straßenlaternen riesig aus. Kein einziger Vogel zwitschert. Die machen Winterschlaf oder überwintern woanders. Gina ist auch nicht gerade passend zum Wetter gekleidet. Sie trägt immer noch ihren Kapuzenpulli, in dem sie durch halb Europa gereist ist, aber sie klagt nicht über die Kälte. »Bring mich an einen Ort, der dir etwas bedeutet«, sagt sie. »Ich kenne diese Stadt gar nicht mehr.«

Sie ist kurz nach dem Tod meines Vaters weggegangen, aus einer plötzlichen Laune heraus. Sie brach die Berufsschule ab und schloss sich einer Freundin an, die nach Russland wollte. Gemeinsam nahmen sie die Transsibirische Eisenbahn, in Wladiwostok trennten sich ihre Wege und sie fuhr weiter nach Japan. Seitdem haben wir uns nur noch selten gesehen.

Ein Ort, der mir etwas bedeutet …

Ich überlege, mir fällt keiner ein. Dann blicke ich nach oben und sehe die riesigen Kräne, die über Verrières aufragen. Die Richtung schlagen wir ein, dabei drücke ich fest ihre Hand. Vielleicht bin ich ein bisschen zu alt für so etwas, aber egal, wie oft sagt man mir, wie unglaublich reif ich für mein Alter sei, ich kann es inzwischen nicht mehr hören. Das ist die Standardbemerkung, wenn etwas Schlimmes passiert ist.

Gina lächelt, als sie versteht, wo wir hingehen. Aber als wir dann zwischen halb abgerissenen Häusern und Brachland entlanglaufen, vorbei an den Werbetafeln in diesen furchtbaren schreienden Farben, erstirbt ihr Lächeln. Sie sieht sich jeden Haufen Schutt ganz genau an. Sicher versucht sie sich daran zu erinnern, was da gestanden hat, bevor die Stadt diesen Ort den Investoren in den Rachen geworfen hat. Sie lässt meine Hand los.

»Was machen die denn hier?«, flüstert sie.

Ich zeige auf die Tafeln, die Paare und die Buggys, in denen keine Kinder zu sitzen scheinen. Da erübrigt sich jede weitere Erklärung. Auch sie schweigt nun. Hing sie etwa trotz alledem an diesem Ort?

Wir laufen wie automatisch zu der Brachfläche, die neben dem Gebäude liegt, in dem wir mal gewohnt haben. Dort erheben sich zwei Kräne, sie wirken mächtig, majestätisch, raumgreifend, man erkennt den Schriftzug eines großen Finanzinstituts. Sie sind in drei Farben angestrichen: Blau, weiß, rot – *rot, wie das Blut von Saïd Zahidi, der hier ganz in der Nähe gestorben ist, blau wie die Uniform des Bullen, der ihn getötet hat, weiß wie die Haut des Mörders.*

Wir laufen über das Brachland, unser Schweigen hat fast etwas Andächtiges. Der Schnee dort ist vollkommen unberührt, wir hinterlassen unsere Fußabdrücke auf der gefrorenen Fläche, gehen immer weiter, zwei einsame Wanderer, die in der zähen Masse ihrer Erinnerungen festhängen. Am Fuße einer der beiden Kräne bleiben wir stehen. Ich verrenke mir fast den Hals beim Versuch, die Spitze zu sehen. Da stößt Gina mich in die Seite.

»Steigen wir hoch?«

Ich sehe sie verblüfft an, aber es ist ihr voller Ernst.

»Da hoch?«

»Ja, bist du etwa noch nie auf einen Kran geklettert?«

Und als ich bedauernd den Kopf schüttele, sagt sie:

»Das muss man zumindest einmal in seinem Leben gemacht haben.«

Sie nimmt meine Hand und legt sie auf eine der Sprossen. »Los, Mattia, es ist Weihnachten.«

»Was hat das damit zu tun?«

Sie lacht.

»Keine Ahnung, du bist zu brav. Das ist schon ein wenig beängstigend. Du hast das Recht, ein Kind zu sein, Mattia. Und Kinder klettern auf Bäume.«

Auf Bäume vielleicht. Aber nicht auf Kräne. Aber ich merke, wie wichtig ihr das ist, und möchte sie nicht auch noch enttäuschen, so wie ich alle anderen enttäuscht habe. Also schlucke ich meine Angst herunter und steige langsam die Sprossen hoch. Sie feuert mich von unten an und klettert mir dann in Windeseile nach. Für sie ist das kein Problem, sie ist größer und diese Leitern sind für Erwachsene gemacht.

Als ich irgendwann runterschaue, denke ich, der Pfleger hatte recht, meine Schwester ist verrückt, da besteht kein Zweifel. Wir sind bestimmt zehn Meter hoch. Das eisige Metall klebt an meinen Handflächen, die Kälte ist beißend und ich bekomme langsam Angst, aber Gina murmelt, alles wäre okay, wir hätten es gleich geschafft. Ich möchte nur noch eins, so schnell wie möglich wieder hinuntersteigen, aber da sie es nun mal möchte, steige ich mit halb geschlossenen Augen weiter hoch. Ich zwinge mich dazu, nur auf meine Finger zu schauen, die sich unermüdlich an den Sprossen festklammern, und auf einmal ist die Angst wie weggeblasen. Ich habe das Gefühl, die Sprossen in meinem eigenen Gefängnis emporzusteigen auf dem Weg in die Freiheit.

Ich habe keine Ahnung, wie lange wir für den Aufstieg brauchen, aber irgendwann sind wir oben auf der Gondel, auf der man relativ guten Halt hat. Bei der Vorstellung, wieder hinuntersteigen zu müssen, beginnt mein Herz wie wild zu klopfen. Mit Ginas Hilfe setze ich mich neben sie auf einen Eisenträger und lasse die Beine über dem Abgrund baumeln. Sie legt mir einen Arm um die Schultern und deutet auf die Stadt unter uns. Auf einmal verstehe ich, wieso es ihr so wichtig war, nach ganz oben zu kommen.

Alle diese Lichter wirken von hier oben wie ein Ballett von lauter Glühwürmchen. Die Neonschilder der Geschäfte, die Straßenlaternen, die Beleuchtung der öffentlichen Gebäude, die wenigen erleuchteten Fenster, all das verschmilzt zu einer einzigen großen Lichtquelle, die unendlich weit strahlt. Von oben gesehen wirken selbst die hässlichsten Dinge noch schön.

»Wenn du die Dinge nicht mehr ertragen kannst, dann musst du den Blickwinkel ändern«, flüstert Gina, als könnte sie Gedanken lesen.

Ich lege meinen Kopf an ihre Schulter, entspanne mich für einen Moment. Ich fühle mich gut.

Wir bleiben lange so sitzen und sehen zu, wie über der Stadt der Tag anbricht.

Gina, erinnerst du dich an Saïd?

Ich habe ihn nicht mehr kennengelernt, ich war damals noch nicht geboren. Aber du schon. Du warst zehn, als er gestorben ist. Stefano hat mir erzählt, dass du andauernd von ihm geredet hast, nachdem Papa ihn einmal mit zu uns nach Hause gebracht hatte, Papa mochte ihn gern.

Ein fieser Typ, dieser Saïd, meint Stefano. Er konnte nicht verstehen, was Papa und du an ihm fanden. Er sagt, er hätte Autos vom Supermarktparkplatz geklaut, ihm wäre nichts Besseres eingefallen, als armen Leuten Schwierigkeiten zu machen. Wenn das Autos von Reichen gewesen wären, dann hätte er das noch okay gefunden, aber doch nicht die Autos, die vor unserer Tür standen.

Und du, Gina, sagtest, das sei dir egal, du hättest kein Auto, ein Auto sei auch nur ein Gegenstand, die seien alle versichert, und insofern sei es dir schnuppe. Stefano sagte, dass du auf eine Art in ihn verschossen warst, wie das nur Kinder sein können. Ich habe nie so ganz verstanden, was er damit meinte. Unterscheidet Liebe sich denn je nach Alter?

Nachdem man ihn auf dem Parkplatz erwischt hatte, warst du bei seinem Prozess und hast wie seine Familie und seine Freunde vor Erleichterung laut aufgeseufzt, als der Richter ihn zu einer Bewährungsstrafe verurteilte. »Das ist Ihre letzte Chance, Monsieur Zahidi«. Was der Richter nicht wusste und ihr auch nicht, er hatte seine letzte Chance längst verspielt, denn nur wenige Wochen später war er tot, nachdem ihm jemand den Schädel mit einem Schlagstock eingeschlagen hatte.

Gina, wie war das, hast du geweint? Wolltest du mit den anderen zusammen auf die Straße gehen? Hättest du gerne aus Wut diese ganze beschissene Welt zusammengeknüppelt, so wie sie ihn zusammengeknüppelt hatten? Hat Papa dich daran gehindert?

Bereust du heute, dass du nicht dabei warst?

Und dieser Bulle, denkst du manchmal an ihn? Und hat es mit ihm zu tun, und damit, dass er frei herumläuft, mit dieser unendlichen Ungerechtigkeit, dass du nachts nicht schlafen kannst, dass du dieses Land verlassen hast, dass du die Füße nicht mehr hierher setzt?

Hast du uns in dieser ganzen Zeit vergessen?

Um zehn Uhr morgens erst kehren wir in die Wohnung zurück. Wir haben ewig oben auf dem Kran gesessen und vor uns hin geträumt und dabei die Zeit vergessen. Gabrielle und Zé sind bereits aufgestanden. Als ich beim Ausziehen der Jacke einen Hustenanfall bekomme, wirft mein Vormund Gina einen finsteren Blick zu.

»Wo wart ihr?«

»Auf einem Kran«, sagt meine Schwester.

»Auf einem … ist das dein Ernst?«

»Schon gut Zé, ich weiß, was ich tue.«

Man sieht ihm deutlich an, dass er da ganz anderer Meinung ist, aber er widerspricht ihr nicht. Er weiß, wie sehr ich meine Schwester liebe, das einzige Familienmitglied, das mich nicht ganz hat fallen lassen.

Die Erwachsenen trinken eine Melange, Zé hat extra Sahne gekauft, ich begnüge mich mit einem gepressten Orangensaft. Und dann widmen wir uns dem Baum und den darunter liegenden Päckchen. Zwei Geschenke für mich, eins von Zé und Gabrielle, eins von Gina. Das von Gina ist in Zeitungspapier mit einer fremden Schrift eingepackt. »Das ist Türkisch«, erklärt Gina.

Ich öffne das Päckchen vorsichtig, es kommt ein kleines Messer mit einer gebogenen Klinge zum Vorschein, ein Mittelding zwischen Klappmesser und Dolch, es hat einen schwarzen Griff mit goldener Prägung. Ich umarme meine Schwester. Das Geschenk ist mir im Grunde halb so wichtig, es spielt für mich keine Rolle, ob da etwas ungeheuer Wertvolles drin ist oder gar nichts, Hauptsache, sie hat sogar in der Türkei an mich gedacht.

Zé und Gabrielle schenken mir einen Geräuschverstärker. Er sieht aus wie eine Pistole mit einem Trichter obendrauf, wie diese Dinger, die man Hunden um den Hals macht, damit sie nicht an ihren Wunden lecken können. »Für die Vögel«, sagt Gabrielle.

»Oder die Menschen«, sagt Zé halb im Spaß.

Ich lächele. Er ahnt wohl, dass ich dieses Geschenk zweckentfremden und dazu nutzen könnte, ihre Gespräche zu belauschen. Ich hätte nicht gedacht, dass ihnen mein Interesse für Vögel aufgefallen ist. Das berührt mich. Ich umarme sie ebenfalls. Zé duftet nach Aftershave. Er hat sich zur Feier des Tages frisch rasiert.

Den ganzen Tag hoffe ich insgeheim, dass meine Mutter irgendwann doch noch auftaucht, als Überraschung schüchtern an die Tür klopft und murmelt:

»Hast du etwa gedacht, dass ich dich an Weihnachten im Stich lasse?«, aber sie kommt nicht.

Was soll's. Ich habe Gina. Ich habe Zé, ich habe Gabrielle. Das muss reichen. Warum tut es das bloß nicht?

Nouria macht an Weihnachten keinen Urlaub. Sie sagt, ihre Patienten bräuchten sie um diese Zeit oft besonders dringend. Drei Tage nach Heiligabend ist sie wieder zur Stelle. Gina hat mich zur Praxis begleitet. Eigentlich wollte Zé mich bringen, aber sie wollte das unbedingt übernehmen, und ich wollte das auch gerne. Da war er beleidigt. Ist er womöglich eifersüchtig?

»Das Jugendamt hat mir einen kleinen Besuch abgestattet«, sagt Nouria.

»Echt? Scheiße.«

»Du wirst also misshandelt?«

Ich deute ein Lächeln an.

»Was meinst du?«

»Und du, Mattia?«

»Ich habe in vier Jahren eine Ohrfeige bekommen. Ich glaube, das überlebe ich.«

Sie lächelt auch, ihr besonderes Lächeln, bei dem das ganze Gesicht beteiligt ist. Wenn sie Kinder hat, müssen die echt glücklich sein. Alle, die regelmäßig mit ihr zu tun haben, müssen glücklich sein. Es sei denn, sie hebt sich ihr Lächeln für ihre Patienten auf. »Was wollten sie denn wissen?«, frage ich neugierig und rutsche dabei auf meinem Stuhl nach vorne. »Ob du bei Zé unglücklich wärst.«

»Und was hast du geantwortet?«

»Dass Glück nicht allein von den Personen abhängt, mit denen man zusammenlebt.«

»Denkst du, es wäre besser, ich würde nicht bei ihm leben?«

Sie zuckt mit den Schultern. »Und du, Mattia?«

»Du zuerst.«

»Ich kenne ihn nicht.«

»Ich auch nicht. Niemand kennt ihn. Er ist merkwürdig.«

»Du auch.«

»Aber ich kann mich noch verändern«, sage ich ohne große Überzeugung.

»Möchtest du dich verändern?«

»Weiß ich nicht.«

»Was würdest du gerne in deinem Leben verändern, wenn du könntest?«

Gute Frage. Ich denke nach. Ich denke wirklich nach. Wo soll ich da anfangen? »Erst einmal würde ich dafür sorgen, dass die Wege von Saïd und diesem Bullen sich nie gekreuzt hätten. Dann würde ich meinem Vater erklären, dass Illusionen nur in die Katastrophe führen können, so wie bei ihm. Sein Wahnsinn, den er seit frühester Kindheit als Saat in sich trug, ist dadurch erst so richtig aufgegangen und erblüht.«

»Seit frühester Kindheit?«, hakt Nouria ein.

»Anscheinend schon.«

»Wer hat das gesagt?«

»Das sagen doch alle über die Schizophrenie.«

Sie lächelt.

»Der Name ist so kompliziert wie die Krankheit.«

»Ich bin einer der wenigen, der das Wort richtig schreiben kann.«

»Aber das reicht nicht, um zu verstehen, was es ist.«

»Dann erkläre es mir.«

»Das kann ich nicht. Ich verstehe die Schizophrenie nicht, weder ich noch irgendein anderer Psychiater noch sonst irgendjemand, der nicht direkt davon betroffen ist. Vergiss, was man dir erzählt hat, Mattia. Man weiß nicht, woher das kommt. Man weiß nur, dass es bei manchen Personen zu einem bestimmten Zeitpunkt ausbricht und bei anderen nicht. Den Rest kannst du vergessen. Du wirst keine zwei Psychiater finden, die dir die gleiche Definition liefern.«

Ich zögere ihr zu erzählen, was mir im Kopf herumgeht, seit ich im Alter von fünf Jahren die Unterhaltung der beiden Pfleger im Hinterhof der Orchideen-Station in der Charcot-Klinik mitbekommen habe. Aber ich weiß jetzt schon, was sie sagen wird. Sie meint es zu gut mit mir. Sie würde mir nicht die Wahrheit sagen, wenn diese mich verletzen könnte.

»Meine Schwester ist wieder da«, sage ich.

»Gina?«

»Ja. Wir sind auf einen der Kräne bei Verrières geklettert, das war schön.«

»Du magst deine Schwester sehr.«

»Ja.«

»Bleibt sie länger?«

»Ich weiß es nicht, ich hoffe.«

»Hast du ihr gesagt, dass du dir das wünschst?«

»Nein.«

»Sag es ihr.«

»Mache ich.«

Ich lüge. Das weiß sie. Sie lächelt traurig.

Als die Stunde um ist, begleitet sie mich in die Eingangshalle, und ich spüre, wie ihr Blick mir folgt, als ich zu Gina gehe, die gegenüber auf einer Bank sitzt und auf mich wartet, eine Zigarette im Mund, die Kälte scheint ihr nichts anzuhaben.

Meine Schwester hat so lange betont, wie wichtig es ihr sei, auszuschlafen, bis sie zu meiner großen Freude das Klappsofa im Wohnzimmer gegen eine große Matratze in meinem Zimmer tauschen durfte. Zé schien anfangs wenig begeistert von der Idee, aber ich habe ihn überzeugt.

So liegen wir nun gemeinsam wach, wenn wir nicht schlafen können. Zum Glück sind Ferien und ich muss nicht früh aufstehen. Ich gehe von Tag zu Tag später ins Bett. Wir reden nicht, aber wir schweigen gemeinsam. Das ist schon ein großer Unterschied.

In der Nacht nach meinem Termin bei Nouria beginnt sie ein Gespräch, während sie am Fenster eine Zigarette raucht und ich *Eine Zeit in der Hölle* von Rimbaud lese, eine Empfehlung von Zé. »Geht's dir gut hier?«

Ich nicke und vergesse, dass sie mich nicht sehen kann, aber sie fragt nicht nochmal.

»Macht dir das keine Angst?«

»Was?«

»Du weißt schon.«

Ja, ich weiß, Zés psychiatrische Vergangenheit, Zé, der Mörder, wie ich gerne sage, wenn ich ihn verletzen will. Zé, der schon einmal jemanden getötet hat und sich mit Poesie betäubt, um nicht daran denken zu müssen, so wie andere sich mit Alkohol oder Heroin betäuben. »Nein, dir etwa?«

Sie antwortet nicht. Doofe Frage. Gina hat vor gar nichts Angst. Sie ist wie Zé. Sie vermeidet es, sich mit der Vergangenheit und der Zukunft zu beschäftigen. Sie versucht, sich nicht zu viele Fragen zu stellen. Sie macht einen Schritt nach vorn, bleibt stehen, macht einen Schritt zurück, das ist ihr egal, sie denkt nicht an morgen, weder an ihre Zukunft noch an meine. Wenn ich einmal groß bin, möchte ich auch so sein.

Es ist gefühlt eine Stunde vergangen, bis sie erneut etwas sagt. Sie hat ihre Kippe schon vor einer ganzen Weile in der Regenrinne ausgedrückt, aber das Fenster steht immer noch offen, Kälte macht sich im Zimmer breit. Ich habe eine Gänsehaut, sie nicht. Gina ist unbezwingbar. Das hat sie mir mal gesagt, als sie noch eine Jugendliche war. *Unbezwingbar, Mattia.* Sie sagte es mit solcher Überzeugung, dass ich es glaubte. *Du bist auch unbezwingbar. Wie eine Mauer aus Stein.* Wir hatten die gleiche Art, uns zu verteidigen. Nur, dass sie weg konnte und ich nicht. *Nicht wie unsere Eltern. Un-be-zwing-bar,* sprich es mir nach. Und anschließend ist sie auf und davon und dafür hasste ich sie. Ich mag sie nur, wenn sie da ist. Also nicht oft. »Ich mag ihn nicht besonders«, sagt sie.

»Zé? Warum?«

»Weil er mich auch nicht besonders mag.«

»Warum?«

»Weiß ich nicht.«

Ich überlege. Ich hatte es bisher vermieden darauf zu achten, aber es stimmt, Zé mag sie nicht. Er akzeptiert ihre Anwesenheit, weil er weiß, dass ich ihn verlassen würde, wenn er meine Schwester vor die Tür setzt. »Er ist eifersüchtig«, sage ich.

Sie lacht.

»Ich weiß, aber das ist kein Grund.«

»Sprich mit ihm.«

»Ich kann das nicht, mit Leuten reden. Kannst du das?«

»Nein.«

Sie schließt das Fenster und schlüpft unter die Decke.

»Gute Nacht.«

»Gute Nacht.«

Sie hat niemandem Bescheid gesagt, bevor sie gegangen ist. Sie hat nur einen kleinen Zettel an den Kühlschrank geklebt: »Ich gehe, es tut mir leid, Gina.« Da habe ich zum ersten Mal gesehen, dass Mama auf eines ihrer Kinder wütend war. Ihre Wut war so groß, dass sie in der ganzen Wohnung zu spüren war bis in mein Zimmer hinein. Ich versteckte mich unter der Bettdecke, um nicht von ihr getroffen zu werden, ich sah sie schon wie eine vom Wind aufgepeitschte schwarze Welle über mir zusammenbrechen. Irgendetwas in mir drin geriet dadurch ins Wanken, aber ich fand keine Worte dafür. Mama sagte nichts. Wie immer beschränkte ihre Wut sich auf Blicke. Sie wollte sie für sich behalten, aber es ging nicht, so wie es ihr auch nie gelungen ist, ihre Traurigkeit vor uns zu verbergen. Es gibt Dinge, die zu groß sind, als dass man sie einsperren könnte.

Stefano sagte nichts. Ich auch nicht.

Am nächsten Tag war ein Gedeck weniger auf dem Tisch und wir gewöhnten uns daran.

Zehntes Kapitel

Wie immer vergingen die Ferien zu schnell.

Gerade war noch Silvester, das wir im Kreis der Familie »feierten«, (feiern ist zu viel gesagt, es gab ein Glas billigen Champagner und unser Lächeln strahlte noch weniger Zuversicht aus als sonst, es war uns deutlich anzusehen, wie pessimistisch wir ins neue Jahr blickten). Dann war es so weit, ich musste wieder zur Schule gehen.

Eines Morgens um sieben, als er von der Arbeit kommt, rüttelt Zé mich wach.

»Zeit, in die Schule zu gehen.«

Ich murmele, dass ich nicht hingehen will, nur so der Form halber.

Er hat kein Erbarmen und zieht mir mit einem Ruck die Decke weg. Die Kälte im Zimmer verwandelt meinen Rücken augenblicklich in einen Eisblock. Gina wälzt sich hin und her, ihre zerzausten Haare bedecken ihr Gesicht.

»Nun lass ihn doch in Ruhe, dann geht er halt heute Nachmittag.«

Ich schlage die Augen auf, gespannt auf das, was folgt. Zé knirscht mit den Zähnen.

»Noch nie was von Schulpflicht gehört?«

»Ich habe die Schule hingeschmissen, du hast die Schule hingeschmissen, und wir haben es beide verkraftet.«

»Erzähl keinen Quatsch, das war nicht in der Grundschule. Wenn er alt genug ist, kann er entscheiden, ob er weitermacht oder nicht. Bis dahin entscheide ich das.«

Ginas Kopf taucht unter der Bettdecke hervor, ihr Gesicht ist zerknittert. Ich stehe indessen leise auf. »Ist gut, ich gehe ja schon.«

»Nur weil du sein Vormund bist, musst du ihm keine Befehle erteilen.«

»Er ist ein Kind«, sagt Zé. »Soll er vielleicht den ganzen Tag im Bett liegen? Wenn du dich um seine Erziehung kümmern möchtest, nur zu, wende dich an das Familiengericht, du bekommst sicher problemlos das Sorgerecht, du bist ja seine Schwester. Aber so lange lässt du mich das bitte so machen, wie ich es für richtig halte. Ich kümmere mich schließlich auch deshalb um ihn, weil du immer nur an dich gedacht hast, genau wie dein Halbbruder.«

Oh verdammt, es war also nicht nur so ein Spruch, als sie sagte, er würde sie nicht mögen. Mir war nicht klar, wie sehr. Ich flüchte mich so schnell ich kann in die Küche. Aber man hört die Stimme meiner Schwester durch die Wand hindurch.

»Wieso maßt du dir ein Urteil über mich an? Was weißt du denn schon von meinem Leben?«

»Und was weißt du von meinem?«

Ich trommele gegen die Schlafzimmertür:

»Gabrielle, Gabrielle!«

Sie reißt die Tür auf. Sie ist durch das Geschrei wach geworden. Wortlos geht sie auf mein Zimmer zu. Gina ist mittlerweile aufgestanden, die beiden funkeln sich wütend an. Man spürt, es fehlt nicht viel, und es kommt zu Handgreiflichkeiten. Ich bleibe im Flur stehen und weiß nicht was ich tun soll. Währenddessen klopft Gabrielle zaghaft gegen die Tür, um auf sich aufmerksam zu machen, sie ignorieren es. Meine Schwester ist sicher zwei Köpfe kleiner als Zé, aber das kümmert sie nicht weiter. »Du machst hier einen auf verantwortungsvollen Erwachsenen, dabei hast du jemanden getötet«, sagt sie. »Denkst du, du bist in der Position, mir eine Moralpredigt zu halten? Kann ja sein, dass ich nicht perfekt bin, aber zumindest bin ich keine *Mörderin*.«

»Halt die Klappe«, sagt mein Vormund. »Du hast ja überhaupt keine Ahnung, wovon du sprichst. Auf einmal beschäftigt dich, was ich getan habe? Hättest du da nicht dran denken sollen, als wir vorm Familiengericht standen? Da hättest du mal den Mund aufmachen sollen, nicht hier. Das bringt jetzt überhaupt nichts mehr, im Übrigen ist es ewig her, lange verjährt.«

»Verjährt … du machst es dir ja einfach.«

Er macht einen Schritt auf sie zu. Sie stehen sich drohend gegenüber, es trennen sie nur noch wenige Zentimeter. Ich frage mich, wer von beiden zuerst zuschlägt, allein bei dem Gedanken bricht mir der kalte Schweiß aus. »Einfach?«, wiederholt er.

Sie beschränkt sich darauf, seinem Blick standzuhalten, bleibt cool. »Das aus dem Mund von jemandem zu hören, der sich aus dem Staub gemacht hat, als es das erste Mal hart auf hart kam, das ist schon komisch, tut mir leid.«

»Das erste Mal hart auf hart? Du verdammtes Arschloch!«

»Du kommst alle drei Jahre mal vorbei, um dein Gewissen zu beruhigen, und erlaubst dir, Kommentare darüber abzugeben, wie ich mit deinem Bruder umgehe? Denkst du vielleicht, das wäre einfach? Du kennst den Kleinen doch noch nicht mal. Ihr habt ihn die ganze Zeit nur rumgestoßen, und ich durfte im Anschluss die Scherben aufsammeln. Ich tue, was ich kann, aber wenn das Porzellan einmal zerschlagen ist …!«

Da hämmert Gabrielle gegen die Wand.

»Wisst ihr eigentlich, dass Mattia jedes Wort mithört?«

Sie halten inne, sehen verlegen zu mir rüber. Gabrielle nimmt mich an der Hand. »Zieh dich an, ich bringe dich zur Schule.«

Zé ist so überrascht, dass seine Wut im selben Moment verraucht ist. Gina versteckt ihr Gesicht hinter einer widerspenstigen Strähne und zündet sich am Fenster eine Zigarette an. Kurz darauf sitze ich im Auto – wenn es darum geht, die Flucht zu ergreifen, kann ich ziemlich schnell sein –, Gabrielle ist am Steuer. Ich habe sie seit Monaten nicht mehr Auto fahren sehen. Sie atmet hörbar ein und aus, während sie sich einen Weg durch den Verkehr bahnt. »Alles okay?«

»Und bei dir?«

Sie hupt, als ein Fahrer sie beim Überholen schneidet. Es hat letzte Nacht geschneit, aber diese Arschlöcher vom Amt haben schon wieder Salz gestreut. Ich habe keine Entschuldigung dafür, nicht in die Schule zu gehen, abgesehen davon, dort drei Viertel meines Lebens zu vergeuden. Wenn ich morgen sterben sollte, was hätte ich da schon zu erzählen, außer dass ich mittlerweile in der Lage bin, einen Betrag mit einem Komma zu teilen, ohne einen Taschenrechner zu Hilfe zu nehmen, ist das nicht großartig?!

»Du solltest nicht so reagieren, Mattia.«

»Wie reagieren?«

»Als du mich geholt hast. Du warst so in Panik, ich dachte schon, es brennt irgendwo. Das war nur ein Streit, mehr nicht. Das kommt vor.«

Ich sage nichts. Sie lächelt vor sich hin.

»Stimmt natürlich, du kennst das nicht so. Und es ist schwer zu ertragen, wenn zwei Personen, die man gern hat, sich anschreien oder gar hauen. Aber manchmal ist eine heftige Reaktion besser als gar keine Reaktion.«

Während sie vor der Schule hält, denke ich über ihre Worte nach.

»Nur Mut«, sagt sie, es klingt sehr mitfühlend.

»Danke.«

Die Arbeit in Geschichte und Geologie habe ich in den Sand gesetzt. Es ging um den Zweiten Weltkrieg. Mir fielen weder die Namen der bekanntesten Konzentrationslager ein noch das Datum des Waffenstillstands. Und von welchem Ort aus die französische Regierung in der Besatzungszeit regierte, wusste ich auch nicht mehr (Vichy, verflucht nochmal, Vi-chy!). Diese Note wird meinen Schnitt noch weiter nach unten ziehen. Auch wenn meine Lehrerin mich ermutigen wollte, konnte sie ihre Verzweiflung nur schwer verbergen: »Warum verschwendest du dein intellektuelles Potential nur so?« Das denke ich auch immer, wenn ich in diesem Klassenzimmer sitze.

Sag ihr, sag allen, dass es Momente in deinem Leben gibt, in denen du dich schlicht nicht für Hitler, den Holocaust und sämtliche Kriege, die deine Vorfahren ausgefochten haben, interessierst. Sag ihnen, dass du lieber auf einen möglichst hohen Kran kletterst, dir das Viertel, das gerade saniert wird, von oben ansiehst, die Graffiti durchzählst und den Krähen hinterherblickst. Sag ihnen, dass du schon genug mit deinen eigenen Fehlern beschäftigt bist.

Sag ihnen, wenn sie Erinnerungsarbeit so wichtig finden, müssen sie dafür nicht drei Generationen zurückgehen. Es genügt, einfach mal auf die Straße zu gehen. Da sehen sie das Gesicht eines fünfzehnjährigen Jungen auf die Wände gesprüht. Aber erinnern sie sich überhaupt noch an seinen Namen, haben sie ihn je gewusst?

Gina holt mich nach der Schule ab, eine erloschene Zigarette im Mundwinkel, sie blickt finster, wie üblich. Sie macht mich inmitten der anderen Schüler schnell ausfindig. Als ich sie erreiche, nimmt sie mich an der Hand und zieht mich auf den Nachhauseweg, ohne ein Wort zu sagen. Sie geht so schnell, dass ich fast rennen muss, um ihr zu folgen. Ich wage es nicht, sie auf den Streit von heute früh anzusprechen. Dann, statt links in die Einkaufsstraße einzubiegen, dem kürzesten Weg nach Hause, bleibt sie vor der Kreuzung stehen und verschwindet mit mir in einer Bibliothek.

»Was willst du …«

»Da folgt uns so ein komischer Typ, ich möchte ihn lieber nicht zu deiner Wohnung führen«, sagt sie.

Der Wachmann kommt auf uns zu, alarmiert durch ihre Zigarette. Gina kommt ihm zuvor:

»Die ist aus.«

Sie stopft die Kippe in ihre Tasche und geht schnell weiter. Sie murmelt, wie für sich selbst:

»Glaubst du, er überwacht die Bücher genauso, wenn die Anstalten machen, sich zu verselbständigen?«

Ich antworte nicht. Sie drückt meine Hand und zieht mich mit sich … Ich verrenke mir den Hals, um zu sehen, ob uns jemand folgt, aber da ist niemand. Wir gehen zum gegenüberliegenden Ausgang auf der anderen Seite. Kurz bevor ich ins Freie trete, werfe ich noch einen letzten Blick über die Schulter. Und da sehe ich ihn, den Mann von neulich, der sich im Hintergrund gehalten hatte, während sein Kumpel versuchte, mir etwas aus der Nase zu ziehen. Er ist anders gekleidet als letztes Mal, aber man erkennt ihn an seiner Goliath-Statur. Er bahnt sich einen Weg durch die Studenten, Alten, Müßiggänger, die in Büchern blättern, reckt den Hals, um uns nicht aus den Augen zu verlieren.

»Er ist immer noch da«, sage ich.

»Ich weiß.«

Es scheint sie nicht übermäßig zu beunruhigen, allein ihre angespannten Gesichtszüge verraten ihre Nervosität. Wir biegen in die nächste kleine Straße ein, Gina rennt ohne Vorwarnung los. Ich bemühe mich, Schritt zu halten. Wir drehen noch zwei oder drei Runden durchs Viertel, dann verlangsamt sie endlich das Tempo. Das war für sie mit ihrer Raucherlunge sicher anstrengender als für mich. Endlich lässt sie meine Hand los. Sie atmet einmal tief durch und behält dabei die Umgebung im Blick.

»Ich glaube, wir haben ihn abgehängt.«

»Was ist das für ein Typ?«

»Keine Ahnung, ich wollte nur verhindern, dass er uns nachläuft.«

Du weißt es nicht?

Ich glaube ihr kein Wort. Ich löchere sie weiter. Sie bleibt dabei. Und wir gehen zurück in die Wohnung, als wenn nichts gewesen wäre. Gabrielle und Zé erzählt sie nichts davon. Die Stimmung ist im Keller, ein deutliches Zeichen dafür, dass der Streit von heute früh noch nicht beigelegt ist. Ich ziehe mich in mein Zimmer zurück unter dem Vorwand, Hausaufgaben machen zu müssen. Meine Schwester kommt mir nicht hinterher. Ich warte ein paar Minuten, dann schleiche ich auf leisen Sohlen in den Flur. Sie sind in der Küche, das hatte ich mir gedacht. Ich presse mein Ohr an die Tür.

Gina: »… in der Bibliothek abgehängt.«

Zé: »Hast du sein Gesicht gesehen?«

Gina: »Denkst du, es geht um …«

Zé: »Pst!«

Gina: »Was denn?«

Zé: »Der Junge hat die schlechte Angewohnheit, an der Tür zu horchen.«

Gina: »Na und?«

Zé: »Dein Vater hätte sicher nicht gewollt, dass er in diese Scheiße mit reingezogen wird.«

Gina: »Stimmt ja, du kennst ihn ja besser als ich.«

Zé: »Hör auf damit.«

Gina: »Wenn das jetzt wieder losgeht, muss man …«

Zé: »Muss man was?«

Gina: »Verdammt, ich habe keine Ahnung!«

Zé: »Ich auch nicht.«

Ich halte den Atem an. Ich bin so angespannt, dass ich mir

einbilde zu spüren, wie mein Trommelfell sich ausdehnt. Schritte kommen auf die Tür zu.

Zé: »Warte, du …«

Schnell gehe ich beiseite, ich kann gerade noch ins Badezimmer springen, bevor Gabrielle die Küchentür aufreißt. Wütend zieht sie ihren Mantel über und verschwindet im Treppenhaus. Zé läuft hinter ihr her, man hört nur Wortfetzen, dann nichts mehr.

Nach einigen Minuten kommt er zurück und geht wieder zu meiner Schwester in die Küche. Ich habe noch nicht mal mehr Lust, ihnen nachzuspionieren, stattdessen rolle ich mich in meinem Bett zusammen. Ich bin auf einmal unendlich müde und schlafe kurz darauf ein.

Niemand weckt mich, um mich zum Abendessen zu rufen.

Als ich einige Stunden später die Augen aufschlage, fällt mein Blick als Erstes auf Ginas Matratze. Sie ist nicht mehr da. Ihr Schlafsack ist verschwunden, ihr Rucksack ebenso. Im Wohnzimmer ist Licht. Ich gehe barfuß mit leisen Schritten auf die Tür zu.

Aber die Stimme tröstet mich und sagt: »Bewahre dir deine Träume, die Vernünftigen träumen nicht so schön wie die Verrückten.«

Zé rezitiert mal wieder Baudelaire. Um diese Zeit sollte er normalerweise im Laden sein. Die Tür ist nur angelehnt, ich drücke sie auf. Er steht vorm Fenster, ohne Buch, die Augen halb geschlossen, und geht vollkommen in der Poesie auf. Mich bemerkt er nicht einmal. Keine Spur von Gina oder Gabrielle. Ich lasse den Meister sein Gedicht beenden, dann hüstele ich, um auf mich aufmerksam zu machen.

Er wirft einen Blick auf seine Uhr, sieht mich groß an.

»Du musst erst in zwei Stunden aufstehen, leg dich wieder hin.«

»Ich bin früh ins Bett gegangen. Wo ist sie?«

»Wer?«

»Gina?«

Sein peinlich berührter Gesichtsausdruck bestätigt meinen Verdacht. Ich hebe abwehrend die Hand, um seinen Erklärungsversuch im Keim zu ersticken. Ich habe keine Lust, mir das anzuhören, gehe in die Küche und trinke ein Glas Orangensaft. Eigentlich wollte ich frühstücken, aber mir ist der Appetit vergangen.Nach langem Zögern kommt Zé mir nach.

»Ich soll dir von ihr Tschüss sagen.

Sei ihr nicht böse. So ist sie nun mal. Sie bleibt nie lange. Daran solltest du ja inzwischen gewöhnt sein.«

»Schon gut, ich sage ja gar nichts!«

Er setzt sich mir gegenüber, zündet sich eine Zigarette an. Ich meide seinen Blick, aber gehe nicht weg, nehme es hin, dass er schweigend dasitzt. Er schweigt ziemlich lange.

»Gabrielle … ist nicht nach Hause gekommen«, sagt er schließlich.

»Bist du darum nicht bei der Arbeit?«

Er nickt.

»Ich warte auf sie.«

Ich lache hämisch auf. Er sieht mich böse an.

»Findest du das witzig?«

Ich stehe auf. »Meine Mutter hat mir mal gesagt, schließ nie jemanden in dein Herz, früher oder später wirst du von allen im Stich gelassen.«

»Das ist ekelhaft, so zu denken.«

»Ja und? Eltern sind doch dafür da, einen darauf vorzubereiten, wie ekelhaft es in der Welt zugeht. Hätte deine Mutter dich davor genauso gewarnt, wärst du vielleicht jetzt nicht in dieser Lage.«

Mit diesen Worten lasse ich ihn sitzen, nur Gabrielles Geist leistet ihm noch Gesellschaft. Nein, ich bin kein guter Mensch, ich habe keine Lust mir das anzuhören. Man ist nun einmal allein auf der Welt, besser, man findet sich damit ab.

Kurz darauf klopft er an meine Tür. Ich reagiere nicht. Er kommt im Mantel ins Zimmer. »Ich gehe sie suchen.«

»Okay.«

»Ich komme rechtzeitig wieder, um dich zur Schule zu bringen.«

»Musst du nicht.«

Ich beobachte durchs Fenster, wie er ins Auto steigt, um die Straßenecke biegt und verschwindet. Keiner lässt den Motor an und fährt ihm nach. Entweder die beiden seltsamen Typen haben unsere Spur verloren, oder aber sie haben uns schon längst gefunden.

Ich bleibe wie angewurzelt vorm Fenster stehen, sehe den Morgen anbrechen, vollkommen regungslos. Um Punkt sieben Uhr sehe ich eine schmale Figur in der Eingangshalle verschwinden. Innerlich zähle ich die Treppenstufen mit. Ein Schlüssel dreht sich im Schloss, die Tür knarrt, leise Schritte im Wohnzimmer. Die Stille ist ohrenbetäubend. Mehrere Minuten vergehen, eine halbe Ewigkeit. Dann hört man, wie der Vorhang geräuschvoll aufgezogen wird. Ich schließe die Augen und meine zu spüren, wie die Kälte von draußen in die Wohnung dringt. Um das Wohnzimmerfenster sehen zu können, presse ich mein Gesicht an die Scheibe und da entdecke ich *sie*: Gabrielle, in ihrem übergroßen, braunen Sweatshirt. Sie hat die Kapuze über die Stirn gezogen, sitzt im Fensterrahmen, die Beine baumeln im Nichts, sie lehnt sich nach vorn, als versuchte sie, die Höhe der vier Etagen abzuschätzen, die sie vom Tod trennen.

Ich starre so intensiv zu ihr herüber, dass meine Augen schmerzen. Dabei denke ich an Zé, der sie da draußen irgendwo sucht, an Mama, wie sie mir sagt, dass mein Vater sich erhängt hat. Ich bin unfähig zu atmen oder mich zu bewegen. Ich weiß, dass ich etwas tun muss, jemanden zu Hilfe rufen oder einfach nur ihren Namen brüllen, damit sie bei uns bleibt, aber ich *kann mich nicht bewegen* und habe noch Ginas Worte im Ohr: »Wenn du die Dinge nicht mehr ertragen kannst, dann musst du den Blickwinkel ändern.« Ist es nicht das, was Gabrielle gerade tut?

Ich weiß, dass ich nur das Fenster aufreißen müsste und irgendetwas sagen, egal was. Vor mir würde sie es nicht tun. Sie würde es auf später verschieben. Und Zé, wenn er Bescheid wüsste, könnte sie vielleicht daran hindern, aber wie? Indem er sie nach Charcot schickt, wo sie sich dann mithilfe des Bettlakens an der Deckenlampe erhängen würde? Aber Gabrielle ist zu leicht, kein Möbel würde unter ihrem Gewicht nachgeben.

Und die immer gleiche Frage stellt sich erneut: Wie verdammt nochmal soll man jemanden zurückhalten, der nicht am Leben bleiben will? Das zum Beispiel lernt man weder in der Schule noch sonst irgendwo.

Ihr Atem bildet kleine Wölkchen zwischen ihren Lippen. Sie neigt sich immer weiter vor. Ich frage mich, ob ich es schaffe, die Augen zu schließen.

Und dann dieser Schrei.

»GABRIELLE!«

Als spräche Gott persönlich, aber es ist nur Zé.

»GABRIELLE!«

Zés Auto steht mitten auf der Fahrbahn, er steht mit einem Bein auf der Straße, er fliegt regelrecht unter das Fenster, er schreit, bis seine Stimmbänder zu reißen drohen, er bricht sein Schweigen, endlich.

»GABRIELLE!«

Was für eine Kraft in diesen drei Silben steckt.

Bei den Nachbarn gegenüber geht das Licht an, Fensterläden werden geöffnet, wütende Gesichter erscheinen am Fenster, einige würden vermutlich gerne nach dem nächstbesten Gegenstand greifen, um dem Schreihals das Maul zu stopfen. Aber Gabrielles Gestalt hebt sich unübersehbar als dunkler Fleck von der grauen Fassade ab. Die Münder, die gerade noch brüllen wollten, schließen sich wieder, Finger wählen eine dreistellige Nummer, einmal, zweimal, zehnmal. Sie sind allein, sie und er, immer allein, selbst inmitten einer Menschenmenge.

Sie sieht ihn an, sie zögert, er wirft ihr einen flehenden Blick zu, er zittert am ganzen Leib, sucht nach den richtigen Worten. Aber wenn es sie gäbe, hätte sie schon längst jemand ausgesprochen. Und keiner von deinen Poeten, deinen treuen Freunden aus fernen Epochen, Zé, hat diese Worte jemals zu Papier gebracht.

Was wirst du nun tun? Spürst du, wie allein du bist? Ich hatte recht.

»Gabrielle.«

Die Straße ist leer, es ist zum Verzweifeln. Außer zu Stoßzeiten ist dort nie besonders viel los. Sie wollen einfach nicht kommen, diese Bullen, die Bullen, die Feuerwehr, wer auch immer.

Sie schweigt. Sie schaut. Er auch. Die Welt um sie herum existiert nicht mehr.

Und auf einmal trifft Zés Blick mich wie eine Harpune und seine Miene hellt sich schlagartig auf. Er zeigt auf mich und sieht sie dabei weiter an. »Mattia beobachtet dich.«

Sie wendet den Kopf. Unsere Blicke kreuzen sich. Sie beißt die Lippen fest aufeinander. »Er beobachtet dich, Gabrielle. Du kannst das nicht vor ihm tun!«

Stille.

Ich habe den Eindruck, er murmelt, aber dann könnte ich seine Stimme über diese Entfernung hinweg nicht hören. Ich bilde mir aber auch ein, das beständige Ticken seiner Uhr wahrzunehmen, die Sekunde um Sekunde herunterrechnet bis zum Weltuntergang.

Und sie zieht ihre Beine wieder ein, richtet sich vorsichtig auf und verschwindet im Inneren, ein Bein nach dem anderen.

Und Zé, da unten, lässt vor Erleichterung die Schultern sinken.

Eine Sirene zerreißt die Stille der Straße. Blaue Scheinwerfer leuchten auf. Die Kavallerie kommt wie immer zu spät.

Ich nehme meine Tasche, um zur Schule zu gehen.

Elftes Kapitel

Heute lesen wir ein Stück von Marivaux, in dem Aristokraten mit Domestiken über ihren Liebeskummer sprechen. Die Kluft zwischen dem wirklichen Leben und dem, was man sich den ganzen Tag lang in einem stickigen Klassenzimmer anhören muss, schnürt mir den Hals zu.

Um sechzehn Uhr dreißig will ich mich gerade zu Fuß auf den Nachhauseweg machen, da höre ich ein Hupen. Zé holt mich ab. Während der Fahrt sagt er kein einziges Wort. Mir fällt auf, dass er im Rückspiegel kontrolliert, wer hinter uns fährt. Aber niemand folgt uns. Er hält vorm Haus und dreht sich eine Zigarette. Der in Kringeln aufsteigende Rauch breitet sich im Wageninneren aus. Es kratzt im Hals, aber ich sage nichts. Er macht keine Anstalten auszusteigen.

»Sie wollen sie schon wieder einweisen«, sagt er. »Sie haben mich den ganzen Vormittag damit genervt, dass ich ihren verdammten Wisch unterschreiben soll. Das ist zwecklos. Du kannst jemanden, der sterben will, nicht davon abhalten. Wenn man sie unter Psychopharmaka setzen muss, damit sie ihre Selbstmordversuche stoppt, das bringt doch nichts. Was wollen sie denn eigentlich? Was macht es für einen Sinn, jemanden mithilfe von Tabletten zum Leben zu verdammen? Wenn das der Preis dafür ist, sollte man sie lieber gehen lassen.«

Aber das kannst du nicht.

»Sie wollen ihre Angehörigen ausfindig machen und sie dazu bringen, den Antrag auf Zwangseinweisung zu unterschreiben. Sie hat seit Jahren keinen Kontakt mehr zu ihnen. Was soll der Quatsch? Ich lebe mit ihr zusammen. Ich kenne sie besser als jeder andere. Ich weiß, dass es nichts ändert, wenn man sie in die Psychiatrie einweist. Aber sie vertrauen mir nicht. Sie wissen Bescheid.«

»Worüber wissen sie Bescheid?«

»Dass ich in Charcot war. Der Psychologe, der da war, hat da gearbeitet, ich habe ihn wiedererkannt und er mich auch, vermute ich. Deshalb denken sie, ich wäre voreingenommen. Oder sie wissen noch, warum ich dort war und schenken mir deshalb kein Vertrauen. Wenn du mal in der Psychiatrie warst, hört keiner mehr auf dich.«

Dann verfällt er wieder in sein übliches Schweigen, als wäre sein Vorrat an Worten damit verbraucht. Ich weiß nicht so genau, was ich dazu sagen soll. Wir bleiben noch eine Weile im Auto sitzen und atmen den Zigarettenqualm ein. Schließlich drückt er seine Zigarette im Aschenbecher aus.

»Ich sollte wirklich auf Menthol-Zigaretten umsteigen.«

Gabrielle schläft, in der Wohnung ist wieder Ruhe eingekehrt. Ich verspreche Zé, auf sie aufzupassen, während er im Laden ist. Nachdem er bereits wegen meines Fiebers gefehlt hat und dann noch letzte Nacht, kann er es sich nicht erlauben, nochmal zu Hause zu bleiben. Ich setze mich in die Küche mit Blick auf die

Schlafzimmertür, sodass ich es sofort mitbekäme, wenn sie aufstehen würde. Ich versuche, mich auf meine Hausaufgaben zu konzentrieren, wir schreiben am nächsten Tag einen Verbentest und ich dekliniere den Satz »ich habe es satt« in sämtlichen Zeiten durch. Das hat was. *Dass ich es sattgehabt hätte …* Wie gut, dass jemand den Konjunktiv II erfunden hat, das ist die ideale Ablenkung von all dem Scheiß, der einen umgibt.

Um Mitternacht trinke ich einen von diesen Energydrinks, die Zé mir als Vorrat dagelassen hat. Er trinkt das Zeug bei seiner Arbeit hektoliterweise. Schmeckt gar nicht schlecht. Ich nehme mir noch ein, zwei davon aus dem Kühlschrank. Um zwei Uhr morgens bin ich dann bei meinem Vierten und fühle mich sehr seltsam. Mein Herz pocht bis in meine Schläfen und meine Fingerspitzen hinein. Ich lege den Stift zur Seite. Meine Hand zittert. Ich habe das Gefühl, mein Atem ist ohrenbetäubend laut.

Und in meinem Kopf
geht
alles durcheinander.

Ich gehe los.

Ich habe keine Ahnung, wie spät es ist, es ist mir auch komplett egal, in meinem Kopf dreht sich alles, ich fühle mich schlecht und würde mich am liebsten übergeben, aber ich laufe immer weiter. Ich sollte Zé im Laden anrufen, ihm sagen: »Tut mir leid, ich bin schon wieder krank«, aber der Drang weiterzulaufen, ist einfach stärker. Wenn ich anhalte, dann passiert etwas Schreckliches, das weiß ich. Außerdem musste ich raus, da drin war die Luft zum Schneiden und diese andauernde Stille zermalmte mich.

Ich komme zu dem friedhofartigen Gelände, das einst Verrières war und bereite mich innerlich darauf vor, mit Blick auf die Werbetafeln alles herauszukotzen, was mein Magen hergibt, aber, kleine Überraschung: *Während der Sperrstunde, wie von Geisterhand,* war die Werbetafel mit blutroter Farbe bemalt worden und jemand hatte darauf geschrieben: »HIER HABEN DIE ORDNUNGSKRÄFTE SAÏD GETÖTET.« *Und schon waren die Morgen nicht mehr ganz so grau.*

Ich bleibe vor diesem wie von Zauberhand verwandelten Plakat stehen und sehe Sterne. Meine Übelkeit lässt etwas nach, aber mein Herz pocht jetzt bis in meine Lippen hinein.

GINA. Der dritte Tag der Unruhen: Den Bullen ist es gelungen, zwanzig Personen in einer Sackgasse einzukesseln. Sie sind mit lauter Kastenwagen gekommen, um sie mitzunehmen. Ich bin mit Papa auf die Straße runtergegangen. Fast alle waren draußen und sahen dabei zu, aber niemand konnte sie daran hindern. Diejenigen, die den Mumm hatten, sich den Bullen entgegenzustellen, waren entweder bereits im Knast oder in dieser Sackgasse gefangen. Journalisten waren auch da. Ein Kameramann und einer, der in sein Mikrofon sprach. Ich erinnere mich nicht mehr, für welchen Fernsehkanal sie arbeiteten. Sie richteten die Kamera auf mich, hielten mir das Mikrofon hin, grinsten dabei dämlich, während direkt neben ihnen gerade zwanzig Personen verhaftet wurden.

Sie fragten: »Wie heißt du?«

Ich sagte nichts. Sie fragten: »Wohnst du hier?« Ich sagte: »Ja.« Sie fragten mich, ob ich Angst hätte, ich sagte: »Ja.« Sie fragten, ob es wegen der Unruhen sei, ich sagte: »Nein, wegen der Bullen.« Da warfen sie sich komische Blicke zu. Sie fragten, warum ich denn Angst vor den Polizisten hätte. Ich zeigte auf die Leute, die dazu gezwungen wurden, in den Streifenwagen zu steigen, und auf jene, die mit ausgebreiteten Armen mit dem Gesicht zur Wand standen und von Händen in Gummihandschuhen heruntergedrückt wurden. Einem von ihnen schoss Blut aus der Schläfe, er hatte einen Schlag mit dem Gummiknüppel abbekommen, aber der Lichtkegel der Kamera fing solche subtilen Details nicht ein.

Ich sagte ins Mikro: »Warum ich Angst vor ihnen habe? Weil ich Angst vor Menschen habe, die andere töten, wie diese Bullen hier.«

Sie nahmen alles auf, aber sagten nichts dazu. Es lief nie im Fernsehen. Dafür zeigten sie die Bilder, die sie vorher aufgenommen hatten: den Schein der Flammen auf meinem engelhaften Gesicht, die Angst in meinen Augen, ein süßes, kleines Mädchen, dem die Chaoten mit ihrer Wut Angst einjagten.

Man darf den Bildern nicht trauen, Mattia. Tu das bloß nicht. Diese Journalisten leben in einer anderen Welt. Sie haben keine Ahnung, in welchem Maße sie unwissend sind.

Und als ich diese Bilder da sah, verstand ich mit meinen gerade mal zehn Jahren, Mattia, dass es keine andere Lösung gibt, als alles abzufackeln. Papa hatte sich getäuscht. Das hat ihn letztendlich umgebracht, dass er sich so unendlich getäuscht hat. Er hätte nicht dazu aufrufen dürfen, Ruhe zu bewahren. Das war eine Beleidigung, und zwar nicht nur in Gedenken an Saïd, Mattia, sondern eine Beleidigung für uns alle.

Eines Tages, wenn du mehr Lebenserfahrung hast, wirst du das verstehen. Ich werde es dir jedenfalls immer und immer wieder erklären, bis du es verstanden hast. Ich werde nicht zulassen, dass du wirst wie sie.

Alles dreht sich.

Ich krümme mich zu Füßen der riesigen Baustelle zusammen, erbreche meinen gesamten Mageninhalt. Danach geht es mir etwas besser. Ich lege mich mit angezogenen Knien in Embryostellung auf den Boden. Ich glaube, ich rufe sogar leise nach meiner Mutter. Und dann schlafe ich ein.

Als ich aufwache, blendet mich ein heller Lichtkegel.

»He, Kleiner, he, Kleiner, hörst du mich?«

»Nimm die Lampe runter, du machst ihm Angst.«

»Hast du das da gemacht, du kleiner Idiot?«

»Lass gut sein, er ist noch ein Kind.«

»Glaub mir, er wäre nicht der Erste. Wenn du diesen Job ein paar Jahre gemacht hast, fällst du nicht mehr so leicht auf jemanden rein.«

»Okay, dann ist er also ganz allein auf die Werbetafel geklettert, hat da sein Ding gemacht, ist wieder runtergestiegen, hat noch kurz die Spraydosen versteckt und sich dann hier zum Schlafen hingelegt? Und dann hat er auch noch gekotzt. Sieh dir das an, das ist ja ekelhaft.«

Diese beiden verstanden offenbar nichts von der subtilen Kunst des Schweigens.

Langsam wird das blendende Licht schwächer. Jemand streckt mir eine behandschuhte Hand hin, die ich instinktiv nicht ergreife, denn am Ende dieser Hand ist eine marineblaue Uniform mit einem Abzeichen, auf dem *Police Nationale* steht, was aller Erfahrung nach nichts Gutes bedeutet.

An meinem Kinn und zwischen meinen Zähnen klebt noch Erbrochenes. Ich rappele mich von alleine hoch, stehe schwankend da und spucke einmal aus. Dabei achte ich peinlichst darauf, nicht die Stiefel der Bullen zu treffen. Es hätte nicht viel gefehlt, und ich wäre erneut hingesegelt. Einer von den beiden packt mich am Arm.

»Langsam, langsam!«

Ich will nicht, dass er mich anfasst, aber ich sage nichts. Ich wische mir mit dem Ärmel die säuerlich riechende Flüssigkeit von den Wangen. Ich glaube, das Zeug klebt sogar in meinen Haaren. Wenige Meter entfernt parkt ein Polizeiauto. Der zweite Bulle strahlt mit einer Taschenlampe die Werbetafel der Immobilienfirma an. Dort prangt noch immer das Graffito, erhebt sich majestätisch über dem Schutthaufen, der sich an der Stelle befindet, wo einst die Häuser standen. Ein letzter, hübscher Farbtupfer inmitten von Ruinen. Wie sind sie da bloß hochgekommen? Bestimmt waren sie zu mehreren. Vermutlich haben sie eine Leiter zu Hilfe genommen. Da drum herum kaum noch jemand wohnt, konnte sie auch niemand verpfeifen.

Ich muss unwillkürlich an meine Schwester denken, aber das ist nicht ihre Handschrift. »Wie alt bist du?«, fragt der erste Bulle, der mich seinem Kollegen gegenüber in Schutz genommen hat.

Ich antworte nur widerwillig. Er fragt nach meinem Namen. Darauf antworte ich nicht. Er wiederholt die Frage und betont dabei jedes Wort. Ich schüttele den Kopf. Ich denke an Zé, an Gabrielle, an das Jugendamt. Ich sollte jetzt in meinem Bett liegen. Was passiert, wenn das Familiengericht erfährt, dass die Bullen mich hier so gefunden haben, ganz allein, in meiner eigenen Kotze liegend, etliche Kilometer von unserer Wohnung entfernt.

»Bist du krank? Hast du Alkohol getrunken?«

»Krank«, sage ich, und bemühe mich, einen besonders schwachen Eindruck zu machen.

»Und deine Eltern?«

»Wo sind deine Eltern?«

»Wohnst du hier?«, fragen sie und deuten auf das Gebäude, das noch steht, also das, in dem meine Mutter wohnt.

Mir fällt nichts ein, was ich sagen könnte, um aus diesem Schlamassel wieder herauszukommen. Also fordern sie mich auf, ins Auto zu steigen, und bringen mich ins nächstgelegene Kommissariat. Ich mache noch nicht mal den Versuch, dagegen zu protestieren. Die einzige Verteidigungsstrategie, die mir im Moment einfällt, ist mich dumm zu stellen.

Meine Klamotten stinken nach Erbrochenem. Sie sparen sich einen Kommentar dazu, öffnen aber die Autofenster.

Auf der Wache fordern sie mich auf, in einem Warteraum Platz zu nehmen, in dem außer mir nur noch ein Paar ist, das sich lautstark streitet. Einer der beiden Bullen bleibt bei mir, während der andere in irgendeinem Gang verschwindet. Der Mann und die Frau schreien sich an, weil ihr Sohn bei einem Einbruch gefasst wurde. Ich höre ihnen zu, das lenkt mich von meiner eigenen Situation ab, doch dann wird mir schlagartig klar, dass ich mir lieber ganz schnell eine Erklärung ausdenken sollte.

Ich frage, ob ich zur Toilette gehen darf. Der Bulle willigt ein, begleitet mich aber bis vor die Klotür. Ich pinkele noch nicht mal. Es war nur ein Vorwand, ich wollte versuchen zu verduften, bevor sie meinen Namen herausfänden. Aber offensichtlich sind sie nicht auf den Kopf gefallen.

Als das Paar mich bemerkt, neben mir der Bulle, der nicht von meiner Seite weicht, hört es auf zu streiten. Beide blicken mich neugierig an, wagen aber nicht die Frage zu stellen, die ihnen so auf den Nägeln brennt. Die Frau lächelt mir aufmunternd zu, wenn auch etwas streng, sie scheint mich zu bedauern.

Ich habe hier nichts verloren, verdammt, ich bin erst elf.

An der Wand mir gegenüber hängt ein Plakat, auf dem ein Mädchen zu sehen ist, das einen Arm in einer Schlinge trägt und einen Bluterguss auf der Wange hat, darunter steht eine Notrufnummer für Kindesmisshandlung. Es gibt einen Getränkeautomaten und eine große Uhr: sechs Uhr morgens. In einer Stunde kommt Zé nach Hause. Und ich schreibe heute meinen Konjugations-Test. Wenn ich den nicht bestehe, werden wir wieder einbestellt.

Schließlich kommt der Bulle zurück und bringt mich in ein Büro, in dem ein anderer Polizist in Zivil wartet. Er lächelt und bietet mir einen Stuhl an. Er hat einen Kaffeefleck auf dem Kragen seines gestreiften Hemdes, tippt auf einer Computer-Tastatur herum und redet dabei mit mir:

»Wie heißt du?«

Ich schweige. Das hätte ich von Anfang an tun sollen, mich als Taubstummen oder als Ausländer ausgeben. Da habe ich nicht schnell genug geschaltet. Er beugt sich zu mir herüber:

»Verstehst du, was ich sage?«

Und dann:

»Bist du denn wenigstens Franzose?«

Schließlich bringt er mich in den Warteraum zurück, stellt einen Bullen, der scheinbar nichts Besseres zu tun hat, zu meiner Bewachung ab, und geht davon, Verstärkung holen, welcher Art auch immer.

Mir fällt ein Raum mit einer Glasfront auf, dahinter erkennt man Schreibtische. Vorhin war da noch niemand zu sehen. Aber nun ist eine ganze Ladung Bullen eingetroffen. Sie stehen herum, unterhalten sich mit einem Kaffeebecher in der Hand. Das erinnert mich an den Raum in der Psychiatrie, in dem sie sich so beschäftigt geben, um nicht gestört zu werden.

Da sehe ich auch den Beamten mit dem gestreiften Hemd, er redet mit seinen Kollegen hinter der Scheibe. Jetzt starren einige von ihnen neugierig zu mir herüber. Selten habe ich mich so unwohl gefühlt. Schließlich kommt das Gestreifte Hemd wieder und nimmt mich mit in den Raum.

»Ja, ich glaube das ist er«, sagt ein Mann in Zivil, den ich noch nie gesehen habe. Er hat vorstehende Schneidezähne. »Wie heißt er?«

»Keine Ahnung, irgendwas Arabisches. He, Bertrand, weißt du noch, wie der Familienname des Sozialarbeiters aus dem Stadtteilzentrum von Verrières war?«

Offenbar ein heikles Thema, denn alle halten kurz in ihren Gesprächen inne und glotzen mich an. Was würde ich dafür geben, jetzt wo anders zu sein.

»Younès«, sagt der Typ namens Bertrand.

Das Gestreifte Hemd beugt sich zu mir rüber:

»Ist das dein Nachname, Younès?«

»Nein«, sage ich, und lüge noch nicht mal.

»Sieh mal an, du kannst also doch Französisch. Okay, hast du die Telefonnummer von deiner Mutter?«

»Er hat einen Vormund«, sagt der Bulle, der mich wiedererkannt hat, keine Ahnung wie. »Such mal nach einem gewissen Zéphyr Palaisot.«

Das Gestreifte Hemd lacht:

»Zéphyr, ist das dein Ernst?«

Aber ja, so heißt Zé. Verständlich, dass keiner ihn bei seinem richtigen Namen nennt. »Palaisot wie der Staatsanwalt?«, fragt der gleiche Bulle.

»So ist es, gleiche Familie, der Sohn wäre doch fast mal für den Mord an einer Mitschülerin verurteilt worden, in Paris, erinnerst du dich?«

Auf einmal umringen sie uns alle. Ich komme mir vor wie im Zoo, das Interesse gilt jedoch nicht mir, sondern dem Bullen mit den Schneidezähnen, als wäre er der Märchenonkel.

Ich lausche nun auch. Der Polizist sagt, er hätte die Familie des toten Mädchens gekannt und den Fall aus nächster Nähe mitbekommen, auch wie Zé das Sorgerecht für mich beantragt hat. Deshalb konnte er mich auch so leicht identifizieren.

»Und warum läuft dieses Arschloch noch frei herum?«, fragt ein anderer laut.

Der Bulle lacht hämisch.

»Na, weil er Palaisot heißt. Es ist manchmal von Vorteil, wenn man einen Staatsanwalt zum Vater hat und die Mutter am Berufungsgericht arbeitet. Nur darum konnte er als Mörder überhaupt der gesetzliche Vormund dieses Jungen werden.«

Ich würde ihnen am liebsten sämtliche Flüche an den Kopf werfen, die ich kenne, ihnen vor die Füße spucken, dieses Scheißkommissariat in Brand stecken und mich vom Acker machen. Ich mache dir nie wieder irgendwelche Vorhaltungen, Zé, versprochen, aber ich flehe dich an, hol mich hier raus. Ich kann es nicht ausstehen, wenn jemand ihn als Mörder bezeichnet. Zwar sage ich das selbst ab und zu, aber nur, wenn ich richtig sauer auf ihn bin, weil ich weiß, dass ich ihn damit treffen kann. Denen hier hat er doch nichts getan. Sie sollen sich gefälligst um ihre eigenen Probleme kümmern.

Alles abfackeln, hat Gina mal zu mir gesagt. *Das verstehst du erst, wenn du etwas mehr Lebenserfahrung hast.* Vielleicht wollte sie damit sagen, *wenn du dich mit ihnen angelegt hast*, denn jetzt verstehe ich ein bisschen, was sie meint.

»Gut«, sagt das Gestreifte Hemd.

Er blickt mich an.

»Gibst du mir jetzt die Nummer?«

Was bleibt mir anderes übrig, in meiner Lage? Ich leiere die zehn Zahlen herunter und habe dabei das Gefühl, Zé zu hintergehen. Der Bulle zieht sich zum Telefonieren in einen Nebenraum zurück und ich warte zusammen mit seinen Kollegen. Sie haben die Güte, nicht mehr über die Vergangenheit meines Vormunds oder die meines Vaters zu sprechen, mustern mich aber weiterhin verstohlen. Ich bete, dass man mich so schnell wie möglich gehen lässt. Wie schlimm muss es erst sein, wenn man in Gewahrsam kommt.

Das Gestreifte Hemd lässt sich nicht mehr blicken. Irgendwann kommt eine Frau zu mir und nimmt mich in einer Ecke des Zimmers beiseite. Sie hat blonde Haare mit grauen Strähnen, ein schmales Gesicht und wirkt sehr mitfühlend. Eigentlich ist sie ziemlich sympathisch, das tut mir gut, trotzdem beantworte ich ihre Fragen nicht. Da fängt sie an, mir lustige Geschichten zu erzählen. Ich muss lächeln und entspanne mich ein wenig.

Keine Ahnung, wie viel Zeit vergangen ist, aber irgendwann klopft jemand gegen die Scheibe. Als ich mich umdrehe, sehe ich Zé. Er lächelt mir zu, das erste ehrliche Lächeln seit ewigen Zeiten, habe ich das Gefühl. Dabei bin ich doch seit höchstens zwei Stunden hier. Ich kann nicht mehr.

Kurz darauf sitzen Zé und ich dem Bullen mit dem gestreiften Hemd und dem Bullen mit den Schneidezähnen gegenüber. Endlich kann er seine Aussage vervollständigen. Zé ist ein wenig gesprächiger als ich, aber wirklich nur ein wenig. Sein Lächeln ist verschwunden. Man kann sogar sagen, dass er einen ziemlich genervten Eindruck macht.

Gestreiftes Hemd: »Name, Vorname?«

Zé: »Zé Palaisot.«

Gestreiftes Hemd: »Beruf?«

Zé: »Wachmann.«

Schneidezahn: »Und das Kind?«

Zé: »Er ist in der fünften Klasse.«

Schneidezahn: »Ich meinte den Namen.«

Zé: »Lorozzi, Mattia.«

Gestreiftes Hemd: »Heißt er nicht Younès?«

Zé: »Er trägt den Namen seiner Mutter.«

Gestreiftes Hemd: »Ist Mattia nicht ein Mädchenname?«

Schweigen.

Zé: »Das wollen Sie jetzt nicht ernsthaft in Ihr Protokoll schreiben?«

Schneidezahn: »Dein Mündel wurde heute früh um fünf Uhr fünfundvierzig Uhr aufgefunden, mitten auf der Straße, halb ohnmächtig und ganz offensichtlich krank.«

Schneidezahn: »Musst du nicht zur Schule, Kleiner?«

Zé: »Wir haben noch genug Zeit.«

Gestreiftes Hemd: »Und mal von der Schule abgesehen, wie erklären Sie sich, dass er nicht in seinem Bett lag?«

Zé: »Ich habe keine Ahnung.«

Gestreiftes Hemd: »Wenn Sie nachts arbeiten, wer passt dann auf ihn auf?«

Zé: »Meine Freundin.«

Gestreiftes Hemd: »Wie lautet ihr Name?«

Zé: »Gabrielle Dubreuil.«

Ich werfe ihm einen schnellen Blick zu. Das ist nicht ihr echter Name. Aber ich bin so geistesgegenwärtig mir meine Überraschung nicht anmerken zu lassen. Der Bulle notiert alles, er hat nichts mitbekommen. Aber Schneidezahn mustert Zé auf eine eingehende Art, die mir nicht sonderlich gefällt.

Bei der Adresse gibt mein Vormund zwar die richtige Straße an, aber nicht die richtige Hausnummer. Ich frage mich langsam, was das soll. Als der Bulle mit den Schneidezähnen mich auf einmal fragt, warum ich nicht in meinem Bett lag, zucke ich zusammen. Nachdem sie mich eine Weile ignoriert hatten, hatte ich fast vergessen, dass ich körperlich anwesend war. Ich blicke hilfesuchend zu Zé, doch der zeigt keinerlei Reaktion, nach dem Motto: »Das musst du jetzt selber ausbaden.« Ich vermute, er stellt sich die gleiche Frage.

Ich auch, um ehrlich zu sein. Mit gesenktem Blick rutsche ich auf meinem Stuhl hin und her. Ich tue mich immer schwer damit, Autoritätspersonen – ob nun Schuldirektorin oder Bulle – in die Augen zu sehen. »Ich war krank.«

»Du warst krank«, wiederholt das Gestreifte Hemd. »Und wenn du krank bist, spazierst du ganz allein um fünf Uhr morgens durch die Gegend.«

»Ich war nicht … ich … ich hatte eins von diesen Dingern getrunken, die einen am Schlafen hindern.«

»Eins von den Dingern, die einen am Schlafen hindern.«

»Ich weiß die Marke nicht mehr.«

»Die trinke ich immer vor der Arbeit«, schaltet Zé sich netterweise ein, (das fällt dir ja früh ein, du Verräter!). »Die Dosen sind im Kühlschrank, aber er ist da zum ersten Mal drangegangen. Ich hatte dich für vernünftiger gehalten, Mattia.«

Ich werfe ihm einen finsteren Blick zu. Gestreiftes Hemd schreibt alles ungerührt auf. Sein Kollege sitzt auf der Heizung, die Arme vor der Brust verschränkt, eine klare Demonstration seiner Macht. Zé wirkt trotz seiner Größe neben ihnen klein.

Eine kurze Stille tritt ein, dann fragt der Polizist, der mich erkannt hat:

»Bist du vor irgendetwas abgehauen?«

Er sieht mich prüfend an. Er hat helle Augen, die einen leicht verunsichern. Ich weiche seinem Blick aus und starre auf meine Füße.

»Nein, warum?«

»Dann vor irgendjemandem?«

»Nein …«

Ich frage mich, worauf er eigentlich hinauswill. Ich suche Zés Blick, der ebenfalls zu Boden schaut. Seine zu Fäusten geballten Hände liegen auf seinen Schenkeln, sein Rücken und seine Schultern sind angespannt. »Sicher nicht einfach, mit einem Mörder zusammenzuleben«, sagt der Bulle schließlich.

Gestreiftes Hemd wirft ihm einen Blick zu, den ich nicht entschlüsseln kann. Zé hebt den Kopf.

»Wie bitte?«, murmelt er.

»Du hast genau gehört, was ich gesagt habe. Du wärst längst im Knast, wenn deine Alten nicht bei Gericht wären.«

»Das ist ja wohl hier nicht das Thema, oder?«, gibt mein Vormund zurück und bleibt erstaunlich ruhig.

Das sieht das Gestreifte Hemd offenbar genauso, er tut so, als würde er sich ganz auf seinen Bildschirm konzentrieren, um sein Unbehagen zu verbergen, aber die Blicke, die er zwischendurch seinem Kollegen zuwirft, sprechen Bände. »Nein, hier geht es darum, dass dein Mündel allen möglichen Quatsch anstellt und du für ihn verantwortlich bist«, antwortet der Bulle mit den Schneidezähnen. »Das alles wundert einen nicht, wenn man bedenkt, dass du direkt aus dem Irrenhaus kommst, wo du eigentlich auch hingehörst. Aber glaub mir, die Sache kommt vors Familiengericht. Dieses Kind wäre sehr viel besser in einer Pflegefamilie aufgehoben.«

»Okay«, sagt Zé.

Er wendet sich an das Gestreifte Hemd und ringt sich ein Lächeln ab. »Sind wir dann fertig? Ich möchte nicht, dass Mattia heute die Schule versäumt.«

Draußen schlägt er mir mit der flachen Hand auf den Nacken, es tut nicht wirklich weh, aber hat etwas Demütigendes.

»Vielen Dank, dass ich das erleben durfte.«

»Nicht meine Schuld, wenn du bei ihnen kein Stein im Brett hast«, murmele ich und reibe mir den Nacken.

Wir steigen ins Auto. Er dreht sich mit zitternden Fingern eine Zigarette. Er will gerade losfahren, da stoppe ich ihn. »Ich habe meine Jacke im Kommissariat vergessen.«

»Ich setze da keinen Fuß mehr rein.«

Das Arschloch lässt mich alleine gehen. Zum Glück laufe ich im Warteraum keinem Bullen über den Weg. Meine Jacke hängt über einer Stuhllehne. Ich klemme sie unter den Arm und will endgültig verschwinden … bremse aber im nächsten Moment ab, als ich hinter der Scheibe ein Gesicht sehe.

Der Typ hat eine Tasse Kaffee in der Hand und spricht mit der Frau, die mir die Witze erzählt hat. Er ist in Zivil, schwarzer Pulli, braune Hose, völlig unauffällig. Er ist um die vierzig und hat einen Stiernacken. Den Kerl habe ich schon mal gesehen. Das ist der, der Gina und mir in die Bibliothek gefolgt ist und vor der Schule auf mich gewartet hat. Vermutlich saß er auch am Steuer des Wagens, der uns beschattet hat.

Ein Bulle also. Gestern hätte ich das noch beruhigend gefunden. Heute wäre mir ein Gangster tatsächlich lieber gewesen.

Ich verberge meinen Kopf unter meiner Jacke, bücke mich und durchquere den Warteraum mehr oder weniger auf Knien, bis ich an der Tür bin und ungesehen verschwinden kann. Draußen springe ich schnell ins Auto, in der Hoffnung, dass er mich nicht gesehen hat.

Ich sage zu Zé: »Muss ich wirklich in die Schule?«

»Ja, und sei es nur zur Strafe. Du solltest auf Gabrielle aufpassen.«

»Die Typen, die uns verfolgen, das sind Bullen.«

Er verzieht keine Miene. Er fragt mich nicht, woher ich das weiß, und da wird mir klar, dass er es von Anfang an wusste.

Ich bin es ehrlich leid, dass man alles, was wichtig ist, vor mir verbirgt.

Zwölftes Kapitel

Zé

Mörder. Das Wort hallt in seinem Kopf wider. Er hat kaum gehört, was Mattia ihm über die beiden Bullen erzählt hat, die sie beschatten. Im Moment ist ihm das alles egal. Auf dem Weg zur Schule raucht er eine Zigarette nach der anderen. Wie viele Jahre soll es denn noch dauern, bis er das endlich vergessen darf?

Aber ob er will oder nicht, vor seinem inneren Auge nehmen nach und nach die Gesichtszüge dieses Mädchens Gestalt an, er sieht sie wieder klar vor sich, ovales Gesicht, dichte Wimpern, Stupsnase und wache blaue Augen. Émilie Vauquier, siebzehn Jahre alt, hat ihre letzte Ruhestätte in einem Familiengrab irgendwo im Elsass gefunden.

Er weiß noch nicht mal, ob er sie hübsch fand. Zu der Zeit schenkte er niemandem Beachtung, Mädchen schon gar nicht. Er war zu sehr in seine Schulhefte vertieft. An diese Zeit hat er kaum noch Erinnerungen. In den Jahren zwischen zehn und sechzehn hat er nicht besonders viel gelebt. Er zog es vor zu lernen.

Man hatte ihm bereits in jungen Jahren eine große Zukunft vorausgesagt. Seine Eltern setzten hohe Erwartungen in ihn und er enttäuschte sie nicht. Seine Schulnoten bewegten sich schon bald auf dem von der Familie erhofften Niveau, aber er hatte dafür einen Preis zu zahlen.

Er wurde auf ein hoch angesehenes Gymnasium in Paris geschickt, dann auf die Vorbereitungsklasse zur Eliteuniversität für Mathematik, Zéphyr Palaisot, Sohn eines Staatsanwaltes und einer Richterin am Berufungsgericht, mit einem überdurchschnittlichen IQ ausgestattet und einer vielfach unter Beweis gestellten besonderen Fähigkeit zum logischen Denken, war auf dem besten Weg, sich ein Leben lang mit nichts anderem als mit Gleichungen zu beschäftigen.

Aber dann kam es im zweiten Jahr zu diesem Zwischenfall. *Émilie Vauquier,* diese fünf Silben rauben ihm bis heute den Schlaf, dann liegt er wach und lauscht Gabrielles Atemzügen.

Sie waren in einer Klasse, aber hatten noch nie miteinander gesprochen.

Zé sprach nicht mit besonders vielen. Er genügte sich selbst, brauchte nur Zahlen, um glücklich zu sein.

Émilie hingegen war nicht glücklich und niemand merkte es. Sie hatte Mühe dem Unterricht zu folgen, war oft die Schlechteste, und kämpfte bei jeder Notenvergabe mit den Tränen. Kein Schüler, kein Lehrer scherte sich darum. Zé schon gar nicht. Seine Zeitgenossen interessierten ihn nicht sonderlich.

Zwischen zwölf und vierzehn Uhr durften die Schüler der Vorbereitungsklasse im Klassenzimmer bleiben, um zu lernen. Eines Tages, es war im März, war er dort allein mit Émilie.

Die Jugendliche schreibt Zahlenkolonnen an die Tafel. Sie flucht leise, wenn sie einen Fehler macht. Zé, der völlig in seine eigene Arbeit vertieft ist, hört das kaum.

Irgendwann ruft sie ihm mit glühenden Wangen zu:

»Ich bin fertig.«

»Okay«, sagt Zé, damit sie ihn in Ruhe lässt.

»Kannst du mir sagen, ob das so stimmt?«

Er stößt einen tiefen Seufzer aus. Dann sieht er zur Tafel hoch. Er braucht nur eine Sekunde, um den Rechenfehler zu finden, durch den die ganze Rechnung falsch ist. Er verkneift sich ein Grinsen. Wie war es ihr nur gelungen, in die Vorbereitungsklasse zu kommen? Sie hat wirklich nicht das entsprechende Niveau. Diese Rechnung hätte jeder Achtklässler problemlos lösen können. »Du hast Fehler beim Übertrag gemacht, da, da und da.«

»Wo denn?«

Émilie sieht ihn erschrocken an, aber Zé bemerkt es nicht. Er stößt einen tiefen Seufzer aus und steht auf, um ihr die Rechenfehler zu zeigen. Während seiner Demonstration merkt er überhaupt nicht, dass sie ihm gar nicht zuhört.

Und was dann passiert, kann er selbst nach acht Jahren immer noch nicht sagen. Im Prozess reden die von der Verteidigung hinzugezogenen Experten von einem Raptus melancholicus.

Während er noch redet, entfernt sie sich von ihm und stützt sich am offenen Fenster auf. Im ersten Moment denkt er noch, sie will frische Luft schnappen, aber dann zieht sie sich aufs Fensterbrett hoch. Er unterbricht seine Ausführungen und im nächsten Moment ist sie nicht mehr da und man hört unten von der Straße Entsetzensschreie.

Er bleibt wie angewurzelt vor der Tafel mit der fehlerhaften Gleichung stehen, blickt zum Fenster herüber, wo jetzt niemand mehr ist. *Sag ihnen, ich habe es versucht.* Dieser Satz, von Émilie gesprochen, setzt sich in seinem Kopf fest. Hat sie ihn wirklich gesagt oder hat er ihn sich unter dem Schock des Erlebten nur ausgedacht?

Da fliegt die Tür auf. Leute stürzen herein. Schüler, Lehrer, Aufseher, sie sind kreidebleich, manche weinen, andere sind aufgebracht, man redet leise auf ihn ein, man schreit ihn an, man verlangt eine Reaktion von ihm, aber er hat keine Reaktion für sie, er, der vor einer Minute noch eine Antwort auf alles hatte, er, der sich niemals irrte.

Also ballt er seine rechte Hand zur Faust, die Hand, die bisher allein dazu diente, sich zu melden, um die Fragen der Lehrer zu beantworten, und schlägt mit aller Kraft immer wieder gegen die Tafel. Das Blut aus seinen aufgerissenen Fingerknöcheln hinterlässt eine rote Spur auf der Kreide.

Er möchte weiter dagegen hauen, aber man packt ihn, zieht ihn weg. Er versucht sich loszumachen, hat keine Kraft mehr und wird von allen Seiten eingekreist, bis die Uniformierten auftauchen.

Und dann gibt es Fragen über Fragen. Die eine, die ihm am

häufigsten gestellt wird, verfolgt ihn noch heute bis in seine Träume: *Hast du sie gestoßen?* Die Antwort lautet nein, aber irgendwie auch ja.

Man behält ihn achtundvierzig Stunden in Polizeigewahrsam und führt ihn dann einem Untersuchungsrichter vor, der beschließt, ihn aus Mangel an Beweisen bis zum Prozess auf freien Fuß zu setzen. Hätte man ihn in Untersuchungshaft genommen, wären alle seine Anstrengungen, Klassenbester zu werden, zunichtegemacht worden und seine vielversprechende Zukunft bedroht gewesen. »Konzentrieren Sie sich bis zum Prozess aufs Lernen.«

Am nächsten Morgen kehrt Zé in die Schule zurück. Zum ersten Mal in seinem Leben nimmt er die anderen wahr. Was er in ihren Augen sieht, gefällt ihm nicht: Zweifel, den furchtbaren Schatten des Zweifels.

Das Blut auf dem Asphalt ist weggeschrubbt, aber niemand kann den leeren Stuhl von Émilie ignorieren, und nachdem der Schulleiter erklärt hat, dass er von Zés Unschuld überzeugt sei, wendet er sich an die ganze Klasse:

»Es war Selbstmord. Das ist ein äußerst bedauerlicher Vorfall, aber niemand trägt dafür die Verantwortung.«

Das stimmt nicht, denkt Zé. Sie alle waren verantwortlich. Bestimmt gab es irgendwelche Warnhinweise: *Bestimmt hätte man es sehen können* und hat es nicht gesehen.

In den Tagen darauf arbeitet er nicht mit, er nimmt zwar am Unterricht teil, aber macht sich noch nicht mal Notizen. Er beobachtet die anderen, mehr nicht, und zum ersten Mal in seinem Leben *sieht er richtig:* Er nimmt die Augenschatten wahr, die Müdigkeit, sieht, wie viele seiner Kommilitonen die Mahlzeiten sausen lassen, um in der Zeit lernen zu können, erkennt die aufgesetzte Fröhlichkeit, wenn sie sich unterhalten, er sieht, wie niedergeschlagen manche sind, wie sehr einige unter Druck stehen, nimmt erstmals diese permanente Angst wahr, die sie alle haben, die Angst, nicht mithalten zu können. Und keiner hilft dem anderen. Jeder kämpft für sich allein, jeder wird getrieben von dem Wunsch, der Beste zu sein, und dieser panischen Angst davor, der Schlechteste zu sein.

Zé verliert den Boden unter den Füßen.

Er isst nichts mehr. Er lernt nicht mehr. Er spricht nicht mehr. Er reagiert nicht auf die Aufforderungen seines Anwalts oder seiner Eltern. Als er die Vorladung vom Gericht bekommt, zerreißt er das Schreiben. Er verbrennt seine Hefte, seine Mathematikbücher, alles, wofür er früher gelebt hat. Seine Augen, sein Kopf, sein ganzes Wesen sind von einem Fieber ergriffen worden. Er schlägt die Tür zu seinem winzigen Apartment zu und geht weg, ohne irgendetwas mitzunehmen, er trägt nur Jeans und T-Shirt und läuft ziellos durch die Gegend, lange, lange, lange.Bis er mitten in der Nacht an der Ringautobahn von Polizisten aufgegriffen wird, die ihn für einen Landstreicher halten, der seine Sinne nicht ganz beisammenhat. Zé sagt nur ein paar Sätze, aber die genügen, um die Maschinerie in Gang zu setzen.

Erst bringt man ihn in die Sainte-Anne-Klinik, dann wird er auf elterliche Anordnung hinter die hohen Mauern von Charcot verlegt. Er verweigert die Nahrungsaufnahme, will seine Eltern nicht sehen, mit keinem Psychiater reden.

Und eines Tages landet er in einem Doppelzimmer mit Monsieur Younès, Mattias Vater. Der frühere Sozialarbeiter sagt ihm immer wieder, dass ihn keine Schuld treffe, Émilie vielleicht sehr genau gewusst habe, was sie tat und das Für und Wider sehr wohl abgewogen habe, dass es ganz allein ihre Entscheidung gewesen sei und niemand das Recht habe, ihr diese Entscheidung zum Vorwurf zu machen. Manchmal könne man jemanden, der sterben möchte, eben nicht davon abhalten. Es tut ihm gut, das zu hören. Langsam, ganz langsam kehrt seine Lebensfreude zurück, kann er sich selbst und sogar sein Spiegelbild wieder ertragen.

Rückblickend ist ihm klar, dass Younès damals nicht speziell über Émilie sprach, sondern ihn in gewisser Weise auf seinen eigenen Selbstmord vorbereitete. Nach dem Tod seines Zimmernachbarn wird Zé von der Klinik direkt in den Gerichtssaal gebracht und es dauert nicht lange, und man stellt fest, dass es sich tatsächlich um Selbstmord gehandelt hat. Zé nimmt das Urteil ungläubig zur Kenntnis: *Unschuldig*. Er hat niemanden getötet, aber unschuldig ist er auch nicht. Es hätte ihn in gewisser Weise erleichtert, wenn man ihn zu einer Gefängnisstrafe verurteilt hätte.

Er macht den Fehler, in die wenigen Mikrofone zu sagen, er sei mit dem Freispruch nicht einverstanden, habe eine Strafe verdient und könne seit dem Tag des Unfalls nicht mehr schlafen. Das genügt, um Zweifel zu säen, Zweifel, die sich in den Köpfen festsetzen.

Und als man ihm dieses Wort ins Gesicht schleudert, »Mörder«, weist er es nicht zurück, es beruhigt ihn in gewisser Weise.

Nach dem Prozess und dem Aufenthalt in der Psychiatrie ist Zé so erschöpft, dass er sein Studium endgültig aufgibt und sich schwört, nie mehr in seinem Leben irgendeine Gleichung zu rechnen. Er nimmt einen Aushilfsjob als Nachtwächter an und findet eine Sozialwohnung in Verrières.

Eines Tages klopft Amélia Lorozzi, die Lebensgefährtin von Monsieur Younès, mit einer Flasche Sekt in der Hand an seine Tür – sie hat ihn während ihrer Besuche in Charcot in ihr Herz geschlossen – und redet über ihr jüngstes Kind. *Du hast etwas wiedergutzumachen, und ich brauche dich, um auf Mattia aufzupassen, einverstanden?*

Einverstanden.

Aber eine mündliche Vereinbarung genügte ihr nicht. Amélia wollte unbedingt, dass er gesetzlicher Vormund des Kindes wird. *Ich möchte nicht mehr für ihn verantwortlich sein müssen.* Sie hatte ihm vom Selbstmordversuch des Kindes berichtet, er konnte nur zu gut nachvollziehen, was sie empfand, und wie dieses furchtbare Wort, »verantwortlich«, einem den Schlaf rauben konnte.

Er erzählte seinen Eltern von seinem Vorhaben, sie waren sofort einverstanden. Ihnen war klar, dass er etwas brauchte, um sich abzulenken. Monsieur und Madame Palaisot halfen etwas nach, um das Verfahren zu beschleunigen, und so wurde Zé offizieller gesetzlicher Vormund eines siebenjährigen Kindes.

Bei Mattia, das hatte Zé sich am Tag nach dem Gerichtstermin geschworen, würde er nicht zulassen, dass er aus dem Fenster spränge.

Aber es gibt Tage, da fragt er sich, ob er diesen Schwur auch halten kann, nämlich wenn er Mattia schweren Herzens unter dem Dach des Pausenhofs der Grundschule verschwinden sieht.

An der roten Ampel schließt er kurz die Augen und schon sieht er wieder die blutverschmierte Tafel vor sich.

Dreizehntes Kapitel

Ich schlage die Augen auf. Irgendetwas stimmt nicht, das ist offensichtlich, aber ich brauche eine halbe Ewigkeit, um zu begreifen was. Ich liege zu Hause in meinem Bett im dunklen Zimmer, alles sieht so aus wie immer, aber *ich kann nicht atmen.* Auf meinem Brustkorb lastet ein tonnenschweres Gewicht. Ich ersticke. Ich versuche mich aufzurichten, aber kann mich nicht bewegen, nicht mal die Hand ausstrecken.

Dieses Gefühl kommt mir irgendwie bekannt vor …

Ich schnappe nach Luft, vergeblich, so sehr ich mich auch anspanne und um Atem ringe. Ich gebe seltsame erstickte Laute von mir, eine Art Röcheln, mein Rachen ist ausgetrocknet, dieses *Etwas* auf meiner Brust ist einfach zu schwer. Verdammt, was ist das denn bloß?

Ich versuche nach Zé zu rufen, aber ich kann nicht sprechen.

Da nimmt es langsam Kontur an.

Ich erkenne die Umrisse einer Gestalt, die über mir aufragt, die quer über meiner Brust liegt. Ich reiße die Augen auf, um sie besser zu sehen. Sie wirkt wie ein Mensch, aber ist kein Mensch. Sie scheint nur aus Dunkelheit zu bestehen, gar nicht greifbar zu sein, *dabei ist sie doch so schwer, dass sie mich am Atmen hindert.*

Mich packt das nackte Grauen. Ich sperre den Mund auf, aber aus meiner Kehle löst sich nur ein stummer Schrei. Zé, komm mir zu Hilfe! Gabrielle, Gina, Mama, wer auch immer, verdammt, *helft mir, ich sterbe!*

Das ist nur eine Frage von Minuten, davon bin ich überzeugt. Ich spanne meine Muskeln fest an, um dieses *Ding* zu vertreiben, was auch immer es sein mag. Da liege ich, in meine Laken gewickelt, winzig im Vergleich zu dem riesigen *Etwas*, das auf meinen Bauch und meine Rippen drückt. Ich nehme meine ganze Kraft zusammen und es gelingt mir, einen winzigen Seufzer von mir zu geben. Er ist so schwach, man hört ihn kaum. Aber irgendwo muss es wohl doch noch so etwas wie einen Gott geben, und außerdem, das hatte ich nicht bedacht, lebe ich ja im Reich der Stille, da ist jedes Flüstern ohrenbetäubend laut.

Die Tür geht auf.

»Mattia?«

Im selben Moment verschwindet das *Etwas* auf mir. Auf einmal bekomme ich wieder Luft. Ich sauge sie in meine Lungen ein, stütze mich auf meine Ellbogen, atme tief ein und aus und suche mit den Augen das Zimmer nach *dem Ding* ab, das mich umbringen wollte. Alles ist normal. Alles ist ruhig. Alles ist in Ordnung. Und wieder habe ich das Gefühl, das schon einmal erlebt zu haben.

Gabrielle kommt zu mir herüber und setzt sich ans Bettende. Sie trägt mal wieder ihr Sweatshirt, das ihre Handgelenke mit den spinnennetzartigen Narben verdeckt. Mein Atem geht immer noch stoßweise. Sie wartet, bis ich wieder normal atmen kann. »Wo ist Zé?«, murmele ich.

»Im Laden. Was ist los mit dir? Hast du schlecht geträumt?«

Ich schüttele den Kopf, weiß nicht, wie ich es erklären soll. Aber ich versuche es trotzdem. Sie hört mir zu, mit undurchdringlichem Gesicht. Kaum zu glauben, dass sie sich vor zwei Nächten fast aus dem Fenster gestürzt hätte. Ich hätte sie gerne gefragt, was sie in dem Moment gedacht hat, aber sie würde mir eh nicht antworten. Zé hat sie deshalb schon genug gelöchert. »Bist du sicher, dass das kein Traum war?«

»Ich war wach! Ich habe gesehen, wie du reingekommen bist, ich habe bestimmt zwei Minuten gebraucht, um dich zu rufen.«

»Du hast nicht gerufen, ich habe nur ein Geräusch gehört. Ich dachte, du schläfst.«

»Habe ich nicht, ehrlich!«

Vermutlich hört sie meiner Stimme einen Rest Panik an oder auch die Verärgerung darüber, dass sie mir nicht glaubt. Denn nun nickt sie und fährt mir mit einer Hand durch die Haare.

»Okay, du hast nicht geschlafen. Aber es ist spät. Versuch wieder einzuschlafen. Morgen sehen wir weiter.«

Was sehen wir weiter? Ich tue so, als würde ich einlenken, aber kann meine Angst nicht verbergen. Beim Gedanken an *das Ding* zittere ich immer noch, denn was tue ich, wenn es wiederkommt? Offenbar kann Gabrielle Gedanken lesen. Sie legt sich neben mich.

»Ich kann hier schlafen, wenn du möchtest. Und wenn es wieder losgeht, dann höre ich dich gleich.«

»Ist gut.«

Ich bin aus dem Alter raus, in dem man bei seinen Eltern schläft, aber Gabrielle ist ja nicht meine Mutter. Ich strecke mich neben ihr aus, schließe die Augen und versuche einzuschlafen, indem ich mich auf ihre Atemgeräusche konzentriere, aber ihr Atem ist nicht zu hören, dadurch gerate ich noch mehr in Panik. Ich öffne immer wieder die Augen, um sicherzugehen, dass ihre Brust sich auch hebt und senkt. Das ist eine Urangst von mir. Als ich klein war, bin ich direkt nach dem Aufstehen immer gleich zu meiner Mutter gelaufen, um zu überprüfen, ob sie auch nicht im Schlaf gestorben war.

Erst im Morgengrauen schlafe ich dann doch noch ein. *Das Ding* zeigt sich nicht mehr, aber als ich aufwache, weiß ich genau, dass ich das nicht geträumt habe.

Zé wartet vor der Schule auf mich. Ich dachte, jetzt wärmt er bestimmt nochmal die Geschichte von letzter Nacht auf und beschwert sich, dass er meinetwegen die Füße in ein Kommissariat setzen musste und sich dort als Mörder bezeichnen lassen durfte. Aber Gabrielle hat ihm wohl schon gesagt, was heute Nacht los war. Zum ersten Mal, seitdem ich bei ihm lebe, lädt er mich in ein Café in der Nähe der Schule auf eine Limo ein.

»Du hattest letzte Nacht wohl ein Problem?«

Ich starre ihn ziemlich perplex an. Es ist neu, dass er sich wie ein Vater benimmt, oder so, wie sich ein Vater meiner Meinung benehmen sollte. Ich schweige. Er bohrt nach.

»Erzähl.«

Ich gehorche, immer noch ungläubig. Nach dem letzten Selbstmordversuch von Gabrielle hat er mich einen guten Monat lang ignoriert. Er schert sich in der Regel nicht wirklich darum, wie es mir geht. Oder sagen wir, er setzt Prioritäten. Als ich fertig bin, lacht er auf.

»Bitte, nicht du auch noch …«

»Was?«

»Du warst bisher der Einzige von uns Dreien, der noch keinen Fuß nach Charcot gesetzt hat, aber ich denke mal, du stehst kurz davor.«

Ich spüre, wie mir der kalte Schweiß den Nacken entlangrinnt und ich erbleiche. Zé blickt mich erschrocken an, legt seine Hand auf meine.

»He, Mattia, ich rede doch nur Quatsch! Das war ein Witz. Entschuldige, ich schicke dich sicher niemals in die Psychiatrie, das weißt du doch!«

Ja, das weiß ich, trotzdem ist das nicht lustig. Ich habe immer noch den Satz dieses Krankenpflegers im Ohr: » … dann ist das meist nur die Spitze des Eisbergs.« Ich muss an die Artikel denken, die ich heimlich in der Bibliothek gelesen habe, über die Krankheit, die meinen Vater zugrunde gerichtet hat. Damals war ich verzweifelt auf der Suche nach zumindest einem Psychiater, der die These der genetischen Disposition anzweifelte.

War es jetzt also so weit? So etwas passiert. Auch ich werde jetzt … wie er. Zé stößt einen tiefen Seufzer aus und wirft sich in seinem Stuhl zurück. »Ich und meine große Klappe.«

Da hast du allerdings recht, du Arsch.

GINA. Am Tag des Prozesses fuhren sie großes Geschütz auf. Man musste auf dem Weg in den Gerichtssaal Türen mit Metalldetektoren passieren, überall standen dutzendweise Bullen herum. So viele auf einem Haufen hatte ich noch nie gesehen, außer bei den Unruhen.

Ich war dreizehn und ging mit Papa hin. Mama blieb mit Stefano zu Hause, sie war im siebten Monat schwanger, sie hatten Angst vor einer Frühgeburt. Wir kamen überhaupt nicht rein. Es war schwarz vor Menschen, Journalisten, Soziologen … Leuten, die da überhaupt nichts verloren hatten, das war schon an der Grenze zur Schamlosigkeit. Saïds Familie musste sich erst mühsam einen Weg durch die Menge bahnen.

Es waren viele aus Verrières da, sie hatten Fotos von Saïd dabei, andere hatten ihn gar nicht gekannt, aber genug davon, dass die Bullen einfach so jemanden töten. Vorm Justizpalast kam es zu einer Art Massenauflauf. Da stand ein Wagen der Bereitschaftspolizei neben dem anderen. Wir mussten vor der Tür bleiben und dort auf das Urteil warten. Also standen wir stundenlang in der Kälte herum, es war Dezember, kurz vor Weihnachten. Papa blickte sich um, er wirkte geistesabwesend. Wenn ihn jemand ansprach, lächelte er. Er hatte das Haus seit Monaten nicht mehr verlassen.

Dort habe ich das einzige Mal in meinem Leben versucht zu beten. Ich wollte, dass der Bulle für das, was er getan hat, bezahlen muss. Papa hat mir schließlich immer was von Gerechtigkeit erzählt, und ich habe ihm geglaubt. Zu meiner Entschuldigung muss man sagen, ich war jung, ich hatte keine Ahnung, wie es läuft. Die meisten um uns herum glaubten nicht an Gerechtigkeit. Sie wussten, was Sache war. Sie sagten, die Justiz könne es sich überhaupt nicht erlauben, sich mit der Polizei anzulegen, die Macht der Polizeigewerkschaften sei viel zu groß, es würde so oder so immer gleich ausgehen, bei so etwas gebe es keine Überraschungen.

Ich hatte Papa stehen lassen und hörte ihnen zu. Was sie sagten, klang plausibler als das, was er sagte, denn sie machten sich keine Illusionen.

Der Prozess dauerte drei Tage.

Am dritten Abend hörte man dann die Buhrufe, das Wutgebrüll. Die Bereitschaftspolizisten riegelten das Gebäude ab. Siham, Saïds

Schwester, erschien auf den Stufen des Justizpalastes. Ihre Eltern folgten ihr und waren sichtlich darum bemüht, nicht vor den Kameras in Tränen auszubrechen. Ich kannte Siham flüchtig. Sie war ein Jahr älter als ich und half mir manchmal bei den Hausaufgaben. Sie weinte nicht, in ihren Augen stand der blanke Hass.

Sie sagte: »Freigesprochen.«

Diese vier Silben, ernsthaft … »freigesprochen«. Was sollte das heißen? War Saïd etwa nicht gestorben? Oder hatte es ihn nie gegeben? Als ich meinen Vater anblickte, sah ich, wie in ihm etwas erlosch. Das war ganz deutlich zu sehen. Als ob jemand in seinem Kopf eine Kerze ausgepustet hätte. Da hatte ich zum ersten Mal Angst ihn zu verlieren. Für einen kurzen Moment vergaß ich Saïd.

Aber die Leute fingen an zu schreien, versuchten die Absperrung vor dem Justizpalast zu durchbrechen und die Polizei setzte Tränengas ein. Ich steckte fest. Erst wollte ich zurückweichen, aber durch die zurückströmende Menge wurde ich immer weiter in Richtung Bullen geschoben. Trotz Tränengas weigerten sich die Leute, den Rückzug anzutreten, also bewegte ich mich mit der Menge weiter nach vorne. Dort kam es zu Handgreiflichkeiten, ich sah, wie jemand mit blutigem Kopf zu Boden ging, man zog mich zurück, und auf einmal stand ich wieder am Rand.

Ich suchte Papa. Ich konnte ihn inmitten der Rauchwolken nicht mehr sehen. Man hatte das Gefühl, in einen Bürgerkrieg geraten zu sein, dabei war es nur ein ganz normaler Zusammenstoß, es hatte schon Tausende solcher Zusammenstöße gegeben und sie verliefen immer nach dem gleichen Muster.

Und da, gegenüber vom Justizpalast, sah ich dann diese Bushaltestelle. Da war so eine Parfumwerbung, weißt du? Die sind immer bescheuert, klar, aber diese war ganz besonders schlimm: Ein Schwarz-Weiß-Foto einer wunderschönen Frau, die strahlend lächelte, und darüber stand: »Das Leben ist schön«.

Hinter mir zerstreuten sich die Letzten, die noch standhielten, unter den Tränengassalven. Sie rannten in alle Richtungen davon, um dem Tränengas und den Gummiknüppeln zu entkommen. Dann kamen sie zurück, bewaffnet mit Kieselsteinen, die sie blind in Richtung der Polizisten warfen, aber die harmlosen Geschosse prallten einfach an den Helmen, Visieren und Schilden ab, als wären diese durch nichts zu erschüttern.

Und auf der anderen Seite diese Werbung an der Bushaltestelle: »Das Leben ist schön.« So hieß das Parfum. Ich dachte, wie können diese beknackten Werbeheinis so etwas machen? Es ist mir bis heute ein Rätsel. Man muss schon blind sein, um nicht zu sehen, dass das eine dicke Lüge ist. Aber die Werbung war dort und nirgendwo sonst, an genau der Straße, an genau der Bushaltestelle, wo man das Elend der Welt vor Augen hatte. Es war keine Fernsehwerbung, die man gemütlich vom Sofa aus verfolgt, wo man die Gemeinheiten um einen herum vergessen kann.

Am liebsten hätte ich losgebrüllt und mit einer Eisenstange auf die Werbetafel eingeschlagen, bis nur noch ein Häufchen Scherben auf dem Asphalt davon übrig gewesen wäre. Ich weiß nicht, ob du verstehst, wie extrem dieser Kontrast war. Ich dachte an die Idioten, die da oben in ihren sauberen Bürogebäuden hockten und sich den Kopf darüber zerbrachen, wie sie ihr verdammtes Parfum an die Leute bringen konnten. »Das Leben ist schön«. Na klar! Vielleicht kommt ihr mal runter auf die Straße und überprüft eure Theorie, irgendetwas daran stimmt nämlich nicht!

Aber die Demonstranten hatten sich mittlerweile zerstreut. Papa lehnte ganz in der Nähe des Justizpalastes an einem Baum. Er hatte sich die ganze Zeit nicht von der Stelle gerührt, selbst als die Bullen das Tränengas einsetzten. Er war kein bisschen wütend, einfach nur unendlich resigniert, und in dem Moment wusste ich, dass er nie wieder so werden würde wie vorher.

Ich mache gerade Hausaufgaben, da taucht Zé mit einem Beutel feinem Meersalz in der Hand in meinem Zimmer auf. Er hat bereits seinen Mantel an, will gerade zur Arbeit gehen. Ich mustere ihn fragend, während er mit dem Salz rund um mein Bett einen Kreis zieht.

Er fängt meinen verblüfften Blick auf. »Das ist Salz«, erklärt er.

»Super. Und später wirfst du mir dann vor, mein Zimmer wäre dreckig!«

»Das hält die Dämonen ab! Das machen die Christen, wenn sie Dämonen austreiben wollen. Innerhalb dieses Kreises kann dich niemand angreifen.«

Ich sehe ihn forschend an.

»Okay, schon gut, ich wollte einen Psychotrick ausprobieren, das ist wohl voll daneben gegangen, tut mir leid.«

Er will das Salz wegfegen, da stoppe ich ihn. Es kann ja schließlich nichts schaden. Da lächelt er triumphierend, wünscht mir Gute Nacht und erinnert mich daran, dass ich ihn jederzeit im Laden anrufen kann, wenn es ein Problem gibt.

Kurz vor Mitternacht lege ich mich hin. Ich ziehe mir vorsichtshalber die Decke über den Kopf. Ich versuche einzuschlafen, ohne an *das Ding* zu denken.

Kurz bevor der Morgen dämmert, öffne ich die Augen. Ich habe mich im Schlaf auf den Rücken gedreht und erneut habe ich das Gefühl, keine Luft in meinen Lungen zu haben. Ich ersticke. *Das Ding* ist wieder da. Ich spüre sein Gewicht deutlich auf meinem Körper. So wie beim letzten Mal kann ich mich weder bewegen noch schreien. Ich versuche, seine Augen zu sehen, sein Gesicht, seinen Gesichtsausdruck, irgendetwas, aber um mich herum ist alles dunkel. Es hat eine menschliche Form, mehr weiß ich nicht.

Dann sehe ich nur noch kleine schwarze Punkte. Ich schnappe

noch einmal nach Luft, aber sie dringt nicht bis in meine Lungen vor. Ich habe das Gefühl, meine Lebensgeister verlassen mich, und auf einmal verschwindet *das Ding* wieder, genau so schnell, wie es gekommen ist. Ich habe nur noch eins im Kopf: Schnell aus dem Zimmer raus, bevor es wiederkommt. Als ich aufstehen will, falle ich aus dem Bett und tue mir weh. Mit Tränen in den Augen richte ich mich auf und reibe meine schmerzenden Ellbogen. Gabrielle ist auf dem Sofa eingenickt. Als sie mich kommen hört, wacht sie auf. Noch bevor sie mir auch nur eine Frage stellen kann, breche ich in Tränen aus. Sie schließt mich in ihre Arme, streicht mir über die Haare und murmelt: »Was ist denn los?« Zwischen zwei Schluchzern gelingt es mir, zu sagen, dass ich Halluzinationen habe, endgültig verrückt geworden bin und sie mich umbringen wollen. »Wen meinst du mit sie?«

»Die Halluzinationen.«

Papa hat dreißig Jahre durchgehalten, bevor er an seinem Wahnsinn gestorben ist. Wenn das bei mir in dem Tempo weitergeht, dann bezweifele ich, dass ich mein fünfzehntes Lebensjahr erreiche.

Und deinen Salzkreis, Zé, den kannst du, glaube ich, wirklich vergessen.

Vierzehntes Kapitel

Nach unserem Besuch auf dem Kommissariat waren unsere Beschatter verschwunden. Ich vermute, der Grund für die Beschattung hatte sich erledigt, sie kannten jetzt unsere Adresse oder zumindest die Straße und unseren Familienstand. Immer wenn ich versuche, Zé auf die Bullen anzusprechen, wechselt er schnell das Thema.

Inzwischen schlafe ich nachts kaum noch, aus Angst, *das Ding* könnte erneut auftauchen. Aber da niemand außer mir es gesehen hat, halten sie es nach wie vor für einen wiederkehrenden Alptraum. Ich weiß, dass das nicht stimmt. Schließlich kann ich Traum und Realität noch unterscheiden, oder zumindest weiß ich, ob ich wach bin oder schlafe.

Sie bieten mir an, bei ihnen zu schlafen. Das lehne ich ab. Ich bin doch kein Kleinkind mehr. Noch nicht mal als ich klein war, habe ich im Bett meiner Eltern geschlafen, also werde ich jetzt nicht damit anfangen.

Stattdessen sitze ich nachts mit Gabrielle vor dem Fernseher. Ihre Gegenwart hat eine leicht beruhigende Wirkung auf mich, sodass ich mir ein, zwei Stunden Schlaf pro Nacht zusammenklaube. In der Schule nicke ich dann regelmäßig ein. Ich empfinde jede einzelne Unterrichtsstunde als Qual, aber ich halte durch. Meine Angst vor dem Familiengericht ist einfach zu groß.

Zé und Gabrielle sind ungewohnt fürsorglich. Sie fragt mich immer wieder, was ich empfinde, wenn *das Ding* kommt. Aber ich möchte nicht mehr darüber reden und sage nichts dazu, bis sie es schließlich aufgibt.

Und er will andauernd wissen, ob ich irgendetwas brauche. Ich habe das unangenehme Gefühl, sie meinen, ich würde damit nur ihre Aufmerksamkeit erregen wollen. Als wäre dieser Horror jede Nacht für mich das reine Zuckerschlecken …

Mama sagte immer: »Probleme hassen Einsamkeit, wenn eins auftaucht, kannst du sicher sein, dass es seine Freunde im Schlepptau hat.« Wie bei vielen ihrer Sprüche sollte sich auch dieser bewahrheiten.

Das nächste Problem tritt in diesem Fall in Form eines Briefumschlags auf, der den Absender des Gerichts trägt. Zwei Wochen nachdem *das Ding* das erste Mal erschienen ist, findet Zé ihn im Briefkasten. Wir kommen gerade von der Schule nach Hause. Ich nehme mir in der Küche eine Schale Frühstücksflocken, während er seine Post durchgeht. Dabei hat er diesen typischen Gesichtsausdruck, das Behördenchinesisch hat er noch nie verstanden. Während er den Brief auseinanderfaltet, wirft er mir einen alarmierten Blick zu. Ich ziehe eine Augenbraue hoch. Er tut so, als wäre er ganz in die Lektüre versenkt und versucht dabei, mit der anderen Hand unauffällig den Briefumschlag zu verbergen. Falls er vorhatte, mich nicht zu beunruhigen, ist ihm das gründlich missglückt.

Nachdem er fertig gelesen hat, knüllt er den Zettel zu einer kompakten Kugel zusammen und zielt auf den Mülleimer, sie landet einen Meter daneben. »Was gibt's?«, ächze ich.

Er antwortet nicht. Ich nehme mir die Kugel, ziehe sie auseinander und glätte sie. Der Brief enthält nur wenige Sätze. Zé und ich müssen in einem Monat vor dem Familiengericht erscheinen. In der Zwischenzeit können wir uns auf einen Besuch vom Jugendamt gefasst machen, das dem Gericht vor der Anhörung Bericht erstatten wird.

Wir schauen uns an, Zé hebt fragend die Hände. Damit war zu rechnen. Aber das ändert nichts daran, dass wir nicht wissen, was wir nun tun sollen.

»Wir müssen unbedingt deine Mutter erreichen«, sagt er.

Ich nicke zustimmend. Auch wenn ich weiß, dass da eine Menge Ärger auf uns zukommt, kann ich mich nicht wirklich darüber aufregen. Ich möchte nur noch schlafen.

»Du hattest mit dem Richter doch schon zu tun, als du meine Vormundschaft beantragt hast«, erinnere ich ihn. »Wie hast du es denn da gemacht?«

Er spricht so leise, dass ich an ihn heranrücken muss, um seine Antwort zu verstehen.

»Meine Eltern haben mir geholfen.«

Da kann ich mir nur schwer ein Grinsen verkneifen, Zé, das verwöhnte Gör reicher Eltern, hat eben noch nie irgendetwas alleine hinkriegen müssen.

Das Ding prescht heute Nacht erneut auf mich zu, aber verschwindet genauso schnell wieder, wie es gekommen ist. Nachdem es weg ist, um Punkt zwei Uhr nachts, stehe ich auf, stopfe eine große Portion Gratin in mich hinein, das noch von gestern in der Küche steht, und verbringe den Rest der Nacht mit dem Versuch, dieses Wesen, das mir die Luft abschnürt, zu zeichnen. Ich schließe die Augen, um mich besser konzentrieren zu können, aber ich kann mich einfach nicht an sein Gesicht erinnern. Mir kommt es so vor, als hätte ich es im entscheidenden Moment zwar kurz gesehen, aber sein Aussehen sofort wieder vergessen, wie einen Alptraum, der nach dem Erwachen schnell verblasst.

Gabrielle schläft, Zé arbeitet. In der Wohnung herrscht absolute Stille. Noch nicht mal die Nachbarn machen irgendein Geräusch. Das ist schon sehr beängstigend.

Als Zé nach Hause kommt, findet er mich in der Küche vor, todmüde starre ich auf das Blatt Papier, das vor mir auf dem Küchentisch liegt, um mich herum stapeln sich Blätter, auf die furchterregende Monster gekritzelt sind. Ihm fällt vor Schreck die Kippe aus dem Mund. Er bückt sich, um sie aufzuheben, und stößt dabei einen tiefen Seufzer aus.

»Zieh dich an, wir müssen los.«

Ich bin so fix und fertig, dass ich nicht die Kraft habe, ihn zu fragen, wo wir hinfahren. Für die Schule ist es noch zu früh. Während ich mir was Ordentliches anziehe, schaut Zé sicherheitshalber nach Gabrielle, dann bugsiert er mich ins Auto. Wir fahren Richtung La Solaire. Erst denke ich, wir fahren zu seinen Eltern, aber er hält erneut vor der Villa meines Bruders.

Stefano sitzt in seinem weitläufigen Haus bei einem Kaffee. Während er Zé immerhin mit einem Ohr aufmerksam lauscht, konsultiert er seinen Handy-Kalender. Zé hält sich nicht lange mit irgendwelchem Vorgeplänkel auf. Er nennt sogleich die wichtigsten Stichwörter: Anhörung, Familiengericht, Vormundschaft, deine verschwundene Mutter. Nach zwei Sätzen unterbricht der Chirurg ihn.

»Und inwiefern kann ich dir da helfen?«

»Wir können deine Mutter nicht erreichen und ich brauche Leumundszeugnisse, Leute aus Mattias Umfeld, die bezeugen, dass ich ihn gut erziehe, damit ich das Sorgerecht behalte.«

»Wieso ist das denn überhaupt infrage gestellt?«

Zé verzieht das Gesicht.

»Das zu erklären, würde zu lange dauern. Aber es ist nicht meine Schuld.«

»Nicht deine Schuld …?«

»Nicht meine Schuld.«

»Leumundszeugnisse?«

Endlich blickt mein Bruder von seinem Handy auf.

»Und wie soll ich das bitte anstellen?«

»Wieso?«

»Ich kann nicht behaupten, dass ich dich als Vormund oft in Aktion gesehen hätte.«

Zé lächelt ihn breit an.

»Kein Wunder, Mattias Erziehung geht dir ja auch am Arsch vorbei. Was denkst du wohl, wo er landet, wenn ich das Sorgerecht verliere? Im Heim oder bei wildfremden Menschen, wenn niemand aus deiner Familie sich um ihn kümmern will, und das ist ja leider der Fall.«

»Kurz gesagt, ich soll irgendwas erfinden.«

»Ich brauche dein Chirurgen-Renommee, Ärzte gelten doch grundsätzlich als vertrauenswürdig.«

»Stimmt«, sagt mein Bruder.

»Also bist du einverstanden?«

Kurz herrscht Stille.

»Okay«, sagt Stefano schließlich und reicht Zé über den Tisch hinweg die Hand. »Noch etwas Kaffee?«

»Gerne.«

Daraufhin verfallen sie beide wieder in Schweigen. Jetzt müsste ich eigentlich in der Schule sein, denn der Unterricht beginnt, aber ich sage nichts. Ich schlürfe meinen Traubensaft, während die Erwachsenen ihren Gedanken nachhängen. Ein Schwarm krächzender Krähen lässt sich auf dem Wipfel einer Kiefer nieder. »Ich schicke dir das morgen per Post«, sagt mein Bruder. »Hast du einen Anwalt?«

»Noch nicht.«

»Soll ich dir einen suchen?«

»Das schaffe ich schon, danke.«

»Und du, Mattia, geht's dir gut?«

Ich sage nichts, sehe ihn noch nicht mal an. Ich versuche, die Krähen zwischen den Zweigen zu finden. Zé antwortet an meiner Stelle. »Nicht so besonders. Er schläft sehr schlecht. Er hat das Gefühl, dass …«

»Das geht ihn nichts an!«, unterbreche ich ihn.

Mein Vormund bricht ab. Stefano mustert mich intensiv, kippt seinen Espresso runter und steht auf. »Ich muss in einer halben Stunde im Krankenhaus sein.«

Er begleitet uns zum Auto. Zé und er geben sich zum Abschied die Hand, aber er will noch etwas loswerden.

»Ich glaube, ich weiß, woher dein Schlafproblem kommt, Mattia.«

»Und zwar?«, fragt Zé.

»Er kann nicht atmen, sich nicht bewegen und sieht eine Art Schatten, der auf ihm sitzt, richtig?«

Zé nickt, sprachlos. Ich versuche, die Lethargie zu überwinden, die nach zwei Wochen Schlaflosigkeit mein Normalzustand ist. Mein Bruder lächelt mich traurig an. Ich glaube er ist froh, dass er endlich meine Aufmerksamkeit erregt hat.

»Weißt du das nicht mehr? Als du klein warst, hattest du das gleiche Problem. Du schliefst immer bei offener Tür, damit Mama dich hören konnte. Du nanntest es *das Ding*. Es hörte auf, als dein Vater starb. Mama hatte einen Termin für dich beim Psychiater gemacht, aber du hast dich geweigert, dorthin zu gehen.«

Ich überlege, aber kann mich nicht daran erinnern, dabei habe ich diese Zeit eigentlich noch ziemlich gut im Gedächtnis, so auch unsere Besuche im Krankenhaus. Aber es stimmt, als *das Ding* das erste Mal auftauchte, kam es mir irgendwie bekannt vor. »Und ihr habt den Grund dafür nie herausbekommen?«, fragt Zé irritiert.

»Nein, aber es ist vollkommen klar, dass es eine psychische Ursache hatte. Geht er noch zu seiner Psychologin?«

»Sie hat Urlaub.«

»Mach so bald wie möglich einen Termin für ihn. Ihr fällt dazu sicher mehr ein. Tschüss, Mattia.«

»Tschüss.«

Ich komme eine halbe Stunde zu spät zur Schule. Die Lehrerin fragt mich noch nicht mal, wo ich war. Angesichts meiner tiefen Augenringe ist ihr wohl klar, dass ich nicht in der Verfassung bin, eine längere Befragung über mich ergehen zu lassen. Wenn die vom Jugendamt bei ihr auftauchen, und das werden sie sicher tun, dann wird sie kaum als Zés Leumund zur Verfügung stehen, fürchte ich.

Irgendwas liegt in der Luft.

Dieses Graffito kennt jeder in der Stadt, aber es war seit Jahren auf keiner Mauer mehr zu sehen. Es gibt niemanden hier, der dieses Gesicht nicht kennt. Seit drei Monaten, genau seit dem Tag, als ich das Graffito gegenüber vom Krankenhaus gesehen habe, sprüht irgendjemand es wieder an die Wände. Man sieht es am Ortseingang, am Ortsausgang, auf den Eisenbahnbrücken, auf der Rathausfassade, von der es sehr schnell wieder entfernt wird, und sogar, kaum zu glauben, auf einem Fenster des Kommissariats.

Ich selber habe sie nicht gesehen, aber Youcef. Das ist ein Typ aus meiner Klasse. Er kennt Verrières noch aus der Zeit vor dem Abriss. Sein Vater arbeitet bei der Gebäudepflege der Stadt. Er hatte den Auftrag, das Graffito auf der Rathausfassade zu entfernen und hat gesagt, es gebe in der Stadt noch etliche andere davon. »Die machen das nachts, es gibt überall welche, aber morgens, noch bevor wir aufstehen, werden die entfernt«, sagt Youcef.

Das erzählt er in der Pause. Eine kleine Gruppe Neugieriger umringt ihn, ich stehe ganz vorne. »Bei uns in der Nähe habe ich auch eins gesehen«, sagt jemand, »aber wer ist dieser Typ eigentlich?«

Youcef sieht ihn an, als käme er direkt aus der Steinzeit. In Verrières musste man einfach wissen, wer das war. »Das ist Saïd Zahidi!«

»Wer?«

»Na Saïd, verdammt nochmal! Hast du etwa noch nie von ihm gehört?«

Unsere Schule liegt direkt neben dem Verrières-Viertel. Die meisten Bewohner haben nach dem Abriss eine Wohnung in einem alten HLM in der Nähe zugewiesen bekommen, die Hälfte der Schüler stammt von dort. Youcef ignoriert die Ahnungslosen und wendet sich jetzt nur noch an die anderen.

»Offenbar haben sie ihre Patrouillen verdoppelt, aber konnten die Sprayer bisher nicht fassen.«

»Und was bringt das?«, fragt ein Mädchen. »Wenn es schon einen Prozess gab, was bringt das dann? Glaubst du vielleicht, dieser Bulle wird noch verurteilt?«

»Es geht darum, daran zu erinnern.«

»An Saïd?«

»Nicht nur an Saïd, daran, dass die Bullen jederzeit jemanden umbringen können und dafür nicht bestraft werden.«

Stille. Jeder versucht für sich herauszufinden, was das bedeutet. »Und was bringt das?«, insistiert dasselbe Mädchen. »Dadurch wird Saïd auch nicht wieder lebendig.«

Youcef überlegt lange. Darüber hatte ich bisher nie nachgedacht, er offenbar auch nicht. Schließlich antwortet er, die letzten Silben werden von der Klingel verschluckt:

»Das ist auf jeden Fall besser, als gar nichts zu tun.«

Zé und Gabrielle sitzen im bläulichen Halbdunkel der LEDs. Der Fernseher ist aus. Ich kauere hinter der Tür. Ich sollte eigentlich schlafen. Es ist sieben Uhr morgens. Er ist gerade aus dem Laden zurückgekommen. Gleich kommt er mich wecken. Vorhin kam er kurz rein, um nach mir zu sehen. Ich tat so, als würde ich schlafen, um ihn nicht zu beunruhigen. Inzwischen denke ich fast, es ist besser, den Erwachsenen nichts von *dem Ding* zu erzählen. Man kommt schließlich nur in die Psychiatrie, wenn jemand anders einen einweist. Wenn nur ich selbst weiß, dass ich verrückt bin, gibt es keinen Grund, dort zu landen. Ich werde mich wohl kaum selbst einweisen.

Gestern Morgen kam der Brief. Ich habe die ganze Nacht nicht geschlafen. Ich wage nicht, mich hinzulegen, aus Angst, damit *das Ding* anzulocken.

Er: »Ich war nochmal bei Amélia. Sie ist weiterhin nicht zu Hause. Die Nachbarin hat sie seit zwei Monaten nicht mehr gesehen.«

Gabrielle schweigt.

Er: »Wenn sie bis zur Anhörung nicht zurück ist, entziehen sie mir vielleicht das Sorgerecht. Schließlich war sie diejenige, die sie beim ersten Mal überzeugt hat. Sie und meine Eltern. Bei meiner Vorgeschichte stehen die Chancen schlecht, dass sie …«

Schweigen.

Er: »Gabrielle.«

Sie: »Ja.«

Er: »Warum willst du sterben?«

Lange Stille. Im Halbdunkel des Wohnzimmers sitzt Zé, ich kann nur seine Umrisse erkennen.

Gabrielle sitzt neben ihm auf dem Sofa, kraftlos an die Rückenlehne gelehnt. Zés Kopf ruht auf ihrer linken Schulter. Er hat die Augen geschlossen, wagt es wohl nicht, ihr ins Gesicht zu sehen, aus Angst, dort eine Antwort zu finden.

Mir scheint, es vergehen Stunden, bis sie ihm antwortet.

Sie: »Warum sollte ich am Leben bleiben?«

Als Zé in mein Zimmer kommt, in das ich in Windeseile zurückgespurtet bin, sieht man ihm sein Schlafdefizit deutlich an. Er hat sich seit Tagen nicht rasiert, dabei hasst er es, »pieksige Wangen« zu haben, (Kindersprache, typisch Zé), und um seine trockenen Lippen herum sind neue Falten zu sehen. »Mattia, du musst in die Schule …«

Er geht raus, bevor ich so tun kann, als würde ich gerade erst aufwachen. Er weiß, dass ich nicht geschlafen habe. Ich habe keine Ahnung, ob er auch weiß, dass ich sie belauscht habe.

»Du hast um sechzehn Uhr fünfundvierzig einen Termin bei Nouria«, teilt er mir mit, als er vor der Schule hält.

»Echt?«

»Ja, sie ist aus dem Urlaub zurück. Kannst du da alleine hingehen? Ich muss zum Anwalt, aber ich hole dich dann ab.«

»Okay.«

Ich lächele fatalistisch vor mich hin. Aber das Lächeln vergeht mir schnell, als mir bewusst wird, dass so eine Psychologin die Allererste ist, die den Wahnsinn diagnostiziert. Während der vielen Stunden bis zum Termin wäge ich das Für und Wider ab und frage mich, ob ich das Risiko in Kauf nehmen soll, ihr von *dem Ding* zu erzählen. Dann rufe ich mich selbst zur Vernunft, sage mir, dass sie mich noch nie reingelegt hat, mich gerne mag und auch weiß, was mit meinem Vater passiert ist. Wenn es einen Erwachsenen gibt, dem ich trauen kann, dann ihr.

Ich bin ziemlich nervös, als ich mich in ihrem Besenkammer-Büro mit dem riesigen Kunstledersessel, in dem sie beinahe versinkt, einfinde. Da sitzt Nouria in ihrer alten grauen Strickjacke und empfängt mich mit ihren sechsunddreißig Jahren wie einen alten Freund, den man nur kurz aus den Augen verloren hat.

Eigentlich wollte ich abwarten, bis sie mir Fragen stellt, wie immer. Aber kaum sitze ich, kann ich nicht mehr an mich halten und erzähle ihr alles: von *dem Ding*, der Schlaflosigkeit, der Spitze des Eisbergs, von Zé, der das Sorgerecht für mich verliert, und der mir vorhin ganz nebenbei zu verstehen gegeben hat, dass sie uns bei der Anhörung behilflich sein könnte.

Sie hört mir zu, bis ich fertig bin, und konzentriert sich auf das Wesentliche. »Du bist nicht dabei, verrückt zu werden. Jedenfalls nicht mehr als jeder andere auch.«

»Woher weißt du das?«, gebe ich fast aggressiv zurück, während ich wie wild meine Hände ringe.

»Ich weiß es, weil du nicht der Einzige bist, der so etwas erlebt, es gibt sogar einen Namen dafür.«

»Ja, Wahnsinn!«

»Nein, Schlafparalyse, Mattia.«

Sie betont jede Silbe, ihre Stimme klingt schriller als sonst, fast ein wenig genervt.

Ich lehne mich zurück. Es kommt selten vor, dass sie auch nur ansatzweise die Fassung verliert.

»Schlafparalyse«, wiederholt sie. »Das ist eine klassische Schlafstörung. Viele Leute sind davon irgendwann im Laufe ihres Lebens mal betroffen, aber keiner spricht darüber, aus Angst, für verrückt gehalten zu werden.«

Ich starre sie aus großen Augen an, leicht misstrauisch. Sie ist so nett, es mir zu erklären.

»Ich erzähle dir die Kurzform. Wenn du schläfst, sorgt ein natürlicher Mechanismus deiner Nerven dafür, dass du dich nicht bewegen kannst, damit du dich im Schlaf nicht verletzen kannst, vor allem wenn du träumst. Aber es kommt manchmal zu einer Art Programmierfehler deines Gehirns: Es registriert nicht, dass du wach bist, und braucht ein paar Sekunden oder Minuten, um diese Starre zu beenden. Das führt zu diesem Gefühl der Beklemmung, das dich daran hindert, zu atmen und dich zu bewegen.«

Ich überlege. Das klingt gar nicht so blöd. Aber sie hat ein wichtiges Element vergessen: *das Ding*. Sie lächelt, stellt sich vor das schmale Fenster und blickt auf die Stadt hinunter und damit auch auf den ganzen Mist, der dort passiert. Ich betrachte ihre dunklen, zum Bob geschnittenen Haare, die sie sorgfältig geglättet hat, als sollten sie die vollkommene Ordnung wiedergeben, die vermutlich in ihrem Kopf herrscht. *Nicht verrückter als irgendjemand sonst …* Wenn ich mich so in meinem näheren Umfeld umblicke, weiß ich nicht, ob das wirklich beruhigend ist. Die anderen, das sind Zé und Gabrielle, mein Vater, meine Mutter und ihre absurde Vorliebe für das Schweigen, das ist mein Bruder mit seiner Strenge und meine Schwester mit ihrem permanenten, verzweifelten Drang zu fliehen.

»*Das Ding*, wie du es nennst, existiert nur in deinem Kopf, meinen die Ärzte, die sich mit der Frage beschäftigt haben.«

»Also doch eine Halluzination!«

Sie lacht.

»Das hört sich fast triumphierend an, das möchtest du wohl gerne hören.«

Sie beobachtet mich aus dem Augenwinkel, bevor sie weiterredet. »Dass du Halluzinationen hast, bedeutet nicht, dass du verrückt wirst. Das kann jedem passieren, auch Leuten, die geistig vollkommen gesund sind, sofern man das überhaupt sein kann, das ist eigentlich keiner von uns. Du kannst nicht mehr atmen, dich nicht mehr bewegen, du hast keine Erklärung für das, was mit dir passiert. Der menschliche Geist sucht für jedes Phänomen eine Erklärung. Wir müssen immer alles hinterfragen, rechtfertigen, erklären. Das geht soweit, dass dein Gehirn sich darum bemüht, Bilder zu erfinden, die deine Empfindungen widergeben, in diesem Fall also eine Person, die auf dir sitzt und dich daran hindert, dich zu bewegen und zu atmen. Das kommt in Fällen von Schlafparalyse sehr häufig vor. Die meisten betroffenen Personen leiden sogar unter den gleichen Visionen, auch wenn sie sich individuell unterscheiden. Verstehst du?«

»Ja«, murmele ich nach kurzem Überlegen.

Sie lächelt und steuert wieder auf das Fenster zu. »Hast du das gesehen?«

»Was?«

»Sie entfernen da gerade ein Graffito von der Fassade des gegenüberliegenden Cafés.«

Ich stürze ans Fenster. Dort steht: »GERECHTIGKEIT« unter einem runden Fleck, in dem Saïds Gesicht zu sehen war, das schon halb verschwunden ist. Wir bleiben eine Weile am Fenster stehen und sehen dem Angestellten des Cafés dabei zu, wie er ins

Schwitzen gerät beim Versuch, die rote Farbe wegzuschrubben. »Möchtest du gerne weiter bei Zé und Gabrielle leben?«, fragt sie nach einer halben Ewigkeit, während das Graffito langsam verschwindet.

Ich nicke. Sie nimmt diese Kopfbewegung – und mag sie auch noch so leicht sein – zur Kenntnis und fragt nicht weiter nach.

»Sag Zé oder seinem Anwalt, dass er mich diese Woche anrufen soll, ich sehe, was ich tun kann für die Anhörung.«

»Danke.«

»Ich danke dir, Mattia.«

Als sie mich zur Tür bringt, wende ich mich noch einmal um.

»Und wie kann ich diese Lähmung stoppen?«

»Du solltest einfach vermeiden, auf dem Rücken zu schlafen, das ist einer der Auslöser dafür. Die Schlaflosigkeit und die Angstzustände sind jedoch schwerer zu behandeln. Sag deinem Vormund, er soll dir einen halbierten Tennisball hinten an den Pyjama nähen, damit du dich im Schlaf nicht auf den Rücken drehen kannst. Aber, Mattia …«

»Ja?«

»Je mehr du von der absurden Idee besessen bist, du hättest die Erkrankung deines Vaters geerbt, desto mehr wirst du überall Beweise für deinen eigenen Wahnsinn finden. So eine Autosuggestion kann ganz schön weit führen.«

Zé und Gabrielle warten unten vor dem Gebäude auf mich. Sie hat ihn zum Anwalt begleitet, sie wusste, dass er Unterstützung braucht bei so einer rechtlichen Angelegenheit. Sie waren bei dem Anwalt, der sie auch bei der ersten Sorgerechtsverhandlung vertreten hat. Das Gespräch verlief sehr gut bis zu dem Augenblick, als der Anwalt das Honorar ansprach. Da hätte Zé fast einen Herzinfarkt bekommen. Er sagte daraufhin »gut«, überlegte kurz und schlug dem Anwalt dann vor, eine Null zu streichen. Daraufhin legte der ihm nahe, dann doch lieber einen Pflichtverteidiger zu nehmen. »Du solltest deine Eltern um finanzielle Unterstützung bitten«, schlägt Gabrielle vor. »Ich bin sicher, sie würden das nicht ablehnen.«

»Nein«, antwortet Zé.

»Du hast sie seit Jahren um nichts mehr gebeten, das wäre doch nicht ehrenrührig.«

»Nein.«

»Du könntest es zumindest Mattia zuliebe tun.«

Zé wirft ihr einen finsteren Blick zu, das sehe ich im Rückspiegel. Ich sage nichts. Ich denke, ob nun dieser Anwalt oder ein anderer ist auch egal. Wenn seine Eltern ihn bei dieser Sache nicht juristisch unterstützen, klappt es eh nicht, so einfach ist das. Es gibt da diesen schwarzen Fleck in seiner Krankenakte, ein Fleck, der alles andere überdeckt und nie verschwinden wird.

In der Eingangshalle laufe ich an ihnen vorbei, renne fast. Ich möchte nur noch eins, mir diesen verdammten halben Tennisball oder was auch immer an meinen Pyjama nähen, damit ich endlich schlafen kann. Aber auf dem letzten Treppenabsatz bleibe ich mit halb offenem Mund wie angewurzelt stehen. Zé und Gabrielle, die kurz nach mir ankommen, verharren dort ebenfalls vor Schreck. Jemand hat unsere Wohnungstür aufgebrochen. Auf dem Linoleum vor der Tür liegen lauter Holzsplitter. Man kann ins Wohnzimmer blicken, die Sofakissen wurden aufgeschlitzt, der fusselige Inhalt über den Boden verteilt.

Gabrielle geht zuerst rein. Zé will sie zurückhalten. »Warte, vielleicht sind sie noch drin!«

Sie beachtet ihn nicht. Ich will ihr folgen, aber Zé hält mich am Kragen fest. Gabrielle verschwindet im Flur. Sie ruft: »Hier ist keiner.«

Ich renne zum Fernseher, getrieben von einem unkontrollierbaren Beschützerinstinkt. Er wurde nicht geklaut, nein, es ist viel schlimmer. Seine Einzelteile liegen unter dem Couchtisch verstreut, auf dem er zu seinen besten Zeiten, die nur wenige Stunden zurückliegen, thronte. Man ist bei seiner Zerstörung nicht gerade zimperlich gewesen, hat mit einem Hammer oder Meißel auf ihn eingeschlagen. Die Schaltkreise liegen offen, Drähte sind zerrissen. Der Bildschirm wurde mit einem gezielten Schlag eingeschlagen. Ich bin sprachlos vor Entsetzen angesichts von so viel Brutalität. Gabrielle legt voller Mitgefühl eine Hand auf meine Schulter. »Na, das war doch mal eine gute Idee«, flüstert Zé triumphierend hinter uns.

Wir sparen es uns, ihm zu widersprechen. Ich weine still meinen morgendlichen Zeichentrickfilmen nach, die für immer ausgelöscht sind, denn ich weiß, dass Zé das als Geschenk des Himmels betrachtet. Er wird mit Sicherheit keinen neuen Fernseher kaufen.

Ich reiße mich von dem traurigen Anblick los, um zu sehen, was es sonst noch für Schäden gibt. Auf den ersten Blick fehlt nichts. Weder Zés Fotoapparat, der seit zwei Jahren in einem Schrank verstaubt, noch die alten Vinyl-Platten von Gabrielle.

Sie haben die Teppiche umgedreht, sämtliche Plakate abgerissen, noch den letzten Winkel auf den Kopf gestellt und nichts mitgenommen.Das kann nur eins bedeuten.

»Die Bullen«, sage ich.

»Ach was«, meint Zé.

»Na klar.«

»Aber nein, das ist ein Einbruch.«

»Hör auf, mich für dumm zu verkaufen, Mann! Sie haben doch gar nichts mitgenommen!«

»Wir haben ja auch nichts von Wert.«

»Und was haben Sie dann im Fernseher gesucht, vielleicht Goldmünzen?«

»Manche Leute verstecken ihre Sachen an den unmöglichsten Orten.«

Ich beäuge ihn misstrauisch, er hält meinem Blick stand. Das ist echt verrückt an ihm, er erzählt einem den größten Blödsinn, ohne dass ihm das im Geringsten peinlich wäre. Gabrielle wendet sich ab, als ginge dieses Gespräch sie nichts an.

Und ich bin müde. Wirklich, wirklich müde. Ich gebe mich geschlagen, knalle die Tür hinter mir zu und lasse mich aufs Bett fallen. Mithilfe eines Gürtels binde ich meinen linken Arm am Bettrahmen fest. So kann ich sicher sein, dass ich mich nicht auf den Rücken drehen kann, ohne dabei aufzuwachen.

Das Ding kommt nicht. Ich schlafe wie ein Stein, viele Stunden. Am liebsten würde ich erst an meinem achtzehnten Geburtstag wieder aufwachen.

Fünfzehntes Kapitel

Merkwürdigerweise geht keiner zur Polizei, um Anzeige zu erstatten. Ich frage mich, warum. Zé lässt die Tür auf eigene Kosten reparieren, und er und Gabrielle sind mehrere Tage damit beschäftigt, die Wohnung wieder in Ordnung zu bringen. Ich halte mich von diesem Großreinemachen lieber fern. Derweil tobt zwischen den beiden ein Streit darüber, dass Gabrielle einen neuen Fernseher anschaffen will. Sie sieht sich gerne Dokus und Nachrichten an. Zé erwidert, dafür gebe es das Radio. Das sei aber nicht so unterhaltsam, hält Gabrielle dagegen. Er meint, diese Sendungen wären schlecht für sie, denn sie würden sie nur traurig machen – Kriegsberichte zum Beispiel. Sie entgegnet, es sei keine Lösung, die Augen vor der Welt zu verschließen, dadurch sei sie nicht verschwunden. Über mich sagt Zé, wenn ich könnte, würde ich tagein tagaus nichts anderes tun, als Zeichentrickfilme zu sehen. Gabrielle kontert, er solle mich nicht für dümmer halten, als ich bin.

Am Ende wartet sie, bis er mich zur Schule bringt. So kann sie die Wohnung verlassen, ohne sich seine Einwände anhören zu müssen. Abends steht dann ein neuer gebrauchter Fernseher da. Zé ist sauer, aber er fügt sich. Wir feiern unseren Sieg mit Traubensaft.

Nachdem mein Vormund gehört hat, was Nouria empfiehlt, näht er mir schließlich diesen halbierten Tennisball an meinen Pyjama. Und ich kann wieder schlafen. Ich fühle mich wie neugeboren, als bekäme ich eine zweite Chance, und dennoch bin ich nicht so euphorisch, wie es eigentlich angebracht wäre, dafür gibt es um mich herum einfach zu viele Rätsel. Eines Abends, ein paar Tage nach dem Einbruch, als ich mit Gabrielle die Nachrichten sehe, hake ich nochmal nach und frage sie, wer eigentlich unsere Wohnung so verwüstet hat.

»Es ist doch fast immer jemand zu Hause, ihr wart gerade mal eine Stunde weg, länger hat es sicher nicht gedauert, zum Anwalt zu gehen und mich abzuholen. Das kann kein Zufall sein, sie haben uns mit Sicherheit beobachtet.«

Sie nickt zerstreut. Ich weiß, dass ihr Desinteresse nur gespielt ist. Mein Blick wandert vom Bildschirm zu ihr und wieder zurück. »Ihr verheimlicht mir doch was«, sage ich.

»Ja«, sagt sie.

»Ja?«

»Sicher, aber du hast schon genug Probleme.«

»Zufällig ist das hier auch mein Problem, schließlich warten die

Typen vor der Schule auf mich und nehmen meine Stofftiere auseinander.«

»Kann sein. Aber du kannst eh nichts dagegen tun, sogar wir sind machtlos dagegen.«

So sehr ich auch nachbohre, sie weigert sich, auch nur einen Satz mehr dazu zu sagen.

Am nächsten Abend fährt Zé auf direktem Weg nach Verrières, das nur ein paar Häuserblocks von der Schule entfernt ist. Der Verhandlungstermin rückt näher und er hat keine Ahnung, ob meine Mutter ihn unterstützt. Aus ihrem Briefkasten quellen Prospekte hervor. Zé steht Schmiere und raucht dabei nervös eine Zigarette, während ich meine Hand in den Briefschlitz stecke. Ich ziehe eine Handvoll Umschläge hervor: Rechnungen, Mahnungen und einen Brief vom Gericht, eine Vorladung zur Verhandlung. Das heißt, sie weiß noch nicht mal Bescheid. Der neueste Brief ist vom sechzehnten Oktober, das ist drei Monate her. »Okay«, sagt Zé. »Mir reicht's. Warte hier auf mich.«

Er kommt mit einem Rucksack wieder, in dem es metallen scheppert. Ich folge ihm in den fünften Stock. Er späht durchs Schlüsselloch, aber die Wohnung ist zu dunkel, als dass man irgendetwas erkennen könnte. Er zögert einen Moment, dann klingelt er bei der Nachbarin, die fast augenblicklich die Tür öffnet. Sie hatte uns schon durch ihren Spion gesehen. »Na, deine Mutter hat sich immer noch nicht gemeldet?«, fragt sie und lächelt mich mitleidig an. »Langsam machen wir uns Sorgen«, sagt Zé. »Sie ist seit drei Monaten verschwunden.«

Er öffnet seinen Rucksack und holt ein Brecheisen raus.

»Decken Sie mich?«

Sie zögert einige Sekunden, bevor sie einwilligt, anscheinend ist sie nicht ganz überzeugt. Es gibt auf diesem Treppenabsatz nur zwei Wohnungen. Sie dreht in ihrer Wohnung Musik auf und lässt die Tür offenstehen, um den Lärm zu überdecken, und beobachtet das Kommen und Gehen im Treppenhaus, während Zé das Eisen zwischen Tür und Türrahmen steckt. Er muss mehrmals ansetzen, bis ihm gelingt, es mithilfe eines Hammers in den schmalen Spalt zu bekommen. Man hört das Hämmern im ganzen Treppenhaus. Ich habe Angst, aber sage nichts.

Endlich, nachdem er heftig ins Schwitzen geraten ist und vor Anstrengung das Gesicht verzogen hat, gibt das Schloss nach. Nicht schlecht für so ein Bürgersöhnchen ... Die Tür springt weit auf. Wir warten, es ist totenstill. Kein Nachbar kommt runter, um zu sehen, was los ist. Mein Vormund leuchtet mit einer Taschenlampe in den Flur. Die Nachbarin und ich stellen uns neben ihn, um in die Wohnung spähen zu können.

Mein Herz tut einen Sprung. Mamas Wohnung sieht genauso aus, wie unsere Wohnung vor ein paar Tagen aussah. Still gehen wir im Gänsemarsch hinein, sind dabei auf das Schlimmste gefasst. Die Nachbarin betätigt den Lichtschalter. Zumindest ist kein Blut an den Wänden. Die Wohnung war einfach nur systematisch und ohne Rücksicht auf Verluste durchsucht worden bis in den letzten Winkel hinein. Das war die Arbeit von Profis oder von Bullen. Inzwischen wissen wir ja, mit wem wir es zu tun haben. Die Frage ist nur, was sie eigentlich suchen.

Wir gehen von einem Raum zum anderen. Kein Zimmer wurde verschont. Sie haben sich sogar die Mühe gemacht, den Spülkasten abzubauen. Die Matratze meiner Mutter wurde aufgeschlitzt. Ich halte bei jedem Raum den Atem an, aber die Wohnung ist klein und die Ungewissheit insofern nicht von langer Dauer: Nirgendwo liegt die Leiche meiner Mutter.

Als Zé in die Küche kommt, seufzt er laut auf. Er wendet sich an die Nachbarin.

»Danke für Ihre Hilfe.«

Die Botschaft ist unmissverständlich. Sie beißt sich auf die Lippen und wendet sich zum Gehen. »Sollte man nicht … die Polizei rufen?«

»Glauben Sie mir, das würde uns nicht großartig weiterhelfen.«

Komischerweise gibt sie sich damit zufrieden. Wenn er möchte, kann er sehr selbstsicher wirken und die Tatsache, dass ich dabei bin, trägt sicher mit dazu bei, dass sie ihm vertraut. Wer ein Kind bei sich hat, kann kein ganz übler Kerl sein.

Als wir allein sind, durchsucht Zé erneut die ganze Wohnung. Irgendwann verstehe ich, dass er nach einem Brief sucht oder irgendeinem Hinweis darauf, wo meine Mutter abgeblieben ist. Ich hebe hier und da etwas mit spitzen Fingern an, um ihm zu helfen. Da ich seit vielen Jahren keinen Platz mehr in ihrem Leben habe, mag ich auch nicht darin herumschnüffeln. Ich finde nichts, das deprimiert mich mehr als alles andere. Eins fällt auf: Es gibt in der ganzen Wohnung kein einziges Foto, weder von mir noch von meinen Geschwistern noch von meinem Vater noch von sonst irgendjemandem.

Nachdem wir ein, zwei Stunden gesucht haben, ziehen wir unverrichteter Dinge wieder ab. Als wir im Auto sitzen, schweigen wir beide. Es gibt nichts zu sagen. Meine Mutter ist verschwunden und keiner will mir erklären warum.

Bei unserer Rückkehr stellt Gabrielle sich Zé in den Weg. An ihren verkniffenen Lippen sehe ich, dass irgendwas nicht stimmt.

»Du hast Besuch«, sagt sie.

»Bitte?«

»Deine Eltern.«

Mein Vormund zieht eine seltsame Grimasse. Ihm bleibt keine Zeit, um die Flucht zu ergreifen. Ein Mann und eine Frau um die sechzig erscheinen im Flur. Sie tragen zwar nicht ihre schwarzen

Roben, aber das ist auch nicht nötig, man sieht ihnen auch so an, welchen Beruf sie haben. Sie blicken beide streng, und weil sie permanent die Stirn runzeln, haben sie viele Falten auf der Stirn. Er ist Staatsanwalt, sie vorsitzende Richterin am Berufungsgericht.

Der große Zé schrumpft förmlich, als er sie sieht. Als Madame Palaisot merkt, dass er am liebsten wieder rückwärts aus der Tür gehen würde, tritt sie schnell auf ihn zu. Monsieur Palaisot sieht mich an und verzieht dabei keine Miene. Die Richterin mustert ihren Sohn, öffnet den Mund und sagt schließlich doch nichts. Kurz weiß keiner, wie er reagieren soll. Dann kommt ihr die rettende Idee.

Madame: »Warte, bevor du anfängst uns zu beleidigen, Zé.«

Monsieur (der ihr ins Wort fällt): »Wir haben gehört, dass du ein kleines Problem hast.«

Madame: »Jetzt hast du mich schon wieder unterbrochen.«

Monsieur: »Bitte?«

Madame: »Das habe ich dir vorhin auch schon gesagt.«

Monsieur: »Habe ich dich unterbrochen?«

Madame: »Du hast mich unterbrochen, schon verrückt, du merkst es noch nicht mal.«

Monsieur: »Das tut mir leid.«

Madame: »Gut, darf ich dann fortfahren?«

Monsieur: »Natürlich.«

Madame: »Danke.«

Ich sehe Gabrielle entgeistert an. Zé scheint diese Szene vertraut zu sein, er lächelt entschuldigend, aber man lässt ihn nicht zu Wort kommen.

Madame: »Du hast in zwei Wochen einen Termin beim Familiengericht und du weißt so gut wie wir, dass sie dir das Sorgerecht für das Kind entziehen werden.«

»Das Kind«, so haben seine Eltern mich immer genannt. Sie sind einfach zu sehr daran gewöhnt, bei Gericht zu sein, wo man nur eine Nummer ist und Namen keine Rolle spielen oder nur um die verschiedenen Fälle auseinanderzuhalten.

Madame: »Ich weiß, wie wichtig er dir ist. Wir möchten dir gerne helfen.«

Zé: »Nein.«

Monsieur: »Zé …«

Zé: »Verschwindet!«

Er zeigt auf die Tür. Gabrielles Miene verdüstert sich, in ihren Augen liegt ein Funkeln, das mir neu ist. Das Paar macht keine Anstalten, sich von der Stelle zu bewegen.

Monsieur: »Vergiss doch endlich deinen alten Groll gegen uns, seitdem ist so viel Wasser den Bach heruntergeflossen.«

Zé: »Meinen alten Groll? Du …«

Gabrielle: »Jetzt komm nicht wieder mit der Tour!«

Zé: »Was meinst du?«

Gabrielle: »Du weißt, dass sie recht haben.«

Monsieur: »Danke, Mademoiselle.«

Gabrielle: »Zé, hier geht es nicht nur um dich, sondern auch um Mattia und mich. Wir setzen uns jetzt hin und reden, und du hörst mal kurz auf, den Egoisten zu spielen.«

Sie hatte gesprochen, und wenn sie spricht, dann fängt er nicht an zu diskutieren, es kommt schließlich selten genug vor. Nachdem Zé seinen Eltern einen letzten hasserfüllten Blick zugeworfen hat, fügt er sich. Die beiden sehen sich fragend an und ringen sichtbar um Fassung nach Gabrielles deutlicher Ansage. Dann gehen alle ins Wohnzimmer, sogar ich. Keiner bietet unseren Gästen etwas zu trinken an.

Monsieur: »Soll das Kind bei dem Gespräch etwa dabei sein?«

Zé: »Nach allem, was passiert ist, hast du immer noch nicht

verstanden, dass man ein Kind nicht aus seinem eigenen Leben ausschließen kann, ich fasse es nicht.«

Gabrielle: »Das Kind heißt übrigens Mattia.«

Danke Gabrielle. Aus dem Augenwinkel sehe ich, dass der Staatsanwalt fortwährend auf ihre Handgelenke starrt. Als sie das merkt, zieht sie immer wieder an den Ärmeln ihres Pullis, um ihre Narben zu verbergen, und errötet dabei leicht, als müsste sie sich dafür schämen.

Die Besprechung läuft vielleicht fünf Minuten, da fällt mir auf, dass ich überhaupt nicht zuhöre. Wie immer beobachte ich die anderen nur, und was ich dabei entdecke, hätte mir eigentlich sofort ins Auge springen müssen, als Zés Eltern uns gegenüberstanden. Es knistert im Gebälk, da ist etwas in ihren Blicken. Die Art, wie Madame sich andauernd eine Strähne ihrer schwarzen Haare hinters Ohr steckt, und wie Monsieur seinen Sohn mustert, so von unten mit zusammengekniffenen Augen, verrät, was sie wirklich denken. Sie haben sich unter Kontrolle, sonst wäre es mir vermutlich gleich aufgefallen.

Es ist offensichtlich, sie hassen es, hier zu sein. Sie fühlen sich hier furchtbar unwohl, auch wenn sie das gut verbergen. Wenn sie Zé anblicken, sehen sie nicht ihren Sohn, sie sehen nur ein Urteil und eine Diagnose. Sie sehen einen leeren Klassenraum und eine blutbeschmierte Tafel. Sie sehen die hohen Mauern von Charcot, das Isolationszimmer und das Bett mit den Gurten zum Fixieren, die Tabletten-Packungen und die zitternden Hände. Sie sehen jemanden vor sich, der stottert – da war der Psychiater noch auf der Suche nach der richtigen Dosierung und testete alle möglichen Neuroleptika mit lauter furchterregenden Namen an ihm, um in seinem Kopf wieder alles so auszutarieren, dass die chemischen Moleküle in Schach gehalten werden.

Sie sehen »Wahnsinn« und sie sehen »Angeklagter«. Was auch

immer sie sehen, eins sehen sie nicht, ihn. Plötzlich spüre ich, wie es sich anfühlen muss, wenn man ihnen als Beschuldigter gegenübersteht, ihnen mit ihrer ganzen Ignoranz.

Und dann fällt mir ein Name nach dem anderen ein.

Fünfzehnter Juni: Ossama Yabrir, siebzehn Jahre, fünf Jahre Gefängnis wegen Autodiebstahls, Wiederholungstäter.

Achtzehnter August: Mourad Kettani, neunzehn Jahre, drei Jahre wegen Sachbeschädigung bei Krawallen. Neunundzwanzigster August: Nasser Bellamine, zweiundzwanzig Jahre, zehn Jahre wegen bewaffneten Überfalls.

Zehnter Oktober: Clément Dechaveaux und Kamel Ahardane, neunzehn und achtzehn Jahre, vier Jahre wegen mehrerer Einbrüche.

Einunddreißigster Dezember: Nesrine Othmani, sechzehn Jahre, ein Jahr wegen des Anzündens eines Glascontainers.

Achter Januar: David Zuma, einundzwanzig Jahre, sechs Monate wegen Beleidigung und Widerstand gegen Vollstreckungsbeamte.

Vierundzwanzigster Januar: Michaël Da Pojan, siebzehn Jahre, acht Jahre wegen Widerstands gegen die Staatsgewalt und tätlichen Angriffs eines Polizeibeamten.

Erster Februar: Saïd Zahidi, fünfzehn Jahre, Tod wegen Widerstands bei einer Ausweiskontrolle.

Siebzehnter Dezember, drei Jahre danach, Thomas Ross, neunundzwanzig Jahre, freigesprochen vom Vorwurf der vorsätzlichen Körperverletzung mit Todesfolge.

Ich kannte ihre Namen und ihre Strafen, weil mein Vater sie auf ein Blatt Papier geschrieben und es neben seinem Krankenhausbett an die Wand gepinnt hatte. Bei jedem Besuch las ich diese Namen, immer und immer wieder. Meine Mutter hatte mir schon vor der Schule das Lesen beigebracht. Das überbrückte die Stille zwischen uns ein wenig.

Diese Namen gehören alle Einwohnern von Verrières, die in

den Monaten vor Saïds Tod verurteilt worden waren. Und viele dieser Urteile hatte der Vertreter der Anklage gefordert: Olivier Palaisot, Staatsanwalt am Amtsgericht.

Mein Vater hasste ihn.

Ich stehe auf. Alle Blicke richten sich auf mich. Ich blicke sie fest an, diesen Mann, diese Frau, in mir macht sich ein Gefühl von Verachtung breit. Wortlos verlasse ich den Raum, ich ertrage ihre Anwesenheit nicht mehr. Ich schlage die Tür zu meinem Zimmer hinter mir zu und warte, dass sie gehen.

Ich möchte auch nicht, dass sie uns helfen. Aber Gabrielle hat recht, entweder so oder ich komme ins Heim. Ich hasse sie dafür, dass wir so auf sie angewiesen sind.

Zé kommt zu mir, bevor er in den Laden geht. Ich habe mich unter der Decke versteckt. Er setzt sich ans Fußende, legt seine Hand auf meine Schulter, räuspert sich. »Sie sind weg, werden den Anwalt bezahlen und tun, was sie können, damit es klappt. Mattia? Woran denkst du?«

Ich tauche unter der Decke hervor. Das Licht im Zimmer ist ausgeschaltet, aber der Schein der Straßenlaterne genügt, um die Falten, die die Müdigkeit in sein Gesicht gegraben hat, hervortreten zu lassen.

»Erkläre es mir«, sage ich.

»Was soll ich dir erklären?«

»Wie diese Dinge funktionieren, ich verstehe das alles nicht.«

»Was für Dinge?«

»Warum hat dein Vater einen Haufen Leute aus Verrières in den Knast geschickt, die nichts Schlimmes getan haben, und der Bulle, der Saïd getötet hat, ist nicht verurteilt worden?«

Zé blickt aus dem Fenster. Er zündet sich eine Zigarette an und scheint nachzudenken, oder aber er arbeitet an einer Strategie, wie er um eine Antwort herumkommen kann. Die Frage stürzt ihn in echte Verlegenheit, denn er wurde zur rechten Zeit am rechten Ort geboren und hatte die richtige Hautfarbe. Man redet mit Kindern gemeinhin nicht über Klassenkampf, man erzählt ihnen lieber was von Chancengleichheit. Aber ich kann diese Leier, an die noch nicht mal mehr die kleinen Kinder glauben, nicht mehr hören. Zé weiß offenbar nicht, was er sagen soll. Schließlich steht er auf.

»Ich muss zur Arbeit, gute Nacht.«

Ich träume.

Am Fuß der Hochhäuser liegt ein Körper. Es ist dunkel. Alles ist ruhig, nichts regt sich. Kein Licht, soweit das Auge reicht. Nur der Mond dringt schwach durch den Nebel, der über der Stadt liegt. Alles schläft. Ich laufe allein zu der am Boden liegenden Gestalt hin, kann sie im verschwommenen Dunkel der Nacht kaum erkennen. Ich laufe und laufe, aber komme einfach nicht näher.

Dann fängt es auf einmal irgendwo an zu brennen.

Der Brand greift auf die Gebäude über, ein Hochhaus nach dem anderen brennt nieder wie der Docht einer Kerze. Aber man hört keine Schreie, instinktiv weiß ich, dass bereits alle tot sind. Ich laufe weiter, habe keine Angst, empfinde nichts. Schließlich gelingt es mir, die Gesichtszüge der auf dem Beton liegenden Person zu erkennen. Es ist eine Frau: Mama! Ihre Haare sind blutverklebt, aber sie lebt. Sie zeigt auf irgendetwas, das links von ihr liegt. Ich schaue in diese Richtung. Dort steht das Stadtteilzentrum. Hinter dem Fenster kann man eine Gestalt erkennen, die langsam am Ende eines Seils baumelt.

Mir wird furchtbar schlecht, aber ich kann mich nicht übergeben. Jemand packt mich bei den Schultern. Ich drehe mich um. Es ist Gina. Sie sieht zu, wie die Hochhäuser abbrennen. Der

Lichtschein des Feuers spiegelt sich in ihren dunklen Augen. »Wir müssen gehen.«

»Wohin gehen?«

»Sie werden kommen.«

»Wer?«

»Die, die das Feuer gelegt haben.«

»Wer denn?«

Sie antwortet nicht, als wäre die Frage zweitrangig. Aber sie bewegt sich nicht von der Stelle und ich auch nicht. Wir können uns nicht vom Schauspiel der Flammen losreißen, die am Zement hochzüngeln.

Ein Blitzlicht, dann Dunkelheit.

Ich wache mit dem Gefühl auf, mich noch nie so allein gefühlt zu haben, wie in diesem Moment.

Zwei Uhr. Zé ist im Laden. Gabrielle schläft vermutlich oder schaut sich im Fernsehen die Gewinner und Verlierer irgendeines Krieges an, den man nicht so nennen darf. Ich bin nicht mehr müde und stehe mit der festen Absicht auf, eine Schale Frühstücksflocken vor dem Fernseher zu essen. Da halten mich Stimmen aus dem Wohnzimmer zurück. Gabrielles Stimme und die eines Mannes, aber das ist nicht Zés Stimme.

Mit klopfendem Herzen schleiche ich zur Tür. Sie steht einen Spalt offen. Ich werfe einen kurzen Blick hinein. Gabrielle lehnt am Fenster, ihr gegenüber steht ein Mann um die vierzig, ein Mann, den ich schon mal gesehen habe. Es ist der, der mich vor der Schule nach Zés Adresse gefragt hat. Sein Komplize war im Kommissariat.

Ich verstecke mich hinter der Tür, presse eine Hand auf meinen Mund. Das Telefon ist im Wohnzimmer, außerhalb meiner Reichweite, und Zé kommt nicht vor fünf Uhr nach Hause. Eine leichte Panik steigt in mir hoch, aber ich reiße mich zusammen, um besser lauschen zu können. Gabrielle wirkt nicht besonders ängstlich.

»... jahrelang. Du hast noch nicht mal an uns gedacht«, sagt der Mann.

»Ja«, sagt Gabrielle.

»Nach allem, was wir für dich getan haben, nach allem, was wir mit dir durchgemacht haben, verdammt nochmal! Ich muss mitten in der Nacht hierherkommen, um zu erfahren, wie es dir geht. Findest du das vielleicht normal? Und dieser Typ ... ein Durchgeknallter, der eigentlich in die Klapse gehört.«

»So wie ich auch«, sagt Gabrielle.

»Das ist was anderes. Du brauchst nur jemanden, der sich um dich kümmert.«

»Ach ja!«

»Ja.«

»Nein danke, ich kann mich sehr gut um mich selber kümmern.«

Verächtliches Schnauben. Er geht mit schweren Schritten auf sie zu.

»Meinst du das ernst? Und was ist mit diesen Narben hier?«

»Das ist auch eine Art, sich um sich zu kümmern. Besser, du verschwindest jetzt. Du weckst noch Mattia auf.«

Stille.

Ich lausche. Ich höre alles, wie sie atmen, wie der Stoff raschelt, wenn sie sich bewegen, höre ihre Schritte, seine Seufzer, ihr Schweigen.

»Was willst du?«, fragt sie.

»Dass du von hier weggehst. Ein Geisteskranker und ein elfjähriges Kind sind nicht die richtige Gesellschaft, um sich auszukurieren.«

»Ich muss mich nicht auskurieren.«

»Du weißt, was ich tun könnte?«

Wieder kriecht die Stille über den Teppich. Die Stimme klingt jetzt drohend.

»Dich zwangseinweisen, Gabrielle.«

Sie lacht, aber ihrem Lachen ist das Entsetzen anzuhören.

»Und auf welcher Grundlage?«

»Deine wiederholten Selbstmordversuche.«

»Und du denkst, das bringen sie in der Psychiatrie in Ordnung? Dort stopfen sie mich nur mit Medikamenten voll, bis ich nichts mehr spüren kann und mich deshalb auch nicht mehr nach dem Tod sehnen kann.«

»Zumindest wissen wir dann, wo du bist.«

»Und wo bin ich dann? Mit zugedröhntem Kopf? Du würdest mich nicht wiedererkennen. Und Zé würde sicher einen Weg finden, mich dort rauszuholen. Er kennt sich aus mit Kliniken. Er weiß, wie es da läuft.«

»Mag sein, aber er ist kein Angehöriger von dir. Offiziell lebst du noch nicht mal mit ihm zusammen. Er hat da überhaupt nicht mitzureden.«

»Ich meine damit ja auch nicht unbedingt auf legalem Weg.«

»Ich kann auch dafür sorgen, dass er dir nachfolgt.«

Stille.

»Ich möchte nicht, dass es so weit kommen muss«, fügt der Unbekannte hinzu. Aber wenn du erst dann bereit bist, meine Hilfe anzunehmen, wenn du auf dich ganz allein gestellt bist, dann ziehe ich das notfalls durch.«

»Seine Eltern arbeiten am Gericht, er ist geschützt, tut mir echt leid für dich und deine miesen Bullentricks.«

»Meine miesen Bullentricks haben nur ein Ziel. Ich habe Angst um dich. Ich will nicht, dass du stirbst, dafür tue ich notfalls auch Dinge, die nicht besonders schön sind, wenn ich dich nur so dazu bringen kann, dir helfen zu lassen. Manchmal muss man jemanden auch gegen seinen Willen schützen.«

»Du kommst mitten in der Nacht hierher, verschaffst dir gewaltsam Zutritt, zwingst mich, mir diesen ganzen Blödsinn anzuhören, du bedrohst mich, bedrohst jemanden, den ich liebe, und erwartest, dass ich dich mit offenen Armen empfange? Ich habe es der Familie gesagt, als ich gegangen bin, ich möchte nichts mehr mit euch zu tun haben. Ihr habt mich gegen meinen Willen vor mir selbst geschützt, und das hat mich am Ende zerstört. Das Leben spielt sich nicht hinter den Mauern von Heilanstalten ab.«

»Wo spielt sich dein Leben denn ab? Vielleicht in dieser Wohnung, die du nie verlässt?«

»Ich kann jederzeit gehen, wohin ich will.«

»Nur tust du es nicht, das ist das Schlimme.«

Sie hebt auf einmal die Stimme.

»Und du weißt also, wie das wahre Leben aussieht? Seit du auf der Polizeischule bist, hast du doch nur noch mit Bullen zu tun. Ihr habt ja überhaupt keine Ahnung, wie die soziale Realität da draußen aussieht, euer Horizont reicht doch nur bis zum Rande eures Käppis! Du widerst mich an. Verschwinde.«

»Ich bin nicht mehr so, wie du denkst, vielleicht war ich mal so, aber ich habe mich schließlich auch verändert.«

»Davon merkt man nicht gerade viel. Verschwinde!«

»Gabrielle, ich bitte dich, komm mit mir. Lass dir von mir helfen. Ich halte es nicht mehr aus, mich jeden Morgen zu fragen, ob du dich letzte Nacht vielleicht aus dem Fenster gestürzt hast.«

»Du kannst deine Nummer ja hierlassen, ich sage Zé dann, dass er dich im Falle meines Selbstmordes anrufen soll.«

Totenstille, wie die Stille, die einer Kriegserklärung vorausgeht. Ich presse mein Auge ans Schlüsselloch. Sie stehen sich mitten im Wohnzimmer gegenüber. Gabrielle hat die Arme vor der Brust verschränkt, ihre Hände verschwinden in den Falten ihres Sweatshirts, sie wirkt so schmal, geradezu gespenstisch. Er trägt seine Wildlederjacke, hat den Mund leicht geöffnet, die Stirn gerunzelt, sein Gesichtsausdruck schwankt zwischen Wut und Angst. Er trägt eine Koppel mit einer Waffe im Halfter und sieht sie eindringlich an.

»Jetzt geh endlich«, murmelt sie mit erschöpfter Stimme.

Er reagiert nicht. Sie versucht, ihn am Arm zu ergreifen, um ihn zum Gehen zu bewegen. Er löst sich aus ihrem Griff. »Komm mit mir«, wiederholt er lauter.

Ich öffne die Tür und huste, um zu zeigen, dass ich da bin. Der Bulle dreht mir den Rücken zu. Er wirbelt herum, lässt Gabrielle los, die er an der Hand gepackt hatte. Sie sieht mich an, wirkt überhaupt nicht überrascht. Sie weiß ja, dass ich gerne lange aufbleibe, um sie heimlich zu beobachten.

»Bravo«, sagt sie. »Du hast Mattia aufgeweckt.«

Schon bin ich in meiner Rolle drin. Meine Lippen zittern, meine Lider flattern vor Müdigkeit. Ich bemühe mich, meine Stimme unendlich schläfrig klingen zu lassen. »Wer ist das? Warum nervt der dich denn?«

»Das ist mein Bruder«, antwortet sie, er wollte gerade gehen, so ist es doch Thomas?«

Thomas zögert eine ganze Weile, dann nickt er. Während er einen Bogen um mich macht und Gabrielle noch einen letzten Blick zuwirft, bevor er geht, versuche ich die neu gewonnenen Informationen zu verarbeiten: *Ihr Bruder ist ein Bulle …* Ich laufe ihm nach, als er schon fast im Treppenhaus verschwunden ist.

»Haben Sie etwa bei uns eingebrochen?«, frage ich und hänge mich dabei an seinen Ärmel. »Was haben Sie denn gesucht?«

Er schüttelt mich ab.

»Du verwechselst mich offenbar mit jemandem.«

Er springt die vier Etagen herunter. Ich stürze ans Fenster, um zu beobachten, wie er in ein Auto steigt und in Richtung Stadtzentrum fährt. Im Wagen scheint keiner auf ihn gewartet zu haben. Sein Kollege hat ihn also nicht begleitet.

Gabrielle hat sich aufs Sofa gesetzt und drückt die Stirn gegen ihre Knie. Sie atmet tief ein und aus, wie nach einem Wutanfall. Ich bleibe noch eine Weile im Türrahmen stehen und warte ab, ob sie reden möchte, aber sie beachtet mich nicht weiter. Sie hat sich in sich selbst zurückgezogen. Es bleibt mir also nichts anderes übrig, als ihr Schweigen zu respektieren. Darin bin ich ja geübt.

Sechzehntes Kapitel

Siham

Sie sitzt hinter ihrer Registrierkasse und wünscht jedem Kunden einen guten Tag. Der Mund lächelt, aber die Augen lächeln nicht mit. Die Weihnachtszeit ist vorbei, aber nun kommt die Zeit der Sonderangebote. Das Geschäft hat lange geöffnet. Sie arbeitet jeden Tag in der Woche bis zwanzig Uhr. Zwischen zwölf und vierzehn Uhr bleibt ihr kaum genug Zeit, um schnell nach Hause zu gehen, die Tage nehmen einfach kein Ende …

Aber heute früh hat jemand im Morgengrauen »Gerechtigkeit für Saïd« an die Mauer der Polizeiwache geschrieben, schon das zweite Mal in dieser Woche. Sie hat es auf dem Weg zur Arbeit gesehen. Jeden Morgen kommt sie dort vorbei. Es würde sie zu viel Zeit kosten, einen Umweg zu machen. Und jeden Tag ist der Hass wieder da, heftig, nicht wegzuleugnen. Das tut ihr gut. Sie würde die nötige Kraft zum Aufstehen am Morgen gerne aus etwas anderem schöpfen. Vorerst hilft dieser Hass ihr dabei, durchzuhalten.

Ein alter Mann sucht in seinem Portemonnaie nach Kleingeld. Die Kunden werden ungeduldig. Keiner sagt etwas. Sie sagt »Guten Tag« zum nächsten Kunden und zieht die Artikel über den Scanner, einen nach dem anderen, ohne je das Ende des Laufbands zu sehen. Sie nennt einen ungeraden Betrag. Wenn es mal ein glatter Betrag ist, dann denkt sie, es wird etwas Ungewöhnliches passieren. Das ist albern, aber es funktioniert immer. Nur ein kleines Ereignis, das die Routine durchbricht: Ein Dieb, der sich an der Auslage vergreift und dem Wachmann eine Riesenszene macht, eine Gruppe von Kindern, die die Gleitfähigkeit verschiedener Ketchup-Marken testen, indem sie in den Gängen darauf herumrutschen, verfolgt von entnervten Verkäufern.

Sie sagt »Auf Wiedersehen, schönen Tag noch« zum einen und »Guten Tag« zum nächsten Kunden.

Und mittags hat sie dann auf einmal einen glatten Betrag. Sie bereitet sich vor, lächelt einen Mann an, der ohne Begleitung ist und seine Artikel aufs Laufband legt. Aber dann erstirbt ihr Lächeln.

Der Typ trägt eine Wildlederjacke und hat Ringe unter den Augen, er ist so um die vierzig, sie kennt ihn, sie hat ihn schon mal gesehen. In Verrières kannte ihn jeder, als die Hochhäuser noch standen. Manchmal trug er eine knallorangefarbene Armbinde. Wenn er mit seinen Kollegen zusammen war, fiel er nicht weiter auf. Er brüllte weniger rum als die meisten Bullen. Keiner hatte ihn auf der Rechnung.

Das letzte Mal hat sie ihn auf der Anklagebank gesehen. Seltsam, wenn man plötzlich so von der Vergangenheit eingeholt wird, die bis heute nicht wirklich abgeschlossen ist.

Ihre Blicke kreuzen sich. Er lächelt sie an.

Sie lächelt nicht zurück, zieht stattdessen die Barcodes mechanisch über den Scanner, während er ans andere Ende des Laufbands tritt. Sie konzentriert sich auf die Waren, ein Paket Tagliatelle, Zwiebeln, ein Becher Crème fraîche, Speck. Er macht sich sicher Spaghetti Carbonara. Spaghetti Carbonara wiederholt sie wie in Trance leise für sich. Dann schaut sie erneut hoch. Er wirft ihr einen fragenden Blick zu, scheint gemerkt zu haben, dass irgendwas nicht stimmt. Aber er weiß nicht was. Offenbar hat er sie nicht wiedererkannt.

In der Papierwarenabteilung wird ein Verkäufer verlangt.

»Wie viel macht das?«, fragt er.

»Acht Euro siebenundzwanzig«, sagt sie.

Er kramt in seinem Portemonnaie, steckt eine Kreditkarte in das Lesegerät, gibt die vier Ziffern ein, vertippt sich, geht auf Korrektur, tippt nochmal, flucht dabei. Er ist nervös, das ist offenkundig.

»Ich vergesse andauernd meine PIN«, entschuldigt er sich mit einem Lachen. Seine Stimme klingt vollkommen natürlich, als wäre er ein ganz normaler Kunde aus dem Viertel, der versucht, ein Gespräch anzufangen.

Sie sieht ihn an. Als er ihren Gesichtsausdruck sieht, erstirbt sein Lachen.

Sie gibt ihm den Bon.

»Danke, schönen Tag noch.«

»Gleichfalls und viel Glück.«

Sie wiederholt sein Danke nicht, wie sie es normalerweise tut, reckt nur den Hals, um zu sehen, wie er den Laden verlässt und auf dem Parkplatz verschwindet.

Sein Name ist Thomas Ross. Er ist Bulle. Eines Tages, das ist lange her, hat er Saïd Zahidi in der Nähe des Stadtteilzentrums getötet. Er wurde freigesprochen, aber man hat ihn in eine andere

Stadt versetzt. Nach den Krawallen, die auf den Mord und den Freispruch folgten, konnte er nicht länger hier tätig sein. Man hat ihn zu seiner eigenen Sicherheit versetzt.

Und dennoch ist er hier.

Sie tippt schnell eines SMS in ihr Handy und dreht sich so, dass sie nicht im Visier der Kamera ist. Und dann wendet Siham Zahidi sich wieder um und lächelt, um dem nächsten Kunden »Guten Tag« zu sagen.

Siebzehntes Kapitel

Zé hat angefangen, nach einer neuen Wohnung zu suchen. Er sagt, er bräuchte eine Luftveränderung, wir würden ja nun schon vier Jahre hier wohnen, und er hätte das Bedürfnis nach einem Ortswechsel. Ich weiß, dass das mit dem Überraschungsbesuch von Gabrielles Bruder zu tun hat. Als er von der Arbeit kam, haben die beiden sich gleich in ihr Schlafzimmer zurückgezogen. Sie redeten so leise, dass ich ihr Flüstern nicht verstehen konnte, noch nicht mal mit meinem Geräuschverstärker. Noch am selben Abend haben sie mir angekündigt, dass wir bald umziehen werden.

Er hat Angst um sie, Angst, dass dieser Bulle sie in die Psychiatrie schickt, weil er dazu die Macht hätte. Vielleicht hat er auch Angst um sich, vor den Drohungen, die ihn betreffen. Er würde gerne in eine andere Stadt ziehen. Das haben Gabrielle und ich strikt abgelehnt.

Wie schon bei unserer jetzigen Wohnung wird der Mietvertrag auf Zés Namen laufen. Gabrielles Name wird noch nicht mal auf dem Briefkasten stehen. Sie lässt ihre Post an eine Betreuungseinrichtung für Obdachlose schicken. Schon seit Jahren ist sie nirgendwo mehr offiziell gemeldet. Nicht weil sie auf der Flucht wäre, sondern um ihre Spuren zu verwischen, damit ihre Familie sie nicht findet, die sie zwangseinweisen will. Das haben sie bereits einmal getan. Zé verspricht ihr, dass sie niemals dorthin zurückkehren muss, selbst wenn er sich einen Arm abhacken müsste, um sie da wieder rauszuholen.

Ihr wisst beide noch, wie es hinter den hohen Mauern war. Keine Lobotomie, keine Zwangsjacke, aber Fixierung, Elektrokonvulsionstherapie und dann das Eingesperrtsein.

Ihr wart nicht freiwillig dort und konntet plötzlich nicht mehr selbst über euren Körper verfügen. Schlimmer noch, eure eigenen Gefühle wurden euch entrissen und dann ohne Sinn und Verstand einmal durch den Fleischwolf der klinischen Psychopathologie gedreht. Danach wart ihr nicht mehr wiederzuerkennen. Man stopfte euch die Psychopharmaka während eurer Arztgespräche mithilfe eines Trichters in den Rachen. Arztgespräche nannten sie die fünfzehn Minuten, die ihr pro Woche mit eurem jeweiligen Psychiater hattet.

Alles, was ihr von euch gabt, wurde nach bestimmten Schemata interpretiert, die ihr nicht kanntet. Ein Blick genügte ihnen, um euch zu durchschauen. Sie bildeten sich viel auf ihre Urteilsfähigkeit ein, sie glaubten, euch aufgrund dieser paar Minuten pro Woche zu verstehen. Dort habt ihr gesagt, was ihr sagen musstet, um rauszukommen.Die Tage tröpfelten so dahin. Ihr habt darauf gewartet, dass irgendwas passiert. Das Kommen und Gehen der Krankenpfleger gab den Takt vor. Tagein tagaus habt Ihr nichts anderes getan, als auf die Schritte im Gang zu lauschen, auf das Schreien oder das Schweigen der anderen, habt auf Besuch gehofft, der nicht kam oder viel zu selten. Die Mahlzeiten, die Tabletten, ein bunter Cocktail, den der Krankenpfleger euch drei Mal am Tag brachte.Sie überwachten euch, um sicherzugehen, dass ihr all das runterschluckt, was man euch gab, und all das befolgt, was sie euch sagten. Peinlichst genau notierten sie eure Fortschritte, eure Rückschritte, jede Stagnation.

Antidepressiva, Anxiolytika, Antipsychotika, Thymoregulatoren, Schlafmittel, ein echtes Paradies für jeden Drogenabhängigen, ein Drogenkartell, aber ein legales.

Und jeden Tag den Becher und die Pillen. Am Anfang habt ihr euch noch ein-, zweimal gewehrt, weil ihr die Nebenwirkungen leid wart: das Zittern der Hände, die Artikulationsprobleme, die Langsamkeit beim Denken, die Empfindungsstörungen. Und weil ihr ihre Ausdrucksweise leid wart, es leid wart, immer die gleichen Begriffe zu hören: anpassen hier und anpassen da. Nie wurden die verordneten Medikamente abgesetzt, höchstens um sie durch andere zu ersetzen. Also habt ihr euch geweigert, sie zu nehmen. Dafür steckte man euch tagelang in ein Isolationszimmer. Dort bekamt ihr Spritzen verabreicht, wurdet am Bett fixiert, aber stets zu eurem Besten, wie es hieß. Sie banden euch immer nur aus purer Nächstenliebe fest, erzählten euch irgendetwas von einem Vertrag zwischen Arzt und Patient, den ihr allerdings nie unterschrieben hattet. Das hatte jemand anders für euch getan, die Familie oder der Vormund, weil ihr scheinbar nicht im »Vollbesitz eurer geistigen Kräfte« wart, um selbst euer Einverständnis geben zu können.

Reden konnten sie, das musste man ihnen lassen.

Und nach vierzehn Tagen im Isolationszimmer, in denen ihr euch die Fäuste an der Wand kaputtgeschlagen und gebrüllt habt, man solle euch rauslassen, habt ihr es schließlich so wie alle gemacht und seid zahm geworden. Von da an habt ihr die Medikamentenverordnung akzeptiert, den festgelegten Tagesablauf, die abgeschlossenen Türen und die Überwachungskameras, alle diese euch auferlegten Zwänge.

Nach und nach schlugen die Medikamente an und in eurem Kopf machte sich ein seltsamer Nebel breit. Der Wunsch, abzuhauen oder sich umzubringen, war vollkommen aus eurem Kopf verbannt. Schon eine Tasse Kaffee zu trinken, ohne ihn auf euren Pyjama zu verschütten, verlangte eure volle Konzentration.

Eure Familie kam und meinte, ihr säht schon besser aus. Ihr wart nicht mehr aggressiv, nicht mehr unglücklich. Kein Wunder, es war ja auch nicht mehr viel von euch übrig. Ihr wart vollkommen austauschbar geworden, nicht mehr ihr selbst. Eure Angehörigen schienen euch dennoch wiederzuerkennen, was in ihren Augen eine echte Meisterleistung war, wo ihr doch manchmal noch nicht mal euer eigenes Spiegelbild erkanntet.

Also zerschlugt ihr den Spiegel und kamt wieder ins Isolationszimmer. Und so weiter und so fort, bis sie beschlossen, dass ihr wieder raus dürft.

Endlich wart ihr wieder frei, aber nur auf Bewährung – bis zur nächsten Krise und zur nächsten Zwangseinweisung. Dank ihnen wart ihr erneut in der Lage, in der Gesellschaft zu leben. Ihr wart normal. Aber wart ihr auch glücklich? Darum scherte sich niemand. Hauptsache, man hatte euch tauglich gemacht für das Leben außerhalb der Mauern. Wie es in euch aussah, spielte keine Rolle. Es spielte auch keine Rolle, dass sich um euch herum niemand geändert hatte. Sie sagten, es sei an euch, euch anzupassen. Neuroleptika, mit denen sie die Realität an euch anpassen könnten, gäbe es noch nicht.

Ihr wart das Problem, nicht die Welt. Und ihr fragtet euch, wie die normalen Leute es anstellten, all die Gemeinheiten um sie herum zu ertragen, die euch bereits erschütterten, wenn ihr nur die Augen aufschlugt. Und jetzt? Habt ihr eine Antwort gefunden? Ich habe jedenfalls keine. Denn schließlich gehöre ich selbst auch zu dem Eisberg, dessen Spitze man sieht.

Zé und sein Super-Anwalt suchen die Leumundszeugnisse zusammen, die beweisen sollen, dass er in der Lage ist, sich um ein Kind zu kümmern. Mein Bruder und Nouria haben ganze Arbeit geleistet und wahre Lobpreisungen verfasst, die jeglicher Grundlage entbehren. Ihnen zufolge ist Zé der ideale Vater-Ersatz, der einerseits die Rolle des wohlwollenden Beschützers ausfüllt und andererseits wie ein großer Bruder für mich ist, der mich versteht und auf meiner Seite ist. Absoluter Stuss. Aber wenn es das ist, was sie hören wollen, dann sollen sie es bekommen.

Zehn Tage vor dem Prozess tauchen sie auf einmal unangemeldet bei uns auf. Es ist achtzehn Uhr, Gabrielle und ich hängen mal wieder vor dem Fernseher ab, während Zé allein im Schlafzimmer seine Gedichte rezitiert. Wir sehen alle drei wie Zombies aus.

Als es klingelt, fahre ich hoch. Ich stürze zur Tür und gehe auf die Zehenspitzen, um durch den Spion zu linsen, den Zé gleich nach dem Überraschungsbesuch von Gabrielles Bruder angebracht hat. Der Mann und die Frau vor der Tür wirken ungeduldig und sehen nicht wirklich so aus, als wollten sie uns einen reinen Freundschaftsbesuch abstatten. Im Übrigen hat keiner von uns irgendwelche Freunde, weshalb ich auch gleich ahne, um wen es sich handelt.

Ich rase zurück ins Wohnzimmer.

»Gefahr im Verzug!«

Gabrielle trägt wie üblich ein Riesensweatshirt und hat die Ärmel bis zu den Ellbogen aufgekrempelt. Sie stürzt ins Schlafzimmer, um Zé Bescheid zu sagen und sich etwas Passendes anzuziehen. Sie kommt in einem ziemlich schicken schwarzen Pullover zurück, dessen enganliegende Ärmel ihre Handgelenke bedecken. Zé geht ins Bad, wäscht sich schnell das Gesicht und unterzieht uns dann einer kritischen Inspektion. Er klemmt mir eine Haarsträhne hinters Ohr, dann scheint er zufrieden zu sein.

Es klingelt erneut. Gabrielle greift in Panik nach einer Vase voller Kippen, die Blumen darin sind längst vertrocknet und schwarz geworden, und versteckt sie hinter dem Sofa. Dann macht sie noch schnell den Fernseher aus. Ich klappe mein Mathebuch auf, wir setzen uns nebeneinander, sie beugt sich über das Buch, als wäre sie gerade dabei, mir etwas zu erklären. Zé holt noch einmal tief Luft, dann öffnet er die Tür.

Nachdem sie sich versichert haben, dass er mein Vormund ist, geben sie ihm die Hand und folgen ihm ins Wohnzimmer. Dort finden sie eine wahre Bilderbuchfamilie vor. Es fehlt nur noch ein wenig klassische Musik zur Untermalung. Gabrielle und ich blicken zeitgleich vom Buch auf, als wären wir vollkommen vertieft gewesen, und lächeln beide flüchtig.

»Hallo«, sagen wir wie aus einer Kehle.

»Hallo.«

Sie begrüßen Gabrielle, aber fragen sie nicht, wer sie ist. Dann stellen sie sich mir vor. Sie ist Kinderpflegerin und er Sozialarbeiter. Mit ihrem Besuch möchten sich die beiden einen Eindruck davon verschaffen, »wie es so in meiner Gastfamilie läuft«.

Gabrielle macht Anstalten das Essen vorzubereiten, während nun Zé mir bei den Hausaufgaben hilft. Zum Glück habe ich das Mathebuch genommen, das kann er im Schlaf. Ich staune nicht schlecht, wie sehr er sich auf das Spielchen einlässt. Er geht sogar so weit, mir den Satz des Pythagoras und den Strahlensatz zu erklären, dabei sollen wir doch nur einen Quader zeichnen. In meinem Kopf rotiert es, aber ich zeige es nicht. Die beiden sitzen uns gegenüber und lauschen aufmerksam, lassen sich kein Wort entgehen.

Es ist das erste Mal, dass Zé mir bei den Hausaufgaben hilft. Das gefällt mir trotz der beiden ungebetenen Gäste. Wir sollten öfter mal eine Anhörung haben. Er kann supergut erklären, könnte Lehrer werden. Allerdings würde er es vermutlich keine zwei Minuten in einem Klassenzimmer aushalten und wäre in Nullkommanichts wieder in Charcot. Die Zeit würde noch nicht mal reichen, um eine Zwangseinweisung zu unterschreiben.

Währenddessen spielt Gabrielle die Rolle der Ersatzmutter und betätigt sich am Herd, sie, die sonst nie kocht. Sie treibt das Spektakel auf die Spitze, indem sie ein bekanntes Chanson vor sich hin summt, während sie die Pfanne aufs Feuer stellt. Sie macht Crêpes statt der üblichen Tiefkühlkost oder Nudeln mit Tomatensauce. Ich glaube wirklich, ich sollte mich regelmäßig beim Jugendamt als anonymer Anrufer melden, um immer eine solch königliche Behandlung zu bekommen.

Um neunzehn Uhr essen wir, Gabrielle lädt die beiden Abgesandten vom Jugendamt ein, mit uns zu essen. Der Titel dieser Doku lautet: »Die dysfunktionale Familie in ihrem Alltag.« Das würde eigentlich eine gute Telenovela abgeben. Ich sehe schon den Pitch vor mir: »Ein Mörder mit einer Leidenschaft für Poesie, eine Depressive mit Suizidneigung und ein verstörtes Kind versuchen trotz all ihrer Unterschiede miteinander zu leben, aber das Jugendamt mischt sich ein. Wird es Zé, Gabrielle und Mattia gelingen, sie zu täuschen und die Bedrohung abzuwenden?«

Das erste Mal, seit ich denken kann, nehme ich an einem Familienessen teil, bei dem man sich unterhält. Ich fühle mich mehr und mehr wie in einer Sitcom.

Zé: »Und, wie war's heute in der Schule?«

Ich: »Ich habe beim Fußballspielen ein Tor geschossen und in Englisch ein Lob bekommen.«

Zé: »Super, weiter so.«

Gabrielle: »Wer möchte Konfitüre zu den Crêpes?«

Ich weiß nicht, ob ich lachen oder weinen soll. Man hat das Gefühl, es mit einer dieser perfekten Familien zu tun zu haben, die man aus der Kaffee-Werbung kennt, wo alle immerzu fröhlich sind, miteinander reden und keiner den anderen anschreit. Mama ist die ideale Hausfrau und Papa nimmt sich Zeit für seinen Sohn, obwohl er so hart arbeiten muss.

Da wird mir mit einem Mal total schlecht …

Ich habe eine solche Familie nie gehabt und weiß noch nicht mal, ob es so etwas jenseits von amerikanischen Familien und der Werbung überhaupt gibt. Aber indem ich diese Komödie spiele, habe ich das Gefühl, meine wahre Familie zu verraten, die Familie, die implodiert ist, bevor ich überhaupt geboren war, und die sich jahrelang immer mehr auseinanderbewegt hat, jeden Tag ein bisschen mehr, langsam aber sicher.

Ich denke an meine Mutter. Sie fände es furchtbar, uns hier so zu sehen. Und Gina auch. Dennoch haben wir keine andere Wahl. Wir können ihnen schlecht sagen, dass wir eigentlich nie miteinander sprechen, dass Gabrielle ihre Tage damit verbringt, auf einen Bildschirm zu starren und einen neuen Grund dafür zu suchen, am Leben zu bleiben, dass Zé jeden zweiten Tag vergisst, mich von der Schule abzuholen, dass er es hinnimmt, wenn ich erst um drei Uhr morgens ins Bett gehe, dass er mich darum bittet, Unterricht zu versäumen, um sicherzugehen, dass Gabrielle sich nicht das Leben nimmt, dass nachts ein gesichtsloses Wesen versucht, mich umzubringen, wenn ich mir erlaube, mich mal auf den Rücken zu drehen, dass ich andauernd die Gespräche belausche und der Stille zuhöre, und dass das vielleicht gar nicht so schlecht ist, wie es von außen aussieht.

Sie würden uns nicht glauben. Vielleicht hätten sie sogar recht. Aber sie würden beschließen, dass ich in einer anderen Pflegefamilie besser aufgehoben wäre, und das wäre ein Irrtum.

Also beiße ich die Zähne zusammen. Ich schlucke mein Stück Crêpe mit Erdbeerkonfitüre herunter, obwohl ich am liebsten kotzen würde. Und dabei lächele ich, zu allem Überfluss lächele ich auch noch.

Das gelingt mir alles in allem so gut, dass sie, als sie um zweiundzwanzig Uhr gehen, einen beruhigten Eindruck machen. Sie haben ihre Arbeit getan und nichts Auffälliges feststellen können.

Gabrielle schiebt den Kopf durch die Tür. Ich tue so, als würde ich schlafen, und Zé hat vorher so getan, als würde er mich ins Bett schicken.

»Alles okay, sie sind weg.«

Ich stehe sofort wieder auf. Zé entkorkt eine Flasche Wein, um die Wiederkehr der perfekten Familie zu feiern, und ich darf zur Belohnung bis um ein Uhr nachts Zeichentrickfilme schauen. Derweil ziehen Zé und Gabrielle sich ins Schlafzimmer zurück, was auch immer sie da tun.

Diese Nacht habe ich einen neuen Traum.

Ich bin alleine und laufe durch einen Park oder einen Wald. Der Schnee knirscht unter meinen Schritten. Obwohl ich im T-Shirt bin, ist mir nicht kalt. Ich sehe mich um, alles ist ruhig. Trotzdem weiß ich, dass da jemand ist, irgendwo da draußen, aber ich sehe ihn nicht. Dann höre ich plötzlich jemanden hinter mir atmen. Ich drehe mich um. Ein Rascheln wie von Stoff. Ein Schatten, der sogleich wieder verschwindet. Ich setze meinen Weg fort, weiß nicht, wo ich hingehe, doch das stört mich nicht.

Dann sagt jemand meinen Namen, *Mattia*, es klingt wie ein Seufzer. Ich drehe mich einmal im Kreis. Niemand. Das beunruhigt mich nicht. Ich gehe weiter. Überall um mich herum sind Bäume. Ich wandere weiter. Meine Haare fallen mir in die Augen, ich werfe sie ständig zurück, aber sie fallen mir sofort wieder ins Gesicht.

Jemand läuft wenige Meter an mir vorbei. Im schwachen Mondlicht erkenne ich die Person lediglich an ihrer Kleidung. Ich schreie: »Gina!« und renne los. Sie ist zu schnell. Ich verliere sie aus den Augen. Ein Stück weiter vorne taucht sie wieder auf. Aber so sehr ich mich auch bemühe, es gelingt mir einfach nicht, sie einzuholen. Ich bin schon ganz heiser davon, ihren Namen zu rufen.

Endlich komme ich aus dem Wald heraus. Da sehe ich eine schattenhafte Gestalt, die an einer Tanne lehnt. Ich gehe ganz langsam auf sie zu, aus Angst, dass sie abhaut, aber sie blickt mir entgegen. Diesmal ist es nicht meine Schwester, sondern meine Mutter. Irgendetwas ist komisch an ihr. Ihre Augen, mit denen sie mich ansieht, sind vollkommen ausdruckslos. Als ich näher komme, sehe ich, dass sie an den Baum gefesselt ist und an ihrem Hals eine schreckliche Wunde klafft. Ich brauche ihr nicht den Puls zu fühlen, um zu wissen, dass sie tot ist.

Ich schreie auf.

Irgendwo in der Ferne hört man Gina lachen.

Ich wache schweißgebadet auf, bekomme keine Luft, die Lungen in meinem tonnenschweren Brustkorb haben sich verflüssigt. Ich kann mich nicht bewegen und versuche, an die Ratschläge zu denken, die Nouria mir gegeben hat. Also schließe ich die Augen und zähle bis dreißig. Ein einziger Gedanke beherrscht mich: Auf keinen Fall darf ich *das Ding* sehen, das auf mir sitzt.

Bei neunundzwanzig versuche ich, eine Faust zu machen. Ich bin kurz vorm Ersticken, atme so tief ein, wie ich kann. Mein Körper gehorcht mir wieder. Schließlich riskiere ich es, die Augen zu öffnen. Ich bin allein im Zimmer. Alles ist in Ordnung. Da ist kein Monster, kein schattenhaftes Wesen lauert mir auf, zumindest auf den ersten Blick wirkt alles friedlich.

Ich spüre einen harten Gegenstand an meinem Bein und richte mich auf. Es ist der halbierte Tennisball. Zé ist nicht gerade der Beste im Nähen. Außer Gedichte lesen und Gleichungen lösen kann er nicht viel.

Dieses Mal ist niemand im Wohnzimmer. Ich setze mich vor den Fernseher, aber es gelingt mir nicht, mich zu konzentrieren. Die Bilder aus meinem Traum verfolgen mich ohne Unterlass. Nachdem das eine halbe Stunde lang so geht, und ich vollkommen entnervt und todmüde bin, stehe ich wieder auf. Ich ziehe meine Jacke an, meine Schuhe, nehme meinen Schlüssel und gehe raus.

Es ist das erste Mal, dass ich ganz allein nachts durch eine leere Stadt laufe – zumindest das erste Mal, ohne vorher einen Energydrink getrunken zu haben. Ich gehe dicht an den Mauern entlang und meide die großen Straßen, schließlich will ich nicht schon wieder auf dem Kommissariat landen. Wenn Zé mich dort nochmal abholen muss, dann würde er dem Familienrichter, glaube ich, sagen, dass er das Sorgerecht liebend gerne an jeden abgibt, der es haben will, also an niemanden.

Verdammt, ich kann es nicht erwarten, achtzehn zu werden und nicht mehr den Launen der Erwachsenen ausgesetzt zu sein!

Genau in dem Moment, als ich diesen Gedanken habe, biegt in zehn Meter Entfernung ein Polizeiauto auf die Straße ein. Ich flüchte unter ein Vordach, das seinen Schatten auf den Asphalt wirft, und halte den Atem an. Sie fahren vorbei, ohne abzubremsen. »Na, versteckst du dich auch?«, sagt hinter mir eine Stimme mit einem Lachen.

Mir bleibt vor Schreck das Herz stehen. Ich gebe einen absolut lächerlichen Laut des Entsetzens von mir. In meinem Kopf lasse ich in Sekundenschnelle sämtliche Meldungen über verschwundene Kinder der letzten fünf Jahre Revue passieren. Ich sehe vor mir, wie jemand meinen Körper schnell unter einer Brücke verscharrt, während meine Hände und mein Kopf in einen Fluss geworfen werden, um die Identifizierung zu erschweren.

Ich nehme meinen ganzen Mut zusammen und drehe mich um. Da stehe ich Auge in Auge mit zwei Typen, die etwa im Alter meiner Schwester sind. Ich kann ihre Gesichtszüge nicht gut erkennen, sie haben ihre Kapuzen weit ins Gesicht gezogen. Der eine trägt einen Rucksack, der ein blechernes Geräusch von sich gibt, wenn er sich bewegt. Er sieht mich an. Der andere, der auf Zehenspitzen steht, beobachtet die Bullen, die gerade am Ende der Straße verschwinden. »Bist du nicht Ginas Bruder?«, fragt der Typ mit dem Rucksack.

Ich nicke überrascht und ergreife die Hand, die er mir entgegenstreckt. Da wird auch der andere auf mich aufmerksam. »Bist du aus Verrières?«, frage ich, um meinen ersten Schrecken zu kaschieren.

»War ich. Erinnerst du dich nicht an mich? Ich hing ziemlich oft bei euch zu Hause ab.«

»Karim?«, rate ich.

Er nickt und lächelt. Ja, ich erinnere mich. Ich glaube, er war mal mit Gina zusammen. Ich bin mir aber nicht sicher, weil sie mir so etwas nicht anvertraute, aber auf jeden Fall verbrachten sie ziemlich viel Zeit miteinander, bevor sie wegging.

»Verdammt, du hast ja ein Gedächtnis«, sagt Karim. »Wie alt warst du, als wir uns das letzte Mal gesehen haben, vielleicht sechs?«

»Wir müssen weiter«, sagt sein Kumpel.

»Moment mal. Warum versteckst du dich, hast du Probleme?«

»Nein«, sage ich schnell. Ich habe nur Angst, dass sie mich mitnehmen. Sie mögen es nicht, wenn Kinder nachts allein durch die Gegend laufen. Und ihr?«

Er schüttelt den Kopf. »Wir müssen weiter. Pass auf, die drehen hier immer ihre Runden. Bis zum nächsten Mal.«

»Tschüss …«

Sie gehen in die gleiche Richtung, in die die Bullen verschwunden sind. Ich blicke ihnen nach, mit lauter Fragen im Kopf. Ich hätte sie fragen sollen, ob sie was von meiner Schwester gehört haben. Dann sehe ich an meiner rechten Hand herunter, die sich feucht anfühlt. Als ich dort eine rote Flüssigkeit sehe, stockt mir das Herz vor Schreck. Ich blute nicht, das muss von Karim kommen, als ich ihm die Hand gegeben habe. Einen Moment lang male ich mir aus, was alles Furchtbares passiert sein könnte, bis ich verstehe, dass es nur rote Farbe ist.

Da muss ich lächeln und setze meinen Weg durch die Nacht fort. Einige Minuten später, als ich um eine Ecke biege, prangt auf einer weißen Mauer ein frisch gesprühtes Graffito: »Gerechtigkeit für Saïd.«

Das ist zwar nicht viel, aber wie sagte Youcef noch, besser, als nichts zu tun.

Die Treppenstufen, die nach oben führen, nehmen überhaupt kein Ende. Als ich ganz oben ankomme, spüre ich meine Waden nicht mehr. Man muss sich das Paradies, oder das, was von hier unten aus gesehen dem Paradies am nächsten kommt, wohl erst verdienen. Die meisten Villen in La Solaire sind mit Bewegungsmeldern ausgerüstet, die aufleuchten, wenn ich mich ihnen nähere. Ich bin der Einzige, der in diesem taghell erleuchteten Viertel unterwegs ist, und habe das Gefühl, mich durch eine Parallelwelt zu bewegen.

Ich drücke auf die Gegensprechanlage mit Kamera. In einem Zimmer geht ein Licht an, an der Scheibe taucht ein Gesicht auf, dann erklingt die müde Stimme meines Bruders im Lautsprecher. »Mattia, du, um diese Zeit?«

»Tut mir leid, wenn ich dich wecke.«

»Nun bleib da nicht stehen, komm rein.«

Stefano wirkt eher beunruhigt als wütend, als er mir entgegenkommt. Aus einem Beschützerinstinkt, der im Hinblick auf unser Verhältnis absurd erscheint, nimmt er mich an der Hand. Er stellt mir keine einzige Frage, bis er mich in die Küche gezogen hat. Dort macht er sich zunächst einen Espresso. Er ist im Pyjama. Bevor er sich seine Brille aufsetzt, reibt er sich lange die Augen. Dann setzt er sich mir gegenüber.

»Möchtest du einen Orangensaft?«

»Gerne.«

Er schenkt mir ein, reibt sich erneut die Augen und stößt einen tiefen Seufzer aus. »Tut mir leid, dass ich dich geweckt habe«, wiederhole ich. »Macht nichts. Ich hätte eh bald aufstehen müssen. Was ist los?«

Ich öffne den Mund, aber ich kann nichts sagen. Ich bin es nicht gewohnt, mich irgendjemandem anzuvertrauen und schon gar nicht diesem Idioten, der sich nie um mich geschert hat. Doch dann sehe ich Mamas Wohnung wieder vor mir und unsere Wohnung, die beide gleichermaßen minutiös auf den Kopf gestellt wurden, ich habe das Getuschel von Zé und Gabrielle im Ohr, sehe die Graffiti vor mir, die überall in der Stadt auftauchen. Auch an Gina muss ich denken, die verschwunden ist, keine Ahnung wohin, an *das Ding*, das mir den Atem raubt, und an meine Träume.

Da, auf einmal, breche ich ohne jede Vorankündigung in Tränen aus. Ich kann nicht mehr. Ich schaffe es gerade noch, mein Gesicht zwischen den Händen zu verbergen, damit Stefano meine Tränen nicht sieht. Mir läuft der Rotz aus der Nase. Ich wische ihn weg und versuche, mich zusammenzureißen, aber meine Schultern zucken unter meinen Schluchzern. Ich habe das Gefühl, dass jetzt alles hochkommt, alles: Papas Tod, der Eisberg, von dem man nur die Spitze sieht, Mama, die mich nicht bei sich haben will, Gabrielles Selbstmordversuche, Zés Gleichgültigkeit, Ginas ewige Flucht, die Schule, die ganze Scheiße, die mich umgibt und die in mir drin ist, *einfach alles.*

Ich verschränke meine Arme auf dem Tisch und vergrabe meinen Kopf darunter. Das Gefühl, auf ganzer Linie gescheitert zu sein, drückt mich nieder. Ich habe keine Ahnung, wie viel Zeit vergeht, bis mein Bruder zögernd eine Hand auf meinen Kopf legt.

»Mattia … was ist los?«

Man hört, wie überrascht er ist. Er hat mich noch nie so weinen sehen, noch nicht mal als ganz kleiner Junge. In dem Umfeld, in das ich hineingeboren wurde, sparte man sich seine Tränen lieber. Man kann es sich schlicht nicht erlauben loszuheulen, wenn alle um einen herum am Abgrund stehen und jederzeit abzustürzen drohen. Das über dem Abgrund gespannte Netz, wie Gabrielle es nennt.

Und du gehst immer weiter, bist nur eine Marionette deiner selbst und deiner Familie. Schritt für Schritt gehst du voran, hältst dich immer gerade. Du kannst niemanden an die Hand nehmen, da du deine Arme ausstrecken musst beim Balancieren. Vor dir und hinter dir sind eine Menge anderer Leute. Deshalb kannst du weder langsamer noch schneller werden. Die gesamte Menschheit bewegt sich auf diesem dünnen Drahtseil und der geringste Fehltritt hätte fatale Folgen für dich, aber auch für alle, die dir vorausgehen und die dir folgen. Das ist dein Dilemma.

Ich brauche einige Minuten, um mich langsam wieder zu beruhigen. Stefano steht mit hängenden Armen neben mir und weiß nicht, wie er sich verhalten soll. Ich wische mir die Tränen aus dem Gesicht, lächele ihn an.

»Es ist vorbei.«

»Okay, vielleicht kannst du mir dann jetzt erklären, was du um fünf Uhr morgens hier machst?«

Stimmt. Ich trinke einen Schluck Orangensaft. Er setzt sich wieder mir gegenüber, aufmerksam, ihm ist bewusst, wie ernst es ist, er hat sein Kinn in die Hände gestützt und seinen Kaffee nicht angerührt, er hört mir zu.

Und ich erzähle: von den Einbrüchen, von Mamas Verschwinden, das niemanden schert, von der Beschattung durch die Bullen, von all dem, was mir nachts die Luft zum Atmen raubt, weil es mich niederdrückt und weil es zu viele Geheimnisse gibt, und eine Stille, die von Tag zu Tag mehr auf mir lastet.

Während er mir zuhört, verrät seine Miene nichts. Da ist er wie Mama, durch nichts so leicht zu erschüttern. Als ich fertig bin, nimmt er einen Schluck von seinem kalten Kaffee. Der Morgen dämmert. Bald kommt Zé nach Hause. »Jetzt rufst du erst mal deinen Vormund an und sagst ihm, wo du bist.«

»Nein, ich will, dass du mir erklärst, was los ist.«

Wir blicken uns in die Augen. Offenbar spürt er meine Entschlossenheit.

»Okay«, sagt er. »Aber rechne jetzt nicht damit, dass ich dir unglaubliche Enthüllungen liefere oder ein finsteres Familiengeheimnis aufdecke, denn ich weiß selber nicht besonders viel über diese Geschichte.«

Ich schüttele den Kopf. Er überlegt einen Moment und klopft mit seinen langen Chirurgen-Fingern irgendeinen Rhythmus auf dem Tisch. Bevor er weiterredet, fixiert er einen Punkt über meiner Schulter, so wie mein Vater es in Charcot immer gemacht hat.

»Ich war damals total mit meinem Studium beschäftigt, deshalb habe ich nicht alles mitbekommen. Und du kennst ja Mama.

Sie hat uns noch nie was erzählt. Aber ich weiß, dass bei ihr schon vorher eingebrochen wurde. Und auch von diesen Beschattungen höre ich nicht das erste Mal.«

Ich signalisiere ihm, dass er weiterreden soll, und trinke einen Schluck Orangensaft, da ich nicht weiß, wohin mit meinen Händen. Ein erster Sonnenstrahl stiehlt sich in die Küche. »Als dieser Jugendliche getötet wurde …«

»Saïd.«

»Saïd, genau. Die internen Ermittler der Polizei haben in der Nachbarschaft nach Zeugen gesucht. Aber keiner hatte die Szene beobachtet, nur die Kollegen des Bullen, der für den polizeilichen Übergriff verantwortlich war, weshalb sie sich auf Notwehr berufen konnten und es zum Freispruch kam.«

GINA. Saïd hatte Shit bei sich, als er kontrolliert wurde. Sie sagten, er hätte sich geweigert, sich durchsuchen zu lassen, sie mussten ihn gewaltsam immobilisieren, aber legten ihm keine Handschellen an. Und als sie dann das Hasch fanden, versuchte er abzuhauen. Ein gewisser T. Ross hat ihn dann wieder eingefangen. Saïd hat sich »wie ein Irrer« gewehrt, sodass der Polizist »gezwungen war, Gewalt anzuwenden«. Doch die Schläge zeigten bei Saïd keine Wirkung, denn er war ja eh halb weggetreten und schlug weiter um sich. Es waren Vier gegen Einen, aber offenbar genügte das nicht, denn der Bulle musste ihm den Schädel einschlagen, um ihn zur Ruhe zu bringen.

Angeblich wollte er ihn auf die Schulter schlagen und verfehlte sein Ziel, weil Saïd dauernd in Bewegung war. Komisch, dass sie die Tendenz haben, immer dahin zu schlagen, wo es tödlich sein kann, natürlich aus Versehen. Zumal die Autopsie ergab, dass mehrfach zugeschlagen wurde.

Dabei wurde auch festgestellt, dass Saïd unter dem Einfluss von THC stand, was ihnen zufolge eine Erklärung dafür wäre, dass er sich so heftig zur Wehr gesetzt hat, bis es zu dem tödlichen Schlag kam.

Offenbar hatten weder der Richter noch die Geschworenen jemals einen Joint geraucht, denn sie glaubten diesen ganzen Blödsinn.

Und du fragst immer noch, warum ich weggegangen bin?

»Aber dein Vater«, sagte Stefano, »dein Vater muss irgendetwas gesehen haben. Es ist direkt neben dem Stadtteilzentrum passiert, so gegen zwanzig Uhr. In den Akten steht, dass er im Zentrum war, als es passierte. Aber er behauptete, er hätte nichts gesehen.«

Ich schüttele den Kopf.

»Das kann nicht sein. Er hatte Saïd unheimlich gern und hätte niemals zugelassen, dass vor seinen Augen jemand umgebracht wird, ohne einzugreifen.«

»Was weißt du denn schon darüber? Du hast ihn doch kaum gekannt.«

»Du hast meinen Vater immer gehasst.«

Zu meiner großen Überraschung nickt er.

»Mama hat meinen Vater für ihn verlassen. Er hat sich nie wirklich von dieser Trennung erholt. Ich hatte gute Gründe, ihn zu hassen. Ich war jung. Aber ich sage deshalb nicht, dass er ein schlechter Mensch war. Ich habe mich nie darum bemüht, ihn kennenzulernen.«

»Wie kommst du dann darauf zu sagen, er hätte die Szene beobachtet und eingreifen können?«

»Ich habe keine Ahnung, was er gesehen hat und was nicht. Aber eins ist sicher, die Polizei glaubte, dass er etwas wusste. Einige Wochen nach dem Mord an Saïd Zahidi war unsere Tür aufgebrochen und die Wohnung komplett auf den Kopf gestellt worden. Niemand wollte Anzeige erstatten. Mama und Dein

Vater meinten, das hätte keinen Sinn. Als wenn sie bereits gewusst hätten, was der Grund für den Einbruch war.«

»Die Bullen …«

Stefano zuckt mit den Schultern. »Kann gut sein. Später sagte Mama, ihr sei den ganzen Tag ein komischer Typ gefolgt, und dein Vater gestand, er werde seit dem Mord beschattet. Tatsächlich hat man ihn mehrmals aufs Kommissariat vorgeladen, aber ich weiß nicht, was sie von ihm wollten.«

Ich warte eine Weile, doch anscheinend war das schon alles, was er mir zu sagen hat. Da ich spüre, wie mich die kalte Wut packt, beiße ich die Zähne aufeinander. Mit den Fingerspitzen massiere ich mir die Schläfen.

Ich bin müde.

»Und warum hat mir das nie jemand erzählt?«

»Du warst noch nicht mal geboren. Und die Geschichte ist lange abgeschlossen.«

»Sie ist eben noch nicht abgeschlossen! Der Bulle ist auf freiem Fuß.«

»Juristisch ist sie abgeschlossen, das ist alles, was zählt. Sieh mich nicht so an. Ich habe nicht gesagt, dass das gerecht ist, sondern stelle lediglich eine Tatsache fest.«

Ich höre ihm nicht mehr zu, denke an das, was Gina in der Küche gesagt hat, als ich mal wieder an der Tür gelauscht habe: *… wenn das jetzt wieder von vorne losgeht …* Da spielte sie auf all das an, diese Ereignisse, die sich vor meiner Geburt abgespielt haben und die man mir einfach unterschlagen hat. Verdammt … dabei ist das doch auch ein Teil meiner Geschichte. Schließlich hat mein Vater sich wegen diesem ganzen Mist erhängt.

Die Beschattung in der Bibliothek. Sie war nicht überrascht, weil sie das schon einmal erlebt hatte. Und Zé? Er hatte mir geschworen, nichts über diese Typen zu wissen. War er etwa auch eingeweiht, von Anfang an?

»Hast du denn nie mit Mama oder Papa darüber geredet?«, frage ich, nachdem ich meine Wut runtergeschluckt habe.

»Nein, ich wollte damit nichts zu tun haben.«

»Aber das passierte alles doch quasi vor unserem Fenster. Ein Kind starb, Bullen sind in unsere Wohnung eingedrungen und haben alles umgedreht, sie haben unsere Mutter auf der Straße beschattet, aber dich hat das trotzdem alles nicht interessiert und du hast überhaupt keine Fragen dazu gestellt?«

Er lacht auf, es klingt seltsam.

»Ab dem Tag, wo man ihn getötet hat, ist dein Vater in eine Depression verfallen, Mama hat mich nicht mehr beachtet, weder mich noch Gina. Es drehte sich alles nur noch um deinen Vater. Sie war ausschließlich damit beschäftigt, ihn aus seinem tiefen Loch wieder herauszuholen, das Ergebnis kennst du ja. Das habe ich beiden ziemlich verübelt. Ich war ein Teenager, ich hatte auch meine Probleme, aber es zählten nur noch dieser verdammte Prozess und dieses Kind, das noch nicht mal ihr eigenes Kind war. Du kannst dir nicht vorstellen, was damals für eine Atmosphäre bei uns herrschte. Saïd Zahidi oder sein Geist saß jeden Abend mit uns am Tisch, hatte ich das Gefühl. Er war fast andauernd präsent. Ich wollte davon nichts mehr hören. Das war ihre Geschichte. Nicht meine.«

Er schweigt, bevor er mehr preisgibt, als er möchte. Ich könnte ihm jetzt sagen, dass ich das sehr gut verstehen kann, da ich genau das Gleiche erlebt habe, nur dass ich nicht das Glück hatte, mich so abkapseln zu können wie er, und so zu tun, als wäre das alles nicht geschehen.

Aber das führt uns im Moment auch nicht weiter.

»Ich möchte mich nicht erneut damit beschäftigen müssen,

Mattia. Das ist für mich abgeschlossen. Ich rufe jetzt Zé an und sage ihm, dass du hier bist, bevor er noch die Polizei anruft.«

»Aber es ist nun mal wieder da«, wende ich ein, als er zum Telefon geht. »Wie kannst du behaupten, es wäre vorbei?«

»Sprich mit Gina, Mama oder deinem Vormund darüber. Ich kann dir da wirklich nicht mehr weiterhelfen.«

Als wenn er mir auch nur ein einziges Mal wirklich geholfen hätte. Ich gebe es auf, auch wenn ich schwer schlucken muss, und er wählt mit Blick in ein Adressverzeichnis unsere Festnetznummer. Er fragt mich nicht nach der Nummer, als würde er mir nicht trauen.

Achtzehntes Kapitel

Okay, fassen wir mal kurz zusammen.

Saïd wird in der Nähe des Stadtteilzentrums getötet. Mein Vater war vor Ort. Er wird von den internen Ermittlern der Polizei befragt und beharrt darauf, nichts gesehen zu haben. Statt mit einem Durchsuchungsbeschluss bei ihm aufzutauchen, bricht man bei ihm ein. Ich kann mir kaum vorstellen, dass dahinter die Interne Revision steckt, zumal das Ganze dreizehn Jahre nach der Tat wieder losgeht, und dieses Mal waren es Bullen, das wissen wir. Offenbar suchten sie etwas. Vielleicht hatten sie Angst, dass mein Vater aufgeschrieben hat, was er gesehen hat, und dass seine Version des Tathergangs nicht zu ihrer passte?

Aber ich kann mir kaum vorstellen, dass Papa nicht eingegriffen hat, wenn er die Szene tatsächlich beobachten konnte. Und warum hat er sich dann nicht wenigstens als Zeuge gemeldet?

Schließlich hat die Tatsache, dass der Mörder freigesprochen wurde, ihn in die Psychiatrie gebracht.

Fünfzehn Jahre später verschwindet meine Mutter, man bricht bei ihr ein, man bricht bei uns ein, und die Bullen wollen unbedingt Zés Adresse herausfinden. Einer dieser Bullen ist Gabrielles Bruder. Hätten sie unsere Wohnung nicht auf den Kopf gestellt, hätte man meinen können, es wäre ihnen um Gabrielle gegangen, aber nach allem, was mein Bruder erzählt hat, ist das mit Gabrielle reiner Zufall gewesen.

Und dann sprühen frühere Bewohner von Verrières erneut überall diese Graffiti hin, die nach Saïds Tod an sämtlichen Mauern der Stadt prangten. Die Tatsache, dass die Bullen zeitgleich mit den Graffiti auftauchen, kann kein Zufall sein.

Die Frage ist, warum ausgerechnet jetzt? Wonach suchen sie denn noch? Papa ist lange tot, der Prozess abgeschlossen, und die Familie Zahidi hat erst gar nicht versucht, Revision einzulegen, da sie wusste, dass das aussichtslos war.

»Hörst du mir eigentlich zu?«

»Nein«, gebe ich zu.

Zurück zur Gegenwart. Zé hat mich abgeholt, wir sitzen im Auto. Mein Bruder hatte ihn, kurz nachdem er von der Arbeit gekommen war, erreicht. Er hatte also gar nicht die Zeit, in Panik zu geraten, aber behauptet, er hätte noch nie zuvor eine solche Angst ausgestanden und schreit mich seit zehn Minuten an. Damit ich merke, wie ungeheuer wütend er ist, raucht er eine Zigarette nach der anderen.

»Da rennst du nur notdürftig bekleidet um vier Uhr morgens auf die Straße und das, wo wir nächste Woche den Termin beim Richter haben! Was wäre wohl passiert, wenn die Bullen dich aufgegriffen hätten? Wenn du möchtest, dass ich das Sorgerecht verliere, dann sag es lieber gleich, das würde mir eine Menge Papierkram ersparen!«

Ich antworte nicht. Stattdessen muss ich immerzu an das denken, was Stefano mir erzählt hat. Ich mache es wie diese Detektive in den Büchern, ich versuche meine Erkenntnisse zu einem Gesamtbild zusammenzufügen, aber das muss man wohl gelernt haben, ich kann mir einfach keinen Reim auf all das machen.

»Was hast du bitte bei deinem Bruder gewollt? Ich dachte, du kannst ihn nicht ausstehen.«

Statt zu antworten, zucke ich nur mit den Schultern. Ich bin sauer auf ihn, auf Gabrielle, auf Gina, auf alle, die Bescheid wussten und mir nichts gesagt haben. Aber in einer Stunde muss ich in der Schule sein und bin jetzt schlicht zu müde, um offene Rechnungen zu begleichen. Ich werde Zé heute Abend darauf ansprechen, wenn ich den Mut dazu habe. Im Moment fallen mir eh nur lauter Beleidigungen ein. Und um dieser großartigen Nacht die Krone aufzusetzen, sind *sie* dann auch noch gekommen. Keiner hatte so schnell mit ihnen gerechnet. Zé macht große Augen und tritt heftig auf die Bremse. Vor dem Haus steht ein Krankenwagen mit dem Schriftzug der Klinik von Charcot. Dahinter steht ein Polizeiwagen. »Gabrielle«, flüstert er.

Er springt aus dem Auto und rast zur Eingangshalle. Ich renne so schnell ich kann hinterher und vergesse ganz, dass ich ihn gerade hasse, weil er mich angelogen hat. Wir stürmen beide die Treppen hoch zur Wohnung. Da stehen sie im Flur, zwei Bullen in Uniform, ein Mann im weißen Kittel und einer in Zivil. Sie warten vor der Tür. Der in Zivil klebt förmlich am Schlüsselloch, ich vermute er spricht durch die Tür mit Gabrielle.

Sie haben unser Gepolter auf der Treppe gehört und umringen uns sogleich, mit Ausnahme des Typen, der auf die Tür einredet. Zé beeindruckt das nicht weiter. »Was tun Sie hier?«

»Sind sie Monsieur Palaisot?«, fragt der Krankenpfleger. »Ja, warum?«

Sie sehen sich betreten an. Der Mann, der mit Gabrielle spricht, ergreift schließlich das Wort.

»Wir erklärten Mademoiselle Ross gerade, dass ihr psychischer Zustand eine Unterbringung nötig macht, sie will das offenbar nicht wahrhaben.«

»Was wissen Sie denn schon?«, schreit Zé. »Sie haben ja noch nicht mal mit ihr gesprochen!«

»Das würde ich ja gerne, wenn sie aufmachen würde. Aber wir haben hier einen Antrag auf Zwangseinweisung vorliegen und zwei Gutachten von Psychiatern, die sie nach ihrem letzten Selbstmordversuch in der Klinik beobachtet haben.«

Zé richtet sich zu voller Größe auf, das wirkt direkt einschüchternd auf den nicht sehr groß gewachsenen Arzt, aber die beiden Bullen nähern sich sogleich unauffällig. Ich sehe schon die ganze Katastrophe vor mir: Sie in der Psychiatrie, er im Gefängnis, ich im Heim.

»Der Antrag liegt uns vor«, wiederholt er.

»Ja.«

»Er stammt von ihrem Bruder Thomas Ross. Sie sind dabei eine große Dummheit zu begehen.«

Seine Stimme klingt zittrig, obwohl er sehr leise spricht. Der eine Bulle hat schon die Hand am Halfter. Da bekomme ich es richtig mit der Angst zu tun. Ich muss an Saïds eingeschlagenen Schädel denken, an sein mit blutroter Farbe auf die Mauern gesprühtes Portrait und an das Wort daneben, das keinerlei Bedeutung mehr hat, wenn es denn je eine Bedeutung hatte: »Gerechtigkeit«. Ich habe Angst, Zé könnte es genauso ergehen.

»Ihr Bruder kann es nicht ertragen, dass sie den Kontakt zu ihrer Familie abgebrochen hat«, fährt er fort. »Er hat sie seit Jahren nicht mehr gesehen, zuletzt hat er sich gewaltsam bei uns Zutritt verschafft. Ich lebe schließlich mit ihr zusammen und …«

»Und Sie haben Ihren eigenen Aufenthalt in Charcot in sehr schlechter Erinnerung«, ergänzt der Psychiater und blickt ihm dabei direkt in die Augen. »Aber Mademoiselle Ross hat in den letzten vier Monaten zwei Selbstmordversuche unternommen, insofern brauchen wir die Meinung ihres Bruders nicht, um zu dem Schluss zu kommen, dass sie dringend medizinischer Behandlung bedarf. Ich fordere Sie also auf, Ihren Widerstand gegen diese Zwangseinweisung aufzugeben. Machen Sie es doch nicht unnötig kompliziert.«

Zé wirkt entmutigt. Zeitgleich mit ihm realisiere ich, dass seine Worte für diese Leute kein Gewicht haben. Er ist und bleibt ein potentieller Mörder mit Psychiatrie-Vergangenheit. Zwar gilt er als geheilt, aber niemand weiß, ob er nicht plötzlich eine neue Krise durchmacht. Darum ist seine Meinung unwesentlich. Man schiebt sein Misstrauen gegenüber der Psychiatrie allein auf seine Erfahrung als ehemaliger Insasse. In den Augen der anderen ist es also bloße Zeitverschwendung, sich dieses Gejammer anzuhören, sie buchen es unter reiner Paranoia ab.

Die Bullen stürzen nach vorne und beziehen links und rechts von Zé Posten. »Vielleicht können Sie ja Mademoiselle Ross davon überzeugen, die Tür zu öffnen«, sagt der Psychiater. »Verschwinden Sie, aber schnell.«

Der Arzt weicht einen Schritt zurück und hinterlässt eine Lücke, die sofort von den Ordnungskräften geschlossen wird. Anscheinend haben sie sich stillschweigend darauf verständigt, mit ihren Körpern eine Barriere zu bilden. Der Krankenpfleger und der Psychiater wenden sich erneut der Tür zu.

»Mademoiselle Ross… wir bitten Sie, machen Sie die Tür auf, damit wir reden können.«

»Ich gehe da nicht hin«, hört man Gabrielle sagen, ihre Stimme wird durch die papierdünnen Wände kaum gedämpft.

»Ich bitte Sie. Ich bin Doktor Amaris, erinnern Sie sich an mich?«

»ICH GEHE DA NICHT HIN!«

Sie klingt wie ein wütendes Kind. Ich trete ein paar Schritte zurück. Das, was jetzt kommt, möchte ich nicht miterleben, weder Zé noch ich werden es verhindern können, das weiß ich. Ich drehe mich Richtung Treppenhaus, möchte mir am liebsten Augen und Ohren zugleich zuhalten, und zwar so lange, bis ich mich in einer neuen Welt wiederfinde, einer Welt, in der niemand sterben möchte, weil das Leben einfach nur schön wäre, und eine Welt, in der niemand gezwungen wäre, am Leben zu bleiben. Denn das kommt mir ungefähr genauso grausam vor, wie jemanden zu töten.

»Das Kind!«, höre ich den Psychiater sagen.

Kurz darauf nimmt der Krankenpfleger mich am Arm und fordert mich auf, mit ihm nach unten zu gehen. Ich leiste keinen Widerstand. Wir steigen die Treppe herunter und sagen kein Wort, bis wir ins Freie gelangen. Er bringt mich zum Krankenwagen. Es kommt mir so vor, als wäre er ebenso erleichtert wie ich, der Szene entflohen zu sein. Ich frage mich, ob er dieses Vorgehen womöglich missbilligt. Vielleicht ist er ja ein typischer Vertreter der schweigenden Mehrheit und tut alles, was man ihm aufträgt, selbst wenn es ihm zuwider ist.

Er lächelt mich an.

»Möchtest du dir mal den Krankenwagen ansehen?«

Ich werfe ihm einen vernichtenden Blick zu. »Nein.«

Er sagt mir, wie er heißt, fragt mich nach meinem Namen, ich gebe ihn nur widerwillig preis. Ich hasse ihn, auch wenn ich weiß, dass das Ganze nicht seine Schuld ist. Also stehen wir nebeneinander am Rande des Bordsteins herum, sehen dabei zu, wie die Stadt erwacht, wie Arbeiter zur Arbeit gehen, Schüler zur Schule. Jeder hat seinen Platz, jeder folgt seinem vorgezeichneten Weg und alle bewegen sich am Abgrund entlang.

Ich würde ihm gerne etwas über Gabrielle erzählen, das bisschen, was ich von ihr weiß, ihm erzählen, wie sie schweigt, wie sie sich bewegt, wie sie schaut, wie sie spricht, wie sie atmet, wie sie jetzt gerade ist, damit er einen Vergleich hat, wenn morgen die Medikamente ihre Wirkung getan haben werden.

GINA. Es stimmt, so konnte es nicht weitergehen.

Papa wurde immer komischer. Es gab Phasen, da interessierte ihn gar nichts, und dann wieder andere, in denen er noch auf das geringste Detail achtete. Irgendwann ertrug er bestimmte Farben, Motive oder Materialien nicht mehr. Als ich mal eine grüne Hose anzog, gab er mir eine Ohrfeige, das hatte er noch nie getan.

Er sagte Dinge, die weder Hand noch Fuß hatten und wurde paranoid. So meinte er zum Beispiel, man würde ihn auf der Straße verfolgen. Mama und ich gingen ihm abwechselnd nach und stellten fest, dass da niemand war. Er behauptete, sie hätten Mikrofone und Kameras in unserer Wohnung installiert und würden uns permanent beobachten. Aber er konnte bis zum Schluss nicht sagen, wen er eigentlich mit »sie« meinte. Am Ende glaubte er, »sie« würden mit ihm sprechen, wenn er schlief, direkt in seinem Gehirn mithilfe eines Chips.

Mama konnte nicht mehr, ich auch nicht. Es war einfach nicht mehr auszuhalten. Das ging einige Monate so, dann war er einmal in der Notaufnahme wegen einer Lebensmittelvergiftung. Die Ärzte fanden ihn stark verhaltensauffällig und forderten Mama auf, die Zwangseinweisung zu unterschreiben. Sie überlegte, fragte Papa, ob er dahin wollte, er war einverstanden, also tat sie es.

Wir wussten uns nicht anders zu helfen, es raubte uns beiden den Verstand. Ich glaube, wir sahen uns schon dazu verdammt, ein Leben lang Krankenschwester für ihn zu spielen, und das konnten wir nicht.

Er kam nach Charcot in die Geschlossene, auf die Orchideen-Station. Zunächst durfte er keinen Besuch bekommen. Als wir ihn dann das erste Mal besuchten, wirkte er verändert. Er redete kein wirres Zeug mehr, dafür sagte er kaum noch was. Man hatte den Eindruck, er empfand überhaupt nichts mehr.

Mama sprach seinen Psychiater darauf an. Der sagte, das sei normal, man müsse erst die richtige Dosierung für ihn finden, das dauere immer eine Weile. Wir warteten und warteten und warteten. Und dann hängte er sich eines Tages auf.

Auch rückblickend weiß ich nicht, was man hätte tun sollen. Sein Selbstmord war, glaube ich, unabwendbar. Wir haben ihn sterben lassen, weil wir nicht mehr konnten, aber es hätte nicht auf diese Art und Weise passieren dürfen. Wir konnten ihm nichts Besseres bieten, hätten das jedoch nicht einfach so hinnehmen dürfen …

So laufen die Dinge eben, Mattia. Die Richter nehmen für sich in Anspruch, Recht zu sprechen, die Bullen, Gewalt anzuwenden, und die Ärzte, zu beurteilen, wer gesund ist und wer nicht. Verrückte gehören in die Anstalt, und maß dir bloß nicht an, einen Platz einzunehmen, der dir nicht zusteht.

Und dann bringen sie Gabrielle raus.

Sie wehrt sich nicht. Sie geht allein. Die Bullen gehen neben ihr, der Psychiater vorne weg, Zé hinter ihr. Unter seinen hilflosen Blicken wird sie zum Krankenwagen geführt. Der Krankenpfleger lächelt mir aufmunternd zu, ich reagiere nicht darauf. Dann lässt er mich stehen, steigt hinter dem Psychiater und Gabrielle in den Krankenwagen. Sie hebt kurz die Hand zum Abschied, versucht Zuversicht auszustrahlen, aber ich bin ja nicht blöd.

Zé steht beim Wagen, eingerahmt von den Bullen, für den Fall, dass er in letzter Minute versuchen würde, sie zu kidnappen.

»Keine Sorge, wir holen dich da wieder raus!«

Sie nickt. Die Türen schließen sich. Es ist ein äußerst dramatischer Moment, und mir kommt es vor wie ein Abschied für immer.

Der Krankenwagen fährt los. Ich gehe zu Zé herüber, der ihm mit finsterem Gesicht hinterherblickt. Die Bullen sind immer noch da. Einer fragt Zé:

»Ist das der Sohn von Mademoiselle Ross? Sind Sie in der Lage, sich um ihn zu kümmern?«

Zé verzieht verächtlich das Gesicht.

»Seit wann macht ihr Bullen denn einen auf Fürsorge?«

Er verkneift sich eine Beleidigung und fügt hinzu:

»Das ist mein Mündel, und ich bin sehr gut in der Lage, mich um ihn zu kümmern, danke.«

Der Polizist mustert uns beide, er scheint da seine Zweifel zu haben angesichts von Zés Alter und natürlich seiner Psychiatrie-Vergangenheit, die der Arzt vorhin erwähnt hatte, ohne sich um das Arztgeheimnis zu scheren. Mein Vormund steckt sich eine Zigarette an. Er nimmt mich an der Hand – wahrscheinlich nur, um sich aus der Affäre zu ziehen – und führt mich zum Auto. Gleich fängt die Schule an.

»Monsieur Palaisot«, ruft der Bulle uns nach.

»Wir haben bereits einen Termin beim Familiengericht«, gibt Zé zurück, ohne sich umzuwenden. »Ihre Kumpels waren schneller, danke.«

Während er den Wagen anlässt, blicke ich noch einmal an der Fassade hoch. Viele Nachbarn hängen an ihren Fenstern und hüllen sich wie üblich in Schweigen. Auch sie hasse ich in diesem Moment.

Neunzehntes Kapitel

Karim

»Na, was ist so witzig, du kleiner Idiot?«

Karim sitzt in Handschellen auf einem Stuhl in einem winzigen Büro auf der Polizeiwache. Fünfzehn Stunden in Polizeigewahrsam. Das ist nicht seine erste Verhaftung. Er kennt dieses Spielchen schon. Es macht ihm keine Angst mehr, nicht wirklich.

Der Bulle ihm gegenüber hat einen Stiernacken und trägt eine khakifarbene Jacke. Er ist offensiv, stellt ihn auf die Probe, provoziert ihn. Die Dialoge verlaufen nach dem immer gleichen Schema, sind stets sehr einseitig, und auch die Protokolle lesen sich immer gleich.

»Deine fiese Visage, du Kasper«, antwortet Karim.

Die Ohrfeige ist so heftig, dass sein Kopf zur Seite gerissen wird. Es ist nicht die erste und sicher nicht die letzte.

Sie sind den Bullen im Morgengrauen in die Arme gelaufen, als sie sich auf den Weg nach Hause machen wollten, nachdem sie wieder eine Nacht lang diverse Mauern besprüht hatten. Saïds Gesicht in Großaufnahme auf sämtlichen öffentlichen Gebäuden, klar, das fällt auf. Der Name Zahidi ist hier tabu, eine schlecht verheilte Wunde, im Kommissariat genauso wie in Verrières. Also wurden mehrere Patrouillen darauf angesetzt, zwei kleine Sprayer zu verhaften. Darüber muss er lachen, nicht über sie, nein.

Der Stier beugt sich über den Tisch, bis ihre Nasen sich fast berühren. Karim weicht nicht einen Zentimeter zurück. »Den Namen deines Kumpels!«

Als die Bullen ihnen auf den Fersen waren, haben sie sich getrennt, und die Bullen haben sich dann entschieden, Karim weiterzuverfolgen. Er trug den Rucksack mit den Spraydosen. »Sébastien Meunier«, sagt Karim.

»Den Namen deines Kumpels!«

»Sébastien Meunier. Warum sollte ich Sie anlügen? Ah, verstehe, Sie denken, es muss ein Araber sein. Aber da sind Sie auf dem Holzweg, ich habe französische Freunde, ob Sie es glauben oder nicht!«

»Wir haben seine Visage gesehen, und er sah nicht aus wie ein Sébastien …«

»Schreiben Sie das auch in Ihr Protokoll? Die Liga für Menschenrechte wäre sicher begeistert.«

»Halt die Klappe.«

»Okay.«Karim ist nicht allzu beunruhigt. Für ein paar Graffiti können sie ihm nicht viel aufbrummen. Höchstens ein paar Stunden gemeinnütziger Arbeit. Er hat kein Vorstrafenregister, ist zwar schon ein paar Mal verhaftet worden, aber immer nur wegen Lappalien.

Stiernacken stellt ihm die Frage noch mehrmals. Karim hält sich an sein Schweigegelübde und der Bulle schickt ihn schließlich zurück in seine Zelle.

Ein paar Stunden später holen sie ihn wieder raus. Aus Reflex wirft er einen Blick auf die Uhr im Gang. Gerade bricht seine zwanzigste Stunde an. Nur noch vier. Oder achtundzwanzig, wenn der Staatsanwalt den Gewahrsam verlängern sollte. Das ist lang, aber man kann es aushalten.

Er bleibt stehen, bis Stiernacken ihn auffordert, sich zu setzen. Der Beamte tippt auf seiner Computer-Tastatur herum, dann druckt er ein Blatt aus und hält es Karim hin. »Hier, unterschreib das und dann verdufte.«

Der junge Mann starrt ihn ungläubig an. Er liest das Protokoll, das sehr klein gedruckt ist. Dann lächelt er und lehnt sich in seinem Stuhl zurück.

»Das unterschreibe ich nicht.«

»Bitte?«, fragt der Bulle. »Das unterschreibe ich nicht. Ich habe das da nie gesagt.«

Der Bulle hat seine Äußerungen korrekt wiedergegeben bis auf eine Ausnahme, er soll angeblich den Beamten, der für den Mord an Saïd verantwortlich ist, mit dem Tod bedroht haben. *Wir finden das Arschloch und schneiden ihm die Kehle durch.*

»Arschloch« gehört schon mal nicht zu meinem Wortschatz. Und außerdem schneide ich niemandem die Kehle durch, höchstens einem Schaf und das auch nur in der Badewanne, sonst ist das eine große Sauerei.«

Der Stier fixiert Karim und wartet, dass dieser seinem Blick ausweicht. Noch so ein Spielchen. Aber Karim hält seinem Blick stand.

»Du willst nicht unterschreiben?«

»Nein.«

»Willst du nochmal für vierundzwanzig Stunden in die Zelle wandern?«

»Wenn Sie den Quatsch streichen, den ich nie gesacht habe, unterschreibe ich.«

»*Gesagt* habe, es heißt, *gesagt* habe.«

»Es heißt gesagt habe?«

Noch eine Ohrfeige. »Du willst also wirklich nicht unterschreiben?«

»Nein.«

Es geht zurück in den Untergrund.

Karim wartet. Man bringt ihm kalte Nudeln mit Tomatensoße, es ist ekelhaft, er isst es trotzdem. Jede Abwechslung ist willkommen. Er ist ganz allein in der Zelle.

Nach vier Stunden bringt ein Bulle in Uniform ihn in das gleiche Büro zurück. Der Stier ist immer noch alleine. Der junge

Mann nimmt brav Platz. Auf dem Schreibtisch liegt ein Zettel. Er liest das Protokoll, es ist haargenau so wie vorher. Karim blickt auf.

»Das unterschreibe ich nicht.«

»Wie du willst.«

Er nimmt den Zettel wieder an sich. Karim wartet, lässt sich seine Ungeduld nicht anmerken. Alles oder nichts. Entweder er kommt jetzt raus oder er bleibt noch einen Tag hier.

Der Bulle steht auf, schwingt sich auf den Schreibtisch und lässt seine Beine herunterbaumeln, direkt vor Karim. Sie mustern einander. Dann packt der Stier ihn am Kragen seines Shirts.

»Ich weiß genau, was ihr im Kopf habt, du und deine Kumpels. Meint ihr nicht, dass eure Rache ein bisschen spät kommt? Hör mir zu, selbst wenn du das Protokoll nicht unterschrieben hast, finde ich mühelos drei Polizisten, die bezeugen können, dass du den Beamten bedroht hast. Sollte in nächster Zeit also irgendetwas vorfallen, dann bist du dran.«

»Was denn?«, protestiert Karim. »Das sind doch nur Graffiti.«

»Na klar, das denkst du, was? Nur Graffiti!«

Er lässt den jungen Mann wieder los. »Du kannst abhauen, aber die Sache hat ein juristisches Nachspiel. Du bekommst eine Vorladung wegen Sachbeschädigung und Morddrohung. Bis dahin solltest du aufpassen, dass kein einziges neues Saïd Zahidi-Graffito auftaucht, denn das würde auf dich zurückfallen. Und sag das auch deinem Kumpel.«

»Glaubst du vielleicht, wir sind nur zu zweit?«, gibt Karim zurück, während der Polizist ihn zu seiner Zelle begleitet, damit er seine Sachen holen kann. »Es gibt eine Menge Leute, die sich an ihn erinnern und an das, was ihr ihm angetan habt. Das wird mir auch jeder Richter glauben, schließlich sind da viele Handschriften vertreten.«

»Teste es doch, wenn es dir Spaß macht«, sagt der Bulle zum Abschied.

Karim blinzelt, als er ans helle Tageslicht tritt. Er bittet eine Passantin um eine Zigarette. Sie ist so nett und gibt ihm eine, die Erste nach vierundzwanzig Stunden, lange hat ihm keine Zigarette mehr so gut geschmeckt. Er beeilt sich, diesen Ort zu verlassen. Wenige Meter vom Kommissariat entfernt sieht er ein Auto und bleibt kurz stehen. Er gibt der Fahrerin ein Zeichen, schüttelt leicht den Kopf, sie nickt. Sie treffen sich in einer Parallelstraße wieder. »Alles okay?«, fragt Siham, als er auf den Beifahrersitz klettert. »Ja, aber du kannst dir nicht vorstellen, wie ernst die uns nehmen.«

»Und was kriegst du?«

»Sachbeschädigung und Morddrohung, ich bekomme eine Vorladung, aber ich habe nichts unterschrieben.«

Er fährt sich mit der Hand über die Stirn und seufzt. Er braucht jetzt unbedingt eine Dusche, eine richtige Mahlzeit und eine Mütze Schlaf.

»Hast du Ross gesehen?«, murmelt die junge Frau.

»Nein. Bist du sicher, dass er noch in der Stadt ist?«

»Nein.«

Karim stößt einen tiefen Seufzer aus. Als das Auto an der Ampel zum Stehen kommt, sieht er Siham von der Seite an. Sie starrt unverwandt auf die Straße. Ihre Miene verrät nichts. »Siham.«

»Ja.«

»Ich weiß nicht, wo das alles noch hinführen soll, die Bullen meinen es bitterernst.«

»Klar meinen sie es bitterernst. Sie haben ja auch allen Grund dazu.«

»Und was machen wir jetzt?«

Zwanzigstes Kapitel

Ich gedachte der Asche zerstörter Imperien: In die geweihten Gräber Roms stieg ich hinab, beseelt vom heiligsten Gedenken, und störte ihre kalte Ruhe, in meinen Händen wog ich die Asche der Helden.
de Lamartine, *Der Mensch*

Es ist nach Mitternacht. Ich liege mit weit geöffneten Augen in meiner improvisierten Bude in der Spielzeugabteilung und höre Zé dabei zu, wie er Gedichte vorträgt, die andere sich ausgedacht haben. Seine Stimme hat etwas Tröstliches. Sie ist warm, ruhig und klar. Sie beruhigt mich, selbst wenn Lamartine uns bei der Lösung unserer Probleme auch nicht wirklich weiterhilft.

Es ist Freitagabend, Gabrielle ist seit zwei Tagen in der Psychiatrie. Sie darf noch keinen Besuch bekommen. Zé ruft täglich an, um zu hören, wie es ihr geht, aber sie geben ihm keine Auskunft, weil er kein Angehöriger ist, und sie hat auch nicht das Recht zu telefonieren.

Ich bin ungeheuer erleichtert, dass endlich Wochenende ist. Beim Gedanken daran, wie viele Jahre ich noch zur Schule gehen muss, habe ich das Gefühl, ein Abgrund tue sich vor mir auf. Und dabei zähle ich nur die Jahre bis zu meinem sechzehnten Lebensjahr, wenn die Schulpflicht endet. Länger gehe ich da bestimmt nicht hin, das ist schon das Äußerste. Und mal vorausgesetzt, Zé behält das Sorgerecht, dürfte es ihm schwerfallen, mich davon abzubringen. Schließlich hat er selber die Schule vorzeitig geschmissen. Hätte er es schon früher getan, wäre er womöglich nie hinter diesen hohen Mauern gelandet.

Und wir wären uns vielleicht nie begegnet.

Von ihrer leeren Asche wollte ich jene Unsterblichkeit erbitten, die jeder Sterbliche sich erhofft! Was sage ich da? Ich hing am Bett der Sterbenden, meine Blicke suchten sie in erlöschenden Augen.

Seine Stimme kommt näher. Dann erscheint sein Kopf im Zelteingang. Er lächelt.

»Schläfst du nicht?«

»Nein, rezitier weiter, das ist schön.«

Aber er duckt sich, bis er ins Zelt hineinkrabbeln kann. Er setzt sich im Schneidersitz auf die Decke und kratzt sich ein paar Mal am Kopf – ein Zeichen für seine Verlegenheit. Ich stütze mich auf meine Ellbogen, ich ahne, dass gleich irgendein Geständnis kommt.

»Ich habe heute Nachmittag mit deinem Bruder gesprochen. Ich wollte wissen, warum du eigentlich neulich bei ihm warst.«

Stille.

»Er hat gesagt, du hättest ihn gelöchert, wie das damals mit Saïd Zahidis Tod war.«

Stille.

»Und dass er dir die Wahrheit gesagt hat.«

»Im Gegensatz zu dir!«

Er sieht mich groß an.

»Ich habe dich nie angelogen.«

»Nein, die Erwachsenen lügen Kinder ja nie an, das ist ja bekannt. Als ich dich gefragt habe, was die wollten, hast du mir geschworen, du hättest keine Ahnung.«

»Das stimmt ja auch«, beharrt er.

Ich blicke ihn prüfend an. Er klingt so aufrichtig, dass es mir schwerfällt, das anzuzweifeln. Es stimmt. Bisher hat er mir immer die Wahrheit gesagt.

»Ich habe dir Dinge verheimlicht«, gibt er zu. »Aber ich hätte dir die Wahrheit gesagt, wenn du mich danach gefragt hättest.«

»Super! Wie hätte ich denn bitte ahnen sollen, dass das schon mal passiert ist?«

»Es hätte dich auch nicht weitergebracht, wenn du es gewusst hättest. Also, hör mir zu.«

Er legt sich neben mich, stützt den Kopf in die Hände.

»Dein Vater hat mir von diesen Bullen erzählt, die ihn verfolgt haben, als wir zusammen in der Klinik waren, aber da er dazu neigte zu fantasieren, hielt ich das für Paranoia. Vielleicht hat er mir wirklich wichtige Dinge anvertraut, die ich damals nicht für voll genommen habe. Deine Mutter hat mir dann später diese Geschichte erzählt. Aber ich weiß auch nicht mehr darüber als dein Bruder. Die Bullen dachten, dein Vater besäße irgendeine Information, die ihrer Version des Tathergangs widersprach. Sie hatten Angst, diese Information könnte den internen Ermittlern der Polizei in die Hände fallen, daher die Einbrüche. Und dann muss etwas passiert sein, dass diese Angst erneut in ihnen geweckt hat. Offenbar glauben sie, dass diese Beweise, oder um was auch immer es sich handelt, immer noch existieren. Vermutlich denken sie, dass dein Vater sie jemandem gegeben hat, zum Beispiel deiner Mutter oder auch mir, weil ich sein Zimmernachbar war und das Sorgerecht für dich bekommen habe.«

Er seufzt einmal tief, klemmt sich eine Zigarette zwischen die Lippen, sieht mich an und überlegt es sich anders. Durch den Qualm würde die Luft im Zelt schnell unerträglich stickig. Also schiebt er sich die Kippe hinters Ohr. »Und, ist das der Fall?«, frage ich, da er ja offenbar nur bereit ist, die Wahrheit zu sagen, wenn ich ihn ausfrage.

»Nein, ich habe keine Ahnung, was das sein soll. Meiner Ansicht nach ist Amélia die Einzige, die das weiß.«

»Und die ist verschwunden …«

»Ja …«

Einen Moment lang herrscht Stille. Auf einmal bin ich müde, ich zwinkere, um nicht einzuschlafen. Es kommt schließlich nicht oft vor, dass er mit mir reden möchte. Er dreht sich auf den Rücken und verschränkt die Arme unterm Nacken.

»Denkst du, sie haben sie getötet?«

»Hä?«

»Die Bullen. Denkst du, die haben meine Mutter getötet?«

Er richtet sich blitzartig auf und blickt mich furchtbar ernst an.

»Mattia, sieh mir in die Augen!«

Ich gehorche.

»Natürlich nicht. Sie ist am Leben. Nach dem Einbruch ist sie sicher von sich aus weggegangen. Wahrscheinlich fühlte sie sich bedroht. Die Bullen töten nicht einfach so jemanden.«

»Saïd haben sie schon einfach so getötet.«

»Ich meine, sie bringen niemanden kaltblütig um, jedenfalls nicht wegen so einer Nichtigkeit. Der Mord an dem Jungen ist verjährt, der Prozess ist gelaufen, die Frist, Revision einzureichen, ist verstrichen. Der Bulle kann nicht mehr verurteilt werden, egal was passiert, selbst wenn es Beweise dafür gäbe, dass es sich anders zugetragen hat, als er behauptet.«

»Warum suchen sie dann noch danach?«

»Vielleicht haben sie Angst vor Unruhen, falls diese Informationen an die Medien weitergegeben würden …«

Ich blicke auf die Zeltwand, die mich von der Kamera abschirmt. Ich frage mich, wie er es erträgt, bei seiner Arbeit permanent gefilmt zu werden. Wahrscheinlich nimmt er die Kameras überhaupt nicht mehr wahr.

»Deine Mutter kommt sicher bald zurück oder lässt uns zumindest irgendwie eine Nachricht zukommen. Aber jetzt schlaf, es ist spät.«

Ich nicke. Er streicht mir übers Haar, statt »Gute Nacht« zu sagen, dann setzt er seine Runde fort. Ich schließe die Augen und höre ihn sein Gedicht rezitieren.

Ich wollte weiter in dieses dunkle Grauen eintauchen. Aber vergeblich, die Ruhe war bleiern, all mein Feuer prallte an ihr ab. So suchte ich nach dem großen Geheimnis und konnte es nicht finden. Überall um mich herum sah ich einen Gott, aber ich verstand ihn nicht!

Er hat den Tennisball wieder an meinen Pyjama genäht, damit *das Ding* mich nicht mehr aufsuchen kann. Aber ich habe trotzdem das Gefühl, dass permanent etwas Schweres auf meiner Brust lastet, selbst wenn ich nicht im Schlaf halluziniere.

Der Familienrichter sieht aus wie der Weihnachtsmann. Er ist alt, ganz gebeugt, hat einen weißen Bart und runde, rote Bäckchen, als wäre er einer Coca-Cola-Werbung entsprungen. Er wirkt viel sympathischer als Zés Eltern, überhaupt nicht so streng wie sie.Nacheinander empfängt er uns in seinem Büro im Amtsgericht. Unser Anwalt ist auch da. Er hat zwei Leumundszeugnisse dabei, eins von meinem Bruder und eins von Nouria. Gegen uns sprechen der Bericht der Polizei, die Aussage der Ärztin und die meiner Grundschullehrerin, die der Meinung ist, Zé hätte einen schlechten Einfluss auf mich. Ich warte geduldig auf einer roten Sitzbank in der riesigen Eingangshalle des Gerichts. Da gibt es so einiges zu sehen. Die Decken sind bestimmt fünf Meter hoch, sodass man sich im Vergleich dazu ganz klein fühlt. Das ist sicher Absicht. Überall stehen irgendwelche Statuen herum, die Justitia darstellen, und Sockel mit der Büste der Marianne drauf und hochtrabende Zitate zu den Rechten und Pflichten eines jeden Bürgers.

Treppen aus falschem Marmor führen in die oberen Stockwerke. Die Geländer sind durchsichtig, als wolle man dem Benutzer damit suggerieren, hier gehe alles transparent zu. Aber wer gezwungen ist, diese Treppen hochzusteigen, sitzt eh in der Scheiße und die ganzen Statuen, die Marianne und die schlauen Sprüche können einem dann auch gestohlen bleiben.

Ich beobachte eine Weile das Kommen und Gehen der Richter, Anwälte, Beschuldigten, Opfer mit ihren Angehörigen und Angestellten. Dieser Ort ist eine Welt für sich, ein abgeschlossener Kosmos, genau wie ein Krankenhaus, aber ich hoffe, dass ich nicht in die Verlegenheit komme, nähere Bekanntschaft mit ihm zu machen. Ich schaue auf die Türen, die in die Gerichtssäle führen. Wurde hier der Mörder von Saïd freigesprochen?

»Mattia?«

Ich blicke überrascht auf. Die weibliche Stimme kommt aus Richtung des Getränkeautomaten, der sich vor den Toiletten befindet, nur ein paar Meter entfernt. Sie gehört einer Frau um die fünfundzwanzig. Sie trägt Jeans und einen schwarzen Mantel und wartet darauf, dass ihr Kaffeebecher sich langsam füllt. Ihr Gesicht kommt mir zwar bekannt vor, aber ich weiß nicht, wer sie ist. Sie lächelt mich an. Sie wartet, bis der Automat das Wechselgeld ausgespuckt hat, dann kommt sie zu mir rüber.

»Siham«, sagt sie. »Ich bin eine Freundin deiner Schwester. Kennst du mich noch? Ihre Augen sind mit Kajalstift umrandet, der leicht verwischt ist. Dadurch wirkt sie erschöpft, irgendwie habe ich den Eindruck, die halbe Stadt ist gerade von dieser Erschöpfung ergriffen worden.

Wir küssen uns auf die Wangen. Sie setzt sich neben mich auf die Bank, pustet auf ihren Kaffee. »Was machst du hier?«, fragt sie. »Bist du etwa allein?«

Ich habe keine Lust, ihr die ganze Geschichte zu erzählen, zucke nur mit den Schultern, als wollte ich sagen, »halb so wichtig«, und sie fragt nicht weiter nach. Ich gebe die Frage zurück.

»Ich begleite einen Freund. Er hat bald einen Prozess und ist gerade bei seinem Pflichtverteidiger.«

»Und was wirft man ihm vor?«

Sie lächelt.

»Er macht Graffiti.«

»Das ist alles?«

»Die Bullen scheinen nichts Besseres zu tun zu haben.«

Aber ich höre ihr gar nicht mehr zu. Ich muss an die Nacht denken, als ich Karim gesehen habe, Karim und seinen Kumpel, die von den Bullen gejagt wurden. Ich traue mich nicht zu fragen, ob es um ihn geht.

Es folgt ein verlegenes Schweigen. Unsere Schicksale berühren sich zwar, aber ansonsten verbindet uns eigentlich nichts, nur der Tod unserer Angehörigen. Ich wünschte, ich wäre damals dabei gewesen, als Jugendlicher, als die Hochhäuser von Verrières noch standen. Ich hätte gerne etwas von dem Aufstand mitbekommen, der damals in der Luft lag und rund um die Hochhäuser wehte, nachdem sie Saïd getötet hatten. Und auch von ihm hätte ich gerne mehr mitbekommen als nur ein mit roter Farbe an die Wand gespraytes Gesicht.

Siham rührt in ihrem Kaffee. Sie starrt auf die leeren Augen der Justitia-Büste, die mehrere Meter über unseren Köpfen an der Wand hängt. »Hast du Gina kürzlich mal gesehen?«, frage ich.

Sie schaut weiter unverwandt nach oben.

»Vor ein paar Wochen.«

»Weißt du, wo sie jetzt ist?«

Sie zuckt die Schultern.

»Nein.«

»Und meine Mutter?«

»Amélia? Die habe ich schon ewig nicht mehr gesehen.«

»Hat Gina dir gesagt, dass sie verschwunden ist?«

Sie zögert unmerklich, dann nickt sie.

Und ich habe immer mehr das doofe Gefühl, dass sie mir etwas verheimlicht, so wie alle um mich herum. Ich würde gerne mit ihr über meinen Vater sprechen, sie fragen, ob sie eine Ahnung hat, was es mit diesem angeblichen Beweis auf sich hat, den die Bullen selbst nach seinem Tod immer noch suchen. Aber ich weiß, dass sie mir eh nicht antworten würde. Es gibt halt Dinge, die man Kindern lieber vorenthält.

Die Tür des Richters geht auf, Zé und sein Anwalt kommen heraus, in eine angeregte Unterhaltung vertieft. Siham steht auf. Sie wuschelt mir kurz mit einer Hand durch die Haare wie alle Erwachsenen, wenn sie nicht mehr wissen, was sie sagen sollen.

»Ciao, Mattia.«

»Ciao …«

Sie nickt Zé kurz zu, er nickt zurück. Mein Vormund kommt zu mir rüber.

»Du bist dran.«

»Und, lief es gut?«

»Keine Ahnung.«

Der Richter bietet mir einen gut gepolsterten Stuhl an. Er lächelt und versucht den Eindruck zu vermitteln, dass er das nicht aus bloßer Höflichkeit tue, aber es wirkt dennoch leicht gezwungen. Ich kenne dieses Lächeln bereits vom Krankenhauspersonal und von den Mitarbeitern des Jugendamtes. Sie wollen angeblich immer nur das Beste für einen, nur haben sie in all den Jahren etwas aus dem Blick verloren, nämlich, was das Beste überhaupt ist.

Auf seinem Schreibtisch steht ein Computer, gerahmte Fotografien, hinter ihm an der Wand hängen Kinderzeichnungen, die in krakeliger Schrift signiert sind. Häuser, Wälder, kleine Familien, Mama, Papa, Geschwister und der glückliche Künstler selbst, der übers ganze Gesicht strahlt.

»Hallo Matéo. Ich heiße Frank Kowalski. Hat dein Vormund dir erklärt, warum ich euch einbestellt habe?«

»Ja.«

»Ich stelle dir jetzt ein paar Fragen und bitte dich, sie so ehrlich wie möglich zu beantworten. Du weißt, was »ehrlich« heißt, oder?«

Ich verdrehe die Augen.

»Ja.«

»Das Ziel dieser Fragen ist, dass du mir dabei hilfst, die beste Lösung für dich zu finden.«

Ich nicke und schiebe meine Hände unter meine Oberschenkel, um nicht zu zeigen, wie nervös ich bin. Er tippt eine Weile auf seiner Tastatur herum, dann verschränkt er die Arme auf seinem Schreibtisch und gibt sich betont entspannt. »Dein Vormund kümmert sich seit fünf Jahren um dich. Was hältst du von ihm?«

Ich überlege.

»Keine Ahnung, er ist nett.«

»Nett.«

»Ja.«

»Versteht ihr euch gut?«

»Ja.«

»Wird er manchmal wütend?«

»Nicht oft, ich bin brav.«

Er lächelt.

»Das glaube ich dir. Und wenn du mal nicht brav bist? Du machst doch sicher auch mal eine Dummheit wie alle Kinder.«

»Dann bekomme ich eine Strafe.«

»Und was für eine?«

»Dann darf ich nicht fernsehen oder er zwingt mich, in meinem Zimmer zu bleiben, solche Sachen halt.«

»Er zwingt dich?«

»Ich meine, ich darf nicht raus.«

»Schreit er dich denn nie an?«

»Nein, er ist sehr ruhig.«

»Versohlt er dich, gibt er dir mal eine Ohrfeige ...«

»Nie.«

»Kein einziges Mal?«

»Nie.«

Er wirft einen prüfenden Blick auf seinen Bildschirm. Auf einmal fällt mir wieder ein, dass die Notärztin angekündigt hatte, eine Meldung zu machen.

»Einmal«, korrigiere ich mich schnell. »Das ist noch nicht lange her, da hat er mir eine Ohrfeige gegeben.«

»Hat das wehgetan?«

»Ein bisschen.«

»Warum hat er dich geschlagen?«

»Weil ich ihn Mörder genannt habe.«

Er trommelt mit den Fingern gegen sein Brillengestell.

»Ich war sauer wegen der Schule, meine Noten sind nicht so besonders, obwohl ich mir Mühe gebe.«

»Und deshalb warst du sauer auf ihn? Findest du, er hilft dir nicht genug?«

»Doch, er hilft mir.«

»Und warum hast du ihn dann beleidigt?«

»Um davon abzulenken, dass es mein eigener Fehler war.«

Er schaut mich an. Ich setze ein reuevolles Lächeln auf, als wäre ich ein armer kleiner Junge, der nicht weiß, was er tut. Das funktioniert. Er lächelt zurück.

»Dein Vormund hat mir gesagt, du wüsstest darüber Bescheid, dass es in seinem Leben ... äh ... mal eine schwierige Phase gab.«

»Ja.«

»Ist das ein Problem für dich?«

»Nein.«

»Fühlst du dich bei dir zu Hause nie in irgendeiner Form bedroht?«

»Nein, es ist alles in Ordnung, Zé beschützt mich.«

Dann kommt er auf die Nacht zu sprechen, in der die Bullen mich gefunden haben, im tiefsten Winter, aufgeputscht durch Energydrinks. Ich versuche bei der Wahrheit zu bleiben, aber spare aus, dass Zé mich darum gebeten hatte, auf Gabrielle aufzupassen, für den Fall, dass sie einen erneuten Selbstmordversuch unternehmen würde. Er stellt mir zwei, drei Fragen zu ihr. Ich hatte mit Zé besprochen, was ich darauf sagen soll. Also beteuere ich, nicht zu wissen, dass sie sterben wollte, und sage, Zé hätte mir gegenüber von einem Unfall gesprochen. Der Richter verzichtet darauf, mir die Wahrheit zu sagen. Ich tue so, als hätten ihre diversen Krankenhausaufenthalte mich nicht weiter beunruhigt.

Am Ende knackt er mit den Fingern.

»Sehr gut, vielen Dank, Matéo.«

»Ich heiße Mattia, Monsieur, aber ist egal.«

Er begleitet mich zurück in die Eingangshalle. Dort wartet Zé, der überarbeitete Anwalt ist bereits verduftet. Schweigend gehen wir zum Auto.

»Ich besuche Gabrielle in Charcot«, sagt er nach ein paar Minuten. »Willst du mitkommen?«

Ich denke an die Mauern, an das Zimmer, in dem mein Vater sich erhängt hat, in dem immer ein bestialischer Gestank herrschte, an die weißen Kittel und die leeren Blicke, an die wackeligen Schritte. Eigentlich möchte ich nicht mit, aber ich sage ja.

Da ist sie. Gabrielle wirkt sehr zierlich in ihrem blauen Pyjama. Seit einer Woche ist sie hinter den hohen Mauern von Charcot auf der Orchideen-Station, von Eingeweihten auch schlicht »C4« genannt. Hier haben Zé und mein Vater sich damals ein Zimmer geteilt, als sie beide den Boden unter den Füßen verloren hatten. Ich erinnere mich noch sehr gut an diese Gänge. Das Zimmer, in dem er sich umgebracht hat, liegt gegenüber von ihrem.

Gabrielle sitzt im Schneidersitz auf dem Bett und schaut aus dem Fenster. An der Wand hängt ein Fernsehapparat, aber er ist nicht angeschlossen. Ein Nachttisch. Ein Telefon. Ein Schreibtisch unter dem Fenster, das auf den Raucherhof rausgeht, wo ein paar Insassen, die den gleichen Pyjama tragen wie sie, auf und ab gehen.Es hat sich seit damals nicht viel verändert, außer dass es jetzt Kameras gibt.

Zé sitzt rechts neben ihrem Bett auf einem Stuhl, hat seine Hand auf ihre Hand gelegt und blickt ins Nichts. Ihre Augen wirken müde, sind rot gerändert, geschwollen, man meint, sie wäre in dieser einen Woche um zehn Jahre gealtert. Hier altert man schneller, im Herzen dieser Anstalt, die einem jeden Tag ein Stückchen mehr Substanz raubt, weil man der Meinung ist, diese Substanz würde nur Schmerzen verursachen.

Ich lehne an der Tür, die Hände in den Jackentaschen vergraben, und beobachte die Leute, die draußen vor dem Fenster wie in Zeitlupe vorbeigehen.

Zwischen uns Dreien herrscht natürlich mal wieder Stille, eine Stille, die uns nicht vereint, sondern trennt.

Nach einer guten halben Stunde bricht Gabrielle endlich das Schweigen.

»Du hättest sie daran hindern sollen.«

Sie sieht ihn nicht an. Ich spüre förmlich, wie jede einzelne Silbe Zé mitten ins Herz trifft. Er drückt ihre Hand noch ein wenig fester.

»Ich habe es versucht.«

»Von wegen.«

Ihre Stimme klingt schleppend. Das sind die Medikamente. In

den fünf Jahren, die mein Vater unter Medikamenteneinfluss stand, hat er diese unnatürlich langsame Art zu sprechen nie abgelegt. »Wenn du das gewesen wärst, dann hätte ich mich mit Händen und Füßen dagegen gewehrt, dass sie dich hierherbringen. Ich dachte, ich bin dir wichtig.«

»Bist du ja auch!«

»Dann hol mich hier raus, verdammte Scheiße!«

Verblüfftes Schweigen. Sie flucht nicht besonders oft. Und normalerweise schreit sie auch nicht, aber jetzt hat sie geschrien. Zé schaut zu Boden, er kämpft mit den Tränen. Sie entzieht ihm ihre Hand.

Ich verdrücke mich, ich würde gerne vor der Tür etwas frische Luft schnappen, aber ich kann die Klinik nur verlassen, wenn mir ein Pfleger die Tür öffnet, und es ist keiner zu sehen. Also begnüge ich mich mit dem rundum eingezäunten Raucherhof. Ein Mann um die zwanzig ist damit beschäftigt, den Efeu abzureißen, der am Zaun hochwächst, eine Frau, die im Gras kauert, schaut ihm aus einigem Abstand dabei zu. Als sie mich sieht, lächelt sie. Ich zwinge mich dazu, ihr Lächeln zu erwidern. Es ist offensichtlich, dass sie Hilfe braucht, aber ich kann nichts für sie tun, ich kann für niemanden etwas tun.

Ich stelle mich in die Mitte des Hofes und bemühe mich, an nichts zu denken. Nicht so einfach, während der Typ neben mir sich an dem Gitter abarbeitet und dabei ein Grunzen von sich gibt, das immer schriller klingt, je mehr er sich anstrengt. Eines Tages werde ich hier sicherlich auch landen, auf der falschen Seite des Zauns. So gesehen kann ich mich auch schon jetzt daran gewöhnen.

Ich versuche mir vorzustellen, wie mein Alltag aussehen würde, aber es gibt hier schlicht nichts zu tun. Also rauchen die Leute. Sie gehen auf und ab. Sie langweilen sich. Medikamente, Mahlzeiten, Schritte auf dem Gang, Stille.

Ich hocke mich ins Gras. Am liebsten würde ich heulen. Wütend wische ich die Tränen weg. Die Frau fragt mich, ob alles okay ist, ich sage ja. Ich habe keine Lust, mit ihr zu reden. Sie verschwindet im Gebäude. Ich habe keine Ahnung, wie viel Zeit vergeht, bis Zé sich neben mich hockt. »Komm Mattia, wir gehen«, sagt er mit einer sehr sanften Stimme.

Ich klammere mich an seinen Ärmel. Er zieht mich hoch, ist überrascht, dass ich ihn anfasse, wir berühren uns sonst nicht so oft. Ich hänge mich an seinen Arm, von der irrationalen Angst getrieben, irgendjemand könnte uns daran hindern zu gehen, die Pfleger könnten uns den Weg versperren und sagen: »Sie bleiben für immer hier.« Denn wenn das passieren sollte, wer würde uns dann hier rausholen?

Aber niemand stellt sich uns in den Weg.

Einundzwanzigstes Kapitel

»Das überlebt sie nicht.«

»Du verstehst das nicht richtig, Mattia.«

»Ich sage dir, sie krepiert da. Zé ist der Einzige, der sie davon abhalten kann, und selbst dem gelingt es nicht immer. Mit irgendwelchen Pillen wird man sie kaum davon überzeugen, dass sie im Grunde glücklich ist.«

»Darum geht es auch nicht.«

»Worum dann?«

Nouria seufzt. Sie steht auf, um aus dem Fenster zu schauen, wie immer, wenn sie mit einem Problem konfrontiert ist. Ich blicke zu ihr herüber, aber stelle mich nicht neben sie. Aus lauter Nervosität habe ich so an meinen Fingern gezerrt, dass sie mir wehtun. Nun gehe ich dazu über, mich heftig an der Innenseite meiner Handgelenke zu kratzen, und zwar dort, wo die Narben noch immer weiß und leicht erhaben zu sehen sind. »Sie geben ihr nicht nur Medikamente, sie bekommt sicher auch eine Psychotherapie.«

Ich lache schrill auf.

»Sie spricht doch noch nicht mal mit uns!«

»Manchmal ist es leichter, mit einem Therapeuten zu reden. Sieh uns an, was du mir hier erzählst, erzählst du das vielleicht Zé oder Gabrielle?«

»Nein, das stimmt.«

»Siehst du? Vielleicht tut es ihr am Ende doch gut, in der Klinik zu sein.«

»Sie will nur eins, aus diesem Leben verschwinden. Und die wollen sie zwingen zu leben.«

»Wer?«

»Na alle, Zé, die Ärzte, ihr Bruder …«

»Ihr Bruder?«

Ich berichte ihr von der Nacht, in der ich ihn bei uns überrascht habe. So nach und nach erzähle ich ihr alles, was ich in den letzten Tagen in Bezug auf meinen Vater und den Wahnsinn, den sie ihm eingeimpft haben, in Erfahrung gebracht habe. Sie können erzählen, was sie wollen, ich bin überzeugt, dass das alles mit diesen Beschattungsmaßnahmen angefangen hat. Durch sie hat sich sein natürliches Misstrauen in eine »paranoide Schizophrenie« verwandelt. Man mag die Halluzinationen und Wahnvorstellungen für alles Mögliche verantwortlich machen, Einbrüche begehen die in der Regel aber nicht.

Sie setzt sich wieder in ihren Sessel.

»Also … das ist ja geradezu filmreif.«

»Papa hat sich das Leben genommen«, gebe ich zurück. »Daran

besteht überhaupt kein Zweifel. Aber sie haben alles dafür getan, ihn so weit zu bringen.«

»Du meinst, sie sind schuld daran, dass er den Boden unter den Füßen verloren hat?«

»Das hat mit dem Mord an Saïd zu tun, mit der Reaktion der Richter darauf, mit der ganzen Scheiße, die uns umgibt.«

»Ich wusste bisher gar nicht, dass du ein kleiner Revolutionär bist.«

»Darum geht es nicht, ich rede nicht über Politik, ich rede über das, was hier los ist.«

»Das ist Politik.«

»Es ist mir völlig egal, wie das heißt. Ich durchschaue das auch nicht alles. Ich lebe hier, seit ich denken kann, und habe bisher nicht besonders viel mitbekommen. Noch habe ich nicht genug Lebenserfahrung, um zu wissen, wie das ganze Leben so läuft. Aber das bisschen, was ich sehe … Ich verstehe Gabrielle und ich verstehe meinen Vater. Man muss schon irre sein, um in dieser Welt leben zu wollen. Eigentlich gehören wir alle in die Anstalt.«

Sie sieht mich forschend an.

»Möchtest du etwa sterben?«

Ich zucke zusammen. Mit dieser Frage habe ich nicht gerechnet. Dann fällt mir wieder ein, dass ich das erste Mal bei Nouria war, nachdem ich mit diesem verdammten Messer herumhantiert hatte, mit der Folge, dass meine Mutter mir ihre Liebe entzogen hat. Und da wird mir klar, dass das ihre große Angst ist. »Nein«, sage ich. »Aber ich verstehe diejenigen, die das wollen.«

»Verstehen kann das jeder, darum geht es nicht.«

»Und worum geht es dann?«

»Das Leben …«

»… ist ein kostbares Gut, ich weiß.«

Sie wischt meine Bemerkung mit einer wütenden Handbewegung weg.

»Wenn alle, die die Welt um sich herum nicht ertrugen, sich das Leben genommen hätten, statt zu kämpfen, dann hätte sich nie etwas geändert!«

»Dann sieh dir doch mal an, wie es heute um sie steht.«

Ich deute nach draußen. »Es verändert sich nie irgendetwas, das ist nur eine Illusion, weil das Leben sich weiterbewegt, weil die Erde sich dreht. Und sonst? Es ist eine einzige Scheiße, und es war schon immer eine einzige Scheiße. Punkt. Was willst du denn bitte ändern? Und wie?«

Sie lächelt mich traurig an.

»Einige suchen ihr Leben lang nach einer Antwort.«

»Kein Wunder, weil es nämlich keine Antwort gibt. Es ändert sich nichts. Nie. Man tritt immer nur auf der Stelle. Zumindest das habe ich kapiert.«

Eine ganze Weile herrscht Stille. Ich kratze heftig an meinen Handgelenken. Nouria starrt mich an, mit leerem Blick. Sie seufzt erneut auf. »Wenn es stimmt, was du sagst, dann bleibt dir nur noch, irgendwie durch die Maschen des Netzes zu schlüpfen.«

Wenn du die Dinge nicht mehr ertragen kannst, musst du den Blickwinkel ändern. Wo bist du, Gina? Hilf mir, ich brauche dich.

Zé hält sein Versprechen, er tut, was er kann, um Gabrielle da rauszuholen. Er fährt täglich nach Charcot, nimmt Kontakt zu einer Anwältin auf, die spezialisiert ist auf solche Fälle. Sie erklärt ihm, dass nur zwei Personen Gabrielles Entlassung anordnen können, ihr Psychiater oder die Person, die sie zwangseinweisen ließ. Ihm sind die Hände gebunden, und da er verrückt ist oder es zumindest war, kann er quasi gar nichts tun. Es ist immer das gleiche Problem: Er gilt als nicht vertrauenswürdig.

Also macht er sich auf die Suche nach Gabrielles Bruder, weil er denkt, der hätte den Schlüssel, um Gabrielle da rauszuholen. Das Problem ist nur, Thomas ist unauffindbar. Er steht nicht im Telefonbuch, er ist nirgendwo gemeldet, weder in der Region noch außerhalb. Als Zé im Krankenhaus nach Thomas' Telefonnummer fragt, wimmelt man ihn ab und sagt, das sei eine vertrauliche Information. »Warum gehst du nicht zur Polizei?«, frage ich eines Abends, als er die Hoffnung schon fast aufgegeben hat.

Anscheinend hat er mich gar nicht gehört. Zwischen seinen Lippen verglimmt eine Zigarette. Vor ihm steht ein Teller Bohnen aus der Konserve, den er nicht angerührt hat. Ich habe heute gekocht. Im Zuge von Gabrielles Selbstmordversuchen habe ich das lernen müssen. Immer wenn sie im Krankenhaus ist, hört Zé auf zu essen. Selbst wenn sie schon auf dem Weg der Besserung ist, rührt er nichts an. Er leidet so sehr mit ihr mit, dass er noch nicht mal an das denkt, was überlebenswichtig ist.

Das nennt man wohl Liebe – schön und zugleich ziemlich plemplem.

Nachdem ich aufgegessen habe, wende ich ihm den Rücken zu, um meinen Teller abzuwaschen. Dabei wiederhole ich meine Frage. Dieses Mal etwas lauter.

»Die Bullen halten zusammen«, antwortet er. »Seine Kollegen denken sicher, ich will ihm ans Leder. Da würden sie nur misstrauisch werden.«

»Meinst du, es ging ihnen bei der Beschattung eigentlich um Gabrielle?«

»Vielleicht. Ihr Bruder wusste nur, dass ich mit ihr zusammenlebe. Der Mietvertrag ist auf den Mädchennamen meiner Mutter abgeschlossen und mein echter Name steht nur auf dem Briefkasten. Es war also nicht leicht herauszufinden, wo ich wohne.«

»Und warum benutzt du nicht deinen richtigen Namen?«, frage ich und setze mich wieder ihm gegenüber.

Er stößt einen tiefen Seufzer aus. »Ich habe immer Angst, dass eines Tages Angehörige von Émilie …«

Das Mädchen, das er getötet hat. Zé beendet seinen Satz nicht. Ich schaue verlegen zur Seite. Er erwähnt sie eigentlich nie. Ich warte kurz, bevor ich das Thema wieder aufgreife. »Wo arbeitet Gabrielles Bruder denn?«

»Keine Ahnung, nicht in dieser Stadt.«

»Und was machen wir nun?«

Er zuckt mit den Schultern, erinnert sich an seine Zigarette und drückt sie im Aschenbecher aus. »Wenn es keine andere Lösung gibt, dann holen wir sie da ohne offizielle Erlaubnis raus.«

»Sie haben sie schon mal abgeholt.«

»Dann ziehen wir eben um.«

»Das ist ein Bulle, der findet jede Adresse heraus.«

»Er hat ziemlich lange gebraucht, um diese herauszufinden.«

»Er weiß aber, in welche Schule ich gehe, und selbst wenn du mich ummeldest, kommt er sicher schnell dahinter.«

Darauf antwortet er nicht, sondern brütet schweigend vor sich hin. Ich überlasse ihn seiner Verzweiflung. Mir ist schon klar, dass ihm diese Unterhaltung seine ganze Ohnmacht vor Augen geführt hat. Später, nachts, als ich aufstehe, um ein Glas Wasser zu trinken, sitzt er immer noch in der Küche und kritzelt etwas auf lose Blätter. Er merkt nicht mal, dass ich da bin. Aus dem Augenwinkel sehe ich Zahlenfolgen und abstrakte Zeichen, eine unendlich lange Gleichung.

Er hatte sich doch geschworen, sich nach Émilies Tod nie wieder mit Mathematik zu beschäftigen. Klar, die Mathematik war nicht schuld an ihrem Tod, aber ich vermute Zé brauchte etwas, auf das er es schieben konnte, egal was. Und da es keine Person gab, stürzte er sich ausgerechnet auf die Zahlen, die nun wirklich nichts dafür konnten. Aber wie auch immer, ich halte das für ein schlechtes Zeichen.

Zwei- oder dreimal fragt Zé mich, ob ich ihn in die Klinik begleiten will, aber ich lehne unter dem Vorwand ab, ich müsse Hausaufgaben machen. Er tut so, als würde er mir glauben.

Im Moment läuft einfach alles schief. Ich stelle meine Bemühungen, mich in der Schule zu verbessern, ein. Da wir die Anhörung hinter uns haben, erlaube ich mir zu meiner gewohnten Mittelmäßigkeit zurückzukehren. Als meine Lehrerin mir damit droht, Zé einzubestellen, stecke ich ihr, dass Gabrielle in der Psychiatrie ist. Bei der Gelegenheit erwähne ich auch noch, dass mein Vater sich in derselben Klinik das Leben genommen hat und Zé ihn damals gefunden hat. Sie nuschelt irgendwas, das sich wie eine Entschuldigung anhört, und redet nicht mehr davon, dass sie mit ihm ein pädagogisches Gespräch führen müsse.

Meine Mutter bleibt verschwunden. Ich beginne mich ernsthaft mit dem Gedanken vertraut zu machen, dass sie tot sein könnte, so wie ich mich damals innerlich auf den Tod meines Vaters vorbereitet hatte, um nicht unvorbereitet getroffen zu werden. Jeden Morgen beim Zähneputzen wiederhole ich im Flüsterton: »Sie ist tot, Mama ist tot!« Und nach und nach gewöhne ich mich an die Vorstellung. Allmählich vergesse ich auch, wie sie aussah. An das Gesicht meines Vaters erinnere ich mich überhaupt nicht mehr.

Eines Nachts, als ich allein bin, kehre ich zu der Baustelle zurück, die dort ist, wo mal Verrières war. Die Arbeiten schreiten voran. Da, wo einst die Hochhäuser standen, ist nur noch ein riesiger Krater zu sehen … Sie haben das Graffito von der Werbetafel entfernt.

Ich steige auf den Kran und sehe mir die Welt von oben an, aber selbst von oben kann ich nichts Schönes daran entdecken. Also steige ich wieder herunter. Niemand hat mich bemerkt. Ich laufe kreuz und quer durch die Stadt, nehme aber nur kleine Nebenstraßen, damit ich keiner Patrouille begegne. Irgendetwas ist anders, plötzlich weiß ich, was es ist. Sie haben Saïds Gesicht von sämtlichen Fassaden entfernt, wie schon so oft. Aber dieses Mal hat keiner versucht, es wieder zu erneuern. Diese Tatsache ist wie eine kalte Dusche für mich, man könnte meinen, sie hätten gewonnen.

Um Punkt sechs Uhr bin ich wieder zu Hause, kurz bevor Zé kommt. Im dunklen Treppenhaus stoße ich nichtsahnend vor unserer Tür mit dem Fuß gegen einen Körper, da bekomme ich einen Mordsschreck. Ich höre eine Frauenstimme, die wilde Flüche ausstößt.

Die Stimme kenne ich. Ich beuge mich hinunter, halte den Atem an.

»Gina?«

»Kannst du nicht aufpassen, wo du hintrittst, du kleiner Idiot?«

Kein Zweifel, das konnte nur meine Schwester sein. Ich spare mir eine Entschuldigung und komme erst recht nicht auf die Idee, sie zu umarmen. Nachdem der erste Schreck überwunden ist, steige ich mit etwas Mühe wortlos über sie hinweg und stecke den Schlüssel ins Schloss.

Da steht sie auf.

»Ich habe auf Zé gewartet. Was treibst du denn allein da draußen um diese Zeit?«

Ich antworte nicht, ignoriere sie einfach und verschwinde auf direktem Weg in mein Zimmer. Sie will mir nachgehen. Ich lehne mich von innen gegen die Tür, damit sie nicht reinkommen kann. Sie klopft vorsichtig.

»Mattia …«

Stille.

»Mattia, nun sei doch nicht beleidigt.«

»Du kannst mich mal …«, antworte ich, ohne den Satz zu beenden, schließlich rede ich immer noch mit meiner Schwester, da will ich nicht total unflätig werden.

Sie antwortet nicht. Ihre Schritte entfernen sich. Ich sehe nicht nach, ob sie weg ist. Stattdessen lege ich mich ins Bett, um wenigstens noch eine Stunde Schlaf zu bekommen.

Kurz darauf weckt Zé mich, um mich zur Schule zu bringen. Ich stelle fest, dass Gina auf dem Sofa eingeschlafen ist. Mein Vormund gibt während der Fahrt zur Schule mal wieder kein einziges Wort von sich. Ich frage ihn nicht, ob er mit Gina gesprochen hat.

Insgeheim hatte ich zwar erwartet, dass Gina mir einen Besuch in der Schule abstattet, aber als sie dann in der Mittagspause auftaucht, bin ich doch überrascht. Sie steht hinterm Zaun und winkt mich heran. Ich schlendere betont lässig zu ihr herüber und klettere auf eine Bank, um mit ihr auf einer Höhe zu sein. »Zé hat mir das von Gabrielle erzählt.«

Ich nicke traurig.

»Ich würde sie gerne besuchen«, fährt sie fort. »Willst du mich nach der Schule dorthin begleiten?«

Ich reagiere nicht, steige von der Bank und will zurückgehen, da ruft sie:

»Oder wir gehen jetzt gleich hin und ich schreibe dir eine Entschuldigung.«

Da mache ich augenblicklich kehrt. Sie lacht laut und fährt mir mit der Hand durch die Haare.

»Ich weiß eben, wie du tickst.«

Hand in Hand gehen wir auf die hohen Mauern zu. Ich frage mich, warum Gina eine Frau besuchen möchte, die sie kaum kennt. Anscheinend hat Charcot ihr nicht so zugesetzt wie mir, es sei denn, sie will sich bewusst den Geistern der Vergangenheit stellen.

Sie trägt immer noch die gleiche graue Jogginghose und den gleichen weißen Kapuzenpulli. Nur ihre Haare sind etwas länger. Ansonsten sieht sie genauso aus wie vorher. Und wieso habe ich dann das Gefühl, sie jahrelang nicht gesehen zu haben?

»Tut mir leid, dass ich einfach weggegangen bin, ohne Dir vorher Bescheid zu sagen«, sagt sie. »Zé und ich haben uns nicht verstanden, da bin ich lieber gegangen, bevor er mich vor die Tür setzen konnte.«

Und wieso weiß ich, dass sie mich anlügt?

Eine Krankenschwester verweigert uns den Zutritt. Die Besuchszeit beginnt erst um vierzehn Uhr. Deshalb gehen wir wieder nach draußen und setzen uns auf eine der Parkbänke, die nicht weit von der Orchideen-Station entfernt steht. Gina hat auf dem Weg zur Klinik Sandwiches gekauft. Wir gönnen uns also ein kleines Picknick unter den Augen von ein paar Patienten, die meine Schwester um Zigaretten anbetteln. Sie verteilt sie so großzügig, dass ihr Päckchen danach fast leer ist.

Mehrmals bin ich kurz davor, das Thema anzusprechen, das mich die ganze Zeit beschäftigt: die Sache mit dem angeblichen Beweis, aber irgendwie will es mir nicht über die Lippen kommen. Zu meiner eigenen Überraschung fühle ich mich sehr wohl, wie ich da so neben ihr sitze. Es ist schon eine Weile her, dass ich mit einem Erwachsenen zu tun hatte, der nicht am Rande der Verzweiflung steht. Die Selbstsicherheit meiner Schwester ist ansteckend und ich möchte diesen ersten unbeschwerten Moment seit Gabrielles Einweisung in die Psychiatrie nicht kaputtmachen.

Als Gina sieht, wie eine Familie auf die Orchideen-Station zusteuert, schaut sie auf ihre Uhr. »Es ist halb drei, gehen wir?«

Ich stehe zuerst auf. Gina will mir gerade folgen, hält dann aber wie vom Blitz getroffen inne. Ich folge ihrem Blick. Sie späht zum Raucherhof herüber. Der ist eigentlich nicht einsehbar wegen des Efeus, aber der Typ neulich hat eine ganze Menge davon abgerissen. Und durch diese Lücke sieht man zwei Personen mit Kippe im Mund nebeneinander hergehen. Die eine von beiden ist Gabrielle und die andere ist ihr Bruder. »Das ist Gabrielle«, sage ich, um irgendwas zu sagen.

»Und der Typ?«

»Ihr Bruder. Hat Zé dir die Geschichte nicht erzählt? Er war es, der sie in die Psychiatrie eingewiesen hat, er hat zwei Jahre lang nach ihr gesucht …«

»Ihr Bruder?«

Ginas Stimme klingt brüchig. Meine Schwester ist mit einem Mal kalkweiß geworden. Nachdem sie sich die Kapuze ihres Pullovers tief ins Gesicht gezogen hat, richtet sie sich schwankend auf.

»Mattia, sag mir die Wahrheit, das ist wichtig. Ist das wirklich ihr Bruder?«

»Na klar, er ist Bulle, kennst du ihn?«

»Ich weiß, dass er Bulle ist!«

Gina steckt sich eine Zigarette in den Mundwinkel und redet nun extrem schnell, als wollte sie eine Sache loswerden, die eigentlich zu belastend ist, um sie auszusprechen:

»Er heißt Thomas Ross. Er hat Saïd getötet.«

In meinem Kopf macht sich Nebel breit. Ich drehe mich zum Raucherhof um. Thomas Ross. Ich kenne diesen Namen, er weckt schlechte Erinnerungen, das ja, aber bisher hatte niemand Gabrielles Bruder bei seinem vollen Namen genannt. Insofern habe ich ihn nie in Verbindung mit dieser Person gebracht. Im Übrigen habe ich versucht, diesen Namen ebenso zu vergessen wie den meines Vaters. Das ist mir offenbar gut gelungen, denn ich wäre niemals darauf gekommen, dass es irgendwelche verwandtschaftlichen Beziehungen zwischen Zés Freundin und dem Mörder geben könnte, der Saïd ins Grab gebracht hat und meinen Vater in die Psychiatrie.

Mir wird mit einem Mal übel. Ich fixiere den Bullen aus der Ferne. Weder er noch Gabrielle haben uns bemerkt. Vor meinem inneren Auge ziehen all die Situationen vorüber, in denen ich ihr oder Zé gegenüber Saïd erwähnte. Ich entsinne mich, dass sie sich dabei manchmal merkwürdige Blicke zuwarfen, und ich nicht verstand wieso. Damals dachte ich, es sei aus Mitgefühl für Saïd, tatsächlich aber hatte es mit dem Geheimnis zu tun, das sie vor mir verbargen. Wann haben sie wohl entschieden, dass ich das nicht wissen soll?

Zum ersten Mal in meinem Leben würde ich gerne auf jemanden einprügeln. Ich meine richtig, nicht nur zum Spaß. Es könnte von mir aus sogar jemand sein, der mir nichts getan hat, nur um das Geräusch von brechenden Knochen zu hören. Ich habe mich selbst nie geschlagen. Bisher hatte ich nie das Bedürfnis und hätte es auch nie für sinnvoll gehalten, so etwas zu tun. Aber jetzt sehe ich diesen Bullen da vorne und empfinde nicht nur den Drang, jemanden zu schlagen, sondern, viel schlimmer noch, jemanden zu töten, und zwar jetzt in diesem Moment.

Gina nimmt meine Hand und holt mich dadurch schlagartig in die Realität zurück. »Komm, ich habe keine Lust, ihm über den Weg zu laufen.«

Sie klingt wutentbrannt. Offenbar empfindet sie das Gleiche wie ich, nur im Unterschied zu mir fühlt sie sich nicht auch noch betrogen. Aber sie dürfte das alles trotzdem noch tausendmal stärker empfinden als ich, sie hat die Sache ja schließlich hautnah mitbekommen.

Wir machen kehrt. Sie zieht mich hinter sich her durch den Park, ohne sich noch einmal umzuwenden. Ich wundere mich, dass sie ihn nicht zur Rede stellen will. Vielleicht hat sie Angst, dass sie die Fassung verliert und irgendetwas tut, was nicht wiedergutzumachen ist. Schließlich ist sie ja immer weggelaufen …

Als wir die Bushaltestelle neben der Klinik erreichen, bin ich ganz außer Atem. Zu meinem großen Erstaunen drückt Gina mir eine Busfahrkarte in die Hand:

»Du musst alleine nach Hause fahren, ich muss jetzt los.«

»Was?!«

»Erzähl mir nicht, du wärst noch nie Bus gefahren!«

»Aber wo willst du denn hin?«

Sie geht vor mir in die Hocke und ergreift meine Hände.

»Ich kann dir das jetzt nicht alles erklären. Aber ich muss ganz dringend jemanden treffen.«

»Hat das was mit dem Bullen zu tun?«

Sie zögert unmerklich.

»Ja.«

»He, warte! Es ist inzwischen einiges passiert … bei Mama wurde eingebrochen, bei uns auch und Stefano hat mir gesagt, dass das schon mal passiert ist nach Saïds Tod und dass Papa einen Beweis hatte …«

Gina richtet sich auf und klopft sich den Staub von ihrer Jogginghose. Genau in dem Moment kommt der Bus, sie gibt dem Fahrer ein Zeichen. »Wir sprechen später darüber, versprochen. Ich bleibe jetzt so oder so in der Stadt. Wir sehen uns also bald wieder. Komm gut nach Hause und halt die Ohren steif.«

Ich habe keine Ahnung, ob sie damit auf die depressive Stimmung anspielt, die in der Wohnung herrscht, auf die Erinnerungen, die durch Gabrielles Zwangseinweisung wieder hochgekommen sind, oder auf das Leben im Allgemeinen. Aber ich frage sie nicht. Es ist noch nie irgendjemandem gelungen, Gina zum Bleiben zu bewegen. Sie entfernt sich Richtung Stadtzentrum, während ich schweren Herzens in den Bus steige und versuche, meine Wut herunterzuschlucken.

Zweiundzwanzigstes Kapitel

Gina

Gina läuft und versucht, dabei nicht an ihren kleinen Bruder und seinen anklagenden Blick zu denken. Wann hatte er wohl aufgehört, sich noch irgendetwas vom Leben zu erhoffen? Und seit wann zwang er sich, jede nähere Berührung mit dem Leben zu vermeiden, als könne er so sämtliches Unglück abwehren?

Wenn all das vorbei wäre, würde sie sich um ihn kümmern. Vorerst hatte sie Wichtigeres zu tun.

Gina läuft und sieht im Geiste immer wieder zwei Gestalten vor sich: eine Frau und einen Mann, die in einiger Entfernung auf dem Raucherhof auf- und abgehen. Sie ist unglaublich wütend auf Zé, unglaublich wütend auf Gabrielle, unglaublich wütend auf die Justiz, eigentlich ist sie wütend auf alle.

Das Erreichen des Supermarkts reißt sie aus ihren Grübeleien. Hinter dem Schaufenster erkennt sie Siham. Sie geht rein, stöbert eine Weile in den Regalen herum, nimmt schließlich eine Tüte Chips und geht damit zur Kasse. Siham blickt ihr lächelnd entgegen. »Der Bulle ist immer noch in der Stadt«, sagt Gina. »Ich habe ihn gesehen, das ist keine Stunde her.«

»Wo denn?«, fragt Siham hastig, während sie die Chips über den Scanner zieht. »In Charcot, seine Schwester ist in der Psychiatrie, ich erklär's dir.«

»Um acht habe ich Schluss, wir treffen uns bei mir. Sagst du Karim Bescheid?«

»Nadir nicht?«

Die junge Frau schüttelt den Kopf. »Sein Bewährungshelfer ist ihm ständig auf den Fersen, er meint es ist besser, wenn wir uns erst mal nicht bei ihm melden.«

Die Kunden hinter Gina werden langsam ungeduldig. Sie verlässt den Laden mit der Tüte Chips in der Hand, ein paar Straßen weiter drückt sie auf eine Klingel mit Gegensprechanlage, keine Reaktion. Karim ist offenbar nicht zu Hause. Sie läuft eine Weile ziellos durch die Stadt, dann betritt sie eine Telefonzelle, steckt die Karte in den Schlitz, wählt eine Nummer, nach längerem Klingeln nimmt schließlich jemand ab.

»Latifa? Hallo, hier ist Gina. Ist meine Mutter da? Eine Minute später hört sie Amélias Stimme.

»Hallo, Gina.«

»Ich habe gerade Mattia gesehen, dem geht es wirklich gar nicht gut. Willst du dich nicht mal bei ihm melden? Nur damit er weiß, dass bei dir alles okay ist?«

Stille am anderen Ende der Leitung. »Ich habe keine Ahnung, was ich ihm sagen soll, sag du ihm doch einfach, dass es mir gut geht.«

»Er wird mir nicht glauben, er hat festgestellt, dass man ihm alles Mögliche verheimlicht hat, er vertraut mir nicht mehr.«

»Sag ihm einfach, dass es mir gut geht«, wiederholt sie und legt auf.

Gina starrt eine Weile auf den Hörer in ihrer Hand und kämpft gegen das in ihr aufsteigende Gefühl von Bitterkeit an. Es war unschwer herauszuhören, dass ihre Mutter von Schuldgefühlen geplagt wird, aber das änderte trotzdem nichts an der Tatsache, dass sie noch nicht einmal wissen wollte, wie es den anderen um sie herum ging.

»Verdammte Egoistin«, murmelt sie und wirft den Hörer auf die Gabel.

Sie lässt sich noch ein wenig durch die Straßen treiben, dann versucht sie erneut ihr Glück. Dieses Mal öffnet Karim ihr die Tür. Wenig später trifft auch Siham ein.

»Was soll diese Geschichte mit Nadir?«, fragt Gina ohne weitere Einleitung.

»Sein Bewährungshelfer setzt ihn unter Druck, er soll sich schnell einen Job suchen und darf sich nicht die kleinste Dummheit erlauben, solange er auf Bewährung ist. Wir müssen es halt ohne ihn machen«, erklärt Karim ihr.

»Wir brauchen ihn nicht«, fährt Siham dazwischen.

Sie wendet sich an Gina.

»Und, was ist nun mit dem Bullen?«

Dreiundzwanzigstes Kapitel

Wenige Stunden nachdem ich das Krankenhaus verlassen habe, begleite ich Zé wieder dorthin. Er motzt mich an, weil ich die Schule geschwänzt habe. Ich sage, das sei Ginas Schuld, er fragt nicht weiter nach. Seit wir die Anhörung hinter uns haben, ist die Schule ihm im Grunde genauso egal wie mir.

Die Krankenschwester, die uns öffnet, zieht erstaunt die Augenbrauen hoch, als sie mich das zweite Mal an diesem Tag sieht, aber sie spart sich einen Kommentar dazu. Bevor wir das Zimmer betreten, packe ich Zé am Ärmel.

»Kann ich später mal kurz mit ihr allein sein?«

Er nickt und ist wohl zu sehr in seine Gedanken vertieft, als dass er auf die Idee käme, mich zu fragen, warum.

Einen Moment lang rechne ich damit, Thomas Ross neben Gabrielles Bett vorzufinden, aber sie ist allein, sitzt an ihrem Schreibtisch und betrachtet die Welt vor ihrem Fenster oder vielmehr das bisschen davon, das man ihr zugesteht. Als wir reinkommen, fährt sie herum. Sie sieht müde aus, ihr Gesicht ist aufgedunsen.

»Hallo«, sagt Zé und lächelt.

Sie antwortet nicht. Ihr Schweigen ist für Zé die schlimmste Strafe. So wie beim ersten Mal überlasse ich sie ihrem Tête-à-Tête, laufe in den Gängen herum und mache dabei einen möglichst großen Bogen um das Zimmer gegenüber. Schließlich setze ich mich auf einen Stuhl in der Nähe des Besprechungszimmers und beobachte das Kommen und Gehen des Krankenhauspersonals. Ich würde gerne an gar nichts denken, aber es gelingt mir nicht. Zu viele Gedanken spuken in meinem Kopf herum, zu viele unbeantwortete Fragen.

Man wirft mir wieder einmal erstaunte Blicke zu. Ich habe inzwischen so viel Zeit hier verbracht, dass diese Station mittlerweile zu einem integralen Bestandteil meiner Kindheit geworden ist, auch wenn ich nicht behaupten würde, dass ich mich hier zu Hause fühle.

Ich blicke jedem weißen Kittel hinterher auf der Suche nach dem Pfleger, der mir mit seiner Bemerkung eine solche Angst eingejagt hat, und mir diese Angst eingebrannt hat, meinem Schicksal nicht entrinnen zu können, aber ich kann ihn nicht entdecken. Vielleicht arbeitet er ja gar nicht mehr hier. Ich weiß ja noch nicht mal seinen Namen.

Nach einer halben Ewigkeit setzt Zé sich neben mich. »Ich warte hier auf dich«, sagt er.

Gabrielle hat sich nicht von ihrem Schreibtisch wegbewegt. Sie zeichnet mit dem Finger unsichtbare Muster auf den Plastiktisch, der extra abgerundete Ecken hat, um bei einem möglichen Gewaltausbruch des Patienten die Verletzungsgefahr zu minimieren. Sie bekommt auch keinen Rasierer in die Hand, noch nicht einmal einen BH, sie könnte sich ja daran aufhängen. Das können sie sich echt sparen. Wie ich aus Erfahrung weiß, macht der Wunsch zu sterben, erfinderisch. Selbst in einem komplett ausgepolsterten Raum findet man, wenn nötig, noch eine Möglichkeit, sich das Leben zu nehmen.

Ich schließe leise die Tür hinter mir. Als mein Vater sich in sein Schweigen zurückgezogen hatte, war ihm jedes Geräusch zu viel.

Ich räuspere mich.

»Zé hat gesagt, du wolltest mich alleine sprechen?«, fragt sie, ohne sich umzudrehen.

Ihre Stimme klingt fast normal. Die Medikamente haben sie noch nicht völlig benommen gemacht. »Ja.«

Ich zögere, denke an Gina, daran, wie sie mich fragte, ob ich etwa mit Leuten reden könnte.

Nein, deshalb weiß ich auch nicht, wie ich anfangen soll. Schließlich entscheide ich mich dafür, direkt zur Sache zu kommen.

»Ich wollte vorhin schon kommen, aber da hattest du Besuch.«

Sie zuckt zusammen.

»Gina war bei mir, sie hat ihn auch gesehen und mir gesagt, wer das ist.«

Stille.

»Gabrielle!«

Ich mache ein paar Schritte auf sie zu. Sie fährt herum, bevor ich bei ihr bin. Womöglich hat sie gehört, wie meine Stimme vor Wut zittert.

»Dein Bruder ist der Bulle, der Saïd getötet hat.«

Sie lacht – es klingt künstlich – und nickt.

»Was glaubst du wohl, warum ich den Kontakt zu ihm abgebrochen habe?«

»Ich dachte, weil er dich in die Psychiatrie schicken wollte.«

»Nein, damals ging es mir noch besser. Da konnte ich noch arbeiten und das Haus verlassen, ohne eine Panikattacke zu bekommen. Wegen dieser Sache habe ich ihn nicht mehr gesehen. Also schau mich nicht so anklagend an, Mattia, er war es, der ihn getötet hat, nicht ich.Und dann beginnt sie zu erzählen, sie hat keine andere Wahl, das ist sie mir schuldig.

Vierundzwanzigstes Kapitel

Lieutenant Ross

Verrières gleicht einem riesigen Grab.

Das letzte Mal war Thomas Ross zur Rekonstruktion des Tathergangs bei den Wohnblöcken gewesen, das ist einige Jahre her. Man hatte ihn vorgewarnt, es hätte sich ziemlich verändert, aber er hatte nicht damit gerechnet, vor einer Baugrube zu stehen. »Die Dinger gehörten echt abgerissen«, sagt sein früherer Partner Rassiat.

Er sitzt am Steuer des Zivilfahrzeugs und sieht genauso aus wie früher, als sie noch zusammengearbeitet haben. Rassiat ist von bulliger Statur und trägt seine übliche khakifarbene Jacke, sein Nacken ist dick wie ein Baumstamm. Die Kids von Verrières wussten, dass mit ihm nicht zu spaßen war. Thomas hat den Vorteil, dass er ein eher unauffälliger Typ ist. Die Kleinganoven aus dem Viertel bekamen oft genug gar nicht mit, dass er ein Bulle war, dabei erkannten sie jedes Zivilfahrzeug der Polizei auf Anhieb. Das Auto bremst vor dem letzten, noch stehenden Hochhaus ab.

»Da hat Younès gewohnt«, stellt Thomas fest. »Sie wohnt immer noch da«, sagt Rassiat.

»Wer?«

»Amélia Lorozzi, die Lebensgefährtin des Sozialarbeiters. Sie hat alle Angebote, anderswo hinzuziehen, abgelehnt. Seltsam, oder? Die Zahidis sind ziemlich schnell weggezogen. Ich an ihrer Stelle hätte sofort das Weite gesucht, der Ort hier war doch mit zu vielen schlechten Erinnerungen belastet. Na ja, vielleicht ist sie ja irgendwann dann doch weggegangen, jedenfalls ist sie verschwunden.«

»Und ihr habt bei ihr nichts gefunden …«

»Nada, vielleicht ist sie auch gar nicht eingeweiht.«

»Und warum ist sie dann weg, ohne eine Adresse zu hinterlassen?«

Rassiat schweigt. Wie jeder Bulle, der ein Mindestmaß an Menschenkenntnis hat, weiß er, dass Unschuldige in der Regel nicht die Flucht ergreifen. Er wendet den Wagen, sie lassen Verrières hinter sich.

»Nach dem Tod von Younès war sie völlig von der Rolle. Sie hat sogar das Sorgerecht für ihren Jüngsten an den Sohn von Palaisot übertragen. Ich kann mir kaum vorstellen, dass von ihr irgendeine Bedrohung ausgeht.«

»Ich weiß, die Bedrohung geht sicher nicht von ihr aus, aber ich glaube dennoch, dass sie mit denen unter einer Decke steckt.«

Thomas Ross wirkt abwesend, als er antwortet. Er ist mit den Gedanken gerade ganz woanders: in Charcot, auf der Orchideen-Station. Er sieht erneut Gabrielle vor sich, hört ihre unerbittlichen Worte, ihren Hass – Gott weiß, wie viel Hass ihm schon entgegengeschlagen ist, aber er hätte es nie für möglich gehalten, diesen Hass einmal in den Augen seiner eigenen Schwester zu sehen.

»Ich frage mich, ob ich die Anordnung zur Zwangseinweisung nicht zurückziehe«, merkt er an, während sein Kollege Richtung Stadtzentrum fährt. »Für deine Schwester? Aber hast du nicht gesagt, sie würde sonst …«

»Wenn sie sich wirklich das Leben nehmen will, dann gelingt ihr das auch in der Klinik.«

Thomas schließt die Augen und presst die Finger gegen seine Schläfen. Er würde jetzt gerne etwas frische Luft schnappen. »Ich möchte einfach nur verstehen, warum sie …«

Er schafft es nicht, den Satz zu beenden.

»… warum sie sterben will«, ergänzt Rassiat leise.

»Das geht nun schon ewig so und sie hat mir nie erklären können, warum. Ich meine … unsere Eltern … Sie wurde geliebt, sie hat keine schlimme Kindheit gehabt, es gibt eigentlich keinen … es gibt keinen Grund.«

Sein Kollege starrt verlegen auf die Straße vor sich. Er weiß nicht, was er sagen soll, weil es darauf keine Antwort gibt. Thomas hatte auch nicht wirklich eine erwartet. Seit zwanzig Jahren stochert er in Bezug auf Gabrielle im Nebel, seit zwanzig Jahren ist er mit nichts als Fragezeichen konfrontiert.

Er hat einen Kloß im Hals, und als die Ampel auf Rot springt, legt er Rassiat eine Hand auf die Schulter.

»Lass mich hier bitte raus.«

»Was?«, protestiert dieser. »Du spinnst ja! Bei der aufgeheizten Stimmung solltest du dich lieber nicht in der Stadt blicken lassen.«

»Ich muss mal frische Luft schnappen, und ich weiß mich zu verteidigen.«

Unter dem Protest seines Kollegen öffnet er die Autotür. Gerade geht die Sonne unter. Vielleicht hat Rassiat recht und er muss wirklich, um sein Leben fürchten. Andererseits haben sie Verrières ja hinter sich gelassen, und er bezweifelt, dass sich außerhalb des Viertels noch viele Leute an sein Gesicht erinnern. Sein Foto war nie in der Zeitung, aus Sicherheitsgründen. Es könnte ihm höchstens passieren, dass er jemandem aus dem Umfeld von Saïd Zahidi über den Weg läuft oder jemandem, der ihn noch aus der Zeit kennt, als er in Verrières häufig Ausweiskontrollen durchführte. Egal. Seine Energie reicht noch nicht einmal mehr aus, um sich Sorgen um seine eigene Existenz zu machen.

Er läuft los, die Hände in den Taschen seiner Wildlederjacke vergraben – die hatte ihm seine Schwester mal geschenkt, als sie noch mit ihm sprach – und sucht nach einem einzigen, verdammten Grund, warum er seinen Kampf fortsetzen sollte. Gegen wen kämpft er eigentlich? Gegen was? Das hat er nie wirklich gewusst.

Eigentlich wollte er in Richtung Klinik laufen, aber ohne genau zu wissen, wie er dorthin gekommen ist, steht er auf einmal vor dem Zaun des Friedhofs. Er blickt zu dem riesigen, zweigeteilten Eingangsportal hoch, greift mit leicht zitternder Hand nach der Klinke. Der Friedhof ist schon geschlossen. Also klettert er, ohne sich darum zu kümmern, ob er dabei beobachtet wird, über das Tor. Es ist kinderleicht. Auf der anderen Seite angekommen betritt er einen der gewundenen Wege, die sich um die Gräber schlängeln.

Schon bald findet er das muslimische Gräberfeld mit den Dutzenden von Halbmonden. Er irrt eine Weile herum, bis er schließlich vor dem Grab steht, das er gesucht hat. Es ist besser in Schuss als die Nachbargräber, obwohl es schon fünfzehn Jahre alt ist.

Sahïd Zahidis Name steht über zwei Daten und einem Satz auf Arabisch, den er nicht lesen kann. Thomas Ross kniet sich hin, um die Inschriften auf den Marmorsteinen, die unten auf der Stele liegen, besser entziffern zu können. Da sind auch Blumen und eine kleine Porzellanskulptur, ein offener Koran, der auf einer bestimmten Seite aufgeschlagen ist.

Der Lieutenant schließt die Augen und denkt zurück an diese Nacht. Selbst mit fünfzehn Jahren Abstand kann er nicht begreifen, was damals eigentlich passiert ist – warum er derart die Kontrolle verlor und so auf den Jungen einschlug, dass dieser dabei tödlich verletzt wurde.

Die Männer in seiner Familie waren alle bei der Polizei, angeblich schon zu Zeiten der Revolution. Thomas konnte also nicht wirklich frei entscheiden, was er später einmal werden wollte. Sobald er alt genug war, um über seine berufliche Zukunft nachzudenken, drängte sein Vater ihn dazu, ebenfalls zur Polizei zu gehen.

Rückblickend war es vermutlich ein Fehler gewesen, auf den Rat der Familie zu hören.

Als er dann, ausgestattet mit lauter guten Bewertungen, die Polizeischule verließ, hatte Thomas Ross das große Privileg, sich sein Betätigungsfeld frei aussuchen zu können. Zur allgemeinen Überraschung ließ er sich dann ausgerechnet hier nieder in diesem »gottverlassenen Nest«, wie sein Vater es nannte, ein eingefleischter Pariser. Aber Thomas wollte gerne in der Nähe seiner Schwester wohnen.

Gabrielle war damals Jugend-Betreuerin. Für sie war das eher ein Broterwerb als ein Job, den sie aus Begeisterung gewählt hätte. Sie hatte sich vor allem deshalb dafür entschieden, weil die Ausbildung nur ein paar Wochen dauerte und sie an keinen festen Ort gebunden war. Sie arbeitete oft für das Stadtteilzentrum von Verrières. Dort hatte sie auch den Streetworker kennen und schätzen gelernt, der bei der Polizei dafür verschrien war, dass er mit

Tränen in den Augen auf dem Kommissariat erschien, sobald eins seiner Kids verhaftet worden war.

Bruder und Schwester waren politisch nicht auf der gleichen Wellenlänge, aber sie verstanden sich trotzdem ganz gut. Thomas war der Kontakt zu Gabrielle sehr wichtig, wegen ihr hatte er eine Menge aufgegeben.

Nur die Polizei nicht.

»Du wirst noch genauso ein Idiot wie Papa«, prophezeite sie ihm.

Wenn sie sich nach Feierabend ein- zweimal die Woche im Café trafen, amüsierten sie sich darüber. Das war eine schöne Zeit, die leider nicht von langer Dauer war.

Sobald Thomas seine Uniform trug, schlug ihm Hass entgegen.

Und der saß tief. Schon die Kids, deren Kindheit viel zu kurz war, sahen ihn hasserfüllt an. Viel zu früh mussten sie bei den Großen mitmischen, entweder weil sie darauf angewiesen waren oder unter schlechtem Einfluss standen, aus purer Langeweile oder schlicht weil ihre Zukunft eh nicht rosig aussah.

Er dachte, er könne damit fertigwerden, aber er hatte sich überschätzt.

Nachdem er sich einige Monate lang zurückgehalten hatte, überkam auch ihn der Hass. Es war ein schleichender Prozess. Er spürte ganz deutlich, wie sich nach und nach ein Gefühl von Verachtung in ihm breitmachte, das seinen Verstand ausschaltete. Ein Blick auf seine Kollegen genügte, um zu ahnen, wo er in einigen Jahren stehen würde, wenn er erst einmal seine einstigen Ideale über Bord geworfen hätte und nur noch Verbitterung empfinden würde. Er versuchte, sich davon nicht mitreißen zu lassen. Doch das war nicht einfach. Nach seinem Weggang aus Paris hatte er es nicht geschafft, sich einen neuen Freundeskreis aufzubauen. Das hatte zur Folge, dass er in seiner Freizeit bald nur noch

Arbeitskollegen traf und ab und zu mal Gabrielle. Dadurch verengte sich sein Horizont immer mehr, das konnte kein gutes Ende nehmen.

Das Undenkbare passierte an einem Dezembertag und trug den Namen Saïd Zahidi. Erst beleidigte er ihn, dann schlug er ihn und dann war überall nur noch Blut, sehr viel Blut.

Die Patrouille, mit der er unterwegs war, nahm sich der Sache an. Er stand unter Schock, war unfähig, irgendetwas zu tun. Sie dachten sich eine Version des Tathergangs aus, die ihn möglichst wenig belastete, und forderten ihn auf, diese Version so lange laut vor sich hinzusagen, bis er sie im Schlaf herunterbeten könnte. Diese Geschichte tischten sie dann den internen Ermittlern der Polizei, den Medien, dem Anwalt und dem Ermittlungsrichter auf.

Und alle glaubten ihnen.

Als Thomas vor dem Prozess für unbestimmte Zeit vom Dienst suspendiert wurde, entdeckte er mit einem Mal sein Faible für Whisky und tat tagelang nichts anderes als zu saufen, bis Rassiat, sein engster Kollege, eines Tages bei ihm auftauchte. Während Rassiat die leeren Flaschen aufklaubte, erklärte er ihm, die Sache wäre noch nicht erledigt. Es gäbe noch ein paar Dinge zu regeln, deshalb dürfe er sich jetzt nicht einfach so gehenlassen.

Es gab einen Beweis, einen Beweis dafür, dass Saïd ihn nicht zuerst angegriffen hatte, sondern sich nur zur Wehr gesetzt hatte. Der für Verrières zuständige Sozialarbeiter war im Besitz dieses Beweisstückes. Man musste es ihm abnehmen, bevor er es der Anklagebehörde übergeben konnte.

Anfangs wollte Thomas den Dingen ihren Lauf lassen. Er hatte einfach nicht die nötige Kraft, um all das zu ertragen und bei den diversen Befragungen immer weiter zu lügen. Was ist erniedrigender für einen Bullen, als verhört zu werden? Aber seine Kollegen hielten zu ihm, vor allem Rassiat. »Wir lassen nicht zu, dass du in den Knast wanderst, nur weil du bei diesem kleinen Idioten die Kontrolle verloren hast.«

Schließlich hatte Thomas sich von ihnen überzeugen lassen. Er selbst konnte nichts tun, da man ihn überwachte. Und es war wichtig, keinen Verdacht zu erregen. Aber er gab den Kollegen grünes Licht. Rassiat und ein paar andere übernahmen es, den besagten Beweis verschwinden zu lassen und den Sozialarbeiter so einzuschüchtern, dass er bis zum Prozess die Klappe halten würde. »Was suchen Sie hier?«, sagt eine Stimme hinter ihm und reißt ihn aus seinen Gedanken. Thomas schreckt hoch. Reflexartig geht seine Hand zum Gürtel, bevor er sich umdreht. Vor ihm steht eine Frau zwischen fünfundzwanzig und dreißig. Ihr Gesicht kommt ihm bekannt vor und erst recht dieser Hass in ihren dunklen Augen.

Ihr Blick geht zu der Waffe, die er gerade ziehen wollte. »Na los, knall mich ruhig ab, du weißt ja, dass du straffrei davonkommst!«

Sie breitet herausfordernd die Arme aus. Thomas zieht die Hand zurück. Er kramt in seinem Gedächtnis nach ihrem Namen, aber er kommt nicht darauf. Dabei erinnert er sich noch genau daran, wie sie damals den Polizeikordon durchbrechen wollte, der ihn schützte. Fast hätte man sie deshalb verhaftet. Und an ihre Schreie: »Das war mein Bruder!«

Siham. Siham Zahidi.

»Tut mir leid«, sagt er, »ich hatte nicht damit gerechnet, Ihnen hier zu begegnen.«

»Und wieso nicht? Das ist schließlich das Grab meines Bruders.«

»Sie haben mich also erkannt.«

»Aber Sie mich nicht. Verschwinden Sie von hier, Lieutenant. Selbst wenn Sie Bulle sind und deshalb das Sagen haben, sollten Sie wissen, wann man besser die Klappe hält und verduftet.«

Erst will er auf diesen Affront reagieren, aber gibt die Idee sogleich wieder auf. Was soll er darauf auch antworten?

Thomas macht einen Bogen um die junge Frau und geht zum Ausgang zurück. Dabei behält er unauffällig die Schatten auf dem Boden im Blick, um sicherzugehen, dass sie ihm nicht folgt. Falls er es also vergessen haben sollte, er ist hier unerwünscht und es ist gefährlich für ihn, allein durch diese Straßen zu laufen.

Das Gittertor des Friedhofs ist immer noch verrammelt. Sie hat sich also auch nicht an die Öffnungszeiten gehalten. Er klettert wieder über den Zaun und entfernt sich mit großen Schritten, dabei wendet er sich immer wieder um. Zu seiner Erleichterung ist sie ihm nicht gefolgt. Vielleicht haben er und Rassiat, den Graffiti und dem, was ihnen vorausging, doch zu viel Bedeutung beigemessen.

Vielleicht haben die allermeisten hier diese Geschichte wirklich längst vergessen.

Aber irgendetwas in ihm sagt ihm, dass dem nicht so ist.

Fünfundzwanzigstes Kapitel

Siham

Sie blickt ihm nach und versucht, ihre Wut herunterzuschlucken. Es fühlt sich so an, als ob ihr Oberkörper in einem Schraubstock steckt. Sie kennt dieses Gefühl zu ersticken nur allzu gut. Nach dem Tod ihres Bruders hat sie das oft empfunden, Morgen für Morgen, über Wochen.

Die Versuchung, ihm nachzulaufen, ist groß, aber was würde sie tun, wenn sie ihn eingeholt hätte? Sie war hierhergekommen, um Saïd einen Besuch abzustatten und nicht um Rache zu üben. Mit ihren bloßen Händen kann sie nicht viel ausrichten. Er ist bewaffnet und auf der Hut.

Siham atmet mehrmals hintereinander tief ein. Der Bulle ist nicht mehr zu sehen. Sie wendet sich wieder dem Grab zu, mit Tränen in den Augen.

»Wenn ich gekonnt hätte, hätte ich es getan, das schwöre ich dir.«

Wie ist dieses Arschloch nur darauf gekommen, auf den Friedhof zu gehen? Wollte er nochmal seinen Triumph auskosten? Oder bedauert er womöglich, was er getan hat? Und selbst wenn er deshalb nachts nicht mehr schlafen kann, würde das nichts ändern. Saïd ist tot und niemand hatte dafür gesorgt, dass sein Mörder bestraft wurde. Denn dann hätte er zwanzig Jahre bekommen und würde jetzt im Gefängnis schmoren. Falls er sich entschuldigen wollte, konnte er sich das gerne sparen, das kam fünfzehn Jahre zu spät. Siham verharrt noch einen Moment am Grab ihres Bruders. Sie spürt, wie ihre Knie nachgeben wollen, und muss ihre ganze Kraft zusammennehmen, um stehen zu bleiben. Dann klettert sie behände über den Friedhofszaun. Sie blickt die Straße herunter, keine Spur von einem Bullen, weder links noch rechts.

Eigentlich wollte sie im Anschluss an ihren Besuch bei Saïd wieder nach Hause gehen, denn dort warten Gina und Karim auf sie. Aber sie macht kehrt und geht zu dem Mietshaus, in dem ihre Eltern wohnen. Sie hat sie seit Wochen nicht mehr gesehen, obwohl sie fast Nachbarn sind.

Latifa und Tayeb Zahidi leben in einer Sozialwohnung im Zentrum. Das Gebäude ist modern, ihre Wohnung viel komfortabler als die vorherige in Verrières. Glücklicher sind sie deshalb trotzdem nicht. Sihams Vater hat über Nacht weiße Haare bekommen, überflüssig zu erwähnen in welcher Nacht. Das Gesicht ihrer

Mutter ist von tiefen Sorgenfalten durchzogen. Mühsam ringt sie sich ein Lächeln ab, als sie Siham vor der Tür stehen sieht.

Sie trinken einen Kaffee, die Stille wird nur vom Geräusch des Fernsehers unterbrochen, gerade laufen Nachrichten. »Ist Amélia nicht da?«, fragt die junge Frau und verfolgt dabei mit einem Auge das Geschehen auf dem Bildschirm.

»Sie schläft«, antwortet Latifa.

Sie senkt die Stimme.

»Ich mache mir große Sorgen um sie, kannst du nicht mal Gina bitten, vorbeizukommen?«

Siham schüttelt den Kopf. Dafür kennt sie ihre Freundin gut genug. Der Groll zwischen Mutter und Tochter ist zu groß, es steht zu viel Unausgesprochenes zwischen ihnen, deshalb tut Gina sich einen solchen Besuch nicht an. Gina ist wie ein Wirbelwind, der kommt und geht, wie es ihm gerade gefällt.

»Sie entwickelt langsam eine Paranoia«, fährt Madame Zahidi fort. »Sie redet ständig von irgendwelchen Bullen und darüber, was vor fünfzehn Jahren passiert ist. Seit diesem Einbruch ...«

»Ich weiß, sie will nicht mehr in ihre Wohnung zurück.«

»Sie kann ja solange hierbleiben, wie sie möchte, aber ich habe Angst, dass sie irgendwann auch noch in der Psychiatrie endet.«

Siham lächelt traurig.

»Sie ist nicht verrückt«, Mama. »Das war kein Einbruch. Es war wirklich die Polizei.«

»Was redest du denn da?«

Die junge Frau beschließt, ihnen alles zu sagen. Ihr Vater stellt den Ton des Fernsehers leiser und sie berichtet ihnen, was alles passiert ist: Wie Lieutenant Ross erst im Laden aufgetaucht ist, dann auf dem Friedhof, von der Zwangseinweisung seiner Schwester, vom Einbruch beim Vormund von Mattia.

Je mehr sie erzählt, desto blasser werden ihre Eltern.

»Warum hast du uns das alles nicht erzählt?«

»Ihr habt wegen dieser Sache schon genug gelitten.«

Latifa lacht bitter auf.

»Es ist nicht an dir, uns zu beschützen, Siham.«

Doch, das ist es. Ihre Eltern sind bei Saïds Tod zusammengebrochen, sie nicht. Sie steht noch und ist in der Lage sich dem Ganzen zu stellen. Siham wird diesen Kampf auch dann noch weiterführen, wenn ihre Eltern längst keine Kraft mehr dazu haben.

»Und was hast du nun vor?«, fragt Tayeb plötzlich.

Siham sieht die Angst in seinen Augen. Sie will gerade antworten, da greift Latifa nach der Fernbedienung und stellt den Ton wieder laut. Die Stimme des Sprechers dringt bis in die letzte Ecke des Zimmers und hallt in ihren Köpfen nach.

»… Urteil ist gefallen. Eine kurze Zusammenfassung der Ereignisse: Vor vier Jahren ist der damals dreiundzwanzigjährige Baptiste Diuoury im Polizeiwagen auf dem Weg ins Kommissariat des zwanzigsten Arrondissements erstickt. Die drei bei seinem Ableben anwesenden Polizisten, der vorsätzlichen Körperverletzung mit Todesfolge angeklagt, sind wieder auf freiem Fuß. Wir schalten zu unserer Kollegin vor dem Justizpalast …«

Siham springt auf.

»Verdammt noch mal! Wie viele Tote soll es denn noch geben, bis irgendjemand mal was tut?«, schreit sie.

Über ihnen schlägt jemand mit einem Besenstil auf den Boden. Siham schaut nacheinander ihre Eltern an, sie weiß nicht, was sie in ihren Augen sucht, aber sie findet darin nichts als Müdigkeit. Sie haben schon lange resigniert, seit dieser einen Nacht im Dezember. Plötzlich wird ihr klar, dass sie von ihnen keine Unterstützung erwarten kann.

Sie sind wütend, klar, aber sonst?

»Was kann man denn tun, Siham?«

Diesen Satz wiederholte ihre Mutter im Jahr nach dem Prozess Abend für Abend, in der vergeblichen Hoffnung, damit die Wut ihrer Tochter zu dämpfen.

»Was kann man denn tun?«Siham zieht ihren Mantel über, schlägt die Tür hinter sich zu und springt die Treppenstufen herunter. Unten auf der Straße fängt sie an zu rennen. Sie rennt, bis sie bei ihrer Wohnung angekommen ist. Gina und Karim sind immer noch da. Sie stehen neben dem Radio und drehen sich zu ihr um.

»Habt ihr das gehört?«, fragt sie ganz außer Atem.

Ja, sie haben es gehört. »Das kann nicht so weitergehen«, sagt Gina.

Sie sehen sich an und wissen in dem Moment beide instinktiv, dass es kein Zurück mehr gibt. Karim ist außen vor. Dahin, wo sie jetzt hingehen wollen, kann er nicht mitkommen.

Sechsundzwanzigstes Kapitel

Kurzum …

Gabrielles Bruder ist ein Mitläufer. Er ist kein Arschloch, auch nicht dein Freund und Helfer, ein ganz normaler Typ eben, abgesehen davon, dass er einen Menschen getötet hat. Das hat ihn eine Weile verfolgt. Aber als er seine Arbeit wieder aufnahm, wurde er in seinem neuen Kommissariat so herzlich empfangen, dass er das Gefühl haben musste, die ganze Sache sei halb so schlimm. Und die Justiz bestätigte ihn in diesem Gefühl.

Er hatte einen Fehler gemacht, mehr nicht. Jeder macht mal Fehler, heißt es doch immer. Das Problem ist nur, dass man die

Fehler der einen toleriert und die der anderen nicht, und komischerweise trifft es immer die Gleichen. »Zuerst habe ich ihn noch unterstützt, als ich merkte, dass er anfing zu trinken und seine Tat ehrlich bereute. Aber dann haben seine Kollegen ihn bearbeitet. Am Ende hat er selbst geglaubt, es sei Notwehr gewesen und er habe keine andere Wahl gehabt. Und wer scherte sich schon um einen mehrfach vorbestraften Kleinkriminellen, der früher oder später sicher irgendjemanden überfallen hätte? Saïd Zahidi war es nicht wert, dass mein Bruder seinetwegen sein Leben verpfuschte.«

Gabrielle redet und redet, es klingt bitter. Noch nie habe ich sie so lange am Stück reden hören. Es kommt mir fast so vor, als hörte ich ihre Stimme heute zum ersten Mal. Ich unterbreche sie nicht, auch wenn mich ihre Erzählung so wütend macht, dass ich nicht übel Lust hätte, auf der Stelle alles abzufackeln. Du hattest ja so recht, Gina, es ist so weit, ich bin groß und verstehe jetzt, was du meinst.

»Von da an war er für mich gestorben. Nach seiner vorübergehenden Suspendierung wurde er in eine andere Stadt versetzt. Er versuchte, wieder Kontakt zu mir aufzunehmen, aber ich habe nicht darauf reagiert. Und dann tauchte er eines Tages bei uns auf.«

Sie sieht mich an, ihr Blick ist hasserfüllt. »Also denk bloß nicht, ich wäre auf seiner Seite, nur weil er mein Bruder ist, und lass mich nicht für seine Fehler büßen. Schließlich habe ich es ihm zu verdanken, dass ich hier bin. Falls du gedacht hast, ich würde ihn verteidigen …«

»Ich bin nicht sauer auf dich, weil er dein Bruder ist«, gebe ich zurück, »ich bin sauer, weil du es mir nie gesagt hast.«

»Und was hätte das geändert?«

»Dann hätte ich die Wahrheit gekannt.«

»Ich wollte nicht, dass du mich hasst. Schließlich mochtest du mich am Anfang nicht besonders, weißt du noch? Du hattest Angst, dass ich dir Zé wegnehme.«

Genau das hat sie dann ja auch getan, aber das sage ich nicht.

Die beiden haben sich durch meinen Vater kennengelernt. Gabrielle hat ihn ab und zu in Charcot besucht. Dabei unterhielt sie sich manchmal mit Zé, da mein Vater nur selten etwas sagte. Jahre später haben sie sich zufällig wiedergetroffen, in einem Geschäft. Da kamen sie auf ihre jeweiligen Aufenthalte in der Psychiatrie zu sprechen. Sie redeten auch über meinen Vater. Und da sie beide einsam waren, ergab der Rest sich wie von selbst. »Wenn ich dir die Wahrheit gesagt hätte, hättest du mir niemals vertraut«, fährt sie fort. Ihre Stimme hat fast einen flehenden Tonfall.

»Und du bist nie auf die Idee gekommen, dass man Leute nicht anlügen darf, wenn man will, dass sie einem vertrauen?«

Sie antwortet nicht und dreht sich zum Fenster. Bis dahin hatte sie sich nicht von der Stelle gerührt.

Ich warte einen Moment, suche nach Worten, aber in mir ist nur Stille. Beim Abschied bemühe ich mich, meine Stimme sanfter klingen zu lassen, und wünsche ihr alles Gute trotz meiner Wut. Das ist jetzt nicht der Moment, sie mit Vorwürfen zu überschütten. Ich schlucke die giftigen Bemerkungen, die mir auf der Zunge liegen herunter, so wie immer, obwohl ich weiß, dass mich das irgendwann innerlich vergiften wird. Damit das nicht so schnell passiert, klopfe ich auf Holz.

Als ich durch den Flur laufe, höre ich ein anhaltendes Klagen aus dem Zimmer, in dem mein Vater sich erhängt hat. Ich beschleunige meine Schritte und beruhige mich dann wieder. Eins ist sicher, in diesem Krankenhaus gibt es einige, die noch unglücklicher sind als ich. Zés Gesicht ist wie eine Bestätigung für diese These. Er sitzt noch genauso da, wie ich ihn verlassen habe. Sein Blick geht ins Nichts. Unter den Augen hat er tiefe Augenringe. Wie lange er wohl nicht geschlafen hat? Erst als ich direkt vor seinem Gesicht mit den Fingern schnippe, bemerkt er mich und scheint wieder zu wissen, wo er sich gerade befindet. »Vorhin war ihr Bruder da«, sagt er, als wir im Auto sitzen.

Ich nicke, als wäre das neu für mich.

»Ich habe jetzt eine direkte Telefonleitung in ihr Zimmer, sie sagt mir Bescheid, wenn er wieder auftaucht, dann versuche ich, ihn abzupassen und davon zu überzeugen, den Antrag auf Zwangseinweisung aufzuheben.«

Kurz herrscht Stille. Dann fügt er hustend hinzu, weil er sich am Rauch seiner Zigarette verschluckt hat:

»Es ist nicht gut, wenn eine einzelne Person so viel Macht hat.«

Ich habe nicht den Mut, ihm an den Kopf zu werfen, dass er auch nur ein Lügner ist.

Als wir in die Wohnung kommen, mache ich mir dieses Mal nicht die Mühe, für uns beide etwas zu kochen. Ich hole mir eine Schüssel mit Frühstücksflocken und hocke mich vor den Fernseher, um meine Zeichentrickfilme zu sehen. Er lässt mich fernsehen, bis er in den Laden geht. Schließlich schlafe ich auf dem Sofa ein. Ich meine, dort immer noch die Wärme von Gabrielles Körper zu spüren.

Zé und ich sind beide überrascht, als unsere Koryphäe von Anwalt sich meldet. Wir hatten die Sache schon ganz vergessen. Der Familienrichter hat entschieden, dass mein Vormund das Sorgerecht behält. Nachdem mein Chirurgen-Bruder ihm ein Leumundszeugnis ausgestellt hatte, Zés Eltern Druck gemacht hatten und unser Anwalt mit seinem Gelaber punkten konnte, war damit zu rechnen gewesen. Aber Zé ist nicht in der Stimmung, die Nachricht zu feiern. Ich ehrlich gesagt auch nicht.

Die Tage vergehen. Gina taucht nicht wieder auf, obwohl sie es mir versprochen hat. Immer wieder versuchen wir, meine Mutter zu erreichen, lassen es unendlich lange klingeln, aber stets vergeblich. Vermutlich ist sie längst tot. Ich rede mir ein, dass das keinen großen Unterschied machen würde und sie für mich eigentlich schon in dem Moment gestorben war, als sie mich einem Unbekannten zuschob. Sie wusste nichts über diesen Mann, außer dass er mal kurz davor war, irrezuwerden und möglicherweise einen Mord begangen hatte.

Ich träume nicht mehr von ihrem Tod, das beweist, dass meine Selbst-Konditionierung Früchte trägt.

Gabrielles Bruder besucht seine Schwester eine Woche nach seinem letzten Besuch erneut. Zé springt ins Auto, kaum dass sie aufgelegt hat. Aber als er in der Klinik ankommt, ist der Bulle spurlos verschwunden.

Eines Abends, kurz bevor Zé zur Arbeit muss, klingelt das Telefon. Mein Vormund vegetiert gerade vor dem Fernseher vor sich hin. Er streckt seine langen Beine und erhebt sich mühsam. Ich lausche unauffällig auf die Stimme am anderen Ende der Leitung. »Jetzt gerade? Wie viele sind es? Können Sie sie mir beschreiben?«

Er nickt, nimmt einen Schluck Kaffee. Seit Gabrielles Zwangseinweisung ist er in eine Art Winterschlaf verfallen, aber nun erwacht er auf einmal zu neuem Leben. »Sehr gut, vielen Dank für den Anruf. Nein, keine Ahnung. Sagen Sie Bescheid, wenn die Sie ausfragen.«

Er legt auf. »Das war die Nachbarin deiner Mutter.«

Okay, dann ist sie also wirklich tot. Ich nicke beiläufig, als wenn es mich überhaupt nicht interessieren würde.

»Die Bullen sind bei Amélia, sie sind zu viert oder fünft und tragen Uniformen mit Polizeiwappen. Dieses Mal sind sie also offiziell da.«

»Und was wollen sie?«

»Keine Ahnung, sie ruft mich wieder an, wenn sie ihr irgendwelche Fragen stellen sollten.«

Er wirft einen Blick auf seine Uhr. »Ich muss zur Arbeit. Kommst du klar?«

»Natürlich.«

Er wirft mir einen ängstlichen Blick zu, das kenne ich gar nicht von ihm. »Du rührst dich nicht von der Stelle, okay? Egal was passiert, komm bloß nicht auf die Idee, da alleine aufzutauchen. Sie benachrichtigen uns so oder so, wenn deiner Mutter etwas zugestoßen sein sollte.«

Ich nicke nur. Bevor er in den Laden geht, zieht er sich in seinem Zimmer um. Ich bleibe auf dem Sofa sitzen und sehe mir eine Doku über den ersten Golfkrieg an, in Erinnerung an Gabrielle, wenn man so will, der die Gemeinheit der Welt zu sehr an die Nieren ging.

Zwanzig Minuten nachdem Zé weg ist, klingelt erneut das Telefon. Ich hebe ab, aber sage nichts.

»Monsieur Palaisot?«, fragt eine Frauenstimme, vermutlich ist es wieder die Nachbarin.

»Nein«, sage ich, »hier ist Mattia, der Sohn von Amélia.«

»Ist dein Vormund da?«

»Der ist bei der Arbeit. Waren die Bullen bei Ihnen?«

Sie zögert eine Weile, sie weiß wohl nicht, ob sie die Information an mich weitergeben darf. Mama ist tot, so viel ist klar.

»Es hat nichts mit deiner Mutter zu tun«, sagt sie schließlich. »Deshalb sind sie nicht da, es geht um deine Schwester.«

Im selben Moment hämmert jemand gegen die Tür. Ich lege auf, ohne mich zu verabschieden, stelle meine Müslischale auf dem Couchtisch ab und gehe langsam zur Tür, dabei rinnt mir der kalte Schweiß zwischen den Schulterblättern herab. Ich stelle mich auf die Zehenspitzen und schaue durch den Spion. Da stehen tatsächlich die Bullen vor der Tür. Ich erkenne den Typen in der khakifarbenen Jacke wieder, der uns mit Thomas Ross zusammen beschattet hat. Bestimmt hat er ihn damals dazu überredet, grünes Licht dafür zu geben, meinen Vater unter Druck zu setzen. Er ist der Einzige in Zivil, trägt aber eine deutlich sichtbare, orangefarbene Armbinde. Er hat echt was von einem Stier.

»Aufmachen, Polizei!«

Ich mache auf. Sie hatten wohl mit dem großgewachsenen Zé gerechnet und stutzen kurz, als sie stattdessen einen kleinen Jungen vor sich haben. Zwei Bullen in Uniform tauschen einen genervten Blick.

Der Stier selbst braucht auch einen Moment, bis er sich ein Lächeln abringt, das wohl vertrauenerweckend wirken soll.

»Bist du allein?«

»Ja«, sage ich.

»Wo ist denn Monsieur Palaisot?«

»Er arbeitet.«

»Wir möchten mit deiner Schwester sprechen, Gina Lorozzi.«

Dachten sie etwa, ich hätte vergessen, wie sie heißt? Obwohl, angesichts der Tatsache, dass ich sie kaum noch zu Gesicht bekomme, ist das vielleicht gar nicht so abwegig. »Sie ist nicht da. Sie war schon lange nicht mehr hier.«

»Tut mir leid, aber das müssen wir überprüfen.«

»Haben Sie einen Durchsuchungsbeschluss?«

Er lächelt. Einer der Bullen bricht in nervöses Lachen aus. »Du schaust wohl zu viele Krimis. So etwas gibt es nur in den USA. Bei uns nennt man das eine richterliche Anordnung.«

Er zeigt mir ein amtliches Schreiben mit der Unterschrift eines Richters. Ich habe keine Ahnung, wann man in Abwesenheit des Mieters oder eines bevollmächtigten Erwachsenen eine Hausdurchsuchung machen darf und wann nicht, dementsprechend kann ich auch nicht den dicken Larry markieren. Ich gebe den Weg frei, um nicht ihr Misstrauen zu erregen. Sie teilen sich in zwei Gruppen auf, der Stier fordert mich unterdessen auf, ihm in die Küche zu folgen. Der Typ hat auf eigene Faust Beschattungsmaßnahmen durchgeführt, auf sein Konto gehen mehrere Einbrüche und er hat meinen Vater in den Wahnsinn getrieben, aber das alles scheint ihn nicht zu belasten.

Er setzt seine Nette-Onkel-Miene auf, nicht einfach bei seiner bullenartigen Statur. »Lieutenant Rassiat«, sagt er und hält mir eine Hand hin, die ich nicht ergreife. »Mattia, richtig?«

»Das wissen Sie doch.«

»Du weißt nicht zufällig, wo deine Schwester sein könnte?«

»Nein.«

»Ich darf dir nicht sagen, worum es geht, aber sie ist in Gefahr. Wir suchen sie, um sie zu warnen, damit sie sich in Sicherheit bringen kann.«

Verarschen kann ich mich auch alleine, du Idiot. Ich bin vielleicht erst elf, aber deshalb nicht komplett bescheuert.

»Ach, und darum haben Sie mich wohl auch an der Schule abgefangen?«

Er nickt ohne weitere Erklärung. Was für ein Arschloch! Da er meinen Blick meidet, nutze ich die Gelegenheit, mir sein Gesicht näher anzusehen. Er ist ziemlich aufgeregt, das ist offensichtlich, auch wenn er versucht, sich nichts anmerken zu lassen. Es muss wohl irgendwas Größeres vorgefallen sein.

Er versucht weiter, mir die Würmer aus der Nase zu ziehen, fragt mich, mit wem sie so in Kontakt steht. Darauf antworte ich nicht, zumal ich dazu tatsächlich nichts sagen kann. Dann erteilt er mir die Erlaubnis, ins Wohnzimmer zurückzugehen. Die Durchsuchung ist bereits abgeschlossen und offenbar ergebnislos verlaufen.

Lieutenant Rassiat kritzelt irgendwas auf einen Zettel und hält ihn mir hin. »Gib das deinem Vormund, wenn er wieder da ist.«

Es ist eine Vorladung aufs Kommissariat. Ich nicke. Die Bullen verlassen die Wohnung. Ich stürze ans Fenster, um zu sehen, wie sie in ihr Polizeiauto steigen und davonfahren.

Nach dem, was sich gerade ereignet hat, ist an Schlaf nicht zu denken. Ich bleibe vor dem Fernseher hocken, um mich so gut wie möglich abzulenken. Nach einer halben Ewigkeit dämmert der Morgen. Um sieben Uhr erscheint Zé. Seine Augenringe sind noch ein Stück tiefer geworden. Ich halte ihm die Vorladung hin.

»Sie waren da, nachdem du weg warst. Sie suchen Gina.«

»Und warum?«

»Das weiß ich nicht.«

Ich komme zu spät zur Schule. Die Lehrerin hat es inzwischen aufgegeben, mir irgendwelche Vorhaltungen zu machen. Sie fragt noch nicht mal, warum ich jetzt erst komme. Unter den neugierigen Blicken der anderen setze ich mich auf meinen Platz. Ich habe keinen blassen Schimmer, was gerade das Unterrichtsthema ist.

In der Pause, als ich auf dem Hof auf- und abgehe, kommt Youcef direkt auf mich zu. Er ist größer als ich. Ich schaue etwas ängstlich zu ihm hoch, weil ich es nicht gewohnt bin, angesprochen zu werden.

»Mein Bruder ist in Polizeigewahrsam«, sagt er.

»Echt? Warum?«

Er sieht sich um, aus Angst, jemand könnte uns belauschen.

»Ich weiß auch nicht so genau. Gestern Abend waren die Bullen bei uns, haben alles durchsucht und ihn mitgenommen.«

»Wie heißt er? Kenne ich ihn?«

»Karim, er war mal mit deiner Schwester zusammen. Nach ihr suchen sie auch. Die Bullen haben meine Eltern gefragt, ob sie

Gina gesehen haben. Aber sie haben das verneint, was auch der Wahrheit entspricht.«

Karim. Ich muss wieder an die Nacht denken, in der ich ihn überraschte, als er und sein Kumpel vor den Ordnungskräften flüchteten. Kein Zweifel, all das hängt sicherlich mit Saïd Zahidis Tod zusammen. Aber warum suchen sie meine Schwester? Wegen ein paar Graffiti?

»Ich habe Siham heute früh gesehen, auf dem Weg zur Schule«, fährt Youcef fort.

»Saïds Schwester?«

»Ja, sie hat mir eine Nachricht für dich mitgegeben.«

Um ungestört zu sein, gehen wir in die Pausenhalle. An diesem sonnigen Frühlingsmorgen hält sich dort kaum jemand auf. Abgeschirmt von neugierigen Blicken stopft Youcef mir einen verschlossenen Briefumschlag in die Tasche.

»Siham meinte, ich solle mir wegen Karim keine Sorgen machen, er käme sicher bald wieder frei. Ich habe sie gefragt, was denn eigentlich los sei, aber sie wollte mir nichts sagen und war dann auch schnell wieder weg.«

Er starrt mich auffordernd an.

»Willst du die Nachricht nicht lesen?«

»Doch«, stottere ich.

Ich ziehe mich auf die Toilette zurück, um den Umschlag zu öffnen. Auf dem Kuvert steht nichts. Innen ist ein zusammengefalteter Zettel. Ich erkenne Ginas Handschrift.

Mattia, ich vermute, die Bullen waren bei dir. Tut mir leid, dass ich dir das alles so lange verheimlicht habe, aber es hätte nichts geändert, wenn du es gewusst hättest. Möglicherweise werden Zé und du beschattet, ich gehe bald wieder ins Ausland und dieses Mal für lange Zeit. Ich habe keine andere Wahl. Aber vorher möchte ich dich noch mal sehen und dir erklären, warum ich dich schon wieder allein lasse.

Ich schwöre dir, ich konnte nicht ahnen, dass sich alles so entwickelt. Es ist schwer, das in ein paar Sätzen zusammenzufassen, das zu erklären, dauert viel zu lange, und ich kann nicht riskieren, dass jemand anders diesen Brief liest.

Ich warte morgen Abend (Samstag) an unserem alten Platz auf dich, ab zwanzig Uhr. Achte darauf, dass dir keiner folgt. Ich hoffe, wir sehen uns morgen, wenn nicht, dann pass auf dich auf.

Ich liebe dich,

Gina.

P.S. Du kannst von mir aus deinen Vormund mitbringen, da Mama ihm vertraut, vertraue ich ihm auch. Mama geht es übrigens gut. Sie hält sich aus den gleichen Gründen wie ich versteckt.

»Und?«, fragt Youcef, als ich aus der Toilette komme. Er schaut auf meine Hände. Ich habe den Zettel ins Klo geworfen und mehrmals die Spülung betätigt. Ich komme mir vor, wie in so einem verdammten Spionagefilm. Ratlos sehe ich Youcef an. Er erwartet jetzt von mir eine Erklärung für das, was seinem Bruder passiert ist, aber ich weiß auch nicht mehr als er.

»Es ist eine Nachricht von meiner Schwester …«

»Ich dachte von Siham.«

»Sie stehen ja offenbar in Kontakt.«

Er sieht mich ernst an. Draußen auf dem Schulhof spielen die anderen Schüler unserer Klasse gerade Schattenfangen. Sie genießen die letzten Monate, in denen sie sich noch wie Kinder aufführen können. Wenn sie im September aufs Collège wechseln, ist es vorbei mit dem Spielen.

»Also hat es mit Saïd zu tun«, sagt Youcef.

»Ja.«

Der grelle Klingelton, der das Ende der Pause ankündigt, schrillt über den gesamten Pausenhof und beendet unser Gespräch.

Siebenundzwanzigstes Kapitel

Lieutenant Rassiat

Lieutenant Rassiat raucht am Fenster seines Büros eine Zigarette, obwohl im ganzen Haus Rauchverbot herrscht. Eigentlich raucht er schon seit sechs Jahren nicht mehr, aber Ausnahmesituationen erfordern Ausnahmen von der Regel.

Er wirft einen prüfenden Blick auf das Spiegelbild von Karim Benafa im Fenster. Der Kopf des jungen Mannes sinkt Richtung Schulter. Er schläft permanent ein. Es gelingt dem Beamten nicht, irgendetwas Wichtiges aus ihm herauszubekommen. Rassiat beobachtet Karim nachdenklich, während über der Stadt ein heftiger Regenschauer niedergeht. Der Beschuldigte beantwortet Fragen, er kooperiert, weil ihm klar ist, dass er dieses Mal mit mehr rechnen muss als mit ein paar Sozialstunden, wie zuletzt bei dieser dummen Sache mit den Graffiti. Er kooperiert, aber verrät ihm dennoch nichts. Schwer zu sagen, ob er lügt.

Rassiat stößt einen tiefen Seufzer aus und wirft seine Kippe aus dem Fenster. Er setzt sich erneut Karim gegenüber. Ein stechender Schmerz durchzuckt sein Knie, ein Andenken an einen schlecht verheilten Bruch. Deshalb hat er manchmal auch Probleme beim Laufen. Die Schmerzen sind erst seit Kurzem wieder da. »Willst du eine Fluppe?«

»Ich rauche nicht«, sagt der junge Mann leise.

»Vielleicht einen Kaffee …«

»Oh ja, einen Kaffee …«

Rassiat kettet ihn mit Handschellen am Heizkörper fest, bevor er auf den Flur geht.

Er lehnt sich für einen Moment an die Tür und schließt die Augen. Ein Gefühl unendlicher Erschöpfung macht sich in ihm breit. Dabei hat er immer dagegen angekämpft, dass es so weit kommt. Er reißt sich zusammen, schlendert träge zum Kaffeeautomaten, steckt die Münzen in den Schlitz und drückt zweimal auf Espresso. Dann geht er zurück in sein Büro, stellt die Becher auf dem Schreibtisch ab und setzt sich. Mit einem Finger wischt er sich den Schweiß von den Schläfen, der dort ständig perlt. Er ist einfach nur noch müde.

Eine ganze Weile vernimmt man nur die Schluckgeräusche und das Klappern der Tastatur, als Rassiat die Aussage noch einmal durchgeht. »Jetzt sag mir noch mal, wo du am achten März zwischen zweiundzwanzig Uhr und Mitternacht warst.«

Karim hebt mühsam den Kopf. Er wiederholt Wort für Wort, was er, seitdem er in Polizeigewahrsam ist, schon mindestens zehnmal erzählt hat. Rassiat hört zu, aber schreibt nicht mit. »Das ist verrückt«, merkt er an.

»Was?«

»Du sagst jedes Mal exakt das Gleiche, aufs Wort genau.«

»Weil es die Wahrheit ist, können Sie gerne überprüfen.«

»Wir sind schon dabei, denn wir haben verdammt das Gefühl, dass du deine Geschichte einstudiert hast.«

»Ich sage einfach nur die Wahrheit«, wiederholt Karim.

Um wieder richtig wach zu werden, kneift er mehrmals die Augen zusammen. Da klopft es plötzlich, eine Frau steckt den Kopf durch den Türspalt. Rassiat geht zu ihr auf den Flur.

»Monsieur Palaisot ist gerade gekommen. Wollen Sie ihn befragen oder soll ich das übernehmen?«

»Ich übernehme das, kümmern Sie sich dann um Benafa?«

»Okay, bleibt er bei seiner Version?«

»Ja, er hat sich auf die Befragung vorbereitet, das merkt man. Ich glaube nicht, dass man ihm noch irgendetwas anderes entlocken kann.«

»Reicht es, um ihn dem Untersuchungsrichter zu übergeben?«

»Sein Alibi klingt überzeugend.«

»Denken Sie, er war es?«

»Nach der Sache mit den Graffiti war klar, dass der Verdacht zuerst auf ihn fallen würde. Also fast ein bisschen zu naheliegend das Ganze ... So langsam glaube ich zu verstehen, wie er tickt. Der ist nicht auf den Kopf gefallen. Ich kann mir nicht vorstellen, dass er ein solches Risiko in Kauf genommen hätte.«

Rassiat nickt seiner Kollegin zu und geht in die Eingangshalle. Dort wartet Palaisot Junior bereits auf ihn, er steht mit einem Becher in der Hand neben dem Wasserspender. Dem Lieutenant fallen sogleich seine tiefen, violettfarbenen Augenschatten auf. Palaisot hat offenbar Mühe, die Augen offen zu halten. Jeder seiner Bewegungen merkt man eine ungeheure Müdigkeit an. Noch einer, der schon lange nicht mehr gut geschlafen hat.

»Monsieur Palaisot?«, fragt er und blickt sich suchend um, als hätte er ihn nicht längst entdeckt.

»Ja«, sagt der Angesprochene.

Das Kind ist dieses Mal nicht dabei. Der Lieutenant führt seinen Gast in ein freies Büro. »Setzen Sie sich«, sagt er und zieht seine Jacke aus. »Danke, dass Sie der Vorladung gleich gefolgt sind.«

»Sonst hätten Sie mich abgeholt, nehme ich mal an.«

Rassiat ringt sich ein Lächeln ab. Der junge Mann nimmt ihm gegenüber Platz, er hat Mühe, seine langen Beine unterzubringen.

»Sie gehören also auch zu den Bullen-Hassern?«

»Bullen-Hasser?«

»Sie mögen die Polizei nicht?«

Palaisot scheint ernsthaft über die Frage nachzudenken, die eigentlich nur als Provokation gemeint war. »Nicht mehr oder weniger als irgendjemanden sonst«, sagt er schließlich.

»Ausgezeichnete Antwort.«

Rassiat öffnet eine neue Datei, Zé betet brav seinen Zivilstand herunter und zuckt zusammen, als der Beamte seine juristische Vorgeschichte erwähnt. »… vom Schwurgericht freigesprochen.«

»Haben Sie mich deshalb kommen lassen?«

»Ihre Eltern sind bei Gericht tätig, richtig?«

»So ist es …«

»Das heißt, Sie können im Grunde tun und lassen was Sie wollen, ohne Konsequenzen fürchten zu müssen, sehe ich das richtig? Das kann einem leicht zu Kopf steigen.«

Der junge Mann schüttelt energisch den Kopf.

»Worauf wollen Sie hinaus?«

»Was haben Sie am achten März zwischen zweiundzwanzig Uhr und Mitternacht gemacht?«

»Gearbeitet.«

»Das wissen Sie auf Anhieb, obwohl das eine Woche her ist?«

»Ich arbeite jeden Abend in der Woche von zwanzig Uhr dreißig bis sechs Uhr fünfundvierzig, da muss ich nicht lange überlegen, wo ich zu dieser Uhrzeit war. Rufen Sie gerne meinen Arbeitgeber an, oder, wenn Ihnen das nicht genügt, bitten Sie ihn um die Bänder der Videoaufzeichnung des Ladens.«

Rassiat notiert sich den Namen des Geschäftsführers und seine Telefonnummer. Er wird das der Vollständigkeit halber überprüfen, aber er weiß jetzt schon, dass die Aussagen des Nachtwächters sicher bestätigt werden. Er reibt sich die Augen und mustert sein Gegenüber von Kopf bis Fuß. »Ihr Adoptivsohn hat Ihnen sicher gesagt …«

»Er ist mein Mündel, nicht mein Adoptivsohn.«

»Wie auch immer, er hat Ihnen sicher gesagt, dass wir letzte Nacht bei Ihnen waren.«

»Ja.«

»Wir waren auf der Suche nach Mademoiselle Gina Lorozzi, um ihr ein paar Fragen zu stellen. Wann haben Sie sie das letzte Mal gesehen?«

»Kurz nach den Weihnachtsferien im Januar, so um den Vierten herum, glaube ich. Sie hat Weihnachten und Silvester mit uns verbracht und ist dann wieder abgereist.«

»Wohin?«

»Keine Ahnung. Sie macht das immer so, sie kommt und geht, meldet sich zwischendurch nicht bei uns. Ich weiß nie, wo sie ist, wenn sie nicht gerade bei mir zu Hause ist, und da ist sie ziemlich selten. Ab und zu kommt sie vorbei, um den Kleinen zu sehen. Ansonsten führt sie ihr eigenes Leben.«

»Ruft sie nie an?«

»Nein, sie reist sehr viel.«

»Wohin?«

»Wie schon gesagt, ich weiß es nicht.«

Rassiat massiert sich die Schläfen, er spürt eine aufkommende Migräne.

Schnell liest er die Zeugenaussage noch einmal durch. Sein Gesprächspartner zeigt keinerlei Emotionen. »Und wo ist Ihre Lebensgefährtin, Gabrielle Ross?«

Palaisot Junior lächelt gequält.

»Das ist Ihnen doch bekannt, Sie sind mit ihrem Bruder befreundet, oder etwa nicht?«

»Wie kommen Sie darauf?«

»Ich kann es nicht beweisen und habe auch nicht die Absicht, das zu tun, aber ich weiß, dass Sie beide mich mehrfach beschattet haben.«

»Wo ist sie?«, fragt er und betont dabei jede Silbe.

»In Charcot, auf Antrag ihres Bruders. Dabei fällt mir ein, dass ich seit einem Monat versuche, ihn zu erreichen. Ich vermute mal, ich kann es mir sparen, Sie nach seiner Telefonnummer zu fragen, aber vielleicht können Sie ihn bitten, sich bei mir zu melden, es ist wirklich dringend.«

»Warum?«

»Seine Schwester kann die Psychiatrie erst wieder verlassen, wenn er mit den Psychiatern gesprochen hat.«

Rassiat wirft ihm einen langen prüfenden Blick zu, bevor er seine Antwort eingibt. Er versucht im Gesicht seines Gegenübers zu lesen, was gerade in ihm vorgeht, aber er sieht dort nichts als eine unendliche Müdigkeit.

»Denken Sie, Ihre Freundin wäre in der Lage, befragt zu werden?«

»Nein«, antwortet Zé, ohne zu zögern.

»Ich werde ihr trotzdem mal einen kleinen Besuch abstatten, Sie können gerne mitkommen, wenn Sie wollen. Vielleicht ist sie auskunftsfreudiger, wenn Sie dabei sind.«

»Warum? Meinen Sie nicht, sie hat schon genug Probleme?«

»Ihr Bruder, Thomas Ross, wurde letzte Woche mit acht Schüssen getötet. Und in einem solchen Mordfall ist es üblich, die Familie zu befragen, auch wenn mir klar ist, dass seine Schwester damit nichts zu tun haben kann.«

Rassiat blickt seinem Gegenüber direkt ins Gesicht, um zu sehen, wie dieser die Nachricht aufnimmt. Zé reißt die Augen auf. Er wollte gerade aufstehen, gerät ins Schwanken. »Ist das Ihr Ernst?«, murmelt er.

»Ja, kommen Sie nun mit oder nicht? Ich denke es ist besser, Sie sind dabei, wenn sie vom Tod ihres Bruders erfährt.«

»Natürlich …«

»Wo ist ihr Mündel gerade?«

»Zuhause. Wollen Sie Mattia etwa auch befragen?«

»Das haben wir gestern schon getan, folgen Sie mir.«

Die beiden Männer steigen in ein Zivilfahrzeug. Bis nach Charcot fährt man nur eine Viertelstunde. Zu Beginn der Fahrt herrscht Schweigen im Wagen. Nach einer Weile ergreift der Polizist erneut das Wort.

»Tun Sie nicht so bedrückt, das ist lächerlich. Ich weiß, dass Sie Lieutenant Ross gehasst haben, und da er nun tot ist, wird ihre Lebensgefährtin die Klinik verlassen können. Sie dürfen also gerne lächeln, keine Sorge, ich verdächtige Sie deshalb nicht.«

»Ich lächele nicht, wenn jemand stirbt.«

Gabrielle hört Lieutenant Rassiat zu, ohne mit der Wimper zu zucken. Sie sitzt im Schneidersitz auf dem Schreibtisch, hat die Hände in den Falten ihres übergroßen Pyjamas verborgen. Mit einem Mal schaut sie dem Beamten direkt in die Augen, bis dieser den Blick senkt. Ab und zu blickt sie zu Zé herüber, als erwarte sie von ihm eine Bestätigung für das, was der Beamte ihr erzählt. Zé lehnt an der Tür und nickt nur, seine Miene verrät ebenso wenig wie die von Gabrielle.

Sie nickt nun ebenfalls, um ihrem Gegenüber zu zeigen, dass sie verstanden hat. Der Bulle mustert sie fassungslos.

»Das ist alles?«

»Tut mir leid«, sagt die Patientin, »ich stehe unter Antidepressiva.«

Gabrielle faltet ihre Beine auseinander und lässt sich vorsichtig zu Boden gleiten. Ihre nackten Füße landen geräuschlos auf dem Fliesenboden. Sie ist genauso groß wie ihr Bruder, sie hat seine Augen, seine Haare, aber nicht den gleichen Blick. Sie mag so um die fünfunddreißig sein, etwas jünger als Thomas, denkt der Lieutenant. Was für ein trauriger Anblick.

»Was erwarten Sie von mir?«, sagt sie mit schleppender Stimme.

»Nichts, ich wollte Ihnen nur den Tod Ihres Bruders mitteilen.

Wir standen uns ziemlich nahe«, ergänzt er nach kurzem Zögern. Falls er gehofft hatte, bei ihr irgendwelche Anzeichen von Trauer zu finden, hatte er sich getäuscht. Das war zu erwarten gewesen. Thomas hatte ihm von ihrem extrem schwierigen Verhältnis berichtet. »Denken Sie, ich habe etwas damit zu tun?«

»Keine Ahnung, haben Sie denn etwas damit zu tun?«

»Wenn ich aus diesem verfluchten Krankenhaus herauskönnte, dann hätte ich sicher anderes im Sinn, als jemanden umzubringen, das können Sie mir glauben!«

Sie hält Lieutenant Rassiat ihre Hände hin, er wirft einen verstohlenen Blick auf ihre zitternden Finger.

»Mit diesen Händen kann man niemandem etwas zuleide tun.«

Sie legt sich auf ihr Bett, oben auf die Decke.

»Jetzt würde ich gerne ein wenig schlafen, wenn es Sie nicht stört.«

Der Beamte zögert kurz, ob er noch etwas sagen soll, entscheidet sich aber dagegen. Er erzählt ihr nicht, dass Thomas kurz nach seinem letzten Besuch bei ihr getötet wurde, dass er ein großes Risiko eingegangen war, um sie zu sehen. Eigentlich hätte er nie wieder einen Fuß in diese Stadt setzen dürfen. Die Vorstellung, dass Thomas' Schwester das alles kalt lässt, kann er nicht ertragen.

Achtundzwanzigstes Kapitel

Zé vergisst, mich von der Schule abzuholen. Obwohl ich nun zu Fuß nach Hause gehen muss, verfluche ich ihn nicht. Ich muss die ganze Zeit an Ginas Brief denken. Dabei fällt mir ihre Warnung wieder ein. Bei jedem Schaufenster überprüfe ich, ob sich darin ein bekanntes Gesicht spiegelt. Aber ich kann die beiden Bullen, die mir mehrfach gefolgt sind, nirgendwo entdecken.

In der Wohnung ist niemand. Ich bringe meine Hausaufgaben in Blitzgeschwindigkeit hinter mich, damit ich den Kopf fürs Wochenende freihabe. Dann setze ich mich vor den Fernseher und warte darauf, dass endlich morgen Abend ist. Ich bin hin- und hergerissen, einerseits habe ich Angst und andererseits kann ich es kaum erwarten, endlich Antworten auf all meine Fragen zu bekommen.

Zé kommt kurz nach zwanzig Uhr nach Hause. Die Tür fällt hinter ihm ins Schloss, er betritt das Wohnzimmer und zieht erst dort seinen Mantel aus. Ohne zu fragen, macht er den Fernseher aus. Ich funkele ihn wütend an.

»Ich weiß«, kommt er mir zuvor, »du musstest zu Fuß nach Hause gehen, das tut mir leid, ich war in Charcot.«

Wie immer.

»Mattia, hörst du mir zu? Gabrielles Bruder ist tot. Er wurde ermordet.«

Er starrt mich mit ernster Miene an, als wolle er so die Dramatik der Situation unterstreichen.

»Und ich glaube, sie haben deine Schwester im Verdacht.«

Ich schließe die Augen.

Eines Tages wirst du es verstehen. Keine andere Lösung, als alles abzufackeln.

Gina, verdammt, Gina …

»Wir müssen ihr helfen«, fügt Zé hinzu, aber seine Stimme klingt so, als würde er durch Watte sprechen, in meinen Ohren klingelt es wie verrückt.

»Mattia?«

Er kniet sich vor mich hin, nimmt meine Hände und hält sie fest. »Wenn sie Gina finden und sie kein Alibi hat … du weißt, was dann passiert, Mattia. Weißt du, wo sie ist? Sag es mir. Sie braucht uns.«

Das ist nicht wahr. Sie ist immer sehr gut alleine klargekommen. Aber sie hat auch noch nie in einem solchen Schlamassel gesteckt. Ich sehe sie vor mir, wie sie in ihrem Kapuzenpulli alleine durch die Gegend irrt und bei jeder Polizeisirene zusammenfährt. »Weißt du, wo sie ist?«, wiederholt Zé, und seine Stimme bildet in meinem Kopf ein immer schwächer werdendes Echo.

Früher gab es in Verrières einen Park in der Nähe des Stadtteilzentrums. Heute ist dort nur noch eine riesige Baustelle. Die Bulldozer arbeiten sich immer weiter vor. In einem Monat werden auch die letzten Bewohner des letzten Hochhauses ausgezogen sein und man wird die letzten Spuren dieser so unangenehmen Geschichte beseitigt haben.

An der Stelle des einstigen Parks entsteht ein neues Gebäude. Eine Kamera überwacht den Eingang zur Baustelle, aber es ist leicht, sie zu umgehen. Ich weiß das, weil viele meiner Klassenkameraden sich hier treffen, wenn sie von ihren Eltern unbeobachtet sein wollen.

Ich konnte Zé nicht davon abhalten, mich zu begleiten. Er hat Angst, ich könnte Scherereien bekommen. Ich hätte es eh nicht geschafft, die Wohnung zu verlassen, ohne dass er es merkt. Für den Fall, dass wir irgendwelche Beschatter abhängen müssen, gehen wir schon um 19 Uhr los. Gina hat es ja geahnt, schon nach wenigen Straßen fällt uns ein Auto auf, das quasi an unserer Stoßstange klebt.

Zé fährt in die Tiefgarage des Einkaufszentrums, das etwa einen Kilometer von Verrières entfernt ist, und lässt mich an einer Stelle aussteigen, an der unsere Verfolger mich nicht sehen können.

»Ich komme nach, sobald ich sie abgehängt habe.«

Während er das Auto parkt, nehme ich den Aufzug. Die Geschäfte sind proppenvoll. Um nicht aufzufallen, mische ich mich unter eine kleine Familie. Es könnte ja sein, dass sie versuchen, Zé und mich mithilfe von Überwachungskameras zu finden. Die Eltern sehen mich erstaunt an, aber sagen nichts. Mit diesem kleinen Trick gelingt es mir tatsächlich, das Einkaufszentrum auf der anderen Seite wieder ungesehen zu verlassen. Als ich draußen bin, laufe ich noch eine Weile ziellos umher, ohne mich umzuwenden. Dann, an einer Querstraße, halte ich an und tue so, als würde ich meine Schnürsenkel zubinden. Die Straße hinter mir ist leer. Ich gehe weiter, aber kann das Gefühl nicht loswerden, dass mir jemand folgt, also drehe ich mich alle fünf Sekunden um, aber da ist niemand.

Ich steige über den Baustellenzaun und achte peinlichst darauf, nicht ins Visier der einzigen Kamera zu geraten. Es ist zwanzig Uhr fünf.

Da ist sie. Gina sitzt auf einer Betonstufe, neben ihr steht Siham, die die Umgebung kontrolliert.

Als sie mich sehen, lächeln sie beide, es ist ein trauriges und müdes Lächeln, man sieht ihnen an, dass sie es leid sind zu kämpfen. Ich mustere die beiden, Saïds Schwester und meine Schwester, die damals heimlich in Saïd verknallt war, so wie Kinder eben verknallt sind. Das war vor meiner Zeit und doch ist es auch Teil meiner Geschichte. Deshalb habe ich auch ein Anrecht darauf, endlich zu erfahren, was damals passiert ist. »Ist dir auch niemand gefolgt?«, fragt Gina, als sie aufsteht.

»Nein.«

Ich gehe zu ihr hin. Sie umarmt mich. Ich weiche der Umarmung nicht aus, aber erwidere sie auch nicht. Als ich die Augen schließe, sehe ich zwei Leichen vor mir, die eines Jugendlichen mit eingeschlagenem Schädel und die eines Bullen, dessen Körper von Kugeln durchsiebt ist. Ich nehme hier weder die Rolle des Richters ein noch die eines Geschworenen oder die eines Anwalts. Ich bin nur ein Zuhörer, ein spät berufener Zeuge.

Siham steht auf den Zehenspitzen und sucht mit dem Blick die Umgebung ab. Wenn sie ausatmet, kommt eine dicke, weiße Wolke aus ihrem Mund. Nachdem es kurzzeitig milder war, ist es wieder kalt geworden.

»Beeilt euch ein bisschen«, murmelt sie.

Gina steckt sich eine Zigarette zwischen die Lippen. Sie deutet auf den Platz neben sich auf den Stufen, die bald zu einem schmucken Mehrfamilienhaus führen werden, einem idealen Ort, um seine Kinder großzuziehen, es sei denn, die Polizei bringt sie um, bevor sie groß werden können.

Meine Schwester hält mir fragend eine Flasche Wein hin.

»Gegen die Kälte.«

Ich schüttele den Kopf. Sie weiß, dass ich nichts anderes von ihr möchte, als endlich die Wahrheit zu hören.

Also beginnt sie zu erzählen.

Vor Saïds Tod war das Schaufenster des Stadtteilzentrums mehrmals eingeschlagen worden, sodass der Leiter beschloss, dort eine Überwachungskamera anzubringen. Sie filmte den Eingang des Gebäudes und etwa dreißig Meter von dem Weg, der sich zwischen den Gebäuden entlangschlängelte. Das Stadtteilzentrum lag am Ende dieses Weges. Diejenigen, die das Fenster einschlugen, mussten zwangsläufig hier entlangkommen.

Papa war dagegen gewesen, die Kamera zu installieren. Für ihn war klar, dass es nur jemand von hier sein konnte, und er wollte gar nicht so genau wissen, wer. Am Abend des Mordes war er tatsächlich vor Ort im Stadtteilzentrum, und Saïd lief auf der Flucht vor den Bullen, die ihn verfolgten, genau diesen Weg entlang, in der Hoffnung, mein Vater würde ihm zu Hilfe kommen.

Papa hat nicht gelogen. Er hat nichts gesehen und gehört, die Kamera aber schon. Nach einer Weile wurde er aufgeschreckt durch plötzlichen Lärm, der vom Weg zu ihm herüberdrang. Er ging raus, und da sah er sie, all die Bullen, die sich um den leblosen Körper von Saïd scharten und gestikulierten. Thomas Ross und die anderen hatten schon ihre Kollegen verständigt und ihre Version des Tathergangs abgesprochen.

Als mein Vater Saïd mit blutigem und immer noch schmerzverzerrtem Gesicht dort liegen sah, brach er zusammen. Die Bullen wollten ihn befragen, er sagte, er hätte nichts gesehen. Er wartete an der Sicherheitsabsperrung auf Saïds Familie. Nach und nach kamen sämtliche Nachbarn herbeigeeilt, und bald hörte man in ganz Verrières, wie sich die Wut über den Tod eines fünfzehnjährigen Jungen entlud. Jemand schleuderte eine Flasche in Richtung der Bullen, weitere folgten, und innerhalb kurzer Zeit war die Hölle los.

Erst am nächsten Morgen, nach einer durchwachten Nacht, in der er versucht hatte, die Aufständischen zu beruhigen und seinen eigenen Schmerz zu ertragen, erinnerte er sich wieder an die Kamera. Die Bullen hatten sie in all der Aufregung übersehen. Als er wieder zurück im Stadtteilzentrum war, schaute er sich sogleich die Aufzeichnung an, dabei gefror ihm das Blut in den Adern. Er machte eine Kopie von der Kassette und nahm die beiden Exemplare der Aufnahme mit nach Hause. Die Aufnahme war der einzig existierende Beweis dafür, dass man Saïd aus nichtigem Anlass getötet hatte, dass er allein deshalb sterben musste, weil irgendein Bulle ausgerastet war, weil er zur falschen Zeit am falschen Ort war und einer Patrouille in die Arme lief, die einen schlechten Tag hinter sich hatte. Sie war der einzige Beweis dafür, dass Thomas Ross nicht aus Notwehr gehandelt hatte.

Zurück in der Wohnung vertraute er das alles meiner Mutter

und meiner Schwester an, die wegen Saïds Tod ebenfalls noch unter Schock standen. Sie kamen alle drei zu dem gleichen Schluss, das Video durfte auf keinen Fall den internen Ermittlern der Polizei übergeben werden. Das waren auch nur Bullen und niemand hier vertraute ihnen. Also versteckten sie die Kassetten und warteten ab.

Die Krawalle hörten schließlich von allein auf. Von den Journalisten, die vor Ort waren, wurde verkündet, dass dank der Bemühungen der Sozialarbeiter und des Fingerspitzengefühls der herbeigerufenen Sondereinsatzkräfte wieder Recht und Ordnung eingekehrt wären. Tatsächlich endeten die Krawalle nur, weil fast alle im Gefängnis waren oder zumindest die besonders kampferprobten Protestler. Es war schlicht niemand mehr da, der die Proteste hätte anführen können.

Eines Abends, als Stefano von der Uni kam, war die Tür aufgebrochen und jemand hatte die Wohnung auf den Kopf gestellt. Vorher hatten die Bullen den Leiter des Stadtteilzentrums aufgefordert, ihnen die Bänder herauszugeben, aber er konnte sie nicht finden. Die Kassette war nicht dort. Es war nicht schwer zu erahnen, wer sie mitgenommen hatte.

Sie fanden die Originalkassette dann bei uns, aber nicht die Kopie. Zugleich hatten die Zahidis dank eines Spendenaufrufs einen Anwalt gefunden, der sie als Nebenkläger im Prozess gegen Thomas Ross vertreten sollte. Diesem Anwalt wollte mein Vater die Kopie zukommen lassen. Papa wurde bereits beschattet, Mama auch. Wie der Zufall es wollte, gerieten sie jedes Mal, wenn sie zu den Zahidis wollten, in eine Ausweiskontrolle. Sie hatten Angst, die Polizei könnte ihnen bei einer dieser Kontrollen die Kassette abnehmen, wenn sie damit auf dem Weg zu Saïds Eltern oder dem Anwalt wären. Gina bot sich also an, die Übergabe zu übernehmen, da war sie ein Jahr jünger als ich heute. Die Anwaltspraxis lag im Stadtzentrum beim Gericht. Sie wechselte mehrmals den Bus, um sicherzugehen, dass ihr niemand folgte. Aber die Bullen waren ihr nicht auf den Fersen.

Gina unterbricht ihre Erzählung, drückt ihre Zigarette aus und zündet sich eine neue an. Auf einmal bin ich wieder in der Gegenwart. Siham läuft immer noch auf und ab und ist hypernervös, meine Schwester ist in Gedanken versunken, starrt vor sich hin, ohne wirklich etwas zu sehen, wie Gabrielle.

»Also, dieser Beweis …«, murmele ich. »Konnte der Anwalt sich das Video ansehen?«

Sie antwortet nicht.

»Haben sie seine Praxis durchsucht und die Kopie verschwinden lassen?«

»Nein«, flüstert sie.

Sie verbirgt ihr Gesicht zwischen den Händen, ihre Stimme klingt so, als käme sie von weit her, aus der Zeit, in der sie zehn Jahre alt war und genauso ohnmächtig wie ich heute.

»Die Kassette war in einem Rucksack, der im Bus zwischen meinen Füßen stand. Ich war so damit beschäftigt zu kontrollieren, ob mir auch niemand folgte, dass ich nicht weiter darauf achtete.«

»Und dann …«

»Als ich aussteigen wollte, stellte ich fest, dass der Rucksack weg war. Jemand hatte ihn geklaut und das Video gleich mit.«

Sie lacht kurz auf, verzweifelt.

»Was war ich nur für eine Idiotin, das kann echt nicht wahr sein, was war ich für eine Idiotin …«

»War das die Polizei?«, flüstere ich.

»Oder irgendjemand anderes, wer auch immer es war, er hat sich nie gemeldet. So verlor ich den einzigen Beweis, mit dessen Hilfe man Thomas Ross hätte verurteilen können.«

»Hattet ihr etwa keine weitere Kopie gemacht?«, schrie ich. Siham ermahnt mich, leiser zu sprechen. »Wir hatten keine Zeit mehr dafür und dachten, der Anwalt könnte das übernehmen. Es war ja höchste Eile geboten, wir hatten solche Angst, dass sie noch mal wiederkommen würden. Deshalb musste das alles sehr schnell gehen.«

»Das war echt dumm von euch!«

»Ich weiß, Mattia! Was denkst du wohl, warum Papa durchgedreht ist? Die Schuldgefühle fraßen ihn innerlich förmlich auf. Dazu kam, dass die Bullen ihn nicht in Ruhe ließen … Sie hatten ihn im Verdacht, noch eine Kopie zu besitzen. Das war auch der Grund für den Einbruch bei dir und bei Mama. »Aber warum jetzt, fünfzehn Jahre danach?«

Weil du eine dumme Idee hattest, Gina, darum.

Das war in einer Nacht vor einigen Monaten. Du warst mal wieder in der Stadt und hast deine alten Freunde wiedergetroffen, die Einzigen, mit denen du immer noch in Kontakt stehst: Karim, Siham und Nadir. Ihr seid alle vier gemeinsam aufgewachsen und habt bis heute nicht vergessen können, was damals passierte. Ihr trankt und stießt auf Saïd an. Ihr trankt eine Menge, vor allem du, dann musstest du weinen, wurdest von deinen Schuldgefühlen überwältigt, auch wenn Siham dir immer wieder sagte, dass es nicht deine Schuld war, dass du getan hast, was du tun konntest, und es jetzt eh zu spät sei. Aber du hast es einfach nicht mehr ausgehalten, konntest es nicht ertragen, dass er immer noch Bulle war und das jederzeit wieder tun konnte.

Doch das war längst nicht alles. Thomas Ross war nur ein Bulle von vielen und Saïd stand stellvertretend für viele andere Opfer. Es ging also um mehr, betraf nicht nur euch vier. Denn jedes Mal, wenn ein Bulle auf den Abzug drückt und einer zusammenbricht, spielt sich vor Gericht die gleiche Szene ab. Und du hast dir diese

Namen zurück ins Gedächtnis gerufen. Du kanntest sie längst nicht alle, weil man sie inzwischen vergessen hatte, wie man auch Saïd vergessen hatte. Du hattest die Nase ganz einfach voll davon, dass das immer so weiterging von einem Übergriff zum nächsten.

Also hast du diesem Bullen einen Drohbrief geschrieben und behauptet, du hättest einen Beweis dafür, dass er einen kaltblütigen Mord begangen hat, und würdest diesen Beweis bald an alle Medien schicken. Es war ein Bluff, du wolltest ihm nur Angst machen, du hattest nichts gegen ihn in der Hand, es war verjährt, er konnte nicht mehr verurteilt werden, aber er und seine Vorgesetzten und die gesamte Polizei sollten zittern bei der Vorstellung, dass jemand einen Beweis dafür veröffentlichen würde, dass sie ungestraft töteten.

Du wolltest ihm eigentlich nur ein paar schlaflose Nächte bereiten. Den Brief hast du an seine Eltern in Paris geschickt, er selbst war unauffindbar, aber ihre Adresse stand im Telefonbuch. Du warfst ihn um vier Uhr morgens in den Briefkasten, immer noch halb betrunken, und hast dich damit reingerissen, Gina. Denn natürlich hast du nicht daran gedacht, Handschuhe zu tragen.

Die Drohung wirkte. Gabrielles Bruder bekam wirklich Angst, so große Angst, dass er den Brief von seinen Kumpels bei der Spurensicherung untersuchen ließ, und die fanden darauf deine Fingerabdrücke. Aber sie konnten dich ja schlecht anzeigen wegen Bedrohung oder was auch immer. Sie glaubten an die Existenz dieses angeblichen Beweises, schließlich warst du die Tochter des früheren Sozialarbeiters. Thomas Ross wollte um jeden Preis verhindern, dass dieses Video veröffentlicht wird. Deshalb rief er seine Kollegen von damals zu Hilfe, die ihm schon beim ersten Mal geholfen hatten, an allererster Stelle der Stier.

Die Bullen haben dann Mamas Wohnung durchsucht, dich haben sie aber nicht gefunden. Du warst längst wieder weg und dachtest gar nicht mehr an den Drohbrief. Sie haben die Wohnung auf den Kopf gestellt. Als Mama nach Hause kam, verstand sie, dass es wieder losging, und ergriff die Flucht. Sie hatte nicht die Kraft, erneut diese Verhöre über sich ergehen zu lassen, die Beschattungs- und Durchsuchungsmaßnahmen. So stark wie früher ist sie nicht mehr.

Als du an Weihnachten zu uns kamst, habe ich dir die Neuigkeit erzählt, und da wusstest du sofort, was los war. Später sahst du dann Siham und die sagte dir, sie wüsste, wo deine Mutter wäre: nämlich bei ihren eigenen Eltern, den Zahidis, denen man eine Wohnung in einem anonymen Gebäude zugewiesen hatte, wie allen ehemaligen Bewohnern von Verrières. Die Zahidis und meine Mutter sind sehr gut befreundet. Der Tod meines Vaters und Saïds Tod hat sie zusammengeschweißt.

Mama wollte nicht mehr zurück in ihre Wohnung. Sie hatte Angst vor den Bullen, Angst vor allem. Langsam begann auch sie durchzudrehen und du, Gina, warst deshalb außer dir.

Ihr habt viel geredet, du, Siham, und Karim und Nadir.

Ihr sagtet euch, es wäre an der Zeit etwas zu tun. Ihr wusstet nicht genau was, irgendwas, egal was.

Und dann tauchte auf einmal der Bulle wieder in der Stadt auf, das war wie ein Wink des Schicksals. Ihr ertrugt es nicht, dass er sich hier blicken ließ, sein Gesicht zeigte, erhobenen Hauptes herumspazierte, ohne sich zu schämen. Es hätte ihm normalerweise verboten werden müssen, seine Füße auf unsere Straßen zu setzen, aber die Straßen gehören nun mal nicht uns, Gina, wir haben nie irgendetwas besessen, das alles gehört ihnen, das weißt du doch.

Der Hass ist immer noch da, und er ist so heftig wie am ersten Tag. Er beherrschte dich und auch Siham. Gemeinsam habt ihr dann den Beschluss gefasst, dem Ganzen ein Ende zu machen.

»Habt ihr ihn etwa umgebracht?«

Gina schüttelt leicht den Kopf. Siham hatte sich im Laufe der Erzählung langsam genähert. Mir ist kalt. Ich sitze zusammengekauert da, presse die Knie gegen meinen Körper, als könnte mich das schützen, vor dem, was bereits passiert ist. Wenn es doch endlich hell würde. Ich weiß, dass das noch lange dauert, aber diese nicht enden wollende Dunkelheit macht mir Angst. In einer solchen Nacht hat Saïd sein Leben verloren.

Der Mond scheint über Verrières.

»Es hätte nicht so weit kommen dürfen«, murmelt meine Schwester. Wir wollten ihn doch nur … zur Rede stellen.«

»Zur Rede stellen?«

»Ihn mit seinen Taten konfrontieren, ihm sagen, dass wir das Video gesehen haben, dass wir Bescheid wissen … Wir wollten, dass er bereut, was er getan hat.«

»Aber warum?«

»Wir wussten, wie das ausgehen würde«, mischt Siham sich ein. Ihre Stimme klingt fester als die meiner Schwester. Siham angelt sich eine Zigarette aus Ginas Packung, die auf der Betonstufe liegt.

»Wir wussten, dass es so enden würde, wir wollten es uns nur nicht eingestehen.«

»Ich habe das nicht gewollt«, sagt Gina.

Aber ihre Stimme klingt nicht sehr glaubhaft, sie will nicht Siham überzeugen, sondern mich. Das versteht Saïds Schwester nun auch und schweigt. Ich lächele.

»Du lügst schon wieder.«

Dann muss man alles abfackeln.

Ich bin nicht dein Richter, Gina. Nicht ich habe darüber zu entscheiden, was gut und was schlecht ist, wer zu leben verdient und wer zu sterben. Ich weiß nur eins, dass ich keine Lust habe, hier zu leben. »Und wer von euch beiden hat ihn getötet?«

»Was ändert das?«, fragen sie im Chor.

Ich vermute, sie haben es gemeinsam getan. Acht Schüsse … einfach so. Das Ausmaß der Wut kann man daran ablesen, wie oft sie den Abzug betätigt haben, oder daran, wie viele Schläge damals auf Saïds Schädel niedergingen, bis er leblos auf dem Boden lag, am Fuße der Hochhäuser. »Und Nadir und Karim?«

»Die waren nicht dabei, sie hätten nicht so weit gehen wollen, wir haben ihnen nur empfohlen, sich ein gutes Alibi zu suchen. Karim war schließlich der ideale Täter, da man ihn in flagranti dabei erwischt hatte, wie er »Gerechtigkeit für Saïd« an eine Wand gesprüht hatte. Und Nadir hatte schon mal im Knast gesessen.«

»Und ihr, habt ihr ein Alibi?«

Sie tauschen einen Blick, den ich nicht deuten kann.

»Keins, das lange vor einem Richter standhalten würde, der von unserer Schuld überzeugt ist«, sagt Siham.

»Und was wollt ihr nun tun?«

»Abhauen«, sagt Gina.

»Und wohin?«

Ich bekomme es mit der Angst zu tun. Wo sie sich vor ihren Verfolgern verstecken wollen, werde ich niemals erfahren, denn im selben Moment sehe ich im Mondlicht ein metallenes Objekt hinter einer Säule aufschimmern.

Sie sind da. Wer, sie? Na sie. Die Bullen. Sie sind wie die Ameisen. Erst sieht man einen, dann zwei, eine ganze Herde. Etwa ein Dutzend von ihnen haben sich durch den Baustellenzaun hindurchgewunden, sie richten ihre Knarren auf uns, sie sind nah genug dran, um auf uns zu schießen, aber nicht nah genug, um unsere gemurmelte Unterhaltung mitgehört zu haben.

Siham springt auf, Gina tut es ihr nach und stellt sich schützend vor mich, für den Fall, dass jemand schießen sollte. Dort drüben bei der Säule erkenne ich die bullenhafte Statur von Lieutenant Rassiat. Meine Schwester hebt als Erste sicherheitshalber die Arme, gefolgt von Siham, die einen Seufzer ausstößt und damit ihre Niederlage eingesteht.

Ich bin kurz davor, mir in die Hose zu machen.

»Entfernen Sie sich von dem Kind«, sagt die Stimme des Stiers. Siham gehorcht. Gina zögert. Ich klammere mich an ihre Jacke. »Entfernen Sie sich, Mademoiselle Lorozzi!«

»Lass mich los«, murmelt sie.

»Lass mich nicht allein!«

»Lass mich los, von dir wollen sie nichts!«

»Lass mich nicht allein!«

Ich schreie. Ich will nicht, dass sie Gina mitnehmen. Sie haben schon meinen Vater mitgenommen und Gabrielle. In gewisser Weise haben sie auch meine Mutter mitgenommen. Sie können mir nicht auch noch Gina wegnehmen.

Dann herrscht nur noch Chaos in meinem Kopf.

Die Bullen kommen näher, Siham wird gegen eine Wand gedrückt und von Kopf bis Fuß durchsucht. Ich höre den Stier und andere mir unbekannte Stimmen, jemand packt mich an der Taille und zwingt mich, Gina loszulassen. Ich klammere mich so fest an den Ärmel ihres Pullis, dass der Stoff zerreißt. Sie bringen mich auf eine Seite, die beiden Mädchen auf die andere und zwingen sie, in die Polizeiwagen zu steigen. Man versucht, mich zu beruhigen. Ich wehre mich mit Händen und Füßen, will mich losreißen und zu Gina herüberlaufen, aber ich schaffe es nicht. Ich schaffe es einfach nicht, ich bin nicht stark genug. Meine Hilflosigkeit macht mich unglaublich wütend …

Die Autos fahren los, mit Blaulicht, adieu Gina, adieu Siham. Das nächste Mal, wenn wir uns sehen, werden wir durch Gitterstäbe getrennt sein. Und all das nur, weil so ein verdammter Bulle eines Tages die Kontrolle verloren hat, all das nur, weil die Justiz nur für die Einen da ist, all das nur, weil sie festlegen, wer ein Monster ist und wer nicht, wer ein Mörder ist und wer nur einen Fehler gemacht hat. *Schließlich macht jeder mal einen Fehler, das ist verzeihlich, zumindest bei einem Bullen, nicht bei einem Kriminellen. Also, du weißt, wie es läuft, entscheide dich, auf welcher Seite du stehst, Kamerad …*

Als ich wieder klar denken kann, sitze ich auf der Rückbank eines Polizeiautos mit einem Becher heißer Schokolade in der Hand. Ich zittere am ganzen Körper, aber spüre die Kälte nicht mehr. Innerlich fühle ich mich wie betäubt. »Da ist er, Monsieur. Versuchen Sie, ihn ein wenig zu beruhigen.«

Zés warme Hände umschließen meine. Er geht vor mir in die Knie und sieht mich mit einer Mischung aus Erleichterung und Trauer an. Am rechten Auge hat er ein Veilchen.

»Geht's, Mattia?«

Nein, es geht nicht, es wird auch nie wieder gehen, ich möchte nur noch schlafen und in einer anderen Welt wieder aufwachen. Ich antworte nicht, was sollte ich auch sagen.

Sie nötigen uns, mit ihnen aufs Kommissariat zu fahren. Zwischendurch erfahre ich, dass Zé erst gekommen ist, als die Bullen die Baustelle bereits umstellt und einen Sicherheitskordon gebildet hatten. Er hat versucht, die Absperrung zu durchbrechen, um mich zu holen. Da hat ihn einer der Bullen mit einem gezielten Faustschlag zur Räson gebracht. Mein Vormund kommt mit einem Ordnungsruf davon. Keiner stellt mir irgendeine Frage. Ich möchte Gina sehen, aber darauf geht niemand ein.

Gegen Mitternacht sind wir zu Hause, ich schlafe auf dem Sofa ein, Zé hält neben mir Wache. Im Morgengrauen wache ich auf, schweißgebadet, bekomme keine Luft mehr und reiße die Augen auf angesichts eines schattenhaften Wesens, das auf meinem

Oberkörper kniet. Aber da ist keiner, nur ich bin da und Zé. Ich bin kurz davor, zu bedauern, dass ich mir dieses Wesen nur einbilde.

Neunundzwanzigstes Kapitel

Lieutenant Ross

Eine Woche vorher.

Er streckt, ohne nachzudenken, seine Hand nach ihrer aus und ergreift sie. Gabrielle zieht sie sofort zurück.

»Rühr mich nicht an!«

Eine Schar Krähen fliegt über den Park von Charcot hinweg. Thomas Ross wendet sich ab, um das zornesrote Gesicht seiner Schwester nicht zu sehen, aber er spürt ihre Wut auch so. Es fühlt sich an wie tausend Nadelstiche auf seiner Haut.

»Gabrielle, bitte …«

»Verschwinde.«

»Lass mich wenigstens einen Satz sagen!«

»Wenn du die Zwangseinweisung aufhebst, können wir reden, ansonsten kannst du mir gestohlen bleiben.«

Er redet trotzdem. Sie reagiert mit Beleidigungen, dann hält sie sich die Ohren zu. Er lässt sich nicht beirren, in der verrückten Hoffnung, dass sie ihm wenigstens unbewusst zuhört. Er sagt, wie sehr er bereue, dass es so weit gekommen ist, wie sehr es ihn belaste, sie in diesem Zustand zu sehen, aber dass nun einmal kein Weg daran vorbeiführe. Das Wichtigste sei schließlich, dass sie am Leben bleibe. »Alles, was zählt, ist zu überleben,

Gabrielle, alles ist besser als der Tod. Und woher nimmst du eigentlich das Recht, dein Leben zu verachten, sind dir deine Nächsten etwa so egal?«

Der Lieutenant redet sich immer mehr in Rage, und sie weigert sich, ihm zuzuhören. Er steht auf, er hebt die Stimme, seine Wangen färben sich rot.

»Glaubst du, du bist die Einzige, die manchmal am liebsten sterben möchte? Bist du noch nie auf die Idee gekommen, dass das jedem mal so geht, zumindest einmal im Leben? Aber was tun die anderen in dem Fall, was denkst du? Sie stellen sich! Das Leben ist ein einziger Mist, das leugnet niemand, das Leben hat es an sich, dass man ständig auf die Schnauze fliegt, ja und? Da muss man durch, das ist nun einmal so. Man springt nicht bei jedem Problem gleich aus dem Fenster. Sonst gäbe es nämlich keine Menschen mehr auf der Erde. Du warst schon immer so egoistisch …«

Gabrielle nimmt auf einmal ihre Hände von den Ohren, sie hat ihm also doch zugehört.

»Egoistisch? Soll das ein Scherz sein?!«

Er antwortet nicht. Sie geht langsam auf ihn zu, Schritt für Schritt, überwindet endlich die Distanz, die sie seit fünfzehn Jahren von ihm trennt. »Wie nennst du es bitte, wenn du mich gewaltsam in diesen vier Wänden einsperren lässt? Ich schulde dir nichts und ich habe dich um nichts gebeten. Für wen tust du das denn eigentlich? Für dich oder für mich? Für dich natürlich, Thomas, für dich! Du bist nicht gläubig. Du denkst auch, dass nach dem Tod das Nichts kommt. Ich werde dort nicht unglücklich sein, jedenfalls nicht unglücklicher als hier. Du willst mich nur daran hindern, Schluss zu machen, damit du ein reines Gewissen hast. Und weil du Angst hast, du könntest das nicht verkraften, weil du Angst davor hast, zu leiden. Du verlangst, dass ich am

Leben bleiben soll, weil du fürchtest, meinen Tod nicht zu ertragen. Was ist das bitte? Altruismus?«

Das letzte Wort hat sie ihm voller Verachtung entgegengeschleudert. Er beobachtet sie, ohne mit der Wimper zu zucken.

»Ich soll also vergessen, was ich täglich sehe, was ich täglich erlebe und was mir in einem Maße zusetzt, wie du es dir überhaupt nicht vorstellen kannst. Ich soll die Übelkeit vergessen, die mich jeden Morgen überkommt, sobald ich die Augen aufschlage, damit leben, mich damit abfinden, weil mein Bruder es so verlangt? Wie nennst du das, Thomas?«

Sie bricht ab, außer Atem, lässt sich auf die Matratze fallen, die unter ihrem Gewicht einsinkt, blickt entmutigt auf ihre zitternden Hände. Sie hat Tränen in den Augen. Als Thomas es bemerkt, beißt er sich auf die Lippen. Er senkt den Kopf. Lange ist es still. Gabrielle atmet tief ein, um sich zu beruhigen. Ihr Bruder murmelt:

»Es tut mir leid.«

Sie antwortet nicht. Er kann ihr Gesicht nicht sehen, sie hat es unter ihren Haaren verborgen. Der Polizist nickt ihr zum Abschied zu, dann verlässt er den Raum.

Er läuft durch die Station Richtung Ausgang, winkt einen Pfleger heran, damit der ihm die Tür öffnet, und steht kurz darauf im Park, endlich wieder im Freien. Er bemerkt die beiden Gestalten nicht, die ihn aus der Ferne von der Cafeteria aus beobachten.

Ein Bus bringt ihn ins Stadtzentrum, er wollte eigentlich zurück zu seinem früheren Kollegen fahren, der ihn beherbergt, wenn er in der Stadt ist, aber er hat das dringende Bedürfnis, allein zu sein. Im nächsten Lebensmittelladen kauft er sich eine Flasche Whisky, so wie damals, kurz nach dem Tod des Jungen, als er die sich aneinanderreihenden Tage und Nächte nur mithilfe von Alkohol ertragen konnte.

Er setzt sich in eine kleine Grünanlage in der Nähe von Verrières und dem Ort, an dem er sein Waterloo erlebt hat. Liebespaare haben ihre Initialen in die Bank geritzt: J+A 4 EVER. Das entlockt ihm nur ein verzweifeltes Lachen. Es wird dunkel. Gabrielles Worte gehen ihm immer und immer wieder im Kopf herum. *Ist das vielleicht Altruismus?*

Nein, sie hat recht, er tut das nicht für sie, er tut es für sich, und mit welchem Recht maßt er sich an, sie gegen ihren Willen zum Leben zu verdonnern? Eine Art lebensverlängernde Maßnahme …

Er hat die Dinge schon immer klarer gesehen, wenn er betrunken war.

Und dann kommen sie.

Zwei Schatten, der eine eher groß, der andere klein, sie laufen nebeneinander her, verstecken sich nicht und klettern über den Zaun der Grünanlage. Thomas ahnt nichts Böses, er ist in Gedanken immer noch bei Gabrielle und den hohen Mauern, hinter denen sie sich befindet. Dabei hat er vollkommen vergessen, dass er hier eine unerwünschte Person ist. Die beiden Schatten bewegen sich direkt auf ihn zu. Er runzelt die Stirn und lässt die Flasche sinken. Im Licht der Straßenlaterne blitzt etwas Metallenes auf. Es ist auf ihn gerichtet. Als guter Bulle erkennt er eine Waffe auf Anhieb.

»Wehe du rührst dich, dann knalle ich dich ab!«, befiehlt eine der Frauen.

Er erkennt Siham Zahidis Stimme und ahnt eigentlich da schon, dass sein Schicksal besiegelt ist. Sie trägt eine schwarze Jeans und eine Kapuzenjacke. Die Person neben ihr hebt leicht den Kopf. Thomas erkennt Gina Lorozzi auf Anhieb wieder, er hat sich oft genug Fotos von ihr angesehen, um sich ihre Gesichtszüge einzuprägen.

Tatsächlich sucht er sie seit Monaten und nun ist es umgekehrt, nun hat sie ihn gefunden.

Langsam stellt er die Flasche zu seinen Füßen ab. »Tu es nicht«, sagt er.

»Ich wüsste nicht, warum ich es nicht tun sollte.«

»Das macht deinen Bruder nicht wieder lebendig, Siham…«

Die junge Frau runzelt die Stirn, als sie ihren Namen hört.

»Tut mir leid.«

Ihre Hände, die den Griff der Pistole umschließen, zittern nicht.

»Und, woran hast du gedacht?«, schleudert sie ihm entgegen und macht einen Schritt auf ihn zu. Die Tochter von Younès folgt ihr.

»Woran hast du gedacht, als du ihn umgebracht hast? Und als sie dich freigesprochen haben, warst du da erleichtert? Bist du nie auf die Idee gekommen, dass eines Tages jemand die Sache in die Hand nehmen könnte? Straffreiheit! Diese verdammte Justiz ist ja immer auf eurer Seite.«

Eurer. Sie meint eigentlich gar nicht ihn. Sie meint die gesamte Polizei. Der Lieutenant denkt fieberhaft nach, aber der Alkohol beginnt seine Wirkung zu entfalten, er kann keinen klaren Gedanken mehr fassen.

Die jungen Frauen kommen drohend Schritt für Schritt auf ihn zu, er will an seinen Gürtel greifen, da spürt er die Waffe zwischen seinen Augen.

Gina Lorozzi reißt ihm seine halbautomatische Waffe weg, nach der er gerade greifen wollte. Ihre Augen glänzen in der Dunkelheit. Fünfzehn Jahre danach wird Thomas Ross klar, dass hier niemand vergessen hat. »Hör auf, ich bitte dich, ich wollte nicht, dass das passiert.«

»Wenn man jemandem mit einem Gummiknüppel auf den Kopf haut, kann man sich denken, was das für Folgen hat!«

Er schluckt schwer.

»Ich war … ich bitte dich. Ich habe die Kontrolle verloren. Ich wollte das nicht tun, das schwöre ich dir. Es war reiner Zufall. In dieser Nacht kam alles zusammen, es war der falsche Tag, der falsche Ort. Ich habe Verrières … einfach nicht mehr ertragen. Die Verachtung, der Hass, der mir täglich entgegenschlug. Ich hatte meine Versetzung beantragt, ich wusste, dass ich da weg musste, bevor noch … Ich wartete auf den Bescheid. Ich wollte diese Scheißarbeit da draußen nicht mehr machen, ich …«

Gina lacht auf, es klingt ungläubig und kühl.

»Verachtung? Hass? Du armer Kerl, das war sicher hart, aber keiner hatte dich gebeten, herzukommen. Saïd auch nicht. Hass überlebt man, Schläge auf den Kopf überlebt man nicht, nein. Saïd hat nicht überlebt, du schon.«

»Es vergeht keine Nacht, in der ich nicht gerne die Zeit zurückdrehen würde. Aber es ist … nun einmal geschehen, ich kann es nicht ändern, es tut mir leid. Wenn ihr mich tötet, ändert das auch nichts, dann wandert ihr in den Knast, euer Leben ist verpfuscht, ist es das wert?«

Den letzten Satz hat er fast geschrien. Er kommt noch nicht mal auf die Idee, um Hilfe zu rufen. Sie sind hier ja eh im Nirgendwo. Siham Zahidi hat sein Leben in der Hand, die Hand am Abzug. »Sie schnallen einfach gar nichts«, sagt Gina leise. »Wir schießen doch gar nicht auf Sie persönlich, sondern auf das, wofür Sie stehen.«

»Aber ich gehe dabei drauf!«

»Ob nun Sie oder ein anderer … ich bekomme gar nicht mehr zusammen, wie viele Ihrer Kollegen dank der Falschaussagen ihrer Bullenfreunde vor Gericht freigesprochen wurden. Dieser Zusammenhalt ist wirklich großartig, meinen Glückwunsch, davon können wir uns eine Scheibe abschneiden. Und wie großartig wäre es erst, wenn wir vor Gericht ebenbürtig wären, wenn man eure Aussagen auch mal infrage stellen würde, so wie unsere, die man grundsätzlich anzweifelt. Nur leider trauen sie sich nicht, euch zu verurteilen und eben darum müssen Sie sterben.«

»Das muss endlich aufhören«, bekräftigt Siham. »Irgendjemand muss ja mal was tun, egal was, selbst wenn es nichts bringt.«

Sie laden also ihm allein die Verantwortung für die Schwachstellen eines ganzen Systems auf. Thomas Ross ist sprachlos. Zwar kann er versuchen, sich zu rechtfertigen, aber er kann nicht sämtliche Justizirrtümer auf sich nehmen, er ist doch nur ein einzelner Mensch, ein Rädchen im Getriebe. Aber was spielt das schon für eine Rolle. Sie erwarten gar nichts von ihm, weder eine Entschuldigung noch eine Rechtfertigung.

»Gina, gibst du mir seine Knarre?«

Sie zögert kurz, bevor sie der Aufforderung nachkommt. Zur großen Verwunderung des Polizisten wirft Siham die Waffe, die sie die ganze Zeit auf sein Gesicht gerichtet hielt, weg. Dann versteht er. Es war nur eine sehr gut gemachte Kopie, ein Spielzeug für Kleinkriminelle, die bei einem Überfall auf Nummer sicher gehen wollen. Die beiden Frauen waren also gar nicht bewaffnet gewesen. Normalerweise wäre er darauf nicht hereingefallen. Der Whisky, die Angst.

Die Resignation?

Siham Zahidi drückt auf den Abzug und Lieutenant Ross denkt an Gabrielle, bevor eine Kugel ihm ein tiefes, schwarzes Loch in den Schädel reißt.

Dreißigstes Kapitel

Ich darf nicht zu Gina und Siham, sie sind in Polizeigewahrsam. Am Morgen nach ihrer Verhaftung erklärt Zé mir, dass sie dort voraussichtlich achtundvierzig Stunden bleiben, bevor sie einem Untersuchungsrichter vorgeführt werden, der dann darüber entscheidet, ob sie des Mordes an Thomas Ross angeklagt werden oder nicht. Danach werden sie entweder auf freien Fuß gesetzt oder unter Hausarrest gestellt, oder, das ist die wahrscheinlichste Variante, bis zum Prozessbeginn in frühestens zwei Jahren in den Knast geschickt.

Ich höre ihm zu, ohne etwas zu sagen. Seit gestern befinde ich mich in einer Art Schockzustand. Zé hat mir eine Schale mit Frühstücksflocken und lauwarmer Milch hingestellt, ich habe sie nicht angerührt. »Ich stelle in deinem Namen einen Antrag auf einen Besuchstermin«, sagt er. »Das kann lange dauern, darum sollte man es möglichst schnell machen. Das können sie dir nicht abschlagen, du bist elf Jahre alt.«

Ich antworte nicht. Er setzt sich mir gegenüber, wirkt beunruhigt.

»Versuch ein bisschen was zu essen, Mattia. Du hast seit gestern nichts im Magen. Vielleicht einen Crêpe? Wie wär's mit einem Crêpe mit Schokolade?«

Er öffnet den Kühlschrank, der natürlich leer ist. Seit Gabrielles Zwangseinweisung hat er fast keine Einkäufe mehr gemacht. Seit einem Monat ernähren wir uns eigentlich nur noch von Konserven oder Nudeln ohne alles. Es war Zeit, dass er mal aufwachte. Schade nur, dass das erst in dem Moment passierte, in dem ich beschloss, mich um nichts mehr zu kümmern.

»Ich gehe einkaufen«, beschließt er. »Der Lebensmittelladen hat normalerweise ja auch sonntags geöffnet.«

Er beginnt seinen Mantel anzuziehen, dann überlegt er es sich anders und setzt sich mir gegenüber. Ich vermute, er will mich lieber nicht allein lassen.

»Na komm, sag was, das wird schon wieder.«

Ich blicke ihm direkt in die Augen.

»Erzähl mir jetzt bloß nicht, für meine Schwester käme alles wieder in Ordnung.«

Stille.

»Los, sag doch, sie kommt wieder frei, sag doch, sie wird nicht verurteilt, sag doch, man wird sie verstehen. Sag es! Ich vermute mal, das dürfte dir schwerfallen.«

Er wendet den Blick ab. Danke Zé. Noch eine Lüge hätte ich nicht ertragen.

Nachdem er es leid ist, in der Wohnung auf und ab zu tigern, und ihm kein Trick einfällt, mit dem er mich zum Essen bewegen kann, fährt er schließlich am frühen Nachmittag mit mir zu Gabrielle. Zé hat mich noch nicht mal gefragt, ob ich mitkommen möchte, aber ich habe ihn gewähren lassen. Er hat mir eine Jacke übergezogen, mir eine Mütze aufgesetzt und mir im Auto den Sicherheitsgurt angelegt.

Hinter den hohen Mauern ist alles unverändert. Da irren immer noch die gleichen, leichenblassen Gestalten herum, es sind die gleichen weißen Kittel, die gleichen Flure. Kurz vor Gabrielles Zimmer bleibe ich stehen. Zé sieht mich fragend an. Ich bewege mich keinen Zentimeter weiter, verharre auf der Schwelle zum Fernsehraum und starre auf den Bildschirm, auf dem man Bilder von Krawallen sieht.

»… die Zusammenstöße dauerten bis zum Morgengrauen. Auslöser der Unruhen war der Tod eines zweiundzwanzigjährigen Mannes, Selim Sandjak, türkischen Ursprungs, dessen Umstände nach wie vor ungeklärt sind …«

»Mattia? Kommst du?«

Ich höre zu.

»Selim Sandjak, polizeibekannt, saß in Begleitung eines neunzehnjährigen Mannes am Steuer, als er bei einer Verkehrskontrolle gestoppt wurde. Da die beiden jungen Männer sich weigerten anzuhalten, kam es zu einer Verfolgungsjagd, in deren Verlauf ein Mitglied der Sondereinheit BAC mehrere Schüsse auf das Auto abgab. Selim Sandjak verstarb wenige Stunden später im Krankenhaus, sein Komplize, dessen Name nicht genannt wurde, blieb unverletzt …«

Man sieht einen Wagen, der sich an einer Laterne verkeilt hat, Beamte von der Spurensicherung sind um das Auto herum zugange. In der Windschutzscheibe sind deutliche Einschusslöcher zu erkennen. Ich vermute mal, sie haben auf die Reifen gezielt …

Und dann sieht man erneut, wie sich in den Visieren der gesichtslosen Bereitschaftspolizisten Flammen spiegeln.

Ich weiß jetzt schon, was passiert. Alle wissen das, es sei denn, sie leben in einem Paralleluniversum. In ein paar Jahren wird irgendein Staatsanwalt dafür zaghaft zwei oder drei Jahre auf Bewährung verlangen. Die Bullen werden sich auf Notwehr berufen (vermutlich hätte Selim sie erschossen, wenn sie ihm nicht zuvorgekommen wären, das lag nun einmal in seiner Natur). Dann werden sie freigesprochen mit dem Segen der öffentlichen Meinung. Und zum Abschied gibt es einen Händedruck und dann lässt man sie wieder auf die Menschen los.

Möglicherweise bereuen die Verantwortlichen ihre Tat, aber davon kann Selim sich dann auch nichts mehr kaufen.

So langsam verstehe ich Gina.

»Komm«, sagt Zé. Ich hatte gar nicht gemerkt, dass er neben mir stand. »Es bringt nichts, sich das anzusehen.«

Er nimmt mich an der Hand und zieht mich hinter sich her zu Gabrielles Zimmer. Da bin ich nun, mein Kopf ist leer, ich habe noch nicht mal die Kraft, wütend zu sein, bin einfach nur noch resigniert.

Als Zé die Tür öffnet, zuckt er kurz zurück, dann strahlt er. Er schubst mich ins Zimmer, dabei wollte ich eigentlich draußen bleiben. Ungläubig starre ich die Frau an, die nun vor mir steht. Sie hat dunkle, fast schwarze Augen, ist ungeschminkt, eher klein, trägt eine verwaschene Jeans und eine graue, abgetragene Wolljacke, ihre dunkelbraunen Haare sind zum Pferdeschwanz gebunden. Hier und da haben sich ein paar Strähnen gelöst und fallen ihr über die Augen.

Das ist Amélia, das ist Mama! Eigentlich würde ich ihr jetzt am liebsten meinen ganzen Groll darüber entgegenschleudern, dass sie mich allein gelassen hat. Stattdessen schlucke ich ihn herunter und werfe mich in ihre ausgestreckten Arme. Ich drücke sie so fest ich nur kann, aus Angst, sie könnte nur eine Fata Morgana sein, aber nein, sie ist es wirklich.

Mama streicht mir mit einer Hand über die Haare, die andere liegt auf meiner Schulter. Sie begrüßt Zé. Dann beugt sie sich zu meinem Ohr herunter.

»Jetzt bin ich da.«

Und wo warst du die ganze Zeit?! Ich würde gerne schreien, aber ich kann nicht. Nicht jetzt. Ich habe schon alle um mich herum verloren. Ich habe nur noch sie. Ich möchte sie nicht auch noch verlieren. Nicht noch mal.

»Weißt du Bescheid?«, murmele ich.

»Ja.«

Ihre Stimme klingt ernst.

»Ich habe gerade mit Gabrielle darüber gesprochen.«

Jetzt meldet diese sich zu Wort. Dem Klang nach zu urteilen, befindet sie sich auf ihrem üblichen Platz, auf einem Stuhl am Fenster. Ich kann sie nicht sehen, habe meinen Kopf an Mamas Hals vergraben.

»Zumindest habe ich ein wasserfestes Alibi«, sagt Gabrielle wütend. »Und selbst wenn ich mich selbst beschuldigen würde, würde mir das keiner glauben. Ich hätte niemals unbemerkt das Krankenhaus verlassen können.«

»Was redest du denn da?«, sagt Zé.

Ich habe verstanden, was sie sagen will. Ich löse mich aus Mamas Armen, aber bleibe bei ihr, halte weiter ihre Hand, und drehe mich zu Gabrielle um. Zé und sie blicken sich tief in die Augen, die Luft knistert förmlich vor Spannung.

»Du weißt genau, was ich meine«, sagt sie. »Wenn man nichts tut, dann bleiben diese beiden jungen Frauen für immer im Gefängnis, ihr Leben ist verpfuscht.«

»Und du wolltest dich an ihrer Stelle bezichtigten, habe ich das richtig verstanden?«

»Ich wäre doch die ideale Gefangene.«

Er mustert sie, will sie dazu bringen, ihre Äußerung zurückzunehmen, aber das tut sie nicht. Offenbar beabsichtigt sie nicht, noch lange am Leben zu bleiben. Und ob sie nun hier ist oder hinter Gittern … da kann man doch ebenso gut sterben, wenn man damit jemanden retten kann, der leben möchte.

»Sieh mich nicht so an«, fügt sie hinzu. Ihre Hände zittern. Sie ergreift Zé am Handgelenk.

»Komm, ich muss eine rauchen.«

Sie verschwinden auf dem Gang. Ich bleibe allein mit Mama zurück. Unsere Finger lösen sich wie automatisch voneinander. Sie lächelt mich an. Ich erwidere ihr Lächeln nicht. Sie streckt eine Hand nach mir aus, ich weiche aus. Ihre Augen verdunkeln sich.

»Mattia, ich bitte dich.«

Stille. »Ich habe eine Menge Fehler gemacht, das weiß ich, aber jetzt wird alles anders.«

Ich kann mir ein hämisches Lachen nicht verkneifen.

»Nimmst du mich jetzt mit zu dir?«

»Nein.«

Mit einer solch ehrlichen Antwort hatte ich nicht gerechnet. Ich möchte heulen, aber schlucke meine Tränen herunter. Ich mache Anstalten, das Zimmer zu verlassen, sie hält mich am Arm zurück.

»Ich habe lange mit Gabrielle geredet, sie ist wirklich entschlossen zu sterben.«

»Und Zé? Ist er ihr denn völlig egal?«

Mama seufzt bedauernd, so wie alle.

»Man kann nicht aus Liebe für einen anderen am Leben bleiben, das hat deinen Vater auch nicht davon abgehalten, sich das Leben zu nehmen. Es ist besser, du bleibst bei Zé. Er wird dich in den nächsten Jahren brauchen.«

»Verdammt noch mal, ich bin elf! Eigentlich sollte ich mich auf ihn verlassen können, und nicht umgekehrt!«

»Theoretisch ja. Aber, weißt du, Wunsch und Wirklichkeit klaffen leider öfter mal auseinander. Saïd hätte nicht sterben sollen, Thomas Ross hätte nicht freigesprochen werden sollen, dein Vater hätte sich nicht das Leben nehmen sollen, und ich hätte dich nicht dir selbst überlassen sollen. Niemand behauptet, dass das gerecht ist.«

»Willst du mir etwa erzählen, du hättest mich zu Zé abgeschoben, weil er mich braucht? Das soll der Grund dafür sein, dass du dich nicht um mich kümmerst?«

»Nein, ich hatte einfach nicht die Kraft dafür, und jetzt ist es zu spät, das lässt sich nicht mehr gutmachen.«

Sie führt eine Hand an ihre Schläfe.

»Ich kann nicht mehr.«

»Ich auch nicht«, gebe ich tonlos zurück. »Wir alle können

nicht mehr. Aber es ist keine Entschuldigung, dass man nicht mehr kann, sonst hätten wir uns ja alle gleich von der Brücke stürzen können.«

»*Du* hast versucht, dir das Leben zu nehmen, nicht ich! Ich habe immer standgehalten, dabei habe ich nach dem Tod deines Vaters oft genug mit dem Gedanken gespielt, das kann ich dir sagen.«

Sie nimmt meinen Arm und streicht über die feinen Narben auf meinem Handgelenk. Ich zucke zurück, als ich sie so reden höre und ihre eiskalten Finger auf meiner Haut spüre. In dem Moment wird mir klar, dass sie mir immer noch nicht verziehen hat und mir auch niemals verzeihen wird, so wie sie sich selbst niemals verzeihen wird, mich allein gelassen zu haben. Zwischen uns gibt es zu viel Unausgesprochenes, zu viele Schuldgefühle, man kann diese Jahre, in denen wir nicht miteinander gesprochen haben, nicht mal eben beiseitewischen.

»Du warst sieben, als du sterben wolltest«, fährt sie unbarmherzig fort. »Verzeih mir, dass ich nicht die Kraft hatte, das zu ertragen.«

Ich ziehe meinen Arm zurück. Am liebsten würde ich jetzt weglaufen, weit weg von ihr, die Zeit zurückdrehen, alles löschen, was war, und noch einmal von vorne beginnen. Aber das geht ja leider nicht. Und das ist so ungerecht.

Mama richtet sich auf, steckt sich die Haarsträhnen, die ihr immer wieder über die Augen fallen, hinters Ohr.

»Deine Schwester geht nicht ins Gefängnis.«

Ich unterziehe sie dem gleichen Test wie Zé.

»Schwör es mir!«

Sie blickt mir, ohne zu zögern, direkt in die Augen.

»Ich schwöre. Sie haben deinen Vater zerstört, Saïds Familie zerstört, und sie haben mich zerstört. Das genügt.«

»Und was willst du tun? Vielleicht mit einer Kalaschnikow ins Kommissariat marschieren?«

»Nicht ganz.«

Die Bullen glauben, sie hören nicht recht, als sie darauf beharrt, eine Aussage zum Mord an Thomas Ross machen zu wollen. Lieutenant Rassiat nimmt ihre Aussage auf, ohne sie auch nur einmal zu unterbrechen. Er ist so verblüfft, dass ihm die Worte fehlen.

Sie wollte, dass ich mitkomme, damit sie nicht im letzten Moment der Mut verlässt. Ich war einverstanden und genauso überrascht wie die Bullen. Wir haben Zé und Gabrielle nicht Bescheid gesagt, weil wir wussten, dass sie dagegen gewesen wären. Nun sitze ich hier neben ihr, während sie dem Stier sagt, was sie zu sagen hat, und er ihr aufmerksam lauscht und mitschreibt.

Am Ende sagt er:

»Eine schöne Geschichte, Madame, nur leider kauft Ihnen das niemand ab.«

»Warum?«, protestiert Amélia.

»Es ist offensichtlich, dass Sie nur Ihre Tochter schützen wollen.«

»Hat sie den Mord denn gestanden?«

Schweigen.

»Und Siham?«

Schweigen.

»Haben Sie denn die Waffe gefunden, Lieutenant?«

»Nein, Madame.«

»Möchten Sie wissen, wo die Waffe ist?«

Er lauscht aufmerksam.

»In Verrières, im letzten Hochhaus, das noch steht, Allée des Pissenlits 16 a, fünfter Stock, rechte Tür, in der Küche. Sie liegt im Spülwasser, aber vielleicht können Sie ja noch ein paar Fingerabdrücke von Monsieur Ross sichern. Die Waffe war voller Blut.«

Er hört auf mitzuschreiben.

»Und Sie haben die Tatwaffe also mitgenommen?«

»Ich stand danach so unter Schock, ich wusste gar nicht, was ich tat. In den Filmen ist es ja oft so, dass der Mörder die Tatwaffe wegwirft und man ihn dann anhand der Fingerabdrücke überführt, darum habe ich meine Abdrücke abwaschen wollen.«

»Ich glaube Ihnen kein Wort.«

»Wie Sie meinen, aber Sie sind verpflichtet, das an den Untersuchungsrichter weiterzugeben. Mein früherer Mann hat sich wegen des Mordes an Saïd Zahidi das Leben genommen, ich bin eng befreundet mit Saïds Eltern, das lässt sich einfach nachweisen. Er muss das in jedem Fall berücksichtigen.«

»Ich habe kein Alibi für die Nacht des achten März, ich habe ein Tatmotiv und eine Waffe. Auf der anderen Seite haben Sie zwei Verdächtige, die nicht gestanden haben. Sie haben nichts gegen sie in der Hand außer den Fingerabdrücken meiner Tochter auf einem Drohbrief, aber wenn man jemanden bedroht, heißt das noch lange nicht, dass man auch zur Tat schreitet.«

»Was wissen Sie denn schon darüber? Unsere Ermittlungsergebnisse sind geheim.«

»Ich weiß es nicht, ich vermute nur.«

Stille.

»Ich habe gezögert, ob ich mich stellen soll, aber dann habe ich gehört, dass Sie an meiner Stelle Gina und ihre Freundin Siham verhaftet haben. Da konnte ich nicht untätig zusehen und abwarten, dass Sie zwei Unschuldige ins Gefängnis schicken.«

Lieutenant Rassiat hält weiterhin inne. Amélia beugt sich zu ihm herüber und seufzt.

»Ein Mann ist tot, Lieutenant. Jemand muss dafür bezahlen. Jetzt haben Sie Ihre Täterin und Sie zögern immer noch. Was wollen Sie denn noch?«

»Die Wahrheit«, sagt er.

Meine Mutter lacht los.

»Die Wahrheit«, wiederholt sie verächtlich. »Sie wissen doch so gut wie ich, dass für die Wahrheit hier kein Platz ist. Sie haben das Video von Saïds Ermordung gesehen, ich auch. Also sparen Sie sich das mit der Wahrheit für die Medien auf, wenn es Ihnen Spaß macht, aber erzählen Sie mir nicht so einen Quatsch. Nicht mir!«

Sie blicken sich eine halbe Ewigkeit in die Augen. Ich sehe mich im Zimmer um. Es gibt zwei Schreibtische, der andere ist gerade nicht besetzt, einen Schrank voller Aktenordner, das Strafgesetzbuch. An den Wänden hängen Plakate, die vor Alkohol am Steuer warnen, vor Vergewaltigung, vor häuslicher Gewalt, und ein Kalender vom letzten Jahr, der immer noch auf Dezember steht.

Es gibt nur ein Fenster zur Straße, auf dem Fensterbrett picken zwei kleine Spatzen nach irgendetwas.

»Und Ihr Sohn?«, fragt der Beamte. »Haben Sie auch mal an Ihren Sohn gedacht?«

»Er braucht seine Schwester mehr als mich. Sie ist stark, sie wird auf ihn aufpassen. Ich habe nicht mehr die Kraft dafür.«

»Und das ist der Grund dafür, dass Sie sich an ihrer Stelle bezichtigen? Sie bezahlen für ein Verbrechen, das Sie nicht begangen haben.«

»Ich bezahle für ein Verbrechen, das ich vor lange Zeit hätte begehen sollen. Wenn Sie unsere Kinder töten und dabei straffrei ausgehen, können Sie nicht im Ernst erwarten, dass das folgenlos bleibt.«

Sie schweigt einen Moment, müde. Rassiat wartet auf die Fortsetzung.

»Wissen Sie, murmelt sie, dass es so weit gekommen ist, das liegt nicht nur daran, dass ein Jugendlicher getötet wurde, und auch nicht daran, dass der Erwachsene für seine Tat nicht bestraft wurde, sondern daran, dass niemand das öffentlich angeprangert hat. Wenn ein Polizist von einem Kleinkriminellen getötet wird, dann beweint man ihn öffentlich, schießt Salven ab zu seinem Gedenken, verpasst ihm posthum eine Auszeichnung, die Minister geben sich an seinem Grab ein Stelldichein mit Tränen in den Augen. Aber wenn ein Kleinkrimineller von einem Polizisten getötet wird … dann ist die Stille geradezu ohrenbetäubend, und zwar selbst wenn der schuldige Polizist einfach so davonkommt. Es fehlt nicht viel und man verleiht dem Mörder noch das Kreuz der Ehrenlegion. Keiner hat gesagt, das wäre gerecht.«

»Vor diesem Hintergrund kann doch niemand ernsthaft von sozialem Frieden sprechen, oder?«, fügt meine Mutter an und wirft sich in ihrem Stuhl zurück. »Um Frieden zu bekommen, muss man Opfer bringen. Indem ich Ihren Kollegen getötet habe, habe ich versucht, wieder ein gewisses Gleichgewicht herzustellen, aber ich weiß, dass wir so oder so nie auf Augenhöhe sein werden.«

Sie schweigt, als wäre damit alles gesagt. Die Stille macht sich breit, verschlingt uns, und schnurrt satt und zufrieden. Sie wird nur unterbrochen vom Geräusch der Tastatur.

Epilog

»Was, sie haben Siham und Gina auf freien Fuß gesetzt?«, fragt Nouria, und kann ihre Neugier nur schwer verhehlen.

Ich lächele, koste diesen Moment aus, es kommt schließlich nicht oft vor, dass man mir so interessiert lauscht, ich mache eine kleine Kunstpause, um die Spannung noch zu steigern. Dabei ist das alles andere als komisch. Aber ich habe mich schon vor geraumer Zeit dafür entschieden, mich nur noch auf die schönen Dinge zu konzentrieren und die schlechten zu ignorieren, auch wenn man dafür permanent auf der Hut sein muss und mir dazu oft die Kraft fehlt.

»Ja, sie stehen unter Hausarrest, dürfen das Departement nicht verlassen und müssen sich jede Woche auf dem Kommissariat melden, aber ihre Anwältin meint, der Hausarrest würde bald aufgehoben.«

»Und deine Mutter?«

Ich starre nach unten auf das staubige Linoleum. Nouria hat sich nie großartig um die Sauberkeit ihres Sprechzimmers geschert. Sie sagt, es koste sie schon genug Zeit, die Köpfe zu entstauben.

»Ist im Knast. In sechs Monaten wird sie dem Ermittlungsrichter vorgeführt. Ihr Anwalt meint, sie könne bis zu Prozessbeginn auf freien Fuß gesetzt werden, auch wenn sie mit Sicherheit zu einer Gefängnisstrafe verurteilt wird. Aber vielleicht bekommt sie mildernde Umstände und die Strafe fällt nicht so hart aus,.«

»Nicht so hart … das heißt?«

Ich verziehe das Gesicht.

»Es geht um einen Bullen, also mindestens zehn Jahre.«

Nouria schweigt. Ich rutsche auf meinem Stuhl hin und her.

»Das heißt, bei guter Führung fünf Jahre, und Mama ist sicher nicht der Typ, der im Gefängnis eine Revolte anzettelt, vielleicht ist sie an meinem sechzehnten Geburtstag wieder draußen.«

Meine Psychologin lächelt matt. Umso besser, so habe ich das Gefühl, ich müsste sie aufmuntern, das zwingt mich dazu, das Positive zu sehen, was nicht gerade einfach ist in dieser Situation.

»Das Gericht hat meinem Besuchsantrag stattgegeben. Ich kann sie mit Zé zusammen besuchen, das tun wir bald.«

»Und deine Schwester? Wie verkraftet sie das?«

Ich zucke mit den Schultern.

»Das ist Gina, Gina ist unbezwingbar, wie eine Mauer.«

»So wie du, oder?«

»Wenn ich groß bin, möchte ich so sein wie sie.«

Wir schauen aus dem Fenster, im Gegensatz zum Zimmer sind die Fenster immer penibel geputzt.

»Und die Pistole? Wie ist die zu deiner Mutter gekommen?«

Ich senke sicherheitshalber die Stimme. Sie beugt sich zu mir herüber, um mein Flüstern zu hören.

»Gina wusste nicht, was sie danach damit machen sollte … nach dem, was passiert war. Sie ist in Panik geraten, hat meiner Mutter alles erzählt und Mama hat die Waffe dann sofort an sich genommen, als sie von Ginas Verhaftung hörte.«

Meine Psychologin pfeift bewundern durch die Zähne.

»Ganz schön mutig, deine Mutter.«

»Kommt immer drauf an.«

»Und Gabrielle?«

»Sie haben sie entlassen und ihr tonnenweise Pillen mitgegeben, die sie nicht nehmen wird.«

»Zé?«

»Neulich habe ich gesehen, wie er in Gabrielles Armen geweint hat. Da wiederholte er dauernd den Namen dieses Mädchens, Émilie.«

Sie lächelt.

»Du solltest das Spionieren sein lassen.«

»Aber es ist sehr nützlich, die Leute zeigen sich immer nur von ihrer besten Seite oder auch ihrer schlechtesten, wenn sie sich unbeobachtet fühlen. Seit ich weiß, wie traurig er wegen diesem Mädchen ist, fühle ich mich ihm viel näher, jetzt kann ich ihn besser verstehen.«

»Ganz schön reif für dein Alter!«

»Ist nicht immer von Vorteil.«

»Und wie fühlst du dich so insgesamt? Mir scheint, es geht dir deutlich besser als beim letzten Mal.«

Ich lächele.

»Schon okay.«

»Und die Schule?«

»Läuft schlecht, aber ist mir egal.«

Ich muss auf einmal grundlos lachen. Sie wirft mir einen fragenden Blick zu.

»Ich habe auf einmal haufenweise Freunde.«

»Warum?«

»Weil meine Mutter den Mörder von Saïd Zahidi getötet hat, die Hälfte der Schüler kommt aus Verrières, meine Mutter ist in unserer Schule eine Heldin.«

Ich übertreibe etwas. Es gibt auch viele andere, die mich als Sohn einer Mörderin bezeichnen, darunter auch einige, die in Verrières aufgewachsen sind. Aber das ist mir egal. Ich weiß, was gerecht ist und was nicht. Siham, meine Mutter und meine Schwester sind die Einzigen, die versucht haben, ein Unrecht wiedergutzumachen. Gina mag eine Mörderin sein, trotzdem schlafe ich besser, seit Papa und Saïd gerächt wurden. *Das Ding* ist auch nicht mehr aufgetaucht, ich brauche keinen Tennisball mehr an meinem Pyjama. »Und dein Bruder?«

»Stefano kennt die Wahrheit nicht, aber er hat sicher so eine Ahnung. Er schickt meiner Mutter jede Woche Geld ins Gefängnis.«

Nachdem Nouria mich in die Eingangshalle begleitet hat, ruft sie mich noch mal zurück. »Ach ja, Mattia, du hast mir nie gesagt, wie dein Vater heißt.«

Ich lächele.

»Ryad, er heißt Ryad.«

Zé und Gabrielle warten in einem Café um die Ecke, sie stoßen gerade auf Amélia an. Heute Abend sind wir bei den Eltern von Siham zum Essen eingeladen. Sie fühlen sich wegen der Tat meiner Mutter mir gegenüber in der Pflicht. Ich habe keine Ahnung, ob ihre Tochter ihnen die Wahrheit gesagt hat, oder ob sie es ahnen, oder ob sie tatsächlich nicht wissen, was wirklich passiert ist. Manchmal bleibt Monsieur Zahidis Blick jedoch an Siham und Gina hängen, ein fragender, ängstlicher Blick.

Bevor Mama ins Gefängnis ging, hat Gina ihr versprochen, auf mich aufzupassen. Sie nimmt diese Aufgabe sehr ernst. Seit sie in der Region bleiben muss, lebt sie mit Siham in einer WG. Eines Abends hörte ich, wie Gina mit Zé sprach. Sie sagte, sie könne mich gerne zu sich holen, wenn er das wolle und ich einverstanden sei. Er sagte nur: »Kommt nicht infrage«, und dabei klang eine leichte Panik an, da musste ich lächeln. Das kommt mir gelegen. Sie arbeitet nicht und hat viel Zeit, mit mir rumzuhängen.

Nachdem Karim ein Alibi anführen konnte, wurde er aus dem Polizeigewahrsam entlassen. Ich sehe ihn manchmal, ihn und Nadir, wenn meine Schwester mich einlädt.

Gabrielle will immer noch sterben. Ich glaube, sie bleibt nur noch so lange bei uns, wie Zé braucht, um sich ganz langsam an diese Idee zu gewöhnen. Ich möchte nicht daran denken, aber ich glaube, ich bin darauf vorbereitet. Bleibt abzuwarten, wie Zé das verkraftet. Er akzeptiert so langsam, dass er nichts dagegen tun kann. Wie sagte meine Mutter noch? Man kann nicht aus Liebe zu einem anderen am Leben bleiben.

Ich werde für ihn da sein, wenn sie uns verlässt.

Und dann blicke ich an dem trostlosen Frauengefängnis hoch. Überall Stacheldraht, Wachtürme, bewaffnete Aufseher.

Bevor man das Sprechzimmer erreicht, muss man unter den argwöhnischen Augen der Gefängniswärter eine Sicherheitsschleuse passieren und einen engen Flur durchqueren.

Da sitzt Mama, etwas abgemagert, aber sie lächelt. Ein Wunder ist passiert, während der halben Stunde, die uns zur Verfügung steht, tritt kein einziges Mal Stille ein oder nur für einen ganz kurzen Moment. Sie sagt, es gehe ihr gut, endlich könne sie sich ausruhen, es sei dort gar nicht so übel, sie sei nicht unglücklich.

Als ich auf der Fahrt zurück in die Stadt Zés Blick im Rückspiegel auffange, weiß ich, dass er nicht darauf hereingefallen ist und sich fragt, ob ich auch gemerkt habe, dass sie gelogen hat. Hey, ich bin vielleicht erst elf, aber ich bin nicht bescheuert. Trotzdem tue ich so, als würde ich ihr glauben. Ich bin ein Kind, ich habe das Recht auf noch ein paar Jahre Unbeschwertheit.

Mir geht's okay, ehrlich. Die ganze Gemeinheit der Welt kann mir nichts anhaben. Dafür habe ich meine Mauer.

Ende

Zitate

Das rote Plakat/L'affiche rouge
Louis Aragon, 1944, Deutsch von Cornelia Wend

Die Gerechten/Les justes
Albert Camus, 1949, Deutsch von Cornelia Wend

Die Blumen des Bösen/Les fleurs du mal
Charles Baudelaire, 1857, ist in den allgemeinen Zitatenschatz eingegangen, kein Übersetzer

Méditations poétiques, L'homme/Der Mensch
Alphonse de Lamartine, 1820, übersetzt von Cornelia Wend